KB122171

계시와 법화 제1집

세계 대동합일 첫 단추론

일합상 세계
一合相世界

감수 · 이능가 편저 · 김영교

고글

석능가 나옹 대종사 인사말씀

많은 종교지도자들이 앞 다투어 21세기를 말하고 있습니다. 그럼에도 불구하고 오늘의 종교 실상은 2,3천 년 전 모습 그대로 입니다. 비판적으로 보면 구태의연하게 지탱해오고 있는 것입니다. 시대의 변화에 따라 종교도 변해야 합니다. 아니 시대를 이끌어가며 삶의 비젼을 제시해야 합니다. 불교역시 21세기에 맞는 종교로 승가 재가 모두 심기일전하여 바르게 꾸려 나가야 하는 것이 당면과제입니다. 옛 시대가 개체는 있었으나 전체가 없었던 때이라면 현 시대는 바야흐로 세계화의 시대입니다. 개인중심으로 개인이 착하게 살고 바르게 행동한다고 해도 천하가 망하면 개인도 망하게 되어 있습니다. 지금 이 지구는 하나의 지구촌으로 되어 정치, 경제, 문화 모든 부분에서 모두 하나로 흘러가고 있습니다. 모든 것이 세계화의 물결 속에 커다랗게 하나로 돌아가고 있는 이 시대에 우리의 의식만 세계화되지 못하고 있습니다.

나는 출가한 이후 내심 세계화에 관심이 컸고, 나름대로 불교의 세계화를 위한 활동을 펴왔습니다. 거창한 소리로 들릴지 모르지만 60년 대만해도 이미 한국불교가 세계로 나가야 한다는 생각을 했던 거지요. 그것은 국가 간의 교류나 종교간 교류를 통해 가능한 일들입니다. 그래서 국제불교기구인 세계불교도우의회에 가입하기 위해 백방으로 노력했고, 마침내 71년에 태국대회 때 우리도 가입했습니다. 불교국가인 월남에도 전쟁발발 중에도 다녀왔습니다. 교류차원이었습니다만 혼란한 정국이라 성과를 기대하기에는 어려움이 있었습니다. 그리고 한국 종교인협의회 결성 준비모임에 적극 참여했습니다. 당시 6대종교지도자가 모였을 때 결의권을 가진 세계 불교 지도자 모임을 갖게 되고 나아가 세계불교 연합을 창설하게 되었습니다. 그래서 상임 이사장을 한국이 갖게 되어서 본 이능가가 맞게 됐던 일이 있었습니다.

특히 일본에서 수학한 인연으로 일본과의 교류에도 관심이 컸습니다. 청담스님을 모시고 일본 천왕과 함께 법담을 나누기도 했어요. 그네들의 스님공양은 최대 귀빈대접이었고 그 자리가 무르익자 천왕이 마련한 숙소에서 주무셨지요. 내가 한 일이 모두 "한국불교의 세계화에 기여했다" 이런 말을 하려는 것이 아닙니다. 이 같은 발심과 활동들이 인연이 되고 기반이 되면서 세계화는 먼 얘기가 아니란 것을 믿게 됐다는 이야기 일 뿐입니다.

우리 불자들이 널리 수지독송하는 훌륭한 경전인 <화엄경>, <금강경> 등에 설해 놓은 내용은 주로 개인의 행동을 바르게 하는데 중점을 두고 있습니다. 두 경전 모두 중요한 가르침이지만, 우주나 인류전체를 상대해서 경전은 오직 <법화경>뿐입니다. 그래서 나는 인연 닿는대로 <법화경>을 공부하라고 권해왔습니다. <법화경>은 우주의 과거, 현재,미래를 통한, 인류전체를 대상으로 하고 있는 경입니다. 한마디로 세계화된 이 시대에 꼭 알맞는 진리를 제시

해주고 있다는 뜻이지요. 팔만대장경 속의 많고 많은 경들이 세부적인 각론에 비유된다면 <법화경>은 총론과 같은 경입니다. 석가모니 부처님도 석가족이 멸망하는 것을 막지 못하셨으며, 임제스님도 중국불교가 쇠퇴하는 것을 어쩌지 못했고 사명스님이 임진왜란을 막지 못했던 것처럼 아무리 도통한 이라 해도 개인의 힘으로는 우주 전체적인 흐름을 막을 수는 없는 것입니다. 도인이라 해서 무소불위의 능력을 가졌다고 생각지마세요. 그렇다면 우리는 당연히 전체를 잡을 수 있는 공부를 해야 하는 것입니다.

요즘 세상이 얼마나 험합니까? 동서를 막론하고 오탁악세(五濁惡世)로 나빠질 대로 나빠져 있습니다. 백년 전보다는 10년 전이 10년 전보다는 오늘이 더욱 나빠지고 있습니다. "종교가 있는 것이 없는 것만 못한 시대다" 이 말입니다. 부처님 시대 이래로 부처님의 십대제자 그 이후로는 백대제자, 또 그다음의 제자 등 수백 억만 명이 수천년 동안 세상을 바로잡기 위해 노력해 왔다면 지금쯤은 어느 한 구석이라도 극락이 되고 천당이 되었어야 하지 않겠습니까? 그런데 왜 세상 모든 종교는 더 커지고 넓어지는데도 불과하고 더욱 나빠져만 가는지 한 번쯤은 깊이 살펴보아야 할 것입니다.

개인이든 단체든 잘못된 것을 덮어둔다고 능사가 아니듯이 불교계에서도 잘못된 것이 있다면 인정하고 고쳐나가야 하는 게 당연하지 자꾸 덮어 두려고 하면 위선만 쌓입니다.

<법화경>은 이미 3천 년 전에 세상의 혼탁함을 예견하고 그때를 대비해 개인 개인을 제도하는 것이 아니라 천하 사람을 제도하려는 듯한 논조로 설하고 있습니다. 지금 불교를 우상화하고 있는 경우가 허다합니다. 기도를 하면 기적을 이룬다하면서 어리석은 중생을 현혹하는 무리들도 많이 있는 실정입니다. 기도의 연원을 살펴보면 불교가 쇠하면서 도교의 영향을 받을 때 발생했습니다. 부처님께서는 당신이 가신 뒤에 불교가 악용될 우려가 있다는 것을 예견하시고 이것을 차단할 방법으로 4대 교법을 설하신 것입니다. 이 4대 교법은 불교가 얼마나 위대하고 합리적이고 비판적인 진리인지를 새삼 느끼게 합니다.

그것은 “내가 죽은 후에 어느 중이 ‘나는 부처님에게 친히 이러이러한 법문을 들었다. 그러므로 이게 정법이다’ 하는 사람이 많을 것이다. 그러나 믿지 말아라. 그리고 거부하지도 말아라” 하신 것입니다. 그러면 어떻게 해야 할까요? 그 말의 진의를 잘 따져보고 부처님께서 45년간 설하신 줄거리와 맥락이 통하면 믿고 그렇지 않으면 믿지 말아야 하는 것입니다. 얼마나 합리적이고 비판적인 진리입니까? 무조건적인 믿음은 위험을 내포하고 있습니다.

그 위험을 여러 검토를 거쳐 해결하고자 하는 것이 바로 4대교법입니다. 또한 “백년 뒤에 사람들이 무리를 이루어 공부하면서 ‘이것이 정법이다’ 해도 믿지 말아라” 했습니다. 또한 “큰스님이 공부하시는데 시봉하면서 들었다고 하면서 ‘이것이 정법이다’ 해도 믿지 말아라” 했습니다. 모두 부처님 생전의 설하신 법문의 핵심과 맥락을 같이하고 있는지를 꼼꼼히 검토한 이후에 맞으면 믿고 그렇지 않으면 믿지 말아야 한다고 설하신 것입니다. 지금은 정법이 사법으로 굳어져 버린 경향이 짙습니다. 이럴 때는 불자들이 정신을 바짝 차려야 합니다.

불교는 원래 인연법이 핵심입니다. 불교는 하나하나 실천해 나가는 종교이기 때문입니다. 개인중심의 사고에서 전체를 인식하는 사고로 전환시키는 것이 바로 불교입니다. 내가 흥하거나 망하는 것이 곧 전체가 그렇게 되는 것이라는 사고로 바뀌게 하는 것이 바른 믿음입니다. 모든 정법선양은 그 시대 시대를 살아가는 사람에게 달려 있습니다. 사람이 가르침을 올바로 이해하고 펴나갈 때 그 가르침이 소용이 있는 것이지 올바르지 못하면 아무런 가치가 없습니다.

불교정화운동이 한창일 때 성철스님, 청담스님께서 앞장서서 활동하실 때 심부름하느라고 열심히 따라 다녔습니다. 그때 도교의 유물인 산신각을 때려 없애자는 얘기들이 많았습니다. 어른들께서는 대처승과 싸워 이겼으니 다음에는 불교를 빛나가게 하는 산신각을 불태워 없애자고 운동을 벌이셨던 것이지요. 그러나 쉽지가 않았습니다. 왜냐하면 산신각을 받들면서 절에서 자란 스님네들이 대부분이니 스님들 스스로가 동참을 하지 않았거든요. 그러니 될 리가 없지요. 결국 다수에 의해 양적으로만 팽창했지 질적으로 성숙하지 못한 상황이 벌어지게 된 것입니다. 종교는 질의 세계이지 양의 세계가 아닙니다. 양적 세상에는 흥정하고 타협하며 거래가 있지만 질의 세계에는 옳고 그른 것이 있을 뿐 적당한 것은 없습니다. 천하가 나쁘다 해도 진리는 진리이고 세상이 좋다고 해도 사법은 사법입니다. 그처럼 명백한 것이 진리의 존재방식입니다.

그러므로 우리는 천하를 살리고 내가 살려면 우선 천하를 구하는 길을 생각해야 합니다. 그 길이 바로 <법화경> 속에 제시되어 있으니 이 길을 공부해야 합니다. 이제껏 개인적인 기복에 익숙해 있는 우리 풍토에서 이런 말 하자면 힘이 들어요. 그러나 안하면 안 되겠기에 하는 것입니다.

<법화경>을 공부하면서 가장 중요한 것은 실천이예요. 일상생활 속에서 살아가는 모든 것이 부처님의 법으로 가피를 받고 있는 것이라 감사하고 이렇게 앉아 공부하는 것도 부처님 은덕으로 돌려야 합니다. 제불호념(諸佛護念)즉 일체 부처님들의 은혜로 살아가고 있으니 그 은혜를 갚는다는 마음과 식중덕본(植衆德本) 모든 중생들에게 덕의 근본을 심어주겠다는 마음으로 살아가야 합니다. 모든 중생들에게 나보다는 다른 사람을 생각하는 근본을 심어줄수 있어야 하는 것이죠. 그러니 어떠한 법문을 들으면 다른 이에게 자꾸 전해주어야 합니다. 전체가 나아져야 내가 나아지는 길이라는 것을 명심하고 전체를 향해 정법을 전해

야 합니다. 그리고 올바른 법을 들었다면 아무리 어렵더라도 포기하면 안 됩니다. 여러 업 때문에 장애가 많더라도 산 사람이 살아가는 방법을 찾아가는 것인데 그 정도 어려움은 당연하다고 여기십시오. 물러섬이 없는 믿음으로 정진 또 정진하고 실천 또 실천하다보면 바로 전체를 구하는 길을 찾을 수 있게 되는 것입니다. 끝으로 금번 천봉거사와 함께 지구대통합의 단추론이라 할 수 있는 기독교 성전인 요한계시록과 불교 성전인 법화경을 서로 비교하여 대통합의 지구론을 낼 수 있어서 너무 기쁩니다. 이 책이 세계 평화와 지구촌 대동합일의 초석이 되기를 발원해봅니다. 그리고 이 책이 일합상 세계를 만드는데 밑거름이 되기를 합장 기도합니다. 감사드립니다.

목 차

머리글

오늘날 지구촌에는 70~80억의 인류가 살고 있습니다. 이들은 과연 누구의 후손들일까요? 그 조상의 시작은 누구에 의한 것일까요? 그 조상의 시작은 과연 언제일까요? 그리고 처음 조상이 태어난 곳은 과연 어디일까요? 오늘날 지구촌의 사람들은 누구든 모두 자신의 부모님에 의하여 세상에 태어났습니다. 그리고 그 부모님도 역시 반드시 또 그들의 부모님에 의하여 태어났을 것입니다. 그러고 그 단계단계를 하나하나 밟아 끝까지 올라가면 한 때는 이 지구촌 땅 어딘가에서 태어나 살다가 돌아가신 모든 분들의 발자취가 반드시 있을 것입니다. 다만 우리가 그 모든 것을 눈으로 보지 못할 뿐이지 그 분들은 한 때, 분명히 우리가 살고 있는 이 지구촌 구석 어디선가 살았던 흔적을 남겼을 것입니다. 오늘날 지구촌에 살고 있는 인구의 수는 대략 통계적 수치이지만 대략 70~80억이라고 합니다. 70~80억의 사람을 일일이 수로 헤아릴 수가 어렵겠지만 그 정도의 수가 분명히 이 지구촌 구석 어딘가에 실존하여 살고 있습니다. 그러하듯이 오늘날까지 이 지구에서 살다가 떠난 사람들도 셀 수는 없지만 분명히 그 정확한 수치만큼 존재하였음은 부정할 수 없을 것입니다. 바둑메니어들은 수십 년 전에 치러졌던 유명한 바둑대국전의 내용을 일일이 모두 복구할 수 있다고 합니다. 물론 그것을 복구하는 자는 하찮은 선수들이 둔 여러 시시한 경기 내용을 복구하지는 아니할 것입니다. 어떤 특정한 대국 때, 두었던 유명한 프로들이 둔 명승부의 어떤 바둑을 그대로 재현할 것입니다. 그리고 바둑을 그렇게 재현할 수 있는 사람은 그 바둑대국을 일일이 보고 모든 수순을 이해하고 기억하는 사람일 것입니다.

이 처럼 인류의 역사도 어떤 사람이 모두 보고 알고 있는 사람이 있다면 그 모든 것을 재현 할 수 있을 것입니다. 사실 누군가 전능한 사람이 있어서 인류의 역사의 전말을 모두 알고 있다면 재현되는 바둑의 수순처럼 어떤 일정한 있었던 사실들이 조목조목 구체적으로 전개될 것입니다. 과연 그 실상은 어떠했을까요?

그렇습니다. 우리가 그 모든 것을 알 수가 없지만, 오늘날 지구촌인류들이 그 증거의 실증들입니다. 오늘날 실체로 있는 지구촌인류들은 분명히 과거의 실체로 존재 했던 조상들의 후신(後身)들입니다. 그리고 과거의 실체 또한 그 이전의 과거의 실체로 말미암아 존재케 되었을 것입니다. 이렇게 과거로 과거로의 여행의 끝에는 한 정점(頂点)이 발견될 것입니다. 그리고 그 정점이 바로 인류의 시작점일 것입니다. 우리가 볼 수는 없었지만 처음 인류가 만들어지던 그 극적인 순간이 그 당시에는 보이는 역사로 분명이 나타났을 것입니다. 생각을 해보면 너무나 신기하고 재미있지 않습니까?

분명한 것은 이런 인류의 모든 것이 밝혀지면 인류는 또 한 번의 놀라울 아이러니에 직면하지 아니 할 수 없을 것입니다. 왜냐하면 인류가 최초의 인류의 창조 사건에 직면하게 되면 놀라움 그 자체일 것이기 때문입니다. 혹시 그 날이 나반이 천신에 의하여 최초의 사람으로 태어난 날이라면 얼마나 경이롭겠습니까? 혹시 그 날이 흙으로 아담을 창조하는 날이라면 얼마나 놀랄 일이겠습니까? 혹시 그 날이 진여(眞如)가 일월등명불을 창조한 날이면 얼마나 신기하겠습니까? 그리고 혹 그 날이 천신에 의하여 말씀으로 산과 들과 바다와 하늘과 땅과 우주만물들이 우후죽순처럼 솟아난 날이라면 그것을 보고 있는 사람들은 얼마나 흥미롭겠습니까? 누군가 이 모든 장면들을 직접 보고 있다면 더욱더 기상천외 할 일이 아니겠습니까? 그리고 또 만약에 그 날이 침팬지가 사람으로 진화되는 날이라면 어떻겠습니까?

그러나 아마 침팬지가 사람이 된 날은 인류역사에는 없었을 것입니다. 왜냐하면 사람과 침팬지와는 결정적으로 다른 것이 있기 때문입니다. 그것은 바로 사람에게는 영(靈)이란 것이 내재하고 있다는 사실입니다. 침팬지는 혼(魂)은 있지만 영(靈)은 존재하지 않습니다. 그리고 영(靈)을 다른 말로 표현하면 신(神)입니다. 하여튼 인류역사가 과거에 있었던 대로 모두 펼쳐진다면 우리가 잘 못 알고 있는 역사도 의외로 상당히 많을 것입니다. 어떤 것은 지금까지 우리가 알고 있던 역사와 전혀 반대의 역사로 알고 있는 경우도 있을 것이고, 또 한 번도 접하지도 배우지도 못한 누락된 역사도 너무나 많을 것입니다. 또 사실은 없었지만 사람에 의하여 고의로 만들어진 역사들도 꽤 있을 것입니다. 그리된다면 종교에 대한 모든 의문도 풀릴 것입니다. 우주와 인류세상이 어떻게 창조되었는지 모든 과정을 다 보고 확인할 수도 있을 것입니다. 진화론이 맞다면 과거에 생물들이 어떻게 진화 되어 왔는지도 훤히 이해할 수 있을 것입니다.

그러나 아직 인류사회에서 모든 역사를 다 알 수 있는 방법은 없습니다. 다만 그것을 조금이나마 알 수 있는 길은 종교 경전입니다. 종교경전은 우주와 인류가 신에 의하여 창조되었다고 기록되어 있는 책입니다. 이것에 대한 진위(眞僞)를 알 사람이 현대에는 없었습니다. 그러나 과거에는 알고 있었던 선지자들이 있었기에 경전에 기록되어 있습니다. 그런데 종교 경전은 비밀로 기록된 암호문입니다. 그래서 현대에는 경전의 참 의미를 알고 있는 사람이 없습니다. 그런데 경전에는 정한 때가 되면 그 암호를 풀어줄 사람이 나타날 것이라고 예언되어 있습니다.

사람이 각종 다른 동물과 다른 점은 이성(理性)을 가진 것입니다. 이성은 다른 말로 성품(性品)이라고 할 수 있습니다. 성품은 마음(心)입니다. 그리고 마음은 곧 영(靈)입니다. 영은 곧 말로 표현되어 나옵니다. 그리고 영을 정신

(精神)이라고도 합니다. 정신(精神)은 곧 신(神)이란 말입니다. 그래서 사람을 영(靈)이라고도 신(神)라고도 할 수 있습니다. 사람에게는 영(靈)이라도고 신(神)이라고도 하는 것이 있기 때문에 사람을 이성(理性)을 가진 동물이라고 합니다. 그러나 침팬지는 신(神)이 없습니다. 그래서 침팬지에게 '너 정신(精神) 나갔니'? 라고는 하지 않습니다. 영과 신은 창조주의 본체입니다. 침팬지에게는 영과 신이 없기 때문에 "너 창조주를 아니" 라고 하면, 들은 척도 아니합니다. 침팬지는 이성이 없습니다. 이성을 생성시키는 것은 마음입니다. 마음의 주체는 영(靈)입니다. 침팬지가 이성이 없는 것은 침팬지에게 영이 없기 때문입니다. 그래서 침팬지는 자신이 구원받기 위하여 불교든 기독교든 종교 같은 것을 믿지도 않으며 믿을 수도 없습니다. 그러나 인간은 영(靈)을 가졌습니다. 그리고 그 영의 실체는 신(神)입니다. 그러니 사람은 육체를 가진 신이라고 정의를 내릴 수 있습니다. 그리고 신의 원체(元體)는 창조주라고 경전에 기록되어 있습니다. 사람이 신(神)이라면 신을 낳을 수 있는 존재는 신(神) 밖에 없습니다. 사람은 사람새끼를 낳고 돼지는 돼지새끼를 낳는 것이 세상의 이치입니다. 경전에는 영이며 신이신 창조주가 사람과 천지만물을 창조하였다는 내용이 기록되어 있습니다. 따라서 경전에는 창조주도 영이며 사람도 영이란 상관관계를 설명하고 있습니다. 경전도 종교도 창조주가 영이란 것과 사람은

창조주에 의하여 지음 받았으니 창조주는 주인이요, 사람은 피조물이라는 것을 밝히고 있습니다. 종교란 단어의 의미는 가장 높은 하늘의 창조주에 대한 가르침이란 의미입니다. 그래서 이 모든 것을 깨닫기 위해서는 창조주에 대한 가장 높은 가르침이 기록된 경전을 통달하여야 합니다. 그것을 통달하기 위해서는 정한 때를 만나야 하며 정한 때가 되었을 때, 그 감추인 내용을 계시(啓示) 받은 사람을 만나야 합니다. 그래야 그에서 가르침을 받을 수가 있습니다. 이것은 사람이 어떤 스승에게 배움을 받았느냐에 따라 그 격이 달라지는 것과 같습니다. 여하튼 오늘날 현실적으로 사람의 탄생경로와 인류의 역사를 알기 위한 유일한 방법은 종교 경전을 깨닫는 방법 밖에 없습니다. 그런데 세상에는 종교 경전을 통달한 사람이 한 사람도 없으니 경전을 바로 깨달은 자가 없었습니다. 그러나 경전에는 경전을 통달할 사람을 한 사람 예비하고 있으니 그 예비한 분의 가르침을 통하여 경전을 바르게 깨달을 수가 있을 것입니다.

진화란 말의 정의는 진화(進化) 곧 '변화되어 왔다'는 의미입니다. 진화의 전제는 유(有)에서 유(有)로의 변화입니다. 그런데 침팬지에게는 영이 없는데 사람에게는 영이 있습니다. 이것이 사람이 침팬지에서 진화 되었다고 할 수 없는 모순입니다. 이것은 무(無)에서 유(有)가 된 경우입니다. 무에서 유가 되는 것은 진화라고 말할 수 없습니다.

영이 없는 침팬지에서 영이 있는 사람이 될 수 없으니 따라서 사람이 침팬지에서 진화되었다는 말은 허구입니다. 그렇다면 사람 안에 있는 마음이 곧 신인데 그 신이 어디서 생겨 나와서 어떻게 진화되어 사람의 마음이 될 수 있었단 말입니까?

사람에게 있는 영(靈)은 신(神)입니다. 사람이 신이란 말입니다. 그리고 그 신이 뱉은 것이 말입니다. 신의 열매가 말입니다. 그런데 경전에는 창조주도 신(神)이라고 소개하고 있습니다. 또 성서에는 경전의 말씀이 곧 하나님이라고 말하고 있습니다. 그런데 사람도 신(神)이고 사람도 말을 합니다. 사람이 말을 할 수 있는 것은 사람 안에 신이 있기 때문입니다. 그리고 '창조의 신(神)이 사람을 창조하였다' 는 것이 경전의 주제이고 그 경전의 말씀이 곧 신이라는 것입니다. 그래서 사람은 창조의 신이 창조한 피조 신(神)입니다.

그래서 사람들은 종교를 합니다. 아니 영혼(靈魂)을 가진 사람이라면 누구나 종교를 해야 합니다. 왜냐하면 오늘날의 지구촌 모든 사람들은 아담으로 말미암아 자신 안의 영혼이 성령에서 악령으로 망령(亡靈)되었기 때문입니다. 모든 인류가 그런 상태가 되었기 때문에 기독교는 구원(救援), 불교에서는 해탈(解脫)이 필요한 것입니다. 지구촌 인류 중 여기에 해당하지 아니하는 사람은 한 사람도 없기 때문에 모든 사람은 이런 목적으로 종교를 해야 하는 것입니다. 그래서 종교(宗敎)는 '하늘의 것을 나타내어 가르친다' 고 말한 것입니다. 따라서 종교(宗敎)는 하늘을 가르치는 것이고 하늘은 곧 창조주의 신을 나타내니 창조주에 대하여 가르치는 것이 종교입니다. 가장 큰 창조의 신을 한국어로 하느님 또는 하나님이라고 합니다. 이 말에 해당하는 불교 용어는 만유의 일인자, 진여(眞如), 본지체, 비로자나불이나, 법신불부처님입니다. 종교라는 말의 영어말은 릴리젼(Religion)입니다. 릴리젼(Religion)의 뜻은 '신과의 재결합' 이란 말입니다. 신과 사람의 육체가 한 몸이 된다는 말입니다. 이것으로 종교의 목적은 신과의 재결합이란 사실을 알 수 있습니다. 왜 재결합이라고 할까요? 한 번 이혼 한 적이 있는 사람이 다시 결혼할 때, 재혼이라는 말을 사용하는 것이 아닙니까? 이것은 옛날 처음 인간이 창조되었을 때는 성령과 결혼을 했는데 그 성령과 이별을 하게 되었다는 말입니다. 그러면 사람 누구에게나 있는 지금의 영은 어떤 영일까요? 본문을 통하여 답을 내릴 수가 있을 것입니다. 어째든 창조의 신과 동류인 성신(聖神)과 사람의 육체가 하나로 일심동체(一心同體)가 되는 것이 종교의 목적임을 알 수가 있습니다. 창조주의 신은 성령입니다. 창조주께서는 수많은 천사들을 창조하셨다고 경전에 기록하고 있습니다. 이 천사들은 모두 성령들입니다. 그래서 성령인 신과의 재결합이 완성되면 완성된 그들은 성령으로 부활한 사람이 되며, 부처로 성불한 사람이 됩니다. 따라서 부처란 용어도 알고 보면 성령이란 말과 동의어입니다. 뜻으로 봐도 틀림없는 말입니다. 성령(聖靈)은 진리(眞理)의 영이라고 성서에 기록되어 있습니다. 불경의 부처란 정각(正覺)한 영(靈)이란 의미이니 이 둘은 같은 의미입니다. 구체적인 것은 본문에서 다루기로 하겠습니다.

그래서 사람의 본성은 신(神)이고 불(佛)이므로, 사람들은 신과의 재결합을 위하여 신앙을 한다고 할 수 있습니다. 이런 일련의 사실들을 깨닫는 것이 이성의 작용입니다. 그러므로 사람은 신이며 영이므로 깨달아야 합니다. 그리고 모든 인류는 영혼을 가졌습니다. 따라서 종교는 특정한 사람만이 하는 것이 아니라, 모든 사람이 종교를 해야 합니다. 그런 면에서 종교는 자유가 아니라, 의무라고 할 수 있습니다. 그러나 의무란 의미에서의 종교란 반드시 구원이란 목적을 가질 때, 가능합니다. 이것은 어느 지역 사람들이 피폭이 되어 부락민 모두가 원자력에 의한 피해자가 되었습니다. 이 부락민들에 있어서 원자력 치료를 받는 것은 의무라고 하는 것과 같다고 할 수 있는 것입니다.

따라서 종교의 목적은 구원입니다. 그런데 불교는 무엇이고 법화경은 무엇입니까? 그리고 기독교는 무엇이고 요한계시록은 무엇입니까?

불교는 약 2600년 전의 인도의 사람 고타마 싯다르타에 의하여 지구촌에 펼쳐지기 시작했습니다. 기독교의 뿌리인 유대교(구약)는 6000년 전 아담으로 비롯되었고, 기독교(신약)는 약 2000년 전에 이스라엘 사람 예수에 의하여 펼쳐졌습니다. 그리고 법화경은 불교의 최종목적인 극락과 사람이 성불되어 부처가 되는 세계에 대한 것을 주제로 기록한 경전입니다. 그리고 요한계시록은 사람다운 사람 곧 하나님의 형상을 닮은 사람의 창조를 실제로 이루는 기독교의 결론에 대하여 기록한 경전입니다. 하나님의 형상은 어떤 것일까요?

하나님은 영이시므로 실재적인 모습이나 형상은 없습니다. 여기서는 하나님의 품성이나 속성을 형상이란 말로 표현한 것입니다. 그래서 하나님의 품성으로서의 형상은 성령(聖靈)입니다. 따라서 기독교의 최종목적은 사람누구에게나 있는 영(靈)을 성령으로 다시 창조하는 것임을 알 수가 있습니다. 그러면 부처로 성불하는 사람은 어떤 사람일까요?

불교에서는 흔히 '불교의 목적이 자신이 깨달아 부처가 되는 것' 이라고 강조를 합니다. 이때 깨닫는 주체는 사람입니다. 사람은 누구나 영(靈)을 가지고 있습니다. 사람이 깨닫는다고 할 때, 진짜 깨닫게 되는 실체는 육체가 아니라, 영(靈)일 것입니다. 그렇다면 사람에게는 두 종류의 영이 존재함을 이 말을 통하여 깨달을 수가 있습니다. 한 영(靈)은 아직 부처로 되지 못한 영(靈)일 것입니다. 또 다른 한 영(靈)은 깨달은 후의 영(靈)인 부처가 된 영(靈)일 것입니다. 이것으로 세상에는 두 종류의 사람들이 존재할 수 있다는 사실을 감지할 수가 있습니다. 한 종류의 사람은 중생(衆生)입니다. 또 다른 종류의 사람은 부처입니다. 따라서 불교의 목적은 중생들인 사람들이 부처로 성불하는 것임을 알 수가 있습니다. 그런데 사람이 부처로 성불을 하는 일은 먼 훗날인 미래에 있을 일이라고 석존은 예언하셨습니다. 그 미래는 언제일까요?

그리고 모든 경전을 살펴보면 그 주제가 선(善)과 악(惡), 양(陽)과 음(陰), 참신과 귀신, 성령과 악령, 성신과 마귀, 부처와 마구니 등으로 나누고 있습니다.

이런 일련을 말을 통하여 영에는 두 종류가 있는데 한 영은 선한 영(靈)인 성령(聖靈)이고, 또 한 영은 악한 영인 악령(惡靈)이란 것을 깨달을 수가 있습니다. 성령은 창조주와 동일한 영으로 창조, 생명, 지혜, 진리의 영입니다. 악령은 모방의 신인 마구니로, 모방, 사망, 무지, 거짓말의 영입니다. 이로서 천하에는 두 종류의 영이 있는데, 사람들이 몰랐던 것은 그 영이 사람 안에 있는 영혼과 연관이 있다는 사실입니다. 왜 몰랐냐 하면 사람들이 깨닫지 못했기 때문입니다. 깨닫지 못한 이유는 사람들 안에 있는 영이 무지의 영인 악령이었기 때문입니다.

자 그런데 이런 일련의 것들을 깨닫게 되면 사람이 부처가 되는 것입니다. 부처가 된 사람은 부처가 되지 못한 사람과 큰 구분점이 있습니다. 구분점은 부처가 된 사람은 그 사람 안에 있는 영의 종류가 선한 영인 성령입니다. 그 성령은 하늘의 깊은 것조차도 다 깨달은 영입니다. 깨달은 영을 불교에서는 부처라고 합니다. 이렇게 하여 사람이 부처로 성불하게 되는 것입니다. 부처란 의미는 바로 이를 두고 한 말이었습니다. 그 성령은 바로 사람을 창조하신 창조주의 영과 동일한 영입니다. 따라서 부처의 실체는 영을 의미하고 영은 곧 신입니다. 그럴 때 특별히 부처라고 정의를 내릴 수 있는 영은 선악의 두 영 중에 성령을 일컫는 말입니다.

지구촌에 70~80억의 사람이 있듯이, 하늘에도 그 이상의 성령들이 존재합니다. 이 말은 곧 하늘에는 부처들이 많다는 말로 바꿀 수가 있습니다. 종교란 의미의 영어 말이 릴리젼(religion)이라고 했고, 그 어원적 의미가 신과의 재결합이라고 했습니다. 사람이 재결합해야 할 신은 바로 하늘의 성령들인가 봅니다. 그리고 그 성령과 재결합할 때가 사람이 부처로 성불할 때인가 봅니다. 2,600년 전에 인간세상에 이런 일이 있을 것을 싯다르타께서는 제자들에게 가르쳤고 그 가르침대로 이루어지는 시기가 법화경의 수기가 이루어질 때입니다.

불교의 목적이 사람의 영이 부처의 영으로 변화 받는 것이듯이, 기독교의 목적 또한 창조주의 영인 성령으로 거듭나는 것입니다. 그렇다면 불교의 목적이 사람이 부처로 성불하는 것이라면 기독교의 목적도 성령으로 거듭나는 것이니 두 종교는 똑 같은 목적을 가지고 있었던 것이 아닙니까? 그런데 왜 서로는 반목, 질시, 적대시하면서 오늘날까지 이르고 있을까요?

본 저서는 불교와 기독교 및 그 외 많은 종교가 같은 목적을 가진 하나라는 사실을 만세계에 전하여 세계의 정신문화를 하나로 모아서, 지구촌 평화시대를 앙망하는 모든 만민들에게 소망과 희망을 주고자 본 저서를 기고하고자 힘썼습니다.

인류의 조상은 하나이고, 인류를 창조한 분도 하나입니다. 그리고 경전도 하나입니다. 그래서 종교도 하나로 통일되어야 됩니다. 종교의 통일은 불교의 목적과 기독교의 목적이 이루어질 때, 이루어지게 됩니다. 불교의 목적과 기독교의 목적을 이룰 때는, 법화경의 예언과 요한계시록의 예언이 이루어질 때, 가능합니다. 법화경의 목적과 요한계시록의 목적은 무엇일까요?

법화경의 목적은 사람이 성불하여 부처가 되는 것이고, 부처가 된 사람들만으로 이루어진 세상이 곧 극락입니다. 요한계시록의 목적은 사람이 하나님의 형상 곧 성령으로 변화 받은 사람의 창조입니다. 성령으로 창조된 사람들만으로 이루어진 세상이 바로 천국입니다. 그러므로 극락과 천국은 동의어입니다. 그 극락과 천국은 구원자의 지상강림으로 이루어집니다. 그 구원자를 불교에서는 미륵부처라고 예언을 하였습니다. 기독교에서는 그 구원자를 메시야라고 하였습니다.

미륵과 메시야도 동의어입니다. 똑 같이 구원자란 말입니다. 그리고 기독교의 메시야가 지상에 나타나면 그 분의 불교식 이름이 바로 미륵부처입니다. 또 불교의 미륵부처가 지상에 나타나면 그 분의 기독교식 이름이 바로 메시야입니다. 그리고 미륵부처와 메시야의 어원을 역사적으로 찾아보면 동일합니다. 둘 다의 어원은 미트라입니다. 미트라는 옛날 미트라교에서 유래된 구원자란 말입니다.

하여튼 지상에 미륵부처가 출세하면 미륵부처님에게 제자가 양성되고, 그 제자들은 또 세계만민들을 진리로 깨닫게 하여 세계만국의 사람들을 부처로 성불하게 합니다.

법화경과 요한계시록의 비교를 통하여 꿈으로만 생각해왔던 위대한 종교의 통일과 극락과 천국의 실체를 바로 깨달아 이 글을 읽는 모든 불도인들과 기독교신앙인들이 다 함께 극락 천국의 백성이 되기를 발원해봅니다.

지금까지의 신앙세계는 마치 안개 정국과 같은 상태였다고 말할 수 있습니다. 극락이 무엇인지, 천국이 또 무엇인지, 부처가 무엇인지, 구원이 무엇인지 구체적으로 알지 못하였습니다. 그런 가운데서는 신앙인들의 확실한 종교관을 심을 수가 없었습니다. 그러나 불교도 기독교도 기타 종교의 모든 신앙인의 목적도 지금의 영혼의 상태에서 새로운 영인 성령으로 다시 재창조되는 것이라고 한다면 모든 종교의 목적은 매우 명료하게 정의 내려지는 것입니다. 그러고 나면 모든 종교가 하나라는 사실을 공감하게 될 것입니다. 그래서 모든 사람들이 종교의 바른 지식을 가지게 되고 종교의 참 목적에 도달하게 될 것입니다.

불교가 입은 옷을 모두 벗겨내면 불경이란 경전이 남고 경전을 또 벗어내면 법화경이 남고 그 법화경을 또 벗겨내면 구세주 미륵부처가 나옵니다. 이 한 분의 출현을 위하여 수많은 경전과 미사려구가 있었던 것입니다. 불교의 목적은 극락과 성불이고 그리고 극락과 성불을 이루기 위해서는 세상에 미륵부처가 출세를 해야 합니다. 그래서 불경은 한 마디로 미륵부처의 지상 출현을 알리기 위하여 기록된 예언서입니다.

기독교가 입은 옷을 벗겨내면 성경이란 경전이 나오고, 경전을 또 벗어내면 요한계시록이 나옵니다. 요한계시록의 옷을 또 벗겨내면 메시야(요한=십승자)가 나옵니다. 이 자가 세상과 악신을 이기고 출현되므로 이 자를 이긴 자 곧 이스라엘이라고 합니다. 이 한 사람의 출현을 위하여 신구약 성경이 존재하였고 신구약성경을 포도주 틀에 완전히 짜면 마군(魔軍)을 이긴 한 사람이 등장합니다. 이 자를 통하여 구원도 천국도 영생도 이루어지게 됩니다. 이 자가 성경의 예언대로 출현하면 이 자가 곧 메시야이고 또 미륵부처입니다. 따라서 성경과 불경이 걸친 옷을 모두 벗기면 마구니 세상을 이기고 나타나는 한 사람이 등장합니다. 그리고 이 한 사람으로 말미암아 세상은 천국과 극락으로 변화되게 됩니다. 이것이 유불선의 액기스입니다.

따라서 불교의 결론인 극락과 사람의 성불, 그리고 기독교의 결론인 천국과 사람의 부활이 각각 법화경과 요한계시록을 통하여 어떻게 펼쳐지는지 비교하면서 알아보겠습니다. 순서는 법화경 28품 중, 1품부터 그 다음 요한계시록 22편 중 1편씩을 사이에 끼워 넣는 순서로 나열하겠습니다.

제 1집

법화경　　　제 1~7품
요한계시록 제 1~7장

구시대와 신시대

Ⅰ.하나로 합하여지는 일합상의 세계를 위하여

서 문

필자가 어느 종교 강연회를 갔을 때의 일화입니다. 어느 청중 한 분이 "나 같은 사람도 종교를 할 수 있나요" 란 질문이었습니다. 그 질문에 저는 이렇게 되물었습니다. "당신에게 영혼이 있나요?" 라고 말입니다. 그는 "네" 라고 대답을 했습니다. 그래서 저는 또 이렇게 말씀드렸습니다. "영혼을 가진 모든 사람은 종교를 해야 합니다" 라고 그리고 또 이렇게 말하였습니다. "부모가 없는 사람이 세상에 있습니까?" 모두가 "없습니다" 라고 대답했습니다. 그리고 또 저는 질문했습니다. "세상에서는 부모님께 효도를 해야 합니까?" 라고 했습니다. 그랬더니 이구동성으로 "네" 라고 대답하였습니다. 그래서 저는 또 "세상의 모든 사람들이 부모님께 효도를 하고 있습니까?" 라고 하였습니다. 그랬더니 "아니요" 라고 청중들은 대답하였습니다. 그래서 저는 강연을 시작했습니다.

사람이 종교를 해야 하는 이유는 부모님을 알고 섬기며 존경하는 것과 똑 같은 이치라고 설명하였습니다. 자식이 부모님을 섬기고 존경하면 부모님은 자식을 위하여 모든 것을 던져서라고 희생할 것입니다. 사람들이 종교를 해야 하는 이유는 사람이 영(靈)을 소유하였기 때문입니다. 영은 곧 신(神)이라고 머리말에서 정리해보았습니다. 사람 안에 있는 영은 곧 신이며 신은 우연한 존재가 아닙니다. 사람 안에 신이 있기 때문에 사람은 생각도 할 수 있고, 말도 할 수 있고, 슬퍼하거나, 기뻐할 수 있고, 괴롭거나, 행복해 할 수도 있습니다. 그래서 다른 동물에 비하여 사람은 이성(理性)을 가진 동물이라고 말을 합니다. 사람이 신이기 때문에 그 신을 창조해준 분은 사람에게 부모님 같은 존재입니다. 그래서 창조주라는 말이 세상에 생긴 것입니다. 그래서 모든 사람에게 영(靈)이 있다면 모든 사람들에게 영을 존재케 한 분이 분명히 계실 것입니다. 그 분을 알고 믿고 섬기는 것은 마치 자신을 낳아준 부모님을 찾고, 섬기는 것이나 다름없습니다. 사람이 자신에게 육체를 주신 부모에게 효도하는 것이 세상의 도리라면, 사람에게 영을 주신 그 분에게 효도하는 것은 하늘의 도리일 것입니다. 그래서 종교의 대상은 영혼을 가진 사람이라면 모두가 종교를 해야 할 대상인 것입니다. 그러나 부모님이 계시되, 효도하는 사람들도 있고 불효를 하는 사람들이 있듯이 종교 또한 자신의 마음에 달린 것입니다.

그런데 사람들이 종교를 해야 하는 더욱 절실하고 필연적인 이유는 다른 데에 있습니다. 그것을 흔히 구원(救援)이나 해탈(解脫)이라고 합니다. 구원(救援)이란 한자말은 건질 구와 당길 원으로 이루어져있습니다. 이 말은 어떤 구렁텅이에 빠진 사람을 당겨서 구출한다는 의미를 가진 말입니다. 사람이 어떤 구렁텅이에 빠졌기에 종교에서는 사람이 구원받아야 한다고 했을까요? 사람은 원래 창조주로부터 창조주의 형상인 성령으로 창조되었습니다. 그런데 사람이 창조주가 아닌 요귀의 영인 악령의 사람으로 변질되어 버렸습니다. 그 변질된 악령이 사람의 육체에 임하여 사망과 고통과 이별과 질병을 유발하게 되었습니다.

모든 사람들은 악령에 의하여 구속을 받고 있기 때문에 그런 상태에서 벗어나는 것이 소위 구원(救援)이란 것입니다. 해탈(解脫)이란 말도 구원이란 말과 동일한 뜻을 가지고 있습니다. 풀 해와 벗어날 탈로 이루어진 해탈의 의미는 사람의 영혼에 흡착되어 있는 악령으로부터 풀려나서 벗어나는 일입니다. 이런 상황에 처해진 대상은 지구촌에 살고 있는 모든 사람들입니다. 그래서 모든 사람들은 종교를 통하여 구원 또는 해탈을 이루어야 인간 본연의 상태로 되돌아 갈 수가 있는 것입니다.

세상에는 종교도 많고, 신앙인들도 많습니다. 그러나 그 종교들과 신앙인들의 목적은 무엇일까요? 왜 지구상에는 그렇게 많은 종교가 있을까요? 왜 각 종교마다 그 목적이 다를까요? 세상의 많은 종교들은 지금 바로 잘 가고 있는 것일까요?

종교의 절대자는 자신을 존재케 한 창조주이다

종교의 절대자는 창조주입니다. 창조주와 나와의 관계는 어떤 것입니까? 창조주께서 나를 창조해주셨다는 것입니다. 경전에는 창조주를 영(靈) 또는 신(神)으로 소개하고 있습니다. 그럼 영(靈)이요, 신(神)이신 창조주와 우리사람들과의 관계는 어떤 것일까요? 사람을 크게 분석하면 영(靈)과 육체(肉體)로 나눌 수 있습니다. 창조주와 사람의 공통분모는 바로 영(靈)입니다. 자식은 부모님을 닮습니다. 그렇듯이 창조주와 사람들이 부자관계라면 닮은 점이 있어야 할 것입니다. 창조주와 사람의 닮은 점은 창조주도 영(靈)이고, 사람도 영체(靈體)라는 것입니다. 그렇다면 창조주께서 어떠한 방법으로 사람이 태어나게 하였으며 우리들은 어떻게 이렇게 영을 가진 사람으로 존재할 수 있을까요? 그것을 이해하기 위하여 긴 여행이 필요합니다.

우리나라는 예로부터 족보 책이 있었습니다. 그 족보 책에는 1대 조상으로부터 오늘날 자신에 이르기까지 대수를 일일이 기록해 내려왔습니다. 이 족보 책들은 각각 그 시작점이 오늘날 사용하고 있는 자신의 성이 만들어지고부터입니다. 오늘날 세계인류가 창조주로부터 어떻게 생성이 되어 오늘에 이르렀나를 잘 이해하기 위하여 필자의 경우를 예를 들어 과거로의 여행을 시작해볼까 합니다. 먼저 저의 소개를 드리겠습니다.

먼저 저는 사람입니다. 그리고 남자입니다. 또 저는 영(靈)과 육체(肉體)로 이루어져있습니다. 저의 어머니는 노 씨(氏) 이고, 아버지는 김 씨(氏)입니다. 이 두 분이 저의 부모님입니다. 이분들이 저의 1대 조상입니다. 저는 아버지의 성을 따라 김 씨(氏) 성을 가지게 되었습니다. 그리고 이 두 분들도 영과 육체를 소유하셨습니다. 이 분이 저를 낳아주셨지만 저의 부모님은 저와 같이 영과 육체를 가진 사람을 만들 수 있는 능력자는 아닙니다. 저의 부모님께서는 저를 낳을 능력은 없지만 저를 낳을 수 있는 유전자를 가지고 계셨습니다. 그 유전자는 어디에서 왔을까요? 지금부터는 부계족보만 말씀드리기로 하겠습니다.

저의 아버지의 아버지의 성함은 김 동 자, 석 자라고 합니다. 이분도 영과 육체를 소유한 분이었습니다. 이 분이 저의 2대 조상입니다. 저의 증조부는 저의 3대 조상입니다. 이 분도 영과 육을 소유하셨습니다. 그리고 저의 고조부는 저의 4대 조상입니다. 이 고조부도 영과 육을 소유하신 분입니다. 이렇게 영과 육을 소유하신 조상으로부터 우리의 씨족이 승계되어 왔고 오늘날 저에게까지 이르렀습니다.

이렇게 하여 조상을 찾아보면 약 37대를 올라가면 경순

왕이란 신라의 마지막 왕이 나타납니다. 이 분이 저의 약 37대의 조상입니다. 이 분도 영과 육을 소유하신 분이셨습니다. 이 분이 계시지 않았다면 오늘날 저는 존재할 수 없습니다. 그리고 경순왕으로부터 약 30대를 더 거슬러 올라가면 김알지란 조상을 만나게 됩니다. 이 분이 저의 약 67대 조상입니다. 이 분도 영과 육체를 소유하신 분이었습니다. 이 분이 없었다면 저와 저의 부모님과 조상들과 경주 김 씨란 성을 가진 사람도 존재할 수 없습니다. 그런데 김알지란 분도 인류의 시조는 아닙니다. 그래서 김알지도 부모님이 계십니다. 그 분으로부터 33대를 더 올라가면 우리는 BC1,000년 시대를 만나게 됩니다. 그 때는 우리의 역사가 단군조선시대였습니다. 상고 역사서를 살펴보면 기원전 1062년에 고조선을 다스리신 왕은 추로라는 분으로 이 분이 조선을 63년 간 다스렸다고 기록되어 있습니다. 이때의 저의 직계조상은 단군 조선의 사람으로 존재하셨을 것입니다. 그 분을 확인할 수는 없지만 그 분이 분명 계셨기에 오늘 저가 존재할 수 있습니다.

그리고 1,333년을 더 거슬러 올라가면 BC2,333년을 만나게 됩니다. 이 해에 단군왕검이 단군조선이란 나라를 세우셨으니 단군왕검은 저의 약 143대 조상이 되는 것입니다. 물론 이 시대는 수명이 지금보다 길었다는 것을 알 수 있으나 오늘날과 같은 수명이라 가정하고 가늠을 해보는 것입니다. 이 단군왕검도 오늘날 우리와 똑같은 영과 육체를 가지신 사람이었습니다. 이 분이 없었다면 저와 우리조상과 한민족이란 나라도 없었을 것입니다. 그런데 단군왕검께서도 부모님이 계셨다는 것입니다.

단군왕검으로부터 약 50대를 올라가면 우리는 BC3,897년을 만나게 됩니다. 그때에 초대천왕 환웅이 배달국을 건국하였습니다. 이 분이 저의 약 194대 직계조상이 됩니다. 이 분도 영과 육체를 소유한 분이었습니다. 그리고 이 분에게도 부모님이 계셨습니다. 이때는 지금으로부터 약 6,000년 전으로 종교경전을 통하여 보면 이때부터 사람들이 성령에서 악령으로 타락하게 되었다고 기록되어 있습니다. 그래서 이때부터 회복을 위한 종교가 시작 되었습니다.

이 분으로부터 3,282년을 거슬러 올라가면 우리는 BC7,179의 역사를 만나게 됩니다. 이때가 환인천제가 환국을 건국할 때입니다. 그러니까 환인천제는 저의 약 303대의 조상이 됩니다. 이 환인천제도 영과 육체를 가진 사람이었습니다. 그리고 이 분이 이때에 계시지 않았다면 오늘날 저도 존재할 수가 없습니다. 이때는 성령의 시대였습니다. 성령의 시대를 달리 신선시대라고도 할 수 있습니다. 그렇기 때문에 이 시대의 임금을 환인 곧 하느님이라고 부를 수 있었던 것입니다. 그리고 그 나라이름을 빛의 나라 또는 하나님의 나라 곧 천국이란 뜻으로 환국이라고 일컬어졌던 것입니다. 이 나라는 12지국으로 이루어졌고 12지국은 지상천국의 심볼입니다.

그리고 세월은 훌쩍 더 거슬러 올라, 나반과 아만의 시대입니다. 이 분이 살던 곳을 사타려아, 또는 아이사타라고 합니다. 이 두 분이 인류의 시조라고 고대역사는 말하고 있습니다. 이 분이 최초의 인류라고 한다면 이 분은 지금으로부터 약 250~600만 년 전의 사람입니다. 왜냐하면 과학은 인류의 생성을 약 250~600만 년으로 보기 때문입니다. 만약 이 기록이 사실이라고 한다면 나반과 아만이 계시지 아니하였다면 오늘날 저도 부모님도 조상들도 세계의 모든 인류도 존재할 수가 없을 것입니다. 이 역사가 600만 년이라 한다면 이 분은 저의 20만대 조상이 될 것이고 이 역사가 300만년이라면 이 분은 저의 10만대 조상이 될 것입니다.

그리고 이 분 역시 오늘날 우리들과 똑 같은 영(靈)과 육체(肉體)를 가진 사람이었습니다. 저는 이 분의 직계후손이고 이 분은 저의 직계조상입니다. 그러니 오늘날 영과 육을 가진 저의 뿌리의 역사는 300~600만년이고, 10~20만대의 조상을 사다리처럼 엮어서 오늘날까지 한 대도 끊이지 않고 살아온 참으로 끈질긴 후손인 셈입니다. 참으로 고귀한 존재가 아니겠습니까?

그런데 문제는 부모 없는 자식이 없듯이 이 분이 최초의 인류의 시조라면 이 분을 존재할 수 있게 하신 부모님은 누구일까요? 이 분이 최초의 사람이므로 세상에는 이 분

외에는 사람이 없습니다. 고대사에서는 이 분을 창조하신 분은 천신이라고 합니다. 천신을 쪼개어 말하면 세 분의 신으로 삼신입니다. 삼신은 곧 성부와 성령과 성자입니다. 예로부터 우리가 삼신할머니에게서 왔다는 말은 우리가 성부와 성령과 성자의 후손이라는 것입니다. 성부와 성령과 성자를 할머니라고 표현하는 이유도 삼신이 우리를 낳았다는 의미입니다.

성서의 창세기에는 창조주 하나님이 자신의 형상으로 사람을 만들었다고 합니다. 그리고 사람을 흙으로 만들었다고 합니다. 자신의 형상으로 만든 것은 사람의 영혼을 성령으로 만들었다는 말이고, 흙으로 만들었다는 것은 육체를 만들었다는 의미이겠죠?

자 그럼 오늘날 사람은 영과 육체로 이루어졌고 영은 창조주에게서 왔음을 증명하는 것은 창조주가 영이란 사실과 그 영이 사람의 육체 속에 존재한다는 사실입니다. 그리고 나반이든 아담이든 사람이란 모름지기 영과 육체로 이루어졌다는 사실입니다. 그럼 사람에게 존재하는 영의 출처는 창조주에게서 찾을 수 있으나, 육체는 정말로 흙에서 온 것이 사실일까요?

사람의 육체의 생성과정을 관찰해 봅시다. 사람은 어머니와 아버지의 사랑으로 태어납니다. 아버지와 어머니 간의 사랑은 형체가 없습니다. 그런데 그 사랑으로 말미암아 아버지에게는 정자라는 물질이 나오고, 어머니에게는 난자라는 형체가 나옵니다. 아버지의 정자(精子)가 어머니의 난자(卵子)에 들어오므로 두 개의 세포가 수정을 합니다. 난자도 정자도 현미경으로 보아야 볼 수 있을 정도로 아주 작은 입자입니다. 그 입자는 단백질이고 단백질은 흙에서 옵니다. 그 안에 영혼이 될 유전자가 섞여있습니다.

그리고 모태가 먹은 영양소가 태아에게 공급되어 미세한 세포가 몸을 증식하게 됩니다. 물론 그 세포질 안에는 핵이 있고 핵에는 유전자가 들어있습니다. 이때 태아가 먹은 영양소는 모두 흙에서 나는 것들입니다. 밥이 그렇고 반찬이 그렇습니다. 식물도 흙속에 있는 것을 흡수하여 몸을 불리고, 동물은 또 그 식물을 먹어서 몸을 불립니다. 그리고 산모는 그 동식물을 먹어서 태아가 성장을 하여 약 10 개월의 기간이 흐르면 태어는 3~4KG의 몸집으로 커집니다. 그 몸집은 모두 어디서 온 것입니까?

모두가 흙에서 온 것입니다. 태아는 또 세상에 출산되어 흙에서 나는 산물들을 먹고 40, 50, 60, 70KG으로 성장됩니다. 그러니 사람의 몸은 흙으로 만들어지는 것이 참으로 맞습니다. 그리고 그 흙으로 만들어진 육체에는 각종 신의 줄기가 뻗어져 있습니다. 그것을 신경(神經)이라고 합니다. 신경(神經)이란 신의 줄기란 말입니다. 그 신의 줄기들을 명령 통제하는 기관이 뇌이고, 뇌의 기능에 의하여 생산되는 사고(思考)가 공급되어 이성과 정서와 감정과 지각을 움직이고, 이것들을 통틀어 정신(精神)이라고도 영

(靈)이라고도 불성(佛性)이라고도 신성(神性)이라고도 합니다.

최초의 인류로 태어난 첫 사람은 창조주의 설계에 의하여 만들어진 창조주의 창작물입니다. 그렇게 만들어진 사람이 첫 조상이었고, 우리는 그의 후손들입니다. 오늘날 지구촌을 살아가고 있는 모든 사람들은 이런 경로로 세상에 존재하게 되었습니다.

그래서 첫 사람을 창조하신 분은 창조주입니다. 그러나 창조주는 육체가 없습니다. 육체가 없으신 창조주가 천지만물과 사람을 창조하신 것입니다. 그러니 종교의 절대자를 다른 의미로 생각하지 말고 자신을 창조한 그 분이 자신의 절대자라는 것을 깨달아야 합니다. 앞에서 설한바와 같이 창조주는 타의 어떤 존재가 아니라, 자신을 창조해 주신 직계조상입니다. 즉 자신의 직계 조상은 아버지, 할아버지, 증조할아버지, 고조할아버지....최초의 첫 할아버지 그리고 그 위에는 첫 할아버지를 낳아주신 창조주가 되겠죠?

우리가 종교를 하는 의미는 바로 직계조상으로서의 그 한분으로 돌아가는 일입니다. 그런데 말세가 된 오늘날은 지구상에 사람이 스스로 만든 종교들과 사람이 자신의 유익을 위해 가르고 가르던 수많은 종파들이 있습니다. 그들이 여러 이름으로 절대자를 찾으나, 그것은 참 진리가 아닙니다. 창조주는 분명 자신과 연관이 있는 존재여야 할 것입니다. 자신의 창조와 관계가 없는 절대자가 어찌 자신의 종교의 절대자가 될 수 있겠습니까?

그러니 부처님, 알라님, 상제님, 카미사마님, 갇(GOD)님, 하느님, 하나님 다 다르게 불렀지만 자신의 직계 조상으로 존재하시는 그 분을 다르게 부른 이름들일뿐입니다. 한 분의 창조주였을 뿐인데 세월이 가고 국경이 갈라지면서 언어도 갈라지게 되어 점점 다른 이름들이 생겨나게 되고 다른 절대자로 둔갑되어 갔던 것입니다. 이제 각각 다른 이름들로 불려진 그 실체를 바로 인식하고 그 한 분을 세계인들의 직계조상으로서 받아들이면 세계인들은 모두 한 창조주의 후손들로 돌아가게 됩니다. 이로써 지구촌 패밀리 시대가 열리게 되는 것입니다.

이렇게 되면 부처님이 우리의 직계조상인 창조주의 한 이름이고, 알라님이 또한 우리의 직계조상인 창조주의 다른 이름이고, 카미사마, 하나님, 하느님이 또한 우리직계조상인 창조주의 다른 이름일 뿐 오직 한 분이 세계인의 창조주가 됩니다. 그렇게 된다면 세계에는 종교전쟁이 없어지고 평화의 시대가 열릴 수밖에 없을 것입니다. 그래서 본 필자는 이렇게 제안을 합니다.

"세계를 움직이는 종교지도자 여러분 이제 여러 분들이 사용하던 종교의 절대자의 이름을 버리고 창조주란 이름 하나로 통일합시다."

지구상의 모든 사람들이 존재하게 된 것은 한 창조주로

말미암았고, 우리 육체 안에 거하는 영혼을 주신 분도 그 한 분입니다. 그러니 영혼을 가진 사람들이 종교를 하는 의미는 자기 직계조상을 섬기고 의지하고 그 근본으로 되돌아가는 것과 같은 것입니다. 이렇게 깨닫게 될 때, 지구촌 모든 사람들이 신앙인이 될 것이고, 종교도 하나로 통일이 될 것입니다. 자신에게 직계조상과 부모가 없는 사람이 없듯이 지구촌 모든 사람들이 자신의 직계조상으로 창조주를 찾고 그 분을 믿고 모실 때, 비로소 지구촌의 종교는 하나로 통일 될 것이고, 그러므로 평화가 올 수 있을 것입니다.

그럼 종교란 왜 시작되었으며 종교의 목적은 무엇이며, 종교의 목적은 언제 어떻게 이루어질까요?

창조주는 사람을 창조하기 이전에 자신과 같은 형상 곧 자신과 같은 성품의 많은 천사(천인)들을 창조하셨다고 경전은 말씀하고 있습니다. 이들은 모두 창조주의 형상을 한 착한 신인 성령들이었습니다. 그런 중, 나중에 착한 천사들 중, 욕심에 빠진 천사들이 생겨났다고 합니다. 이들의 이름이 우리들이 잘 아는 귀신, 마귀, 요괴, 악마, 사탄, 악신, 악령 등의 이름들입니다.

이런 가운데 창조주께서는 천지만물과 사람을 창조하셨다고 합니다. 처음 창조한 사람은 창조주의 형상인 성령들과 육체를 짝지어 창조하신 것입니다. 성령의 개념은 창조주께서 거룩한 영인 성령의 본체인 성부이시니, 성령들은 마치 아들의 개념이며, 복사본과 같은 의미입니다. 그 창조주이신 성부께서 자신의 형상으로 많은 천사들을 창조하셨으니 그들이 바로 많은 성령들입니다.

처음 사람이 창조되었을 때는 그 성령과 육체의 만남으로 사람의 몸이 이루어졌습니다. 사람의 육체에 성령들이 들어가 함께 호흡하였으니 사람의 육체는 성령들의 집이요, 또는 불성의 집이요, 성전(聖殿) 또는 영적 법당(法堂)이 된 것입니다.

그런데 이 거룩한 성령들은 죄와 함께 동거할 수는 없답니다. 물론 사람이 죄를 짓게 된 것은 악마의 미혹으로 말미암았지만 말입니다. 악마의 미혹으로 욕심을 품게 된 사람의 육체에서 성령들이 떠난 것은 사람이 하늘의 신분에서 땅으로 떨어진 격입니다. 사람의 육체가 빈집이 되자 그 집에 귀신이 들어가 살고 있으니 사람의 육체가 모두 성전(聖殿)에서 귀신의 집(魔殿)으로 전락 되고 말았습니다. 그것을 단적으로 말하면 사람의 육체 속에는 창조주의 영과 동일한 성령이 임하여 있어야 마땅하나, 그 성령이 육체를 떠나고 나쁜 영인 악령이 들어오게 되었다는 의미입니다. 이것은 처음 인간이 창조주에 의하여 창조된 형상에서 변형된 형상입니다.

종교의 목적은 사람의 육체가 귀신의 집에서 탈피하여 성전이 되는 것입니다. 신앙인들의 목적은 자신 안에 있는 악령을 보내고 새 영인 성령으로 새롭게 되는 것입니다.

그것이 릴리젼(religion)의 목적입니다. 그것은 불교의 목적과도 상응하는 것입니다. 불교의 성불은 바로 중생들이 깨달아 부처로 되는 것인데 그것을 구체적으로 말하면 그 전의 영을 보내고 새 영으로 창조함 받는 것입니다.

기독교의 목적을 성서에서 물과 성령으로 거듭나는 것이라고 확실히 기록해두었습니다. 물은 진리를 비유한 말이니 진리의 말씀을 듣고 사람이 성령으로 다시 창조함 받을 수 있다는 의미입니다. 이것은 인류가 처음 창조주로부터 창조함 받은 원래의 모습으로 되돌아가는 회복의 역사입니다. 그래서 불가에서는 모든 사람은 불성(佛性)을 가졌다는 말을 했고, 그것을 기독교식으로 말을 바꾸면 모든 사람은 신성을 가졌다는 말입니다.

그래서 종교의 창시자는 인간이 아니라, 창조주이시고, 경전은 창조주가 성령의 감동을 받은 사람에게 그 내용을 불러주어 기록하게 된 것입니다. 그래서 사람의 입장에서 종교의 목적은 자신이 악령에서 벗어나 성령을 모시는 성전(聖殿)이 되는 것입니다. 그러나 창조주의 입장에서 종교의 목적은 자신과 자신의 형상으로 창조한 성령들이 육체의 집에 들어가 살게 되는 것입니다.

이 모든 것은 법화경과 신약성서 요한계시록의 예언이 이루어지는 것으로 증명되고 현실화되게 됩니다. 오늘날까지 사람들은 하늘과 땅과 사람에 대하여 명료하게 알 수 없었습니다. 사람이 어디서 어떻게 왔는지를 알지 못하고 있습니다. 그리고 죽은 후에 사후세계가 어떻게 펼쳐질지 자신은 또 죽은 후 어떻게 될지, 향후 인간세계에는 어떤 일이 있을지를 아무도 알지 못합니다.

그러나 법화경과 요한계시록의 예언이 실상으로 이루어지면 이에 대한 모든 의문이 풀리게 됩니다. 그리고 이런 때가 되면 법화경과 요한계시록의 비교가 이루어집니다. 그 법화경과 요한계시록의 비교를 통하여 모든 비밀의 키가 열리면 이 두 예언이 거짓이 아니라, 참이란 사실이 증거가 되며 이 예언들은 기록된 대로 반드시 이루어짐을 만인들이 알 수가 있게 됩니다. 예를 든다면 석존께서 약속한 미래세에 중생들이 부처로 성불하게 된다는 예언이 실제로 그대로 이루어진다는 것입니다. 또 예수께서 약속한 사람들이 성령으로 부활을 하게 된다는 예언도 반드시 실제로 이루어진다는 것입니다. 자 그럼 지금부터 법화경과 요한계시록을 한 편씩 비교하면서 해설해보기로 하겠습니다.

본서를 읽는 관점은 머리말과 서언에 기록한 대로 창조주께서 예비하신 미래에 대하여 편견 없이 읽는 것입니다. 고정관념을 버리고 완전히 마음을 비운 상태에서 본서를 접한다면 보다 쉽게 이해할 수 있으리라고 생각합니다. 법화경과 요한계시록에 많은 내용을 담아놓았지만 결론은 한 문장입니다.

그것은 “창조주께서 처음 사람을 성령으로 만들었는데

과정에서 마구니의 침범을 받게 되어 모두가 마구니의 영을 가진 사람으로 변질되었으니 법화경과 요한계시록을 통하여 사람들을 다시 성령으로 회복하겠노라" 는 것입니다. 그리고 성령으로 회복하는 일이 진행되기 위해서는 먼저 법화경에서는 아뇩다라삼먁삼보리의 진리가 열려야 하고, 요한계시록에서는 봉함된 묵시가 열려야 합니다. 그리고 아뇩다라삼먁삼보리의 진리가 열리려면 마왕을 이기는 미륵부처가 등장해야 하고 봉함된 묵시록이 열리려면 마귀를 이기는 이긴 사람이 등장해야 합니다.

그래서 법화경 28품을 통하여 아뇩다라삼먁삼보리와 미륵부처가 언제 어디서 어떻게 출현하는가를 깨닫는 것이 핵심을 여는 열쇠가 됩니다. 또 요한계시록 22장을 통하여 마귀를 이긴 사람이 언제 어디서 어떻게 지상에 등장하게 되는가를 파악해야 합니다. 왜냐하면 그것을 통하여 법화경과 요한계시록의 결론인 성령으로 회복될 수 있는 길이 열리고 성령으로 회복된 사람들이 사는 세상이 천국이고 극락이기 때문입니다.

1.법화경의 개요

법화경은 모두 28품으로 구성되어 있습니다. 제 1품에서 제 17품까지는 정론편이고 제 18편에서 28품까지는 응용편이라고 할 수 있습니다. 그리고 이 28품 전체의 내용은 사람의 성불과 극락세계가 언제 어떻게 어디에서 이루어지는가를 암시하고 있습니다. 그러한 시각으로 법화경을 바라봐주시고 또 그 연관성 상에서 뒤따라 열거되는 요한계시록을 통하여 그 의미를 함축해 결론에 도달하시기를 바랍니다.

제 1품 서품은 도입부분으로서 법문의 개시를 예고합니다. 제 2품인 방편품에서 제 9품 수학무학인기품까지는 부처들은 삼승을 방편으로 하여 사실은 일승으로 인도한다는 내용입니다. 이 가르침을 통하여 누구나 부처가 될 수 있다고 합니다. 여기서 누구나 부처가 된다고 하는바, 부처란 도대체 뭣이냐는 의문을 가져 볼 필요가 있습니다.

제 10품인 법사품에서 제 14품인 안락행품까지는 법화경을 널리 유포하라는 내용입니다. 제 15품 종지용출품에서 제 17품인 분별공덕품까지는 법화경을설하신 석가모니불은 본래무량수명을 가진 영원한 부처님이란 것을 소개하고 있습니다. 무량수명이란 것을 기독교 용어로 바꾸면 영생(永生)이란 말입니다. 즉 부처님의 속성은 영원한 생명인 영생하는 존재라는 사실입니다.

제 18품인 수희공덕품에서 제 20품인 상불경보살품까지는 법화경을 잘 간직하거나 독송하거나 해설하거나 베껴 쓰라고 당부하는 내용이고 이렇게 하면 탁월한 능력이 갖추어진다고 합니다.

제 21품인 여래신력품에서 제 28품인 보현보살품까지도 법화경을 잘 간직하고 독송하거나 베껴 쓰라고 당부하는 내용입니다. 여러 보살들은 이 처럼 법화경을 유포하는 법사를 수호하겠다고 다짐하는 내용으로 이루어져있습니다.

법화경은 이렇게 구성되어 있습니다. 천태대사의 분석은 법화경 구성과 핵심을 한눈에 파악하는 데 큰 쓸모가 있습니다. 이 분석에 의하면 삼승은 방편일뿐이고 사실은 일승뿐이라는 것입니다.

후반부에서는 부처님의 수명은 무량하다는 것이 핵심입니다. 간단히 말해서 부처님과 부처로 성불하는 중생들이 영생한다는 것이 후반부의 핵심입니다. 여기서 부처로 성불한 사람이 영생을 할 수 있다는 것과 기독교의 교리에서 성령으로 부활하면 부활한 사람들은 영생을 한다는 것과는 일치되는 교리라는 것을 깨달을 수가 있습니다.

이러한 중생 구제를 위하여 두 가지 핵심을 널리 이해시키고 전파하라고 권유하는 것이 전후반부에 있는 응용편의 법문입니다. 전반부의 중심은 제 2편 방편품이고, 후반부의 중심은 제 17여래수량품입니다. 그런데 이 둘은 모두 정론편에 소속되어 법화경의 핵심적 교리를 가르칩니다.

그렇다면 전반부와 후반부에 있는 응용편의 핵심이 무엇인가 하면 그 중 하나가 법사입니다. 응용편에서 부처님은 법화경의 가르침을 널리 알리는데 전념하는 사람의 공덕이 크다는 것을 수차 반복하고 있습니다. 이런 사람이 법사라는 것입니다. 이런 법사가 곧 보살이 됩니다. 보살은 언제든지 성불할 수 있는 준비가 되어 있는 사람입니다. 이 처럼 법화경을 널리 알려 중생을 구제하고자 노력하는 것이 법화경의 보살행입니다. 그러므로 응용편은 보살행에 대한 내용이 핵심입니다.

이상과 같이 법화경은 세 자기 핵심을 가르치는 내용으로 이루어져 있습니다. 그 셋을 열거해보면 첫째가 일승이요, 둘째가 부처는 영생한다는 내용이요, 셋째가 그것을 위하여 법화경을 널리 전하여 중생을 구제(구원)하는 보살행입니다.

이것을 기독교적 표현으로 바꾸면 기독교의 세 가지 핵심 가르침은 첫째가 사람이 성령으로 재생(再生)되어야 한다는 것이요, 둘째가 성령으로 재생된 사람들은 영생을 한다는 내용이요, 셋째가 그것을 위하여 요한계시록을 널리 전하여 사람들을 구원하는 것이 전도자행입니다. 이처럼 알고 보면 불교나 기독교의 핵심목적은 동일하다는 것을 알 수가 있습니다.

제 1품~제 10품은 일승에 대한 내용을 다루고 있습니다. 제 11품~제 22품까지는 부처의 영생을 핵심내용으로 다루고 있습니다. 제 23품~28품까지는 보살행에 대한 내용으로 구분되어 있습니다.

셋째 단계는 보살행인데 여기서 관세음보살, 보현보살, 아미타불처럼 대승불교에서 유명한 보살과 부처가 등장하여 신앙의 대상이 됩니다.

이 단계에서 관세음보살이나 보현보살의 역할을 하는 기독교 교리는 보혜사입니다. 보혜사는 사람들을 진리로 이끌어 가르치는 성령의 사람을 지칭하는 말입니다.

법화경은 28품으로 나누어져있습니다. 그러나 법화경 전체는 중생들을 영원한 부처의 세계로 인도하는 지침서입니다. 그래서 중생들을 영원한 부처의 세계로 인도하는 것이 보살의 사명이라고 할 수 있습니다. 그것을 법화경 용어로 일승 이라고 합니다.

이에 반하여 법화경에 해당하는 기독교 경전인 요한계시록은 22장으로 나누어져 있습니다. 그리고 요한계시록 전체는 모든 사람들을 성령의 사람으로 인도하는 지침서입니다. 그래서 사람들을 영원한 성령의 세계로 인도하는 것이 전도자의 사명이라고 할 수 있습니다.

2.성서와 요한계시록의 개요

이 장은 불경과 법화경을 더 잘 이해하기 위하여 성경과 요한계시록에 대한 제론을 달았습니다. 이런 작업으로 불경과 법화경과 성경과 요한계시록의 근원적 목적이 같다는 것을 확인할 수가 있습니다. 그리고 이 두 경전이 다른 시대에 다른 지역에서 각각 다른 사람들에 의하여 쓰인 먼 과거에 기록한 예언서이지만 이루어질 때는 같은 시대, 같은 장소에서 동일한 목적으로 성취되어 합일된다는 것을 발견할 수가 있습니다.

이렇게 되는 이유는 인류의 시작은 한 창조주에 의하여 같은 인류세계에 펼쳐졌기 때문이며, 인류세계는 우연히 생성된 것이 아니라, 창조주의 특별한 계획 아래서 이루어졌기 때문입니다. 그리고 창조주도 하나요, 인류의 조상과 후손들도 한 뿌리요, 그러므로 진리도 하나라는 것입니다.

인류가 그저 우연히 저절로 생성되었다면 불교도 기독교도 불경도 성경도 필요가 없을 것이고 모든 것은 사람이 만들었고 사람이 조작한 것일 것입니다. 그러나 봉함된 경전이 열리면 경전은 사람이 임의로 기록할 수 없는 신서라는 사실을 깨달을 수가 있습니다. 그리고 우리 인간에게 존재하는 영혼이란 것을 보아도 알 수 있듯이, 우리 인류가 그저 자연적으로 생성된 것은 아닌 것입니다. 그리고 그 모든 결말은 법화경과 요한계시록의 예언이 실상으로 지구촌에 나타남으로서 이미 결론지어져 버렸습니다. 우리는 법화경과 요한계시록의 비교를 통하여 지금까지 몰랐던 많은 사실들을 깨달을 수가 있게 될 것입니다.

불경과 성경을 기록한 것은 사람이지만 그 사람을 통하여 기록하게 하신 분은 창조주입니다. 창조주께서는 그 분의 계획을 선지자들에게 이상과 환상과 신의 감동을 주어 각각의 경전을 기록하게 하신 것입니다. 그렇게 경전들이 기록되었다면 그 내용과 목적은 그 사람의 것이 아니라, 그 내용을 불러주신 창조주의 것일 겁니다. 그리고 그 선지자들이 싯다르타요, 성경의 이사야나 예레미야 등의 사람들입니다. 그런데도 불구하고 세상에는 종교도 갈라지고 경전도 갈라져서 처음 종교의 본의(本意)는 모두 사라졌습니다. 세상에는 온통 사람의 생각만으로 가득 채운 종교와 신학 책만 가득할 뿐 그 어느 것 하나 신앙인을 바른 길인 참 도(道)로 인도하여 주지는 못하고 있습니다.

이것은 마치 이런 예화와 같은 것입니다. 여러 자식을 둔 어떤 아버지가 어느 지구촌에 보물을 산더미처럼 쌓아 흙으로 묻어 산을 만들었습니다. 이 아버지는 이 보물을 몇 천 년 후의 후손들의 때에 후손들에게 물려줄 유산으로 계획하셨습니다. 그리고 그 보물의 장소와 보물이 나올 때와 보물을 유산으로 받을 후손들에 대한 기록을 문서로 남겼습니다. 그러나 그 내용을 다 공개하여 기록하면 아버지가 정한 후손들에게 이것이 전해지기도 전에 그 전의 후손들이 보물들을 다 찾아 써버릴 것입니다. 그래서 아버지는 그것을 비유나 방편으로 즉 암호로 그것을 기록하게 하였습니다.

그 후 세월이 흘러 그 아버지의 자손들은 세계 각국으로 이주하여 살게 되었고 후손들은 많이 번성하였습니다. 어떤 후손들은 미주지역으로 어떤 후손들은 유럽지역으로 어떤 후손들은 인도로 또 어떤 후손들은 아프리카로 중동으로 또는 중국과 일본과 한국으로 이주하여 살고 있었습니다. 그들 모두에게는 조상 때부터 대대로 물려오는 보물에 관한 책이 있었습니다. 그러나 너무나 많은 세월이 흘러 각각의 후손들은 그 책에 유래나 그 책의 참의미를 모두 잊어버렸습니다. 그리고 그 책은 비유와 방편으로 기록되어 있으니 그 참뜻을 알 수가 없었습니다.

그래서 각각의 후손들은 욕심에 의하여 그 보물책에 관한 것을 자기 자신들의 자의로 해석을 하기 시작했습니다. 그러다 보니 그 책의 원본은 하나인데 수천 권의 해설집이 나오게 되었습니다. 더욱이 그 수천 권의 책은 영어로 산스크리트어로 아랍어 중국어 한국어 등으로 번역 되었으나 이미 그 책의 종류는 수천 수만 권을 넘어버렸습니다. 그러다 보니 후손들은 어느 책이 진짜인지 그 책 속에 무엇이 핵심적 주제인지 분별할 수 없는 혼란에 빠져버렸습니다. 이 후손들은 어찌하면 그 아버지가 물려주고자 숨겨놓았던 보물들을 유산으로 찾을 수가 있게 될까요?

오늘날의 종교세계가 그렇지 않습니까? 불교와 기독교, 불경과 성경, 법화경과 요한계시록을 비교함은 마치 앞의 예화처럼 옛날에 숨겨두신 그 아버지의 보물을 찾기 위한 방법이 될 수 있을 것입니다. 왜냐하면 불경과 성경은 원래 하나의 목적으로 쓰였지만 하나가 아니란 것으로 모든 사람들이 알고 있기 때문입니다. 그런데 불경도 성경도 사람의 생각과 사고로 해석한 수많은 주석서들이 있습니다. 그러나 그 책들은 이미 너무나 멀리로 가 버렸습니다. 이미 그 책들에는 예화에서 말한 보물에 관한 원래의 참 정보는 하나도 없게 된 상태가 되어버렸습니다.

그래서 첫째 아들이 가져간 보물책(성경)이나 둘째 아들이 가져간 보물책(불경)을 서로 비교해볼 필요가 있습니다. 그것들은 원본이기 때문입니다. 비교해보면 서로 다를 것 같은 그 양쪽의 책에서 아주 큰 공통점이 발견됩니다. 그 둘의 공통된 것을 대표적으로 하나만 뽑아본다면 첫째 아들의 책에는 부활이란 말이 들어있고, 둘째 아들의 책에는 성불이란 말이 들어있습니다. 그런데 본의를 잃어버린 오늘날의 신앙세계에서는 성불도 부활도 실재적으로 사람들에게 이루어질 날이 있다는 사실을 믿는 사람은 거의 없습니다. 그러나 그것은 불교와 기독교에 있어서 생명같이 중요한 것입니다. 그것을 부정한다면 불교도 기독교도 사실상 아무 존재의 의미가 사라지게 될 것입니다. 그러나 오늘날 신앙세계에서는 성불도 부활도 건성으로 가르치고 배우고 있습니다. 그 결과 오늘날 신앙인들은 성불이나 부활을 실제 사람들에게 있을 일이라고 믿는 사람들은 거의 없습니다.

그래서 불경과 성경을 서로 비교하여 공통점을 뽑아본다는 것은 우리의 신앙을 좀 더 확실하고 바르게 할 수 있는 길을 모색하는 동기가 될 것이고 또 그 동안은 잘 못된 길을 걸었다는 것을 깨달을 수 있는 계기가 될 수 있다고 봅니다. 성불과 부활은 말만 다르지 똑 같은 것을 표현한 것입니다. 사람이 성불하면 부처가 된다는 것은 곧 사람의 부활을 의미합니다. 부활은 성령으로 다시 나는 것을 말합니다. 즉 사람들이 성불을 하면 심령이 다른 심령으로 바뀌게 됩니다. 그것이 성불입니다. 왜냐하면 사람의 영혼은 악령과 성령뿐이기 때문입니다.

그리고 성경의 목적도 성령으로 거듭나는 것이라고 기록되어 있습니다. 성경의 목적이 성령으로 변화 받는 것이라고 할 때, 우리는 아직 성령으로 부활을 이루지 못한 것입니다. 언젠가는 사람이 성령으로 부활을 이루게 된다고 성서에는 분명히 기록되어 있습니다. 불경에는 언젠가는 모든 중생들이 성불을 하게 된다고 기록되어 있습니다. 그렇다면 불교나 기독교의 관점에서 봐도 성불을 하지 못하고 성령으로 재창조함 받지 못한 지금의 영적 상태는 악령이란 것입니다.

그래서 불교인이나 기독교인이나 무신앙인들도 동일하게 종교를 해야 되는 당위성은 현재의 우리의 영적 상태가 악령이기 때문입니다. 우리의 영이 악령이라는 것은 비정상적입니다. 사람은 원래 성령으로 창조함 받았기 때문입니다. 성령으로 창조함 받은 사람들이 악령에게 사로잡혀 있는 현실입니다. 이것은 마치 간암말기 환자들과 같은 상태입니다. 사람의 간은 원래 정상 세포로 이루어졌습니다. 그런데 말기암은 암세포가 정상세포보다 더 기력이 왕성해 사람의 간을 모두 암세포가 정복한 상태입니다. 이 사람이 정상적인 건강한 사람이 되려면 암세포로부터 공격받고 있는 상태에서 구출 되어야 합니다. 그런데 그 사람이 그나마 암세포로부터 구제되려면 먼저 자신이 암에 걸렸다는 사실을 깨달아야 할 것입니다. 그러나 간은 침묵의 장기라고 합니다. 만약 간암에 걸린 이 사람이 자신이 간암에 걸렸다는 사실도 모르고 죽게 되었다면 자신이 왜 죽게 된 것인지도 모를 것입니다. 그런 것처럼 오늘날의 지구촌의 모든 사람들이 악령에 의해 정복당해 있습니다. 영적인 상태로 볼 때, 불교인이든 기독교인이든 무신앙인이든 할 것 없이 지구촌 모든 사람들이 이런 상태입니다. 그렇기 때문에 어떤 종교인이든 인간이라면 모두는 악령으로부터 구원받아야 할 입장에 서 있습니다. 그래서 기독교든 불교든 모두가 구원이니 해탈이니 한 것입니다. 악령으로부터 구원 받는 것이 곧 악령에서 해탈 되는 것입니다. 이것은 불교인이나 기독교인들이 특별해서가 아니라, 인간이라면 모름지기 영혼을 소유하고 있기 때문입니다. 그리고 오늘날 모든 인간의 영혼이 전술한 말기 암의 경우처럼 악한 영에게 구속되어 있기 때문에 모든 사람은 구원을 받아야 하는 입장에 있는 것입니다.

다른 것이 아닌 우리의 영혼이 악령에게 구속 받고 있기 때문에 문제인 것입니다. 그래서 우리가 악령에서 벗어나 다른 영으로 재창조 되어야 하는 것입니다. 그런 영적 해방을 불교에서는 해탈이라고 표현하고, 기독교에서는 구원이라고 표현합니다. 그래서 해탈(解脫)이란 말이나, 구원이란 말은 단어만 다를 뿐이지 뜻은 동일하다는 것입니다.

그러니 두 종교의 목적은 동일하다는 것입니다. 또 법화경과 요한계시록의 주제나 목적이 같다는 논리도 법화경의 목적은 사람이 현제 영적 상태에서 벗어나 부처로 성불하는 것이고, 요한계시록의 목적도 현재의 영적 상태에서 벗어나 성령의 사람으로 변화 받는 것이기 때문입니다. 성불하여 부처로 변화 받는 것이나, 성령으로 변화 받는 것도 표현만 다르지 동일한 일임을 깨달을 수가 있습니다.

이렇게 우리는 세상을 좀 더 멀리 보고 넓게 보아 세상을 하나로 모우는 쪽으로 노력할 필요가 있을 것입니다. 국경 밖에서는 오랑케들이 자신의 나라를 넘보고 있는데 자신의 궁궐 내에서 신하들끼로 서로 내분이 일어나 서로 다투고 있다면 자신의 나라를 어찌 지킬 수 있겠습니까?

모든 종교인들은 악한 영들과 싸워 구원과 해탈을 받아야 하는 입장인데 종교인들끼리 서로 싸우고만 있습니다. 그러니 악한 영들은 얼씨구나 하고 쾌재를 부르면서 좋아하고 있었던 것 아닙니까? 그것이 교활한 마군의 작전인지도 모르고 말입니다. 그 비밀이 자신의 경전에 다 기록되어 있는데 말입니다. 그것을 서로 사이좋게 나누고 협력하여 깨달으면 능히 마군을 퇴치하고 구원과 해탈을 하고도 남을 뻔 한데도 눈만 뜨면 종교끼리 서로 다투고 전쟁하니 언제 구원과 해탈을 맞이할 수가 있겠습니까? 이제 눈을 크게 뜨고 자신의 경전과 다른 종교 경전을 서로 비교해 보십시오. 그처럼 서로 다르다고 생각된 두 경전에 놀랄만한 공통점이 많다면 이것으로부터 우리는 새로운 것들을 많이 깨달을 수가 있게 될 것입니다.

인류의 역사나 가족은 과거로 가면 갈수록 하나로 모이고, 미래로 가면 갈수록 나누어집니다. 옛날로 거슬러 올라가면 올라갈수록 하나가 됩니다. 그래서 불교도 기독교도 옛날로 돌아가면 하나로 만납니다. 하나인데 둘로 생각하니 아무리 그 내용을 깨달으려고 해도 깨달을 수가 없는 것이죠. 1과 2가 합하면 3이 된다는 논리를 인정할 수 없다면 가감승제는 물론 기타 복잡한 수학의 문제는 한 문제도 풀 수가 없는 이치와 같은 것입니다.

분명한 것은 창조주도 한 분이요, 부처님(眞如,법신,비로자나불)도 한 분이라는 사실입니다. 그리고 모든 사람들은 한 창조주요, 한 부처님의 소생이란 사실입니다. 또 창조주(眞如)도 사람들이 하나 되지 않고 갈라지는 것을 가장 싫어하십니다. 이런 가치관 안에서 요한계시록의 개요를 살펴보기로 하겠습니다.

요한계시록은 모두 22장으로 구성되어 있습니다. 그리고 1~22장의 결론은 사람이 성령으로 재창조함 받는 것입니다. 1장부터 그 목적의 수행을 위한 과정이 시작됩니다. 이것은 마치 법화경이 28품까지 있지만 집약하면 28품을 통하여 사람이 부처로 성불하게 된다는 결론에 이르는 것과 같습니다. 법화경이 불교의 목적인 극락과 중생들의 부처로의 성불을 완성하는 데 관한 주제라면 요한계시록은 천국과 구원과 영생의 목적인 기독교의 목적이 완성되는 주제문이란 사실을 직시하며 본 장을 봐 주셨으면 더할 나위 없이 기쁘겠습니다.

제 1장 1절에서 제 8절까지는 요한계시록 전체의 결론부분이며 요약된 주제문입니다. 그 다음 제 1장 9절부터가 사건의 시작이고 22장 끝 절이 사건의 끝입니다. 요한계시록은 창조주께서 이루고자 하신 예언을 이루는 시나리오입니다. 이 시나리오대로 장소가 등장하고 주인공과 조연들과 엑스트라들이 등장하여 영화가 시작이 되면 영화는 본격적으로 상영됩니다. 이렇게 시작된 영화는 22장 21절에

서 끝나고 막이 내려집니다.

그런데 이 영화가 일반 사람들에게 관람되기 위해서 시나리오로만 있던 상태에서 영상화되어 영화로 완성되어야 합니다. 영화가 만들어지려면 반드시 출연 장소와 등장인물이 등장하여야 합니다. 그리고 각각의 배우들에게 배역이 정해져야 하며 그 배역대로 내용이 전개되어야 할 것입니다.

요한 계시록의 영화도 그렇게 진행되게 됩니다. 제 1장 9절부터 영화는 시작되며 시작됨과 동시에 한 장소가 등장합니다. 그 장소의 이름을 밧모섬이라고 기록해두었습니다. 그런데 문제는 요한계시록이란 영화의 시나리오는 지금으로부터 약 2천 년 전에 쓰였습니다. 그렇기 때문에 그 당시 장소와 그 당시 사람의 이름을 빌려서 시나리오를 쓸 수밖에 없었습니다. 그러나 이 영화가 제작되는 그로부터 2천 년 후에는 그 장소도 그 인물도 없어진 때입니다.

그래서 장소와 등장인물이 그 당시의 이름을 사용하였으나 실재는 그 시나리오대로 실재로 상영되는 때는 당면한 시대의 장소와 당면한 시대의 배우가 영화의 출연진이 될 것입니다. 그리고 시나리오 기자는 예수의 제자 사도요한이며 요한은 그 당시 밧모섬에 유배되어 있을 때였습니다. 그 때 예수의 성령이 사도요한에게 임하였습니다. 이때부터는 요한의 육체 안에는 예수의 영이 들어갔습니다. 이것은 마치 예수가 살아생전 육체로 있을 때, 창조주의 영이 임하여 구약성서의 예언을 성취시킨 것과 같은 상황입니다. 사도요한은 예수께서 불러주시는 대로 받아 기록한 것이 요한계시록 전문입니다. 그렇게 기록된 것을 성서에는 성령에 감동하여 성서를 기록하였다고 표현하고 있습니다.

그래서 신약성서 디모데후서 3장 16절에는 하나님께서 택한 선지자들에게 성령을 주셔서 성서를 기록하게 하셨다고 기록되어 있습니다. 또 베드로 후서 1장 21절에는 예언은 언제나 사람의 뜻으로 한 것이 아니라, 오직 성령의 감동하심을 입은 사람들이 하나님께 받아 말한 것이라고 기록하고 있습니다.

그래서 66권의 성경이 각각 다른 시대 다른 선지자들에 의하여 쓰였지만 그 내용이 서로 통하며 모든 짝이 맞게 구성 되어 있음을 확인할 수가 있습니다. (이사야서 34:16절)

예를 들면 6천 년 전의 역사인 창세기는 그 후 2,500년 후에 창조주께서 모세에게 성령의 감동을 주셔서 기록하게 하였습니다. 이것이 창조주의 계획을 시작한 첫 장의 사건입니다. 그리고 요한계시록 1장 1절의 말씀처럼 “예수그리스도의 계시라 이는 하나님이 그에게 주사 반드시 속히 될 일을 그 종들에게 보이시려고 그 천사를 그 종 요한에게 보내어 지시한 것이라” 처럼 사도요한을 통하여 성령의 감동으로 기록한 마지막 장입니다. 첫 장인 창세기에서 세상의 영적 권한이 뱀이라 호칭된 악령에게로 넘어간 이래로 마지막 장인 요한계시록에서 그 권한이 성령에게로 회복하게 됩니다. 요한계시록 1장 1절에는 이것을 반드시 속히 이루겠다고 강조하고 있습니다. 이처럼 알고 보면 잘 지어진 큰 건물의 벽돌들은 서로 한 치의 빈틈도 없이 서로 이빨이 맞는 것처럼 성서 66권도 서로 한 치의 어긋남도 없이 맞아떨어지는 것입니다.

뿐만 아니라, 성서의 각 장에는 성서가 기록된 상황과 기록한 사람에 대하여도 잘 기록해두고 있습니다.

예레미야서 1장 2절에는 "아몬의 아들 유다왕 요시야의 다스린 지 십 삼년에 여호와의 말씀이 예레미야에게 임하였고"라고 하여 예레미야에게 여호와의 신이 임하여 말씀해준 것을 생생하게 말하고 있습니다. 그렇게 기록된 책이 오늘날의 구약의 예언서인 예레미야서입니다. 또 에스겔 1장 1절에서도 "제 삼십년 사월 오일에 내가 그발강 가 사로잡힌 자 중에 있더니 하늘이 열리며 하나님의 이상을 내게 보이시니"라고 기록하고 있습니다. 여기서는 몇 년 몇 월 몇 일에 어디서 누구에서 하나님이 이상을 보여 성서를 기록하였다고 기록하고 있습니다. 이렇게 기록된 책이 오늘날의 구약성서 에스겔서입니다. 또 미가서 1장 1절에는 "유다 열왕 요담과 아하스와 히스기야 시대에 모레셋 사람 미가에게 임한 여호와의 말씀 곧 사마리아와 예루살렘에 관한 묵시라"고 하였습니다. 또 스가랴서 1장 1절에서는 "다리오왕 이년 팔월에 여호와의 말씀이 잇도의 손자 베레

갸의 아들 선지자 스가랴에게 임하니라 가라사대"라고 하여 여호와의 성령이 스가랴라는 사람에게 임하여 성서가 기록되었음을 잘 설명하고 있습니다.

성서가 그렇게 쓰인 것처럼 불서 또한 다르지 않습니다. 석존이 6년의 고행 후에 보리수나무 아래에서 끝없는 선정에 들어갔을 때, 하늘의 음성과 새벽별이 들려주고 보여준 것을 기록하여 오늘날에 불서가 되었습니다. 이때 하늘의 음성은 성령이라고 할 수 있고, 별은 천사를 비유한 말입니다. 그래서 이것을 성서식으로 표현하면 석존은 성령에 감동하여 불경을 쓰게 되었다고 할 수 있을 것입니다.

이와 같은 방법으로 사도요한도 성령의 감동으로 요한계시록을 쓰게 된 것입니다. 그런데 그것은 시나리오였습니다. 그 시나리오가 영화화 될 때는 2천년 후입니다. 그러나 2천 년 후는 오늘날입니다. 오늘에는 사도요한도 살아있지 않으며 밧모섬에 요한이 있지도 않습니다. 그때의 사람과 장소는 시나리오를 쓸 때의 인물이요, 장소에 불과합니다. 중요한 것은 시나리오가 영화화 되는 2천 년 후의 인물과 장소가 중요합니다. 그 인물이 사나리오 안의 극에 실재로 등장하는 인물이며 장소 또한 그렇습니다.

등장인물과 장소는 요한계시록 1장 20절에 잘 기록된바, 일곱별과 일곱 금 촛대 교회라고 기록하고 있습니다. 일곱별은 일곱 교회의 사자(使者)요, 일곱 금 촛대는 일곱 교회라고 합니다. 이것으로 요한계시록의 무대가 어느 한 교회란 것과, 등장인물은 그 교회의 일곱 명의 사람이란 것을 깨달을 수가 있습니다.

그리고 그곳에 어떤 또 한 사람이 등장하는데 이 사람이 나중 요한계시록의 시나리오의 전체의 주인공이 됩니다. 계시록에는 그의 이름을 요한이라고 하였지만 실재 영화화될 때는 그 시대의 새로운 인물이 등장됩니다. 그가 일곱금 촛대에 등장하여 그곳에서 일어나는 모든 일을 보고 듣게 됩니다. 그곳에서 일어나는 일은 일곱 사자들의 악한 행위와 이 교회의 여러 상황들입니다.

제 1장 9절~3장에는 예수님이 그곳에 등장하셔서 가칭 요한이라고 이름 한 사람과 서로 소통하고 있습니다. 그리고 예수는 요한에게 안수를 해주십니다. 안수 후에 예수는 일곱 금 촛대 교회의 사자들에게 편지를 쓰라고 명령을 내립니다. 편지의 내용은 그들이 첫사랑을 회복하여 회개하라는 것과 앞으로 이곳에 니골라당이란 마귀집단의 거짓목자들이 일곱 금 촛대교회에 올라와서 저희들을 거짓말로 미혹하게 되는데 그 때 지지 말고 진리의 말씀으로 이기라고 명하는 편지내용입니다. 만약 이기게 되면 창세기 아담에게 주셨던 생명과일은 물론 만국을 다스리는 권세마저 주겠다고 약속을 하셨습니다. 창세기에서 생명과일을 먹으면 사람이 영생한다고 했습니다. 불경과 성경의 예언은 비유나 방편으로 기록되어 있습니다. 사람이 영생을 할 수 있는 유일한 방법은 성령으로 재생되는 것 밖에 없음을 성

서에는 기록하고 있습니다. 그런데 성령으로 새롭게 되는 것은 영적인 것입니다. 영은 음식이나 약을 먹고 변화 되는 것이 아니라, 진리를 듣고 깨달을 때, 변화 되게 됩니다. 그래서 생명과일도 진리를 비유한 말임을 알 수가 있습니다.

가칭 요한은 일곱 교회 일곱 사자에게 일일이 편지를 보냈으나 그들이 도리어 회개는커녕 편지를 전하는 가칭 요한을 핍박하고 죽이려 했습니다. 그리하여 그곳에 니골라당 마귀 조직이 올라와 거짓 진리로 미혹하자 일곱 금 촛대 교회의 사자들과 백성들이 모두 그들과 진리로 싸워 이기지 못하고 미혹당하여 그들에게 임한 성령을 모두 잃어버리게 되었습니다. 창세기에서는 아담과 하와가 뱀의 말을 듣고 생령에서 흙으로 되돌아갔습니다. 뱀도 흙도 비유입니다. 이들이 성령을 잃었다고 하는 것을 보니 이들에게 뭔가를 준 자들이 창세기의 뱀들이고 이들이 뱀에게 받아먹은 것은 선악나무실과인 것을 알 수가 있습니다.

그런데 요한이 속한 5번째 교회인 사데교회에서는 요한을 포함하여 서너 명이 있어서 니골라당의 미혹에 지지 않고 이기게 됩니다. 여기서 니골라당이란 실체는 악마의 집단이고 악마가 준 거짓진리가 선악과실인 것을 알아차릴 수가 있습니다.

제 4장에서는 가칭 요한이 성령에 감동하여 하나님이 계

신 하늘 영의 세계를 여행하게 됩니다. 그곳에는 창조주 하나님과 24장로의 영들과 일곱 영들과 네 천사장들과 수많은 천사들을 보게 됩니다. 이 영의 세계를 본 사람들이 성서에는 더러 있었는바, 모세도 하늘에 올라가 하늘의 영의 세계를 보고 그 영의 세계를 본대로 땅에 모형으로 지은 것이 과거 모세의 장막의 실체였습니다.

제 5장에서는 하늘 영의 세계에 올라간 가칭 요한이 하나님의 오른 손에 안팎으로 쓰인 책이 있는바, 그것은 요한계시록의 책이었습니다. 그런데 그 책이 누구나 볼 수 있도록 펼쳐져 있는 것이 아니라, 일곱 인으로 봉함되어 있었습니다. 그래서 하늘 위나 하늘 아래나 땅 위에나 땅 아래의 어떤 사람도 그 책의 내용을 알 수 있는 사람이 한 사람도 없다고 하여 엉엉 울게 되었습니다. 왜냐하면 요한계시록의 예언이 봉함되어 열리지 아니하면 신약성서에 약속한 예언은 사람들이 영원히 알 수도 없고 그 예언이 이루어지지도 않기 때문입니다. 그렇게 가칭 요한이 울고 있을 때, 24장로 중 하나가 가칭 요한을 위로하여 울지 마라 다윗의 뿌리 예수가 이겼기 때문에 봉함 된 요한계시록의 비밀이 열린다고 알려줍니다.

그래서 창조주의 오른 손에 있던 책이 예수께로 전달됩니다. 예수께 전달된 책은 예수에 의하여 펼쳐집니다. 예수는 펼쳐진 책을 한 천사를 불러 주게 됩니다. 그리고 천사는 땅에 거하며 육체를 가진 가칭 요한에게 전해줍니다.

여기서 하나님, 예수님, 천사는 육체가 없는 하늘의 영들입니다. 그 영의 세계에서 육체인 가칭 요한에게 전해주는 것은 천사입니다. 천사는 성령입니다. 이리하여 땅에 거하는 가칭 요한은 요한계시록 10장 10절 이하에서 오늘날까지 봉함되었던 묵시된 계시록의 모든 비밀을 알게 됩니다. 이때 요한은 하늘의 신의 세계와 땅의 사람의 세계를 접한 신접(神接)한 사람이 된 것입니다. 이렇게 하여 2천 년 동안 비밀로 봉함되었던 요한계시록의 비밀이 한 사람에게 알려지고 그 한 사람에 의하여 세계의 사람들에게 알려지기 시작합니다. 그래서 지구촌에는 이런 일이 있고부터 기록된 대로 봉함되었다가 열린 요한계시록의 비밀을 열어서 받는 사람들이 생겨나게 됩니다. 이 때, 세상은 이 비밀을 받은 사람들과 받지 못한 사람으로 갈라지게 됩니다.

이들 간에 두 종류의 집단이 그것이 '맞다' '아니다'는 사상으로 서로 대립되게 됩니다. 이것이 경전에서 말하는 마지막 전쟁의 실상입니다. 처음은 '맞다' 는 편이 절대적으로 적은 수자로서 '아니다' 는 편의 힘에 밀리게 됩니다. 그러나 봉함된 계시록을 증거 받은 사람들의 수는 점점 늘어나게 됩니다. 그리하여 일정한 수가 '맞다' 는 편의 수가 차면 급격하게 상황은 바뀌게 됩니다. 그러나 그렇게 되기까지는 일정한 과정이 있게 되고 얼마간의 시간이 필요합니다. 이때 '맞다' 는 사람들은 하늘의 소식을 듣고 깨달은 사람으로 하늘의 새 소식을 진리로 받아들인 무리들입니다. 그리고 '아니다' 라고 하는 사람들은 지금까지의 구습에 매여 땅의 상식과 지식을 가지고 고집하며 반대하는 사람들입니다. 물론 양자의 안에는 선악의 신들이 그 역할을 조종하고 있습니다. 그리고 5장의 사건 후에는 6장에서 그 봉함되었던 인이 하나하나 떼어지게 됩니다.

이리하여 제 6장에서는 그 일곱 인으로 봉함된 묵시된 내용의 인을 하나하나 떼어내므로 숨겨졌던 비밀이 하나씩 공개됩니다. 첫째 인부터 6섯째인까지는 일곱 금 촛대 교회의 사자들과 백성들을 심판하는 무서운 내용입니다. 그리고 심판 후에 8장에는 7째 인을 떼게 되는데 7째 인을 떼면 7나팔이 나오게 됩니다. 그리고 8장부터 6장에서 열린 내용을 가칭 요한이 세상을 향하여 외치게 됩니다. 그것을 나팔을 분다고 비유하였던 것입니다.

일곱 나팔이 있으니 일곱 가지 비밀을 세상에 공개하게 되는 것입니다. 이런 내용으로 기록된 8장이 전개되기 전에 7장이 있습니다. 7장은 6장과 8장의 내용과 관계없이 6장의 심판 후에 변화되는 세상이 열릴 것을 미리 예고하는 예고편입니다. 7장은 매우 중요한 장입니다. 왜냐하면 7장을 기준으로 한 세상이 가고 새 세상이 도래하는 것이기 때문입니다. 이 7장은 6장에서 그 전 세상을 심판한 후, 새롭게 건설되는 새 나라입니다. 이 새 세상은 요한계시록 20장 2~3절에서 용을 잡은 후이고, 요한계시록 12장 7절

이하에서 가칭 요한이 용과 싸워 이긴 후에 새롭게 건설되는 나라입니다.

이 새 나라를 어떤 종교에서는 후천세상이라고 표현하기도 합니다. 이 새 나라가 바로 내세(來世)입니다. 그리고 이 새 나라가 불교에서 찾고 찾던 극락세상입니다. 그리고 기독교에서 말하는 천국입니다. 이 새 나라를 동양의 성서 격암유록에서는 십승지(十勝地)라고 했습니다. 십승지란 십자가의 진리로 이긴 나라란 뜻입니다. 진리로 이긴 상대는 오늘날까지 사람의 영혼에 들어가 생로병사를 일으킨 주범인 마왕(魔王)입니다. 그래서 새 나라는 신세계이고 유토피아입니다. 이 새 나라를 주관하는 신은 마왕(용왕)이 아니라, 창조주입니다. 용왕이란 악령의 왕을 비유한 말입니다. 창조주는 성령의 왕입니다. 이로 말미암아 성령의 시대가 도래 하는 것입니다. 그리고 이때부터 본격적인 구원의 시대로 돌입합니다. 성령의 시대가 도래하므로 각자 사람들도 이곳으로 찾아와 진리로 깨닫게만 된다면 성령의 사람으로 거듭날 수가 있게 됩니다. 이 시대를 해원(解冤)의 시대라고 하기도 합니다. 해원의 시대란 해탈(解脫)의 시대요, 탈겁중생(脫劫重生)의 시대입니다. 탈겁중생의 시대는 원죄(原罪)로부터 구원받는 시대입니다.

6장의 심판의 의미는 지구촌 인류역사의 6천년 만에 있어지는 대표적인 심판입니다. 이 심판이 어떻게 사람들도 모르는 사이 그렇게 진행되느냐 하는 의문이 생기겠지만 창조주의 심판 방법이 그렇습니다. 이것은 2,600년 전에 석존이 세상에 나타난 것이나, 2,000년 전에 예수가 세상에 나타날 때도 지구상에서 떠들썩하게 요란하게 나타나지 않고 조용히 한 곳에서 역사를 이루었음을 통해서도 창조주의 일하는 방법이 어떤지 읽을 수가 있습니다.

세상에서 월드컵이나 올림픽경기를 할 때면 그 나라를 대표해서 몇 십 명 또는 몇 백 명이 참가를 합니다. 그 대표들이 이기면 그 나라가 이긴 것이고, 그 대표들이 지면 그 나라가 진 것입니다. 요한계시록 6장의 심판은 유불선을 위시한 모든 종교와 세계 약 274개국의 모든 인류를 심판한 대 심판의 사건입니다. 그 대표선수가 일곱 금 촛대 교회의 일곱 사자와 일곱 교회의 신앙인들과 마귀소속의 거짓목자의 무리인 니골라당입니다.

이 전쟁의 실상이 요한계시록 13장과 12장입니다. 13장은 마귀 편인 니골라당이 일곱 금 촛대 교회와 싸워 이기는 전쟁이고, 12장은 하나님의 편인 가칭 요한이 이기는 전쟁입니다. 이 전쟁에서 가칭 요한이 이기므로 말미암아 6,000년간 마귀가 집권하던 세상을 하나님의 편으로 되돌아오게 합니다. 그러나 그것은 선수들만 이긴 전쟁에 불과합니다. 그러나 그 전쟁의 승리로 말미암아 세상의 사람들이 마귀의 영혼에 지배를 받던 데서 구원 받아서 성령으로 다시 날 수 있는 기회를 가지게 됩니다. 그 구원을 받게 하기위하여 보여준 장면이 요한계시록 7장입니다. 요한계시록의 7장이 실제로 이루어지는 때는 요한계시록 14장에서입니다. 여기로 오게 되는 사람들은 전쟁에서 이긴 사실과 이긴 경위와 누구와 어떻게 이겼나를 알게 됩니다. 그 내용을 요약한 것이 성경에는 배도, 멸망, 구원이라고 기록해두었습니다. 불경에는 아뇩다라삼먁삼보리라고 기록해두었습니다. 동양의 성서라 불리는 격암유록에는 이것을 삼풍지곡이라고 기록해두었습니다.

요한계시록 14장에서는 용과 니골라당을 이긴 사람에게 창조주의 영이 함께 하게 됩니다. 그리고 거기는 천사들도 임하여 있습니다. 그곳으로 사람들이 전도되어 오게 됩니다. 전도되어 오면 천사들이 그들에게 성령으로 다시 날 수 있도록 진리로 인을 맞게 됩니다. 인을 맞는 순서는 7장에서 12지파가 생성되고 각 지파 인 맞는 자들이 12,000명이라고 기록되어 있습니다. 다 맞게 되면 각 12지파당 12,000명이므로 총수가 144,000명이 됩니다. 인을 모두 맞게 되면 이제 세계만국에서 백성들이 떼를 지어온다고 7장 9절 이하에 기록되어 있습니다. 이들이 몰려오면 성령으로 부활을 받게 됩니다. 순서는 먼저 144,000명의 지도자들이 부활을 맞이하고 그 후에 백성들도 성령으로 거듭나서 성경의 예언이 모두 마무리됩니다.

이 역사는 기독교인들에게만 있어지는 것이 아니라, 불교인 유교인 도교인 모든 세상 사람들 모두에게 자유로이 주어지게 됩니다. 누구든지 이곳을 찾아 진리로 증거 받기만 하면 됩니다. 그리고 깨달아야 합니다. 깨달아야 성령으로 부활도 가능하고 부처로 성불도 가능합니다.

제 7장은 요한계시록의 결과가 그렇게 된다는 예고편입니다. 제 8장에는 6장의 7째 인을 열면 등장하는 일곱 천사가 있습니다. 이 일곱 천사가 일곱 나팔을 받습니다. 이 때 천사는 영이고 나팔은 사람을 비유한 것입니다. 사람이 나팔을 불 때, 나팔이 소리가 나듯이 사람 안의 영이 나팔을 불면 사람의 입에서 진리가 나온다는 의미입니다.

그래서 일곱 나팔인 일곱 사람은 가칭 요한에게 택함 받은 사자(使者)들이고 이들에게 일곱 천사가 임하여 6장에서 인을 뗀 내용을 세상 사람들에게 외치게 된다는 것입니다. 외치는 내용은 이렇게 요한계시록의 예언이 실제로 이루어졌다는 내용이며, 이 내용은 원래 가칭 요한이 하늘 영계에 올라갔을 때, 하늘 위나 아래나 땅 위나 땅 아래에 그 누구도 알 수 없었던 일곱 인으로 봉함시켰던 비밀의 내용입니다. 이 비밀이 하나님의 오른 손에서 예수께로 갔다가 거기서 펼쳐져서 천사에 의하여 가칭 요한에게 갔다가 또 제자들을 통하여 세상 사람들에게 밝혀지는 내용들입니다.

이 날이 되기 전까지는 지구촌에 살고 있는 그 어느 누구도 요한계시록과 법화경의 비밀을 알 수 없었습니다. 그러나 기록한바와 같이 요한계시록 7장을 통하여 그 비밀을 받은 사람을 만나는 사람들은 법화경과 요한계시록의 비밀을 모두 증거 받을 수가 있습니다. 법화경의 가장 핵심 키워드인 아뇩다라삼먁삼보리를 이 경로를 통하여 얻어 깨닫고 부처로 성불하게 되는 것입니다. 이 경로 외에 아뇩다라삼먁삼보리를 깨달을 수 있는 방법은 없습니다.

요한계시록을 깨닫고 성령으로 부활 받을 수 있는 방법도 이 길 외에는 없습니다. 4째 나팔까지는 8장에서 불려지고 6째 나팔까지는 9장에서 불려집니다. 그리고 10장에서는 마지막 나팔인 일곱 째 나팔이 불려집니다. 10장 7절에는 "일곱 째 천사가 소리 내는 날 그 나팔을 불게 될 때에 하나님의 비밀이 그 종 선지자들에게 전하신 복음과 같이 이루리라" 고 합니다. 선지자들이 전한 비밀이 바로 요한계시록의 예언입니다. 이때는 예언이 실상으로 이루어 진다고 합니다.

사람들이 성령으로 부활하는 일에 대하여 예언한 것이 선지자들로부터 전해진 것이라면 이제 마지막 나팔이 불려질 때는 사람들이 실제로 성령으로 부활을 하게 된다는 의미입니다. 11장에서는 두 증인이 나타나 그 영이 죽어 3일만에 다시 부활하는 내용을 실상으로 이루게 됩니다. 그리고 15절에서 "실제로 마지막 나팔을 불매 하늘에 음성들이 나서 가로되 세상나라가 우리 주와 그 그리스도의 나라가 되어 그가 세세토록 왕노릇 하시도다" 고 하면서 마귀의 세상이 창조주의 나라로 회복되게 됩니다.

그리고 13장에서는 6장의 심판대로 실제로 심판이 이루어지는 장면입니다. 세상에서 재판을 할 때도 판사가 판결을 하면 그 판결 후에 실형을 살게 하거나 사형수인 경우 사형을 집행하게 됩니다. 이처럼 6장에서는 인을 떼면 내용이 나오고 13장은 그 내용대로 실행이 되는 것입니다. 13장에서는 일곱 금 촛대 교회의 일곱 사자와 백성들이 마귀 소속의 니골라당의 거짓목자들에게 미혹 받아 그들의 영혼이 멸망당하는 내용입니다.

2~3장의 편지의 내용은 니골라당과 진리로 이겨라고 했으나 그들은 패배하고 말았습니다. 그래서 일곱 금 촛대 교회는 창조주께서 일곱 사자와 그 백성들에게 준 교회였으나 니골라당에게 패배함으로 그 교회의 주인은 마귀들의 집단인 니골라당들이 차지하게 되었습니다. 지상에 세우신 유일한 하나님의 나라인 일곱 금 촛대 교회가 또 다시 마귀에게 사로잡히게 된 것입니다.

12장은 숫자와 상관없이 13장 후의 일이 기록되어 있습니다. 일곱 금 촛대가 니골라당의 소유가 된 후, 일곱 금 촛대 교회의 5번째 교회인 가칭 요한이 소속된 사데교회의 3~4명의 사람들은 니골라당에게 지지 않고 재 결전을 준비하여 2차 전쟁이 시작되었습니다. 거기서 가칭 사도 요한을 포함한 3~4명의 사람들이 니골라당과 진리로 싸워 이기게 됩니다. 이때 2~3장에서 이기는 자에게 만국을 다스리는 권세를 준다는 약속대로 가칭 사도 요한이 만국을 다스릴 권세를 받게 됩니다.

그래서 12장 10절 이하의 내용처럼 드디어 세상의 권세가 용에게서 그리스도와 하나님으로 탈환되게 되었습니다. 비로소 지구촌에 구원과 능력과 하나님의 나라가 세워지게 된 것입니다. 이 전쟁의 승리는 아담으로부터 뱀에게 빼앗긴 지상권을 회복하는 역사적인 순간입니다. 그리고 이 가칭 사도요한은 미륵경에서 예언한 미륵보살로서 나중에 미륵부처님으로 성불하는 사람입니다.

이제 이런 일이 있은 후, 14장에서 하늘의 창조주 및 예수의 영과 수많은 천사들이 시온산이라고 이름 한 장소에 내려오게 됩니다. 이 산은 마운틴(mountain)이 아니라, 성산(聖山)입니다. 성산은 하나님이 오신 교회를 비유한 것입니다. 그 교회가 요한계시록 21장 1절에 등장하는 새 하늘 새 땅입니다. 그곳에는 하나님과 예수와 및 여러 천사가 있어 그곳으로 계시록 7장과 14장에 기록된 대로 전도되어 사람들이 오게 됩니다. 그곳에서 새 노래가 나온다고 기록되어 있는바, 새 노래는 뉴 송(new song)이 아니라, 신약의 예언을 이룬 복음(福音)의 소리입니다.

계시록 1장에서부터 예언된 내용들이 실상으로 실현된 것을 사람들에게 가르쳐 깨닫게 하는 것을 새 노래라고 비유한 것입니다. 그리고 14장에는 알곡신앙인들은 천국으로 보내고 쭉정이 신앙인들은 심판하는 내용이 기록되어 있습니다. 그리고 15장에는 이들이 모인 장소를 이름 하여 이 모든 사실을 보고 듣고 증거 하는 곳이란 의미에서 그곳의 이름을 증거장막(證據帳幕)의 성전(聖殿)이라고 이름 하였습니다.

그리고 그곳에 창조주께서 와 계시므로 만국의 만민들이 와서 경배하게 된다고 기록되어 있습니다. 만국은 전 세계 모든 나라들이고, 모든 나라에 모든 종교가 있으니 세계의 모든 종교들이 포함되어 있습니다. 만민들은 세계 모든 사람들입니다. 이곳에 오는 사람에게는 국적 인종 종교 남녀노소 빈부귀천에 상관없이 값없이 진리의 생명수를 나누어 준다고 합니다. 만국이 이곳에 와서 경배한다고 하였으니 세계 만국에서 오는 사람마다 구원을 얻게 되는 것입니다.

그리고 16장에서는 일곱 대접이 등장하는바, 일곱 대접도 일곱 나팔처럼 택한 일곱 사명자입니다. 대접이란 말은 그릇이란 말이고 그 그릇에 창조주의 재앙을 가득 담아 창조주를 배신하고 니골라당에게 패배한 한 때 창조주의 유일한 백성이었던 일곱 금 촛대 교회의 일곱 사자와 백성들을 심판하는 것입니다. 이때 일곱 대접을 택하여 재앙을 주는 이유는 창조주는 육체가 없기 때문에 택한 육체를 통하여 창조주께서 벌을 주시기 때문입니다.

그리고 17장과 18장은 무너진 바벨론을 심판합니다. 바벨론이란 옛 나라 바벨론이 아니라, 바벨론이 과거에 하나님의 나라가 아닌 귀신의 나라로 상징된 것을 비유 빙자하여 오늘날 귀신의 나라로 타락한 신앙세계를 비유한 말입니다. 16장에서는 일곱 금 촛대 교회를 심판하고 17~18장에서는 일곱 금 촛대를 명망 시킨 세상의 종교를 심판하는 내용입니다. 18장 4절에는 이들이 음행의 포도주를 먹고 취하여 만국이 무너졌다고 기록되어 있습니다. 이렇게 되어 2.000년 전에 예수로 말미암아 성령으로 시작된 신앙계도 세월이 흘러 타락하여 심판 받게 되는 것입니다.

그래서 마태복음 24장 15절 이하에는 "멸망의 가증한 것이 거룩한 곳에 선 것을 보거든 그때에 유대에 있는 자들은 산으로 도망할찌니라" 고 하였고 요한계시록 18장 4절에는 " 또 내가 들으니 하늘로서 다른 음성이 나서 가로되 내 백성아, 거기서 나와 그의 죄에 참예하지 말고 그의 받을 재앙을 받지 말라" 고 합니다. 유대는 이스라엘을 말함이 아니라, 말세에 택함 받은 선민인 일곱 금 촛대 교회를 말하고 산은 요한계시록의 14장의 시온산을 의미합니다.

멸망의 가증한 것은 마귀의 집단인 니골라당이고, 거룩한 곳은 일곱 금 촛대 교회를 의미합니다. 요한계시록 18장 4절의 현장은 요한계시록 14장인 시온산이 아닌 모든 신앙세계를 의미합니다. 그들은 말세에 성령들과 짝이 된 것이 아니라, 귀신과 짝이 되어버렸다고 18장 2~3절에 잘 기록되어 있습니다. 사람의 육체는 성령과 짝이 되어야 마땅하나 말세에는 모두가 귀신과 짝이 되었으니 영혼이 모두 망령된 것입니다. 이리하여 배신한 일곱 금 촛대와 바벨론을 심판한 후, 19장에서 참다운 신앙인들과 성령들이 서로 영과 육체가 하나 되는 영적 결혼을 하게 될 혼인 잔치 집을 소개하고 있습니다. 결국 창세기 6장 3절에서 헤어진 성령을 요한계시록 19장에서 다시 만나 재혼을 하게 됩니다. 19장에서 성령의 사람이 다시 창조되게 됩니다. 불교에서 말하는 성불도 요한계시록 19장에서 실제로 이루어집니다. 이 얼마나 엄청난 사건입니까?

릴리젼(religion)이란 말이 성령과 재혼이라고 한바, 이곳이 바로 그 결혼이 이루어지는 식장이며 종교의 목적이 이루어지는 현장입니다.

20장에는 6,000년 간 세상을 미혹하던 마귀의 왕인 용을 무저갱에 잡어 넣고 창조주와 함께 하는 천년 왕국을 세우고 첫째부활을 이룩하게 됩니다. 첫째 부활이란 하늘의 성령들과 땅의 육체가 하나 되어 성령은 육체에 들어가 부활이 되고, 육체는 성령을 받아 썩지 아니할 것으로 다시 살게 됩니다. 첫째 부활이란 말은 두 번째 부활도 있다는 의미이며 첫째부활의 대상은 순교한 영혼들과 계시록 14장의 십사만 사천의 육체들입니다. 첫째 부활을 이룬 그들이 새로운 제사장이 되어 마귀에게 구속받고 있는 지구촌 세계인들을 향하여 성령으로 소성하는 역사를 1,000년 동안 행하게 된다고 기록하고 있습니다.

21과 22장에는 이제 창조주가 다시 세운 성령의 나라,

새 하늘 새 땅을 소개하고 이곳에 거하는 백성들을 하나님의 아들로 삼고 하나님은 그들의 아버지가 되어 사망도 아픈 것도 없는 천국을 유업으로 받게 된다고 소개하고 있습니다. 그리고 하나님께로부터 하늘에서 내려오는 거룩한 성 예루살렘을 가칭 요한에게 보입니다. 이 거룩한 성은 가칭요한이 제 4장에서 본 영들의 나라입니다. 이 나라는 제 1장 8절에서 장차 올 자라고 했고, 마태복음 19장 28절에서는 그 나라가 새로운 나라라고 소개했습니다. 그들은 하늘의 거룩한 성령들입니다. 이리하여 거룩한 성령들이 하늘에서 땅으로 내려오게 되는 것입니다. 그리고 성령들은 땅에서 구속함을 받은 십사만 사천 명의 육체에 각각 임하게 됩니다. 이것이 성령과의 재결합이란 의미를 가진 릴리젼(religion)의 결론입니다. 그것을 나무가 열매를 맺는 원리로 비유하여 달마다 열매를 맺는다고 표현하였습니다. 그 나무를 생명나무라고 합니다. 생명나무실과는 사람의 생명을 살리는 진리를 비유한 말입니다. 성령을 가진 사람에게는 진리가 있으므로 그 진리로 또 다른 사람에게 깨닫게 하여 또 다른 성령의 사람을 창조할 수가 있기 때문입니다. 진리로 깨달음을 받은 사람들의 마음에 하늘에서 내려온 성령들이 들어가게 됩니다. 이것이 영적 결혼의 실체입니다. 성령들은 육체를 집삼아 들어와 육체와 더불어 살게 되고 육체는 성령과 하나 되어 거듭나게 됩니다.

생명나무는 생명이 있는 사람들을 비유한 것이고, 생명이 있는 사람은 창세기에서 생기를 받은 사람입니다. 생기를 받은 사람은 생령들이고 생령은 성령의 사람들입니다. 성령으로 부활을 이룬 사람들이 생명나무입니다. 그렇다면 성령으로 부활을 이루지 못한 사람들은 무슨 나무일까요? 네 바로 선악나무입니다. 그래서 나무의 실체는 사람들이고 그 사람에게 성령이 임하였느냐 아니면 악령이 임하였느냐에 따라서 생명나무와 선악나무로 갈라지는 것입니다. 그래서 생명나무의 근본은 성령의 본체인 창조주이고 선악나무의 본체는 악령의 본체인 마귀신입니다. 그래서 요한계시록 22장의 생명나무 가지들은 제자들이고 열매는 성령의 백성들입니다.

이렇게 하여 6,000년 전에 시작된 창세기로부터 시작된 성경의 예언을 다 이루고 새로운 세상 곧 지상천국이 만들어져 영원한 세상이 되게 됩니다. 이렇게 될 수 있는 근원은 우리 사람들이 우연한 존재가 아니고 영혼을 가진 특별한 존재이기 때문입니다. 그 영혼은 창조주에게서 왔으나, 과정에서 마귀의 형상으로 변절되어 괴로운 인생살이를 할 수밖에 없었습니다. 너무나 괴롭고 고뇌 찬 인생이었지만 이제 때가 되어 경전에 기록된 대로 모든 예언이 이루어져서 끝은 해피앤드로 장식하게 됩니다. 이것이 종교의 목적지이고 이것은 가상이 아니라, 현실입니다.

이상 기독교 경전 중 마지막 장인 요한계시록을 살펴봤

으나 불교의 법화경과 같다는 생각이 들지 않을지도 모르겠습니다. 그러나 겉보기는 어떨지 몰라도 알고 보면 그 내용 면에서는 동일함을 알 수가 있습니다. 요한계시록을 통하여서 우리의 영혼이 성령화 되는 것이고, 법화경을 통하여 우리의 영혼이 성불되는 것 일뿐입니다.

3.법화경과 요한계시록의 공통주제와 최종 목적

이상과 같이 법화경과 요한계시록의 개요를 살펴보았습니다. 28품으로 이루어진 법화경도 결국은 보살들과 중생들이 부처로 성불하는 과정을 설명하고 있는 예언서라고 할 수 있습니다. 법화경 28품 중 제 1품 서품은 도입부분으로서 법문의 개시를 예고합니다. 제 2품인 방편품은 법문의 기록방법을 설명한 것으로 법문의 기록이 직설적이 아니기 때문에 그 법문을 문자 그대로 해석하면 그 뜻을 알 수 없다는 것을 알리고 있습니다. 그리고 제 3품의 비유품도 문자 그대로는 뜻을 알 수 없는 깊은 의미가 있습니다. 이 두 방편과 비유는 성서 및 다른 예언서에도 동일하게 적용된 기법임을 알 수가 있습니다. 그리고 불경에 등장하는 방편과 비유의 예화는 거의 중생들의 성불과 극락에 관한 것임에 귀를 기울여야 할 것입니다.

그 중 부호가 불타는 궁전에서 아들들을 구출해내는 내용으로 된 장자의 비유는 요한계시록 6장 12절과 마태복음 24장 15-16절에 기록된 비유와 동일 한 때, 동일한 장소를 예언하고 있습니다. 요한계시록 6장 12절의 예언은 말세에 사바세상이 심판을 받는 내용을 주축으로 한 내용으로 이 심판 후에 새 시대 곧 성불의 시대가 오게 됩니다. 그래서 요한계시록 6장은 새 시대가 오기 전에 심판 받는 전 시대의 마지막 궁전을 의미합니다. 그곳을 요한계시록에서는 일곱 금 촛대 교회라고 예언되어 있습니다. 그곳이 불타서 무너질 것을 예언한 것이 법화경의 부호의 비유입니다.

그곳은 전 시대를 대표하는 궁전이기 때문에 그곳에서 일어나는 사건은 인류를 대표한 심판임을 잊어서는 아니 됩니다. 불경에는 그곳의 명칭이 계두말성(鷄頭末城)이라고 예언되어져 있습니다. 그것을 성(城)이라고 한 것은 그곳에서 전쟁이 치러지기 때문입니다. 그러나 이 전쟁은 선과 악 사이에서 벌어지는 진리의 전쟁입니다. 이곳에 이런 전쟁이 생기면 이곳에 있던 사람들은 피난하여 도망가야 살 수 있습니다. 그러나 여기의 전사(戰士)들은 도망가지 않고 죽기까지 힘을 다 하여 싸우게 됩니다.

전쟁의 발단은 여기는 원래 부처님이 세우신 거룩한 곳인데 이곳에 마왕과 마군들이 쳐들어오게 되면서부터입니다. 이 전쟁은 계두말성에 있던 성불한 거룩한 자들과 마군들 간에 벌어지는 전쟁입니다. 여기 1차 전쟁에서는 계두말성의 성불한 거룩한 자들이 패배합니다. 그 결과 계두말성의 거룩한 자들 대부분이 희생당합니다. 이들의 희생은 성불한 심령이 다시 마구니의 영으로 떨어지는 희생입니다. 그런데 계두말성에 패배하지 않고 살아남은 몇몇이 2차로 마왕을 상대로 전쟁을 일으키게 됩니다. 2차 전쟁에서 드디어 마왕을 이기는 자가 등장하게 됩니다. 마왕을 이긴 한 사람의 이름이 미륵보살입니다. 미륵은 보살의 신분이었지만 마왕을 이긴 것으로 말미암아 미륵부처로 성불이 됩니다. 그리고 마왕을 이기는 과정에서 생긴 세 가지의 내용이 아뇩다라삼먁삼보리입니다. 그래서 아뇩다라삼먁삼보리는 마왕을 이긴 미륵부처만이 알 수 있는 비밀입니다. 그 비밀을 말할 수 있다는 것이 그 분이 미륵부처란 것을 뒷받침 할 수 있는 증거이고, 이 비밀을 받는 보살이나 중생들이 비로소 부처로 성불하게 됩니다.

그런 일이 있기 위하여 치르지는 전쟁이 선악 간 진리의 전쟁입니다. 진리의 전쟁은 마치 법정에서 이뤄지는 말로 하는 전쟁과 같습니다. 이후 이 전쟁에서 악(惡)이 지고 선(善)이 이겨 새 세상 곧 극락이 세워지게 됩니다. 이곳을 통치하는 왕은 미륵부처이고 미륵부처의 내면에는 법신불 부처님(眞如)이 임하게 됩니다. 법신불을 진여(眞如)라고도 일컫는바, 진여(眞如)가 미륵의 몸에 임하니 그를 여래(如來)라고 하는 것입니다. 여래(如來)를 해석하면 '이와 같이 오다' 는 의미입니다. 그리고 미륵부처에게 정법의 씨(진리)를 받아 정각을 이루는 사람들은 부처로 성불하게 됩니다. 이때 부처로 성불하는 사람에게는 부처님의 영이 임하게 됩니다. 성불하는 사람에게 임하는 심령은 법신불 부처님(眞如)의 분신의 영입니다. 이리하여 사람의 마음에 부처님이 들어오게 되는 것입니다. 사람이 이렇게 부처가 되었을 때, 날마다 불도자들이 나무아미타불이라고 염불한 소원이 이루어진 것입니다. 사람이 이렇게 부처가 되었을 때, 아미타 부처님은 사람들에게 귀의한 것이고,

사람들은 아미타 부처님께 귀의한 것입니다. 비로소 나무 아미타불이란 염불이 실제로 성취된 것입니다. 사람에게 임한 이 부처님의 분신을 성경에서는 성령이라고 합니다. 사람에게는 성령이 임하고 사람은 성령에게 임하였으니 영과 육이 서로 하나 된 것입니다. 달리 말하면 하나님은 성령이시니 하나님은 사람에게 귀의한 것이고, 사람은 하나님께 귀의한 것입니다. 이런 상태를 기독교에서 부활이라고 하는 것입니다.

그러므로 이런 일이 있을 때는 멸망 받는 곳에서 떠나 미륵부처가 있는 곳으로 모든 사람들이 피난하여야 하는 것입니다. 그래서 장자의 비유는 그 불타서 망하는 전 세상에서 피난하여 도망 나가야 한다고 부호는 아들들에게 간절히 애원한 것입니다. 이 전쟁을 신약성서 마태복음 24장 15절에도 동일하게 예언되어 있습니다. "그러므로 너희가 선지자 다니엘의 말한바 멸망의 가증한 것이 거룩한 곳에 선 것을 보거든 그 때에 유대에 있는 자들은 산으로 도망할찌어다" 라고 합니다. 여기서 다니엘이란 사람은 지금으로부터 약 2600년 전의 선지자인데 석가모니와 같은 시대의 사람이었습니다. 이 사람도 말세에 대하여 윗글에서처럼 예언하였습니다. 그리고 윗글에서 거룩한 곳이란 계두말성 또는 일곱 금 촛대 교회라고 이름 한 곳으로서 이곳은 부처님 곧 창조주가 세운 지상의 유일한 말세의 성스러운 곳입니다.

또 멸망의 가증한 것이란 마귀의 영을 입은 거짓선지자들을 말하고 요한계시록에서는 니골라당이라고 한 집단이며 불경에서는 마왕과 마군들이라고 한 집단입니다. 그리고 유대란 일곱 금 촛대 교회(계두말성)를 비유한 말입니다. 그리고 산이란 성경의 시온산이고 불경의 수미산이고 민족종교의 삼신산으로서 창조주(眞如=본지체)가 임하신 성스러운 곳입니다. 이곳이 바로 법화경의 장자 곧 부호가 피난하라는 불타는 궁전에서 피해야 할 피난처입니다.

그리고 또 하나의 방편인 양의치자유(良醫治子喩)의 비유도 말세에 관한 비유입니다. 양의치자유는 훌륭한 의사가 자식의 병을 치유할 수 있다는 말입니다. 이 방편에서 병든 아들이 아버지가 약을 주어도 먹지 않아 병을 치료할 수가 없어 방편을 써서 아들에게 약을 먹게 하여 병을 고치게 하는 내용입니다. 이때 아들은 중생들이고 의사는 부처님의 사명을 받은 자로서 법화경(아뇩다라삼먁삼보리)을 가진 법사들이라고 할 수 있습니다. 그리고 병은 사바세상의 고질적인 신병(神病)으로 영혼의 병입니다. 이 병은 말세의 모든 사람들이 걸린 병으로 부처로 성불되는 것이 온전한 치유입니다. 이 방편을 해석해보면 불경의 예언이 성취 될 때, 먼저 깨달음을 얻은 법사들이 법화경(아뇩다라삼먁삼보리)의 진리로 중생들을 교화하려고 할 때, 하나같이 그 정법(正法)을 듣기를 좋아하지 않음을 시사하고 있습니다. 그래서 법사들이 여러 비유나 방편을 써서 깨닫게 할 것을 예언한 것입니다.

요한계시록 22장 2절에는 신병(神病)에 걸린 만국의 사람들을 살릴 수 있는 약 잎사귀가 등장합니다. 이것은 진짜 약을 의미함이 아니라, 사람들을 악령에서 성령으로 치료하는 영적인 진리를 비유한 말임을 알 수가 있습니다. "강 좌우에 생명나무가 있어 열 두 가지 실과를 맺히되 달마다 그 실과를 맺히고 그 나무 잎사귀들은 만국을 소성하기 위하여 있더라" 생명나무는 성령을 가진 사람을 비유한 말이고 열 두 가지는 열 두 사람(제자)을 의미하고 실과는 진리로 거듭난 성령의 사람들을 의미합니다. 그리고 약 잎사귀는 세계의 사람들을 진리로 깨닫게 하는 전도자나 법사들을 비유한 것입니다. 이 처럼 법화경과 요한계시록은 세상의 어떤 것을 위하여 비유나 방편을 쓴 것이 아니라, 극락과 천국과 성불과 부활에 대한 것을 정한 때가 되기까지 감추기 위하여 사용한 것임을 알 수가 있습니다.

이와 같이 제 9품 수학무학인기품까지는 부처들은 삼승을 방편으로 하여 사실은 일승으로 인도한다는 내용입니다. 일승은 부처로 성불하는 일입니다. 이 가르침을 통하여 누구나 부처가 될 수 있다고 합니다. 그 내용이 요한계시록 22장 2절의 내용입니다. 모든 사람들을 부처로 성불시키려면 만국의 사람들을 새 사람으로 소성(蘇醒)시켜야 합니다. 그 역할을 담당할 사람이 법화경에 등장하는 법사들이고 요한계시록에는 약 잎사귀라고 비유하였던 것입니다.

그러기 위하여 제 10품인 법사품에서 제 14품인 안락행품까지는 법화경을 널리 유포하라고 한 것입니다.

제 15품 종지용출품에서 제 17품인 분별공덕품까지는 법화경을설하신 석가모니불은 본래무량수명을 가진 영원한 부처님이란 것을 소개하고 있습니다. 신약성서 마태복음 17장 2절 이하에서는 예수가 자신의 제자들에게 신선같이 변한 모습을 보여 주셨습니다. 그리고 고린도전서 15장을 통하여 미래에 자신을 믿는 사람들도 그렇게 변하게 된다고 부활에 대하여 설명하고 있습니다. 그리고 요한복음 6장 54절과 요한복음 17장 2절에는 모든 자에게 영생을 주려고 한다고 하시며 그 영생이 마지막 날에 주어진다고 합니다. 그 마지막 날이 바로 법화경과 요한계시록의 예언이 실상으로 이루어지는 오늘날의 때입니다.

제 18품인 수희공덕품에서 제 20품인 상불경보살품까지는 법화경을 잘 간직하거나 독송하거나 해설하거나 베껴쓰라고 당부하는 이유는 신앙은 목적을 가지고 하라는 것이고 신앙의 목적은 법화경을 통하여 이루어지기 때문에 법화경을 깨닫기 위하여 힘쓰라는 것입니다. 법화경은 부처가 되기 위한 안내서입니다. 그렇다면 법화경 속에서 부처가 될 수 있는 지식을 찾아 깨닫게 될 때, 능히 부처가 될 수 있을 것입니다.

제 21품인 여래신력품에서 제 28품인 보현보살품까지도 법화경을 잘 간직하고 독송하거나 베껴 쓰라고 당부하는 내용입니다. 여러 보살들은 이 처럼 법화경을 유포하는 법사를 수호하겠다고 다짐하는 내용으로 이루어져있습니다. 법화경을 유포하라는 이유가 무엇이겠습니까? 법화경이 불교의 목적을 이루는 주제이고 그 주제는 사람이 부처로 성불하는 일이기 때문입니다. 그런데 이 지구촌에서 자신 하나만 부처가 된다한들 무슨 유익이 있겠습니까? 많은 사람들이 부처가 되어야 비로소 극락세계가 될 수 있을 것입니다. 그래서 법화경을 다른 사람들에게도 전하라는 것입니다.

법화경의 후반부에서는 부처님의 수명은 무량하다는 것이 핵심입니다. 그런데 사람이 부처로 성불하는 것이 불교의 목적입니다. 사람이 부처로 성불하게 되면 중생들은 영생한다는 것이 후반부의 핵심입니다. 생로병사의 윤회는 사람들이 부처로 성불함으로서 끝나는 것입니다. 그래서 불교의 목적도 영생이고, 기독교의 목적도 영생이니 두 종교의 목적은 동일한 것입니다. 그리고 영생은 아무 때나 아무나 할 수 있는 것이 아니라, 정한 때가 되었을 때, 즉 법화경과 요한계시록의 예언이 실제로 지구촌에 실상으로 이루어질 때, 정법을 듣고 깨달아 성령으로 또는 부처로 성화(聖化) 되었을 때, 영생이 있게 되는 것입니다.

이상과 같이 법화경은 세 자기 핵심을 가르치는 내용으로 이루어져 있습니다. 그 셋을 열거해보면 첫째가 사람들이 일승으로 부처로 성불한다는 내용이요, 둘째가 부처가 되면 영생한다는 내용이요, 셋째가 그것을 위하여 법화경을 널리 전하여 중생들을 구제(구원)하는 보살행을 실천하라는 내용입니다.

4. 법화경의 바른 이해

근세에 이르러 불교를 비롯한 많은 종교가 현실위주로 편향된 경우를 많이 볼 수 있습니다. 원래 종교가 취해야 할 근본을 버리고 현실의 기복신앙에 치우치고 있다는 것입니다. 그 중 한 역할을 하는 것이 경전의 해석입니다. 경전의 핵심은 미래세에 이룰 이상 세계인 신세계입니다. 그리고 불교 경전은 석가모니의 깨달음에서 비롯되었습니다. 그리고 석가모니께서 깨달은 것은 현실주의가 아닙니다. 세계를 불교적인 관점에서 크게 나눌 때, 천상의 부처님의 세계와 지상의 사바세상이 될 것입니다.

석가모니께서는 사바세상에서 태어났습니다. 그리고 약 80년간을 사바세상에서 살고난 후 열반하셨습니다. 그러나 석가모니께서 구하신 것은 사바세상이 아닙니다. 석가모니께서는 생로병사의 윤회를 끊을 수 있는 천상의 부처님의 세계를 꿈꾸며 그것을 구한 것입니다. 그것이 바로 극락이요, 극락이 미래에 지상에 펼쳐지기 때문에 그것을 또 불국토라고 한 것입니다. 그런데 극락과 불국토는 과연 무엇일까요?

석가모니부처님께서는 6년의 고행 끝에 보리수나무 아래서 명상을 통하여 샛별을 보고 깨달으셨다고 합니다. 사바세상은 생로병사로 얼룩진 탁한 세상입니다. 부처님이 오랜 선정 끝에 깨달은 것은 극락에 대한 것입니다. 그러면 극락은 어떤 것일까요?

부처님의 세계는 생로병사가 없는 영원한 세계입니다. 석가모니께서 추구하고 바라셨던 세계는 영원한 부처의 세계입니다. 그러나 천상에는 부처의 세계는 이미 만들어져 있습니다. 그럼 석가모니께서 바라셨던 영원한 세계는 어디서 세워지는 것일까요? 그곳은 바로 지상세계입니다. 그런데 많은 사람들이 극락을 사후세계로 해석 하곤 합니다. 그러나 그것은 잘 못된 지식입니다. 석가모니께서는 생로병사로 얼룩진 사바세상을 불국토로 만들려고 하신 것입니다. 그것을 이루기 위하여 오시는 분이 미륵부처님입니다. 미륵부처님이 오셔서 아뇩다라삼먁삼보리로 세상에 살고 있는 보살들과 중생들을 부처로 성불하게 하여 극락세계가 이루어집니다. 그런데 미륵부처님은 그렇게 오시는데 지상의 사람들은 사후세계가 극락이라며 다 죽어버리면 지상에 만들어진 극락세계에는 누가 살게 되겠습니까? 극락의 정의는 부처님의 나라입니다. 부처님의 나라의 주인공은 사람입니다. 다만 사람들이 극락의 주인공이 되려면 자신들이 부처로 성불하여야 하겠죠! 지상의 모든 사람들이 부처로 성불한 사람만으로 구성되었을 때, 지상이 비로소 부처님의 나라가 완성되는 것입니다. 그것이 불교인들이 불교를 하는 목적이요, 주제인 극락세계입니다.

불경을 통하여 살펴볼 때 극락이란 바로 부처의 세계인 불국토라고 할 수 있습니다. 또 불국토란 바로 부처로 이루어진 세계라고 정의를 내릴 수 있을 것입니다. 그러니까 결국 극락은 부처로 성불한 사람들이 사는 세상이라고 할 수 있지요. 법화경(法華經)은 묘법연화경(妙法蓮華經)이란 말의 준말입니다. 묘법연화경(妙法蓮華經)이란 연꽃이 탁수에서 아름답게 피어오르듯 중생들이 오탁의 세상 속에서 부처로 성불할 것을 나타낸 말입니다. 즉 법화경은 세상의 중생들이 부처로 성불하는 것을 목적으로 기록된 책입니다.

불교와 법화경을 한마디로 말하면 사람이 부처로 성불하는 것을 목적으로 하는 종교와 경전이라고 정의를 내릴 수 있습니다. 법화경은 사람이 부처로 성불하는 것을 목적으로 기록된 책입니다. 그래서 법화경을 불경들 중 꽃으로 비유하곤 합니다. 불교에서 부처로 성불하는 일을 제외하면 아무 것도 아니기 때문에 예로부터 법화경이 그렇게 중요하게 취급되어 왔던 것입니다.

그렇다면 부처란 도대체 어떤 존재이며 언제 어디서 어떻게 중생들이 부처로 성불할 수 있느냐는 의문이 제기(提起)될 것입니다. 흔히 부처란 '깨달은 자' 라고 정의를 내리곤 합니다. 그러나 무엇을 깨달았느냐는 의문이 생길 것입니다. 부처란 생로병사의 모든 비밀을 깨닫고 생로병사로부터 해탈한 자로써 부처가 되면 모습조차도 32상을 가지게 된다고 불경은 말하고 있습니다.

이것을 역설적(逆說的)으로 말하면 생로병사의 모든 것을 깨닫지 못하거나 생로병사를 이기고 영원한 생명을 가지지 못하거나 그 모습이 32상의 부처의 모습으로 변하지 아니한 사람은 부처로 성불하지 못했다는 말과 같습니다. 분명한 것은 부처란 죽어서 없어지는 것이 아니라, 살아있는 사람이 부처로 성불하는 것이고, 성불한 사람은 부처의 32가지의 형상을 가지게 됩니다. 그래서 부처는 죽을 사람이 아니라, 살아있는 생불(生佛)이란 것 입니다.

[동국역경원 법화경 84쪽]

세존께서 내 맘을 알고 열반법을 말씀커늘 나쁜 견해 다 버리고 빈 법을 증득하여 그때 내가 생각키를 이제 열반 얻었노라 그러나 알고보니 참 열반이아니로다. 만일 부처가 되었다면 삼십이상 구족하고 천상, 사람, 야차들과 용과 귀신이 공경하리니.

그런데 사람들은 빈 법을 읽고 배워 열반을 얻은 것으로 착각을 한다고 합니다. 만약 진짜로 그들이 열반을 얻었다면 32상을 구족하여야 한다고 못을 박고 있습니다. 사람이 부처가 되어 열반을 얻었다면 반드시 증표가 있어야 합니다. 그것은 천리안과 신족통과 누진통 등 6신통을 이루어야 할 것이며, 모습조차도 32가지로 변화 된 것을 보여 줘야 합니다. 그런데도 불구하고 사람들은 이미 열반을 얻었노라 망동을 하곤 합니다. 그런 면에서 현세까지는 세상에서 부처로 성불한 사람이 한 사람도 없다고 말할 수 있습니다. 그 일은 미래에 이루어질 일이었습니다. 법화경은 미래에 사람이 부처로 성불하는 내용을 담은 경전입니다. 그래서 법화경은 미래세를 예언한 예언록으로 봐야 합니다. 그리고 그 예언은 반드시 이루어진다는 믿음을 가지고 있어야 신앙인이라고 할 수 있을 것입니다. 그 예언이 이루어지지 않는다면 석가모니께서 창설하신 불교는 사실상 아무런 의미가 없을 것입니다. 석가모니께서는 모든 보살과 중생들이 성불을 이루게 된다고 예언하셨기 때문입니다.

그러나 오늘날의 불교는 그런 본질을 모두 잃어버린 것 같습니다. 오늘날 불교는 현실만을 추구하는 종교가 되어버렸습니다. 그러나 석가모니께서는 현실에 안주하라고 불도를 창설한 것이 아닙니다. 그러면 석가모니께서 수기하신 보살들과 중생들의 성불은 언제 어떻게 이루어질까요?

그 답은 오로지 경전에서 찾을 수밖에 없을 것입니다. 많은 불교 경전 중에 보살과 중생의 성불을 주제로 다룬 경전은 바로 법화경입니다. 그래서 법화경을 보는 눈은 그 속에서 보살과 중생들이 부처로 성불하는 일과 그 시기와 어떻게 성불이 일어나는가를 찾아내어야 할 것입니다. 법화경을 보고 그 내용을 파악하지 못하거나 찾아내지 못한다면 그 책을 읽은 아무 가치가 없을 것입니다.

불교 경전에는 많은 내용들이 수록되어있습니다. 그러나 그 많은 경전 내용들 중에서 보살과 중생들의 성불의 일을 빼면 아무 것도 아닐 것입니다. 즉 법화경을 비롯한 많은 경전에 기록된 수많은 내용들은 보살과 중생들의 성불 사건을 다루기 위한 수식언에 불과하다는 이야기가 될 것입니다. 불교 경전 중에서는 미륵경전이란 것도 있습니다. 미륵경 중에는 미륵상생경, 미륵하생경, 미륵대성불경, 미륵하생성불경, 미륵내시경 등이 있습니다.

이들 책들은 모두 미래세에 인간으로 화신(化身)하여 지구촌에 내려올 부처님에 대한 내용이 기록되어 있습니다. 불법의 예언이 이루어질 때는 반드시 약속된 예언대로 약속된 미륵부처가 등장합니다. 법화경의 예언의 실현은 미륵부처님의 출현으로 완성되게 됩니다. 그러니 불도자들은 미륵부처의 오심을 연구하고 기다리는 일에 총력을 다 할 필요가 있습니다. 왜냐하면 이 분이 오시지 않으면 예언도 이루어지지 아니할 뿐 아니라, 법화경에 예언된 내용의 참 의미도 깨달을 방법이 없기 때문입니다. 그가 와서 사람들에게 가르칠 때, 모든 것들을 깨달을 수가 있게 됩니다.

[동국대 역경원 법화경 88,87,136,219쪽]

사리불아, 오는 세상 성불하실 높은 세존 그 명호는 화강여래 무량중생 제도하리...중략... 무량한 겁 지낸 뒤에 대보장엄 겁이 되면 그 세계의 이름이 이구이니 청청하고 때 없으며 유리로 땅이 되고 황금줄을 길게 늘여 칠보로 된 가로수엔 꽃과 열매 만발하고...그 겁의 이름이 대보장엄이니 왜 이렇게 이름 하는가 하면, 그 나라에는 보살로서 큰 보배를 삼기 때문이니라... 이때 부처님이 수기하여 하시는 말 너희들은 오는 세상 부처가 되리라...어떤 중생이 앞으로 오는 세상에 성불하느냐고 누가 묻거든, '이와 같은 여러 사람들이 미래에 반드시 성불하리라' 고 대답하라.

여기서 오는 세상 성불하신다는 것은 오는 세상은 내세(來世)이고, 성불은 사람이 부처되는 일이니 내세(來世)는 죽음의 세계가 아니라, 현세가 지나고 오는 미래의 세상을 말하고 있음을 알 수 있습니다. 무량한 겁 지낸 뒤에 대보장엄(大寶莊嚴)한 궁전이 서게 되는데 이 나라를 유리나라라고 합니다. 대보란 큰 보석인데 보살은 곧 보석과 같은 귀한 존재이기 때문입니다. 보살은 곧 부처로 성불하는 귀한 존재입니다. 이로써 유리나라는 미래에 보살들이 부처가 된 나라를 말하며 불국토를 말하는 것입니다.

법화경을 흔히 대승경(大乘經)이라고 합니다. 대승이란

소승(小乘)에 대칭된 말로써 보살과 중생들의 부처로의 성불이 자력으로는 불가능하고 의타적(依他的)으로 이루어진다고 하는 주의입니다. 대승불교는 미래세에 미륵부처가 지구촌에 출세(出世)하면 그에게 아뇩다라삼먁삼보리의 가르침을 받아서 비로소 보살과 중생들이 부처로 성불할 수 있다는 학설입니다. 그렇다면 불교 신앙인들이 가장 우선 바라야 할 일은 무엇일까요?

그것은 바로 자신들이 부처로 성불하는 일일 것입니다. 자신들이 부처로 성불한 나라가 바로 불국토이고 극락이기 때문입니다. 그러나 그런 일이 일어나기 위하여 가장 먼저 있어야 할 것이 부처로 성불할 수 있게 하는 정각(正覺)의 깨달음의 진리입니다. 그리고 부처로 성불할 수 있도록 깨닫게 하는 진리가 바로 아뇩다라삼먁삼보리입니다. 그러나 아뇩다라삼먁삼보리는 미륵부처만이 가지고 올 수 있는 진리라고 예언되어 있습니다. 그래서 부처로 성불할 수 있는 진리로 중생들과 보살들이 부처가 되기 위해서는 아뇩다라삼먁삼보리의 정법(正法)을 가지고 오는 미륵부처의 출현이 지상에 있어야 합니다. 그래서 불교인들이 가장 바라고 기다리고 기도해야 할 것은 미륵부처님의 지상강림입니다. 그것이 전제 되지 않고는 지상에 부처로 성불하는 일도 없을 것이며 극락도 있을 수가 없습니다.

그래서 불도인들이 기다려야 할 것은 미륵부처가 지상에 출세하는 일일 것입니다. 그 이유는 미륵부처가 지상에 출현하여야 비로소 보살들과 중생들의 성불이 이루어질 수 있는 길이 열리기 때문입니다. 그러나 오늘날 불도인들이 미륵부처의 지상 강림을 현실적으로 기다리고 있는 경우를 보셨습니까? 물론 삿된 욕심으로 숱한 가짜 미륵부처가 출현하였기 때문에 식상한 것도 있을 것입니다. 그러나 진짜가 없으면 어찌 가짜가 있을 수 있겠습니까?

불교의 경전이 참이라면 불경에 기록된 내용을 믿는 것이 믿음이고 신앙일 것입니다. 불교인들이 분명 깨달아야 할 것은 불교(佛敎)란 단어의 의미가 '부처에 대한 가르침' 이란 것에서도 나타나듯이 현실을 가르치고 배우는 것이 아니라, 현실을 뛰어 넘어 부처의 세계를 추구하고 가르쳐야 할 것입니다. 그 가르침의 기본이 극락이고 극락은 부처로 성불한 사람들의 세계이고 그 세계는 미륵부처의 지상 출현으로 가능하다는 사실입니다.

법화경을 바르게 이해하려면 먼저 이러한 관점을 예비지식으로 가져야 할 것입니다. 법화경은 바로 사람이 성불하여 부처로 거듭나는 것을 주제로 하는 경전이기 때문입니다. 그리고 보살과 중생들의 성불이 이루어지기 위해서는 반드시 가장 먼저 대승불의 주체인 미륵부처의 지상 출세가 먼저 전제되어야 합니다.

그럼 미륵부처는 언제 어디에 어떻게 와서 보살들과 중생들의 성불을 이루실까 하는 문제를 심각하게 생각해봐야 할 것입니다. 그리고 미륵경에 기록된 미륵의 하생에 대한 확실한 지식을 터득하고 이해해야 할 것입니다. 이렇게 하여 보살과 중생들의 성불을 이해해 갈 수 있을 것입니다.

[동국대 역경원 법화경 44,219쪽]

다음 부처되어 미륵이라 이름하고 제도하는 많은 중생의 수가 끝이 없으리니. 내가 본 등명불의 본상서가 이러할새 이 부처님이 이런 『법화경』을 설하리라... 여래께서 멸도하신 후 만일 어떤 사람이 『묘법연화경』의 한 게송이나 한 구절을 듣고 일념으로 따라 기뻐하는 이에게는 내가 모두 아뇩다라삼먁삼보리의 수기를 주리라.

법화경을 보는 가장 중요한 시각은 그 일이 미래에 이루어질 예언적 차원이란 사실을 명심해야 할 것입니다. 그래서 문장을 쓴 방법이 현재의 시점에서 말하는 것처럼 기록되어있어도 그 의미는 미래에 있을 일을 시사하고 있음을 간과해서는 안 되는 것입니다. 자 그럼 그러한 시각으로 법화경의 이모저모를 살펴보겠습니다.

II 일합상의 세계는 이렇게 펼쳐지다

1. 제 1편 서품

중인도 마가다국 왕사성 부근에 있는 영취산에 수많은 청중이 모여 석가모니께서 설법하시길 기다리고 있습니다. 청중의 부류는 1만 2천 비구들 6천의 비구니들, 문수를 비롯한 8만의 보살들, 제석천과 범천을 비롯한 위대한 신들, 8대 용왕 등의 잡신들 이런 신들의 권속들, 아사세왕과 그 권속들입니다. 이들 앞에서 부처님이 심오한 삼매에 들자 온갖 상서롭고 불가사의한 일이 일어납니다. 이제 곧 부처님의 설법이 시작될 것입니다.

제석천(帝釋天)과 범천(梵天)을 비롯한 위대한 신들, 8대 용왕 등의 잡신들과 신들의 권속들, 아사세왕과 그 권속들입니다. 범천(梵天)이란 인도 후기 베다 시대의 힌두교의 주요 신의 하나입니다. 또 창조신으로도 소개되어 있습니다. 그리고 제석천도 베다에서 일체의 악마를 정복하는 신이었으며 불교에서는 범천과 함께 불법을 수호하는 신으로 인정 되었습니다. 그리고 용왕은 악신의 대표입니다. 제석천왕은 영계하늘나라의 왕이고 그 하늘 신들이 내려온 곳을 수미산이라고 합니다.

이 이야기들은 영취산에서 석가모니께서 설법을 하려 할 때, 참석한 자들의 광경입니다. 이 중에서 비구들과 비구니들과, 아사세왕과 문수를 비롯한 8만의 보살들은 모두 육신을 입은 사람들입니다. 그러나 제석천과 범천을 비롯한 위대한 신들과, 8대 용왕 등의 잡신들은 신들입니다. 제석천과 범천은 창조신이며 위대한 신들은 성령들이 참여하였다는 말이며 이들은 모두 참신들의 무리입니다. 그리고 용과 잡신들이란 마왕과 마구니신들을 의미하며 악령들도 거기에 참여하였다는 의미입니다.

그래서 본문에는 신들과 사람들이 그 설법회에 참여하였다는 말입니다. 그러나 보통사람들에게는 육신은 육안으로 보이나 신들은 보이지 않습니다. 그러나 석가모니께서는 영안이 열렸으므로 그 곳에 신들도 모여 와 있다는 사실을 아시고 계신 것입니다. 그리고 제석천은 4천왕이 4주를 지켜주는 불교에서 말하는 3계(欲界, 色界, 無色界)중 욕계의 도리천(忉利天: 33천)의 주인으로서, 수미산 정상에 산다는 신입니다. 제석천왕은 사왕천(四王天)을 통솔하고 아수라(魔軍)의 군대를 정벌한다고 합니다.

그런데 요한계시록 14장 1~3절에는 수미산이름을 시온산이라고 소개하고 있습니다. 비교를 위하여 요한계시록 14장을 게재(揭載) 해보겠습니다. “또 내가 보니 보라 어린 양이 시온산에 섰고 그와 함께 십 사만 사천이 섰는데 그 이마에 어린 양의 이름과 그 아버지의 이름을 쓴 것이 있도다...중략 저희가 보좌와 네 생물과 장로들 앞에서...후략”

시온산에 아버지와 어린 양이 서있다고 하는바, 아버지는 성부, 어린 양은 성령입니다. 그리고 그 앞에 네 생물과 24장로가 있습니다. 따라서 불경의 수미산 정상에 있다는 제석천은 성부와 대응이 되며, 4주를 다스리는 사천왕은 네 천사장의 다른 이름인 네 생물과 대응이 됩니다. 그리고 제석천왕은 마군인 아수라군대를 정벌한다고 한바, 요한계시록 14장의 시온산도 요한계시록 12장 7절 이하에서 마군의 왕인 용과 싸워 이긴 후에 시온산이 지상에 세워집니다. 그러므로 수미산도 시온산도 이름을 각각 다르지만 하늘의 영들이 임한 성전을 비유한 것임을 깨달을 수가 있습니다.

그러나 신들은 사람의 육안으로는 볼 수가 없습니다. 사람의 육안으로 볼 수 없는 신(神)을 볼 수 있는 방법은 마치 사람의 육체는 육안(肉眼)으로 보이나 사람 안에 든 마음이나 정신(精神)이나 영혼(靈魂)은 육안으로 볼 수 없는 것과 같으며 사람 안에 든 영혼을 보는 방법은 육안이 아니라, 생각이나 마음의 깨달음으로 볼 수 있는 것과 같습니다. 또 사람 안에 있는 영혼은 볼 수 없으나 그 영혼에서 나오는 소리를 듣고 그 영혼의 존재와 영혼의 상태나 심정을 알 수 있습니다.

2. 요한계시록 이해

근세에 이르러 기독교도 불교처럼 현실위주로 편향된 경우를 많이 볼 수 있습니다. 원래 종교가 취해야할 근본을 버리고 현실의 기복신앙에 치우치고 있다는 것입니다. 그렇게 되기에 큰 역할을 하는 것이 경전에 대한 무지입니다. 경전의 핵심은 미래세에 이룰 이상 세계인 신세계입니다. 그리고 기독교의 경전인 요한계시록은 성령의 감동에 의한 창조주의 계시에서 비롯되었습니다. 그리고 계시는 비현실적 허구가 아니라, 성령의 감동에 의한 확실한 계시에서 비롯되었습니다. 그렇게 말할 수 있는 이유는 기독교의 성서는 체험의 종교로서 예언한 일들이 오늘날까지 모두 예언대로 이루어왔기 때문입니다. 세계를 기독교적인 관점에서 크게 나눌 때, 오늘날까지와 같은 구세계와 앞으로 도래할 새로운 신세계가 될 것입니다.

세상은 창세기의 에덴동산이 실낙원(失樂園)이 되고부터 오늘날까지는 마귀신이 주관하는 음의 시대였습니다. 그러나 신약의 예언이 실제로 이루어지면 득낙원(得樂園)이 됩니다. 창조주와 예수께서 구하신 것은 오늘날과 같은 그런 세상이 아닙니다. 창조주와 예수가 바라던 세계는 계시록 21장 4절처럼 " 모든 눈물을 그 눈에서 씻기시매 다시 사망이 없고 애통하는 것이나 곡하는 것이나 아픈 것이 다시 있지 아니하리니 처음 것들이 다 지나갔음이러라" 처럼 사람에게서 눈물 흘릴 일이 없어지고, 죽음이 없고, 그러므로 애통해 할 일도 없으며, 건강이 나빠져 아픈 일도 없다고 합니다. 그러나 오늘날까지의 삶은 눈물과 죽음과 애통과 아픔의 역사였습니다. 이것이 처음의 것들이고 이런 처음의 일들은 모두 지나가고 없어진다고 기록하고 있습니다. 그래서 처음 세계가 지난 새로운 세계는 득낙원(得樂園)라고 할 수 있습니다.

이런 세계가 부처님께서 추구하던 생로병사(生老病死)가 없는 극락이고 이 극락에 관하여 예언된 경전이 법화경이고 요한계시록이라는 것입니다.

예수께서는 승천(昇天)하시고 몇 해 후에 영으로 자신의 제자였던 요한에게 찾아오셨습니다. 그리고 예수께서 불러주시는 대로 대필한 내용이 요한계시록입니다. 이 요한계시록은 6천년의 성서역사의 완성을 예언한 마지막 장입니다. 그래서 요한계시록은 66권의 성경전서 중 제일 마지막 권에 실려 있는 마지막 경전입니다. 문제는 요한계시록은 종이로 된 책이고 글입니다. 이 책은 예언이었습니다. 그러나 그 예언이 예언대로 실현되면 요한계시록은 더 이상 책이 아니라, 현실이고 현물입니다. 예를 들어 조금 전에 나열한 계시록 21장 4절의 말씀은 글자에 불과합니다. 그러나 그 글자의 예언대로 성취되게 되면 세상 사람들에게 실제로 사망도 아픔도 애통 할 일도 곡하는 일도 없어지게 되며 그것은 현실이고 실상인 것입니다.

석존이 법화경을 통하여 수기한 것도 바로 이 세계입니다. 이 세계가 바로부처님이 계획하신 생로병사가 없는 영원한 세계입니다. 석가모니께서 추구하고 바라셨던 세계는 바로 이런 영원한 부처의 세계입니다. 그러나 천상의 부처님의 세계는 이미 만들어져 있습니다.

요한계시록을 통하여 살펴볼 때 천국이란 바로 창조주의 세계인 성령의 나라고 할 수 있습니다. 세상의 주인공은 뭐니 뭐니 해도 만물의 영장인 사람입니다. 그래서 천국이란 바로 사람이 창조주의 형상인 성령으로 다시 지음 받은 세계라고 정의를 내릴 수 있을 것입니다. 그러니까 결국 천국은 성령의 사람으로 성화(聖化)한 사람들이 사는 세상이라고 할 수 있지요. 흔히 사람들이 "내 마음이 천국"이라고들 합니다. 각 자의 마음에 창조주의 영인 성령이 들어가게 되면 그 사람이 천국이니 예사롭지 않게 한 그 말이 참으로 진리인 셈입니다.

기독교와 요한계시록을 한마디로 말하면 사람이 성령으로 부활 하는 것을 목적으로 하는 종교와 경전이라고 정의를 내릴 수 있습니다. 많은 사람들이 경전의 예언을 현실로 받아드리지 아니하는 이유는 너무나 오랫동안 그 예언이 잠자고 있었기 때문입니다. 그러나 산에 있는 들풀들도 때가 되어야 꽃이 피듯이 요한계시록이나 법화경의 예언도 현실로 실현될 때가 되어야 이루어지는 것입니다.

마라톤 경주는 42.195KM를 달려야 결승점에 도달하게 됩니다. 그러나 42KM까지 왔다고 해서 얻을 수 있는 것은 아무 것도 없습니다. 요한계시록 역시 그렇습니다. 그러나 이제 그 때가 되었습니다. 진정 그 때가 되었다면 증거가 있어야 할 것입니다. 그 증거가 참 증거라고 인정할 수 있는 것이 반드시 있어야 할 것입니다. 그 증거를 제시하기 위해서는 불경의 용어가 더 확실한 이해를 줄 것 같습니다. 그 용어가 바로 아뇩다라삼먁삼보리입니다. 그런데 절묘한 것은 성서에도 아뇩다라삼먁삼보리가 예언되어 있다는 사실입니다. 이것만 보아도 불교와 기독교의 목적은 같다고 공감할 수 있을 것입니다. 아뇩다라삼먁삼보리는 천지간의 비밀로 알려져 있습니다. 아뇩다라삼먁삼보리는 미륵부처가 출현하여 가르쳐 주기 전에는 알 수 있는 사람이 없습니다. 그런데 아뇩다라샴막삼보리에 대하여 누군가 정답을 알고 있다면 세상엔 이미 미륵부처가 출현되었다는 증거입니다. 미륵부처가 출현되었다는 의미는 법화경과 요한계시록의 예언이 이루어지고 있다는 말과도 같은 것입니다.

그렇다면 요한계시록에서 목적하는 것이 무엇이며 언제 어떻게 그 예언들이 실현되느냐는 의문이 제기(提起)될 것입니다. 불교의 부처가 '깨달은 자' 라고 정의를 내리듯 기독교에서도 목적하는 인간상이 있습니다. 그 인간상이 '빛의 자녀' 입니다. 빛의 자녀를 해석하면 '깨달은 자'

입니다. 창세기에서는 창조주께서 사람을 자기의 형상으로 창조하셨다고 기록되어 있습니다. 여기에 모순이 하나 발견되는바, 창조주는 모습이 없는 영으로 존재합니다. 그럼 자신의 형상이란 어떤 의미일까요?

성경에는 두 가지의 영이 등장합니다. 하나는 창조주 계열의 성령이고 또 하나는 마귀라고도 사탄이라고도 하는 악령입니다. 성령을 생명, 사랑, 빛(진리),창조, 진짜, 평화의 대명사로 자주 사용합니다. 악령을 사망, 미움 시기 질투, 어두움(거짓), 모방, 가짜, 전쟁의 대명사로 사용합니다. 창세기에서 창조주께서 자기 형상으로 사람을 창조하셨다는 의미는 성령으로 사람을 창조하셨다는 의미입니다. 그렇게 창조된 사람이 마귀의 미혹으로 말미암아 성령의 형상을 잃어버리게 됩니다. 사람이 성령을 잃어버리게 되면 악령의 형상으로 변질 됩니다. 그런데 성령은 진리의 영이고 악령은 무지의 영입니다. 경전에는 진리를 빛, 거짓을 어두움으로 비유하였습니다. 그래서 사람들이 창조주의 형상인 성령을 가졌을 때는 그의 아들이 되므로 '빛의 자녀' 였던 것입니다. 그런데 악령으로 변질이 되면 '어둠의 자녀' 가 되어 버리는 것입니다. 어둠의 자녀의 부모는 마귀 또는 사탄의 영입니다.

창세기는 사람이 '빛의 자녀의 신분' 에서 '어둠의 자녀' 로 변질된 것을 주제로 한 경전입니다. 반면에 요한계시록은 '어둠의 자녀 신분' 에서 '빛의 자녀의 신분' 으로 회복하는 것을 주제로 이루어진 경전입니다.

따라서 '빛의 자녀' 란 성령의 사람을 의미하고 성령은 진리의 영이므로 이 진리의 영이 사람에게 임하게 되니 사람에게 빛이 있어지는 격입니다. 그래서 성령으로 거듭난 '빛의 자녀' 란 곧 불교의 진리로 깨달은 자란 뜻인 '부처' 란 말과 같은 것임을 알 수 있습니다. 그래서 빛의 자녀는 창조주의 자녀란 뜻이고 '부처' 는 부처님의 자녀라고 할 수 있을 것입니다.

요한계시록은 사람이 성령의 사람으로 재창조함 받는 과정을 그린 대장정의 서사시입니다. 법화경도 마찬가지입니다. 법화경은 사람이 성불하는 일에 관하여 기록한 경전입니다.

그러면 요한계시록에서 악령의 사람들을 성령의 사람들로 재창조할 수 있는 단계까지 가기 위하여 펼쳐지는 과정이 어떤지를 꼼꼼히 법화경과 비교하면서 나열해보겠습니다. 보통의 불도자들이 성서를 볼 기회는 그다지 많지 아니할 것입니다. 그런 불도자님들에게 성경의 결과요, 핵심주제라 할 수 있는 요한계시록의 내용을 선보일 기회가 주어져 다소 이례적(異例的)이지만 매우 유익할 것이라고도 생각됩니다. 또 한편 법화경을 공부함에 성경도 동시에 공부할 수 있는 일거양득(一擧兩得)의 기회라고 할 수도 있겠습니다.

요한계시록의 22장 전장 중 1장 1절에서 8절까지는 22장 전장의 핵심주제를 요약한 부분입니다. 이 부분을 통하여 전장의 중요한 주제를 파악할 수가 있습니다. 1장 1절부터를 보시는 독자분들께서는 이 22장 전장을 통하여 어떻게 성서의 목적인 천국과 사람이 어떻게 성령으로 재창조함 받게 되는가를 중심으로 봐주시면 요한계시록의 큰 흐름을 깨달을 수가 있을 것입니다. 그리고 반드시 명심하여야 할 사항은 이 주제들을 통하여 법화경과 연관시켜 비교해보는 일입니다. 그리고 요한계시록을 통하여 법화경을 더 구체적이고 확실하게 이해할 수 있는 계기가 되기를 기대해봅니다.

3. 요한계시록 제 1장

종교의 목적은 이렇게 이루어진다. -수천 년 전부터 성경과 불경과 격암유록 및 기타 경전에 예언된 약속된 성전 일곱 금 촛대 교회-

(요한계시록의 핵심개요: 1절-8절)

요한에 의하여 기록된 예언을 혹자는 요한 묵시록(黙示錄)이라고도 합니다. 묵시(黙示)는 입다물 묵(默) 자와 보일 시(示)란 한자로 이루어진 말로서 봉함되었다는 말입니다. 대부분의 예언서가 그러하듯이 요한묵시록도 봉함되어 있어 정한 때가 되지 아니하였을 때에는 그 누구도 그 비밀을 알 수가 없는 법입니다. 시편 78편 2절 이하에는 이 비밀을 후세의 후손들의 때에 알려준다고 기록되어 있습니다. 그 비밀이 5장과 10장을 통하여 열리게 됩니다. 열리므로 말미암아 22장 속에 기록된 참의미를 알게 됩니다. 알게 되므로 성경의 결론인 구원과 천국과 영생이 언제 어디서 어떻게 누구에 의하여 왜 이루어지는가를 알 수 있게 됩니다.

그 중 “예수 그리스도의 계시라 이는 하나님이 그에게 주사 반드시 속히 될 일을 그 종들에게 보이시려고 그 천사를 그 종 요한에게 보내어 지시한 것이라” 는 부분부터 살펴보겠습니다.

계시(啓示)란 말은 봉함된 요한묵시록의 말씀을 열어서 볼 수 있게 한다는 의미입니다. 그것을 예수 그리스도의 계시라고 한 이유는 예수 그리스도가 계시를 하게 된다는 의미입니다. 그런데 계시의 순서가 뒤이어 기록되어 있습니다. 묵시된 요한계시록의 봉한 말씀은 먼저 하나님께 있었습니다. 그 책을 예수께로 주게 됩니다. 그런데 5장의 말씀을 통하여 보면 예수께서 봉함된 묵시록을 열게 됩니다. 그리고 열은 계시록을 예수 그리스도는 한 천사께 전달합니다. 그 다음 천사가 요한에게 주게 됩니다. 그 다음 요한은 종들이라 이름 한 사람들에게 전달합니다. 그리고 그 다음은 종들이 만국의 사람들에게 전달한다고 다른 장에 기록되어 있습니다.

이때 매우 중요한 사항이 하나 있습니다. 전달 과정에 등장하는 하나님과 예수 그리스도와 천사는 육체가 없는 영들입니다. 이들 간에 책이 전달되는 것은 영의 나라에서입니다. 그러나 요한과 종들과 만국의 사람들은 육체를 가진 사람입니다. 이 장면을 통하여 앞에서 성령의 감동에 의하여 성경이 쓰였다는 상황을 이해하는데 도움이 될 것입니다. 현대의 사람들은 영이나 신의 역사를 접할 기회가 없지만 과거에는 신과 영의 역사를 접한 경우가 많았습니다. 그래서 현대인들은 이런 신의 역사로 이루어진 사실들을 믿기가 쉽지 않을 것입니다. 그러나 성경이나 경전을 보면 신의 역사에 대하여 기록된 것을 많이 볼 수가 있습니다. 더욱이 성경은 신의 역사를 주제로 다룬 것이라고 단언할 수가 있습니다.

위의 문장에서도 열린 계시록의 책이 신을 통하여 육체 가진 사람에게 전달되는 과정을 적나라하게 잘 기록되어 있습니다. 마지막으로 천사는 요한이라 칭한 육체 가진 사람에게 열린 책을 전달하고 있습니다. 이런 상황을 성경에서는 성령에 감동하였다고 표현합니다. 이것을 더 확실히 이해하기 위해서는 세상에서의 무당의 역할을 생각해 볼 필요가 있을 듯 싶습니다. 무당이 어느 집의 의뢰를 받고 내림굿을 하게 되면 그 집의 귀신이 무당의 육체에 임하게 됩니다. 그때부터 무당 자신의 영은 없어지고 그 집의 귀신이 그 무당의 육체에 들어가 여러 가지 행동이나 말들을 하게 됩니다. 이런 상황을 일반적으로 빙의현상(憑依現狀)이라고 하며 성경에서는 신의 감동을 받았다고 표현합니다. 성경에서의 신의 감동과 무당의 경우와 다른 점은 신의 종류가 다릅니다. 무당에게 임하는 신은 귀신(鬼神)이고 성경의 선지자에게 임하는 신은 성신(聖神)입니다. 그리고 아무나 무당처럼 신을 받을 수 없듯이 성경에서 말하는 성신도 특별한 경우에 특별한 선지자만 받을 수가 있습니다.

어쨌든 요한이라 이름 한 사람이 천사에 의한 성령의 감동을 받아 봉함되었던 요한묵시록의 내용을 전달 받게 됩니다. 그 결과 열린 책은 요한이란 사람에게 전달되어 갔고 이는 처음 하나님에게 있던 것입니다. 요한은 결국 하나님에게 있던 책을 예수를 통하여 열린 책을 전달받은 것입니다. 그 결과 지구상에 처음으로 요한이란 한 사람이 요한계시록의 비밀을 풀어 모든 것을 깨닫는 사람이 됩니다. 이런 경로로 비밀로 기록된 요한계시록의 내용이 공개되게 되며 지상의 사람들도 요한을 통하여 하늘의 뜻을 알게 됩니다.

그리고 온 세상 사람들에게 그 소식을 알려주려고 요한은 먼저 그 내용을 종들에게 가르쳐주게 됩니다. 이때 종들은 요한에게 택함 받아 열린 계시록의 내용을 계시 받는 일정한 숫자의 주의 종들입니다. 그리고 그 종들이 지구촌 세계의 한 사람 한 사람에게 그 진리를 전하게 됩니다. 이렇게 될 때, 지구상에는 그 비밀을 받은 사람들의 수가 점점 많아지게 됩니다. 그리하여 그 비밀이 세상의 사람들에게 전달되어지는 것입니다. 그런데 그 내용을 전달 받을 때, 믿음으로 받는 사람이 있는가 하면 믿지 못하여 받지 않는 사람들도 있습니다.

여기서 잠시 영인 천사가 땅의 요한이란 사람에게 책을 전달해주는 장면을 살펴보기로 하겠습니다. 지구촌 어딘가에 요한이란 사람이 어떤 공간을 차지하고 있을 때, 하늘에서 음성이 들렸다고 합니다. 책에는 그곳을 바다와 땅이 접해져 있는 곳이라고 암호로 기록해두었습니다. 그러나 그곳은 요한계시록의 예언대로 택함 받은 지구촌의 육체 가진 한 사람이 있는 곳임에는 두 말할 나위가 없습니다. 성서의 예언은 창조주이신 신께서 세상의 사람들에게 구원을 주기 위하여 기록하게 하신 것입니다. 그러나 창조주는 신입니다. 그러므로 세상의 사람에게 그것을 전할 수가 없습니다. 그래서 창조주는 지상에 육체 가진 사람을 택하여 성령을 그에게 주셔서 육체 가진 사람들에게 전하게 할 수 밖에 없습니다. 그렇게 지상에 나타난 분이 2천 년 전에는 예수란 사람이었고, 말세 때는 요한계시록의 요한이란 사람입니다. 자 본문을 보시겠습니다. 본문에서 천사에게 책을 받아먹는 사람이 요한입니다.

"하늘에서 나서 내게 들리던 음성이 또 내게 말하여 가로되 네가 가서 바다와 땅을 밟고 섰는 천사의 손에 펴 놓인 책을 가지라 하기로 내가 천사에게 나아가 작은 책을 달라 한즉 천사가 가로되 갖다 먹어버리라 네 배에는 쓰나 네 입에는 꿀같이 달리라 하거늘 내가 천사의 손에서 작은 책을 갖다 먹어버리니 내 입에는 꿀같이 다나 먹은 후에 내 배에서는 쓰게 되더라 저가 내게 말하기를 네가 많은 백성과 나라와 방언과 임금에게 다시 예언하여야 하리라 하더라"

이상을 정리하면 요한이 하늘에서 음성이 들려서 들어보니 바다와 땅을 밟고 섰는 천사에게 열린 계시록 책을 받아라는 것입니다. 이때 바다와 땅은 비유적 표현으로 계시록 성취 현장인 일곱 금 촛대 교회와 바깥세상을 의미합니다. 땅은 일곱 금 촛대 교회를 의미하고 바다는 일곱 금 촛대 교회 외의 다른 모든 땅을 의미합니다. 좀 더 함축하면 하나님이 세우신 일곱 금 촛대 교회와 그 외의 신앙세계를 의미합니다. 밟고 있다고 한 이유는 바다와 땅을 심판하겠다는 의미가 담겨져 있습니다.

왜냐하면 계시록의 예언이 열리면 착한 자와 악한 자가 양쪽으로 갈라져 생명의 부활로 오는 자와 사망의 심판으로 가는 자로 나누어지기 때문입니다. 그리고 일곱 금 촛대 교회와 신앙세계가 심판을 받는 이유는 일곱 금 촛대교회는 언약을 어긴 죄를 저질렀기 때문이고 기타 신앙세계는 하나님께서 택한 교회를 미혹하였기 때문입니다. 그리고 심판이 이루어질 때, 하나님께서 예비한 장소로 피난을 하면 생명의 부활에 참여할 수 있게 됩니다.

그런데 이렇게 요한이 신약의 예언서인 요한계시록을 천사께 받아먹은 것처럼 구약의 예언서인 이사야서 등 선지서를 천사께 받아먹은 사람이 또 있었으니 그 분이 바로 2천 년 전의 예수그리스도입니다. 에스겔 3장 1~3절입니다.

“ 1그가 또 내게 이르시되 인자야 너는 받는 것을 먹으라 너는 이 두루마리를 먹고 가서 이스라엘 족속에게 고하라 하시기로 2내가 입을 벌리니 그가 그 두루마리를 내게 먹이시며 3내게 이르시되 인자야 내가 네게 주는 이 두루마리로 네 배에 넣으며 네 창자에 채우라 하시기에 내가 먹으니 그것이 내 입에서 달기가 꿀 같더라"

두루마리 책은 이사야서로부터 말라기에 이르는 예언서입니다. 예수께서는 이 봉함된 예언서를 최초로 열어 이스라엘 사람들에게 알려주신 것입니다.

이처럼 신약 때의 요한도 천사에게 열린 계시록 책을 달라고 하니 책을 먹어버리라고 합니다. 책은 종이인데 어찌 먹을 수 있겠습니다. 상징적 표현으로 그 책을 영적으로 모두 소화하여 몸이 말씀체가 되도록 하였다는 의미입니다.

요한복음 14장 16절과 26절에는 예수님이 다른 보혜사를 보내어 주어 사람들과 영원히 함께 있게 하겠다고 하셨습니다. 그리고 그 보혜사는 진리의 성령이라고 합니다. 그 진리의 성령이 사람들에게 모든 것을 알게 가르친다고 기록하고 있습니다. 요한계시록 10장 10절에서 요한이라는 사람이 그 책을 먹었다는 말은 그 진리의 성령을 먹었다는 말이며 요한이 진리의 성령을 먹었다면 그 진리의 성령은 요한의 몸속에 거할 것입니다.

이것은 결국 창세기 6장 3절을 통하여 지상을 떠나신 창조주께서 요한계시록의 예언이 이루어질 때, 요한을 통하여 지상에 다시 돌아오신 것이라고 말할 수 있습니다.

또 요한계시록 1장 8절과 22장 16절을 통하여 보면 "주 하나님이 가라사대 나는 알파요 오메가라 이제도 있었고 전에도 있었고 장차 올 자요 전능한 자라 하시더라" "나 예수는 교회들을 위하여 내 사자를 보내어 이것들을 증거하게 하였노라 나는 다윗의 뿌리요 자손이니 곧 광명한 새벽별이라 하시더라" 라면서 지상을 떠나신 하늘의 성령이 요한에게 임하였으니 땅에 성령이 강림하였음을 알 수가 있습니다.

그리고 그 책의 내용을 보고 꿀처럼 달다고 한 것은 감추었던 내용을 열어 보니 너무나 희망적인 내용이 쓰여 있기 때문입니다. 그 내용이 요한계시록 2-3장에 잘 기록되어 있습니다.

그런데 배에서는 쓰다고 한 이유는 이 책의 내용을 배도한 일곱 금 촛대교회의 신앙인들과 신앙 세상의 지도자들과 백성들에게 전하라고 하기 때문입니다. 전하는 것을 쓰다고 한 이유는 사람들이 그 사실들을 믿어 주지 않기 때문입니다. 믿어주지 아니하는 이유는 하늘의 영과 땅의 사람의 영이 서로 다른 종류이기 때문입니다. 서로 다른 영이란 서로 반대되는 영이라고 말할 수 있습니다. 여하튼 땅에 사는 요한이란 사람은 하늘의 성령을 받은 사람이고 땅의 다른 사람들은 성령이 아니고 악령이기 때문에 요한의 말을 사람들이 들어주지 않게 되는 것입니다.

그 다음은 2절입니다. "요한은 하나님의 말씀과 예수 그리스도의 증거 곧 자기의 본 것을 다 증거 하였느니라" 여기서 하나님의 말씀은 성경 말씀이고 특히 요한계시록의 예언입니다. 그리스도의 증거 곧 자기의 본 것은 이 예언이 이루어지는 현장에서 요한이 본 것이 있다는 것입니다. 요한계시록에는 예언의 말씀이 기록되어 있고 요한은 그 예언대로 이루어지는 사건을 현장에서 보고 말씀에 기록된 대로 이루어진 일들을 보고 대조하여 다 증거 하였다고 합니다. 참고로 말하면 이곳의 현장은 요한계시록 2-3장과 13장이고 그곳의 이름이 일곱 금 촛대 교회입니다.

그리고 3절은 “이 예언의 말씀을 읽는 자와 듣는 자들과 그 가운데 기록한 것을 지키는 자들이 복이 있나니 때가 가까움이라” 라고 말하고 있습니다. 이렇게 예언대로 일어난 사실과 열린 계시의 말씀을 읽는 자가 있고 듣는 자들이 있고, 그 가운데 들은 것을 지키는 자들도 있다고 합니다. 이때 읽는 자는 요한 한 사람이라고 단수이고 듣는 자들과 지키는 자들은 그 수가 많아 복수입니다. 그런데 그 중에서 그 내용을 듣고 지키는 자들이 복이 있다고 합니다. 많은 자들이 듣지만 지키는 자들은 많지 않다는 말입니다. 그리고 지키는 이들은 어떤 복을 받을까요?

구원과 천국과 영생의 복이라고 2-3장에 기록되어 있습니다. 그리고 이 예언대로 이런 일이 일어나면 그때부터는 속히 이루어진다고 합니다. 구원과 천국과 영생은 성경의 최종목적입니다. 여기서 요한이 보고 들은 것을 증거 할 때, 지키는 자들은 구원과 천국과 영생을 얻을 수 있다고 합니다. 창세기부터 시작된 여정이 요한계시록에서 요한으로 말미암아 증거 되고 그 증거를 받아 지키면 그 목적이 성취된다는 말입니다. 그러니 성경 66권 중 이 대목이 가장 중요하다고 할 수 있겠습니다.

그 다음 4절은 "요한은 아시아에 있는 일곱 교회에 편지 하노니 이제도 계시고 전에도 계시고 장차 오실 이와 그 보좌 앞에 일곱 영과" 요한이란 사람이 일곱 교회에 편지를 한다고 합니다. 그리고 그 일곱 교회는 옛날의 초대 교회가 아닌 요한계시록의 예언이 실제로 이루어지는 장소에 세워지는 교회를 의미합니다. 그곳을 일곱 금 촛대 교회라고 기록하고 있습니다. 편지내용을 볼 것 같으면 '회개하라' '첫 사랑을 회복하라' '간음, 행음하였다' 는 등입니다. 이로 봐서 일곱 금 촛대 교회 역시 아담처럼 죄를 지은 것이 틀림없습니다.

그리고 그 다음 4장은 영의 나라에 계시는 신들을 소개하고 있습니다. 이제도 계시고 전에도 계시고 장차 오실 이는 하나님의 영입니다. 그런데 그 하나님이 장차 땅에 오신다고 합니다. 그리고 이 말대로 요한계시록 21장 2-3절에서 하나님이 실제로 내려오시게 됩니다. 그리고 하나님 앞에 일곱 천사라고도 일곱 영이라고도 하는 영들도 함께 땅에 오실 것을 알리고 있습니다. 이것으로 봐서 하나님이 지상에 내려올 것을 알 수 있고, 내려 오셔서 기록된 계시록의 예언을 모두 실현시키는 것입니다.

또 5절에는 "또 충성된 증인으로 죽은 자들 가운데서 먼저 나시고 땅의 임금들의 머리가 되신 예수 그리스도로 말미암아 은혜와 평강이 너희에게 있기를 원하노라 우리를 사랑하사 그의 피로 우리 죄에서 우리를 해방하시고" 라며 예수 그리스도를 소개하고 있습니다. 그리고 하나님뿐만 아니라 예수 그리스도도 함께 내려오심을 알 수 있습니다.

그를 충성된 증인이라고 하시며 십자가에 못 박혔다가 가장 먼저 부활하신 분이며 땅의 목자들의 머리가 된 그로 말미암아 은혜와 평강이 있기를 기원해주고 있습니다. 그리고 예수께서 종들이라고 일컬은 자들을 사랑하여 그의 피로 아담으로부터 진 원죄에서 해방하게 해주신다고 기록하고 있습니다. 해방이란 구원이란 의미와 같습니다. 그리고 예수의 피로 그들을 샀다는 것은 예수께서 십자가에 피 흘린 이유는 이들을 하나님의 나라의 제사장이 되게 하려고 했다는 것입니다. 이를 보니 하나님과 예수 그리스도와 하늘의 성령들이 모두 땅에 내려 오셔서 지상에 하나님의 나라를 세우실 예정 같습니다. 그런데 지상에 하늘나라가 세워지려면 먼저 그 나라를 다스릴 지도자들이 필요합니다. 그들을 본 장에서 왕 같은 제사장 또는 종들이라고 한 것입니다. 그리고 예수 그리스도는 이들을 피로 샀다고 합니다. 이것은 십자가의 공로로 제사장들이 선택된다는 의미입니다.

6절에는 "그 아버지 하나님을 위하여 우리를 나라와 제사장으로 삼으신 그에게 영광과 능력이 세세토록 있기를 원하노라 아멘" 고 하면서 종들을 하나님의 나라의 제사장

삼은 것을 하나님을 위한 것이라고 하며 그에게 영광과 능력이 영원히 있기를 기원하고 있습니다.

7절에서는 “볼찌어다 구름을 타고 오시리라 각인의 눈이 그를 보겠고 그를 찌른 자들도 볼터이요 땅에 있는 모든 족속이 그를 인하여 애곡하리라 아멘”

그리고 하나님과 예수님과 일곱 영과 하늘의 영들이 땅으로 내려오는데 구름을 타고 온다고 합니다. 예언은 이런 식으로 비밀로 감추어 기록해두었습니다. 이때 구름의 실체가 무엇인지를 모르면 영들이 어떻게 지상에 강림하는지를 알 수가 없습니다. 구름은 여기서 영이나 천사들을 비유한 것이고 구름은 형체가 없듯이 영들도 형체가 없음을 비유로 나타낸 것입니다. 결국 영들이 구름을 타고 온다는 것은 이들이 영으로 강림하는 것을 나타낸 것입니다. 이렇게 요한계시록의 목적을 이루기 위하여 하늘의 영들이 지상에 내려올 것을 본 절에서 기록하고 있는 것입니다.

그리고 8절에서 다시 강조하려고 “주 하나님이 가라사대 나는 알파와 오메가라 이제도 있고 전에도 있었고 장차 올 자요 전능한 자라 하시더라” 하시면서 주 하나님이 장차 오실 것을 재차 말씀하고 있습니다.

장차 올 자라고 하신 창조주는 하나님입니다. 하나님은 영이시고 영 중에서도 성령입니다. 그 성령은 지상의 요한의 육체에 임하게 됩니다. 이리하여 지구를 떠나신 하나님이 지상에 오시게 되는 것입니다. 그리고 그 하나님께서 알파라고 하는 것은 시작과 예언을 의미합니다. 또 오메가라고 하는 이유는 끝과 예언이 실상으로 이루는 것을 말합니다. 시작은 창세기이고 끝은 요한계시록입니다. 창세기에서 하늘나라를 상실한 것을 요한계시록에서 되찾게 되므로 성경은 대단위의 막을 내리게 됩니다.

이렇게 요한계시록 1장 1절에서 8절까지는 하나님의 목적을 이루시기 위하여 창조주를 비롯한 영들이 지상에 내려올 것을 강력하게 시사하고 있습니다.

그리고 1장 9절부터는 본격적인 내용이 전개되는데 모든 것은 창조주와 하늘의 영들이 내려오기까지의 과정과 절차를 설명한 것입니다. 그것이 계시록의 전체의 내용입니다. 그리고 내려 오셔서 하실 일은 물론 하늘나라건설입니다. 그런데 하늘나라의 주인공은 만물의 영장인 사람입니다. 사람이 하늘나라의 주인공이 됩니다. 사람에게는 누구나 영혼이 있습니다. 하늘나라는 성령의 나라입니다. 창세기 때부터 사람에게는 악령이 임하여 있었습니다. 그래서 창세기 때부터 사람의 영혼은 성령이 아니라 악령이 되어버렸습니다. 사람에게서 악령이 나가고 새로운 영인 성령이 들어오면 사람이 하늘사람이 되고 하늘사람으로 이루어진 나라가 바로 천국입니다.

이를 불교식으로 표현하면 부처로 성불한 사람들입니다. 그리고 성불한 사람만으로 이루어진 세상이 바로 극락이고, 불국토입니다. 그리고 부처의 실체에 대해서도 성서를 통하여 깨달을 수 있는바, 사람이 부처가 된다는 것은 사람의 영이 부처의 영으로 교체되는 것을 의미함을 알 수 있습니다. 또 부처의 정의는 성령이라고 할 수 있습니다. 그래서 사람이 부처가 된다는 것은 성서에서처럼 하늘의 성령이 자신의 몸에 임한 상태입니다. 부처가 '깨달은 자' 라고 하는 이유도 성령 자체가 진리의 영이기 때문입니다. 사람이 깨닫게 되는 것은 사람의 육체에 진리의 성령이 임할 때, 가능하다는 말입니다.

자 이제 1장 9절부터는 예언으로 되어 있던 글자가 지상에서 실 형상으로 펼쳐지게 됩니다. 그 형상은 과연 언제 어디서 어떻게 실재로 펼쳐지게 될까요? 하나하나 살펴보겠습니다.

"나 요한은 너희 형제요 예수의 환난과 나라와 참음에 동참하는 자라 하나님의 말씀과 예수의 증거를 인하여 밧모라 하는 섬에 있었더니 주의 날에 내가 성령에 감동하여 내 뒤에서 나는 나팔소리 같은 큰 음성을 들으니"

여기 등장하는 요한은 옛날 예수님의 제자 요한과는 전혀 관계가 없는 요한입니다. 요한은 계시록의 예언이 이루어지는 일곱 금 촛대 교회에서 그곳에서 일어나는 모든 사건들을 보고 듣고 증거 하는 택한 한 사람입니다. 하나님의 말씀은 요한계시록의 예언의 말씀이고 이 말씀대로 예수님은 계시록의 예언대로 이루십니다. 요한계시록이란 타

이틀에서 요한이란 이름이 이미 붙어있습니다. 요한은 요한계시록의 주인공이기 때문입니다. 요한계시록은 신약성서의 결론을 기록한 성서의 목적에 대한 내용입니다. 따라서 성서의 목적은 요한을 통하여 모두 이루어져 완성되게 됩니다. 그래서 성서를 통하여 요한의 실체를 깨닫는 것은 가장 중요한 문제 해결의 실마리라고 할 수가 있습니다. 결국은 이 요한이 성서의 목적을 성취시키는 마지막 주자입니다.

그런데 요한계시록과 법화경의 목적은 같다고 본 필자는 주장하였습니다. 요한은 성서에서 약속된 최후의 주인공이고, 불서의 최후의 주인공은 미륵부처입니다. 결론은 성서의 요한과 불서의 미륵은 실상으로 나타나면 동일한 인물인 것입니다. 신약성서는 결국 요한 한 사람을 증거 하기 위하여 쓰인 책입니다. 동시에 법화경 및 불경은 미륵 한 사람을 증거 하기 위한 책이라고 할 수 있습니다.

본문에서는 요한은 계시록에 기록된 말씀과 거기서 일어나는 사건을 보고 듣고 증거 하기 위하여 밧모섬에 있었다고 합니다. 밧모섬은 일곱 금 촛대 교회를 비유한 말입니다. 주의 날이란 일요일 날을 의미함이 아니라, 요한계시록의 예언이 이루어지는 날들을 지칭한 말입니다. 그때 거기서 요한은 성령에 감동하여 자신 뒤에서 나는 나팔소리 같은 음성을 들었습니다. 나팔 소리는 천사가 말하는 음성을 비유한 말입니다. 그 음성의 내용은 일곱 교회에 편지하라는 내용이었습니다.

요한은 그 음성을 듣고 몸을 돌려 누가 자신에게 음성을 들려주고 있나 확인하기 위하여 뒤를 돌아봤습니다. 그런데 뒤에는 일곱 금 촛대가 보였습니다. 그리고 일곱 촛대라고 표현한 것은 곧 일곱 교회였습니다. 교회를 촛대라고 한 이유는 그곳에 하늘 영의 세계의 거룩한 일곱 영이 각각 그 교회의 대표자에게 임하였기 때문입니다. 그 교회의 대표자에게는 하늘의 일곱 영이 임하여 영과 육체가 한 몸이 되었으므로 그 사람을 비유하여 일곱별이라고 하였습니다. 그들을 별이라고 한 이유는 별이 하늘에 있듯이 일곱 영들도 하늘의 존재이기 때문입니다. 일곱별은 일곱 영이 임한 일곱 사람이므로 이 일곱 사람은 성령과 하나 된 사람임을 알 수 있습니다. 그 일곱별은 하나님과 예수님이 택하여 보낸 자들이므로 그들을 사자(使者)라고 하였습니다. 그래서 일곱 금 촛대 교회의 사람들에게는 거룩한 하늘의 영인 성령과 하나 되었기 때문에 이곳을 '하늘' 또는 '거룩한 곳이라고 성서에는 기록하고 있습니다. 이곳에서 처음에 한 사람과 일곱 사람이 성령과 하나 되는데 한 사람은 창조주의 영과 하나 된 사람이고 일곱은 하늘 영계의 거룩한 일곱 영과 하나 된 일곱 사람입니다. 나중에 이 교회에는 이들이 세상의 사람들에게 전도하여 들어온 신앙인들이 있는바, 이들이 진리로 깨달아 성령으로 거듭났기 때문에 이 교회의 사람들도 성령과 하나 된 사람들이 되었습니다.

이곳을 불경에서도 예언된바, 계두말성(鷄頭末城)입니다. 이곳은 팔 인의 사람이 부처로 성불되면서 그 역사가 시작됩니다. 하나의 불(佛)과 칠불(七佛)이 계두성에서 시작되니 합하여 팔불(八佛)의 시대가 시작된 것입니다. 이것을 은유하여 불경에는 계두말성이 일곱 유순으로 이루어졌다고 비유하고 있습니다. 또 그것을 칠보수(七寶樹)로 비유하기도 합니다. 모두 일곱 영 곧 일곱 부처가 임한 절이란 의미입니다.

동양의 성서 격암유록에는 이곳을 사답칠두(寺畓七斗)라고 예언되어 있으며 그 의미는 '일곱별이 있는 진리의 절' 이란 의미입니다. 그곳은 팔인등천(八人登天)한 곳이라고 소개하고 있습니다. 한 사람과 일곱 사람이 하늘로 올랐다는 의미입니다. 그리고 민족 경전에는 이곳을 칠성당(七星堂)이라고 예언되어 있었으니 그 뜻 또한 '일곱별의 집' 입니다. 이런 것을 살펴볼 때, 요한계시록의 일곱 금 촛대 교회는 이미 수천 년 전에 여러 경전에도 공통적으로 예언된 천신이 계획한 약속된 장소란 것을 알 수가 있습니다. 이곳이 그렇게 중요한 이유는 이곳에서 종교에서 약속한 구세주가 출현되기 때문입니다. 그 구세주의 이름을 미륵부처, 정도령, 십승자, 메시야, 재림예수, 이긴자, 이스라엘, 요한, 대성인, 대선생 등 다양하게 표현해 왔던 것입니다.

다시 본론으로 들어갑니다. 요한이 보니 일곱 교회에 예수님이 왕래하는 모습이 보였습니다. 그런데 그 예수님의 오른손에 일곱별이 있다고 합니다. 예수의 오른 손에 일곱 별이 있다고 한 이유는 일곱 사자를 부리는 것은 예수님이라는 의미입니다. 일곱 사자는 예수님의 지시와 통제를 받는 신분이라는 의미입니다. 그러므로 일곱 금 촛대 교회는 지상에 세운 예수님의 특별한 교회란 것을 알 수가 있습니다. 그래서 일곱 금 촛대 교회는 지상에 세워진 약속된 교회요, 지상에 세워진 유일한 하늘의 교회란 사실입니다. 지상에 이 교회가 세워지므로 그 이전에 사람의 뜻으로 세워진 교회와 구별이 되는 것입니다. 이 교회 이름은 요한계시록에서 2천 년 전에 미리 지어놓은 이름이며 약속된 성전입니다.

여기서 잠시 불도인들에게 성서의 예수에 대한 정의를 내려 보는 것이 사람들의 오해를 푸는데 도움이 될 듯 싶습니다. 신약성서에는 예수는 말씀이 육신이 되어 오신 분이라고 합니다. 말씀은 구약성서이고 이 구약 성서에 예언된 분이 예수입니다. 예수가 말씀이 육신이 되어 오신 분이라면 이 분이 지상에 오시기 전에도 어딘가에 계셨다는 말입니다. 어디에 계셨을까요?

요한일서 1장 2절에 "이 생명이 나타내신바 된지라 이 영원한 생명을 우리가 보았고 증거 하여 너희에게 전하노니 이는 아버지와 함께 계시다가 우리에게 나타내신바 된 자니라" 는 내용을 통하여서 예수는 창조주와 함께 영으로 계시다가 육신을 입고 지상에 오신 것을 알 수가 있습니다. 그래서 예수는 유대인들에게 아브라함이 있기 전에 이미 있었다는 말씀을 하여 유대인들의 오해를 받기도 하였습니다. 육체로는 아브라함보다 2천 년이나 후에 태어난 예수가 아브라함이 있기 전에 있었다는 말은 유대인들에게 오해를 줄 수 있는 요소가 충분히 있었으리라 생각됩니다. 그러나 예수는 영으로서의 자신을 소개한 것입니다. 그렇다면 예수가 육체로 오기 전에는 어떤 신분일까요?

성서는 예수를 하나님의 아들이라 하시며 하나님의 우편에 앉아계신답니다. 그런데 예수가 육체로 태어났을 때는 유대인으로 태어났습니다. 그러나 육체로 오기 전에는 국적이 없습니다. 성서의 창조내력을 잠시 보면 먼저 창조주께서 창조하신 것은 자신의 형상으로 만든 신들입니다. 신들을 사역에 따라 천사라고도 합니다. 그리고 창조주의 형상은 성령입니다. 그래서 창조주가 창조한 신들은 성령들입니다. 이들 중 일부가 욕심과 배신으로 악령이 되었습니다. 그리고 창조주는 사람을 창조하셨습니다. 흙에 생기를 넣어 사람을 창조하셨습니다. 각 경전에는 창조과정을 삼위, 삼불, 삼신으로 설명합니다.

삼위는 성부, 성령, 성자이고, 삼불은 법체(法體), 보체(保體), 화체(化體)이고, 삼신 역시 성부(환인), 성령(환웅), 성신(단군)입니다. 성부와 법체와 환인은 부모격이고, 성령과 보체와 환웅은 아들로서 신들 중 대표며 첫째 신을 의미하고, 성신과 화체와 단군은 대표 및 첫째 육체를 의미합니다.

이런 의미에서 예수의 영은 성령이고, 보체라고 할 수 있을 것입니다. 그런 의미로 볼 때, 성부는 세상 만민들의 최고 상위의 직계조상신이시고, 예수의 영은 그 아래인 세상만민들의 영의 조상이라고 할 수 있고 성신은 세상만민의 육체의 조상이라고 할 수 있습니다.

예로부터 사람을 삼신의 후손이라고 한 것은 우리 조상과 부모님을 있게 하신 근본 조상은 첫째 성부요, 그 다음은 성령이요, 그 다음은 성신(聖身)으로 육체의 첫 조상이기 때문입니다.

오늘날 인류의 후손은 이 삼신에 의하여 탄생된 것이란 것입니다. 이 유전을 오늘날까지 유지해온 민족이 대한민국이기 때문에 우리의 조상은 삼신(三神)이라고 일컬어 왔던 것입니다. 그래서 성경이나 불경의 창조주나 부처님을 서양 신이요, 타 종교라고 하는 것은 잘못된 말입니다. 그는 우리를 있게 하신 직계조상으로서의 창조주이기 때문에 우리의 모두의 신이요, 우리 모든 종교의 절대자인 것입니다.

그리고 예수 또한 이스라엘만의 조상이 아니라 세계만민들의 신인 것입니다. 예수는 곧 불교에서 말하는 보신불(報身佛) 부처 또는 보체(保體)라고 하는 존재입니다.

그 다음을 보시겠습니다.

"가로되 너 보는 것을 책에 써서 에베소,서머나,버가모,두아디라,사데,빌라델비아,라오디게아 일곱 교회에 보내라 하시기로 몸을 돌이켜 나더러 말한 음성을 알아보려고 하여 돌이킬 때에 일곱 금 촛대를 보았는데 촛대 사이에 인자 같은 이가 발에 끌리는 옷을 입고 가슴에 금띠를 띠고 그 머리와 털의 희기가 흰 양털 같고 눈 같으며 그의 눈은 불꽃 같고 그의 발은 풀무에 단련한 빛난 주석 같고 그의 음성은 많은 물소리와 같으며 그 오른손에 일곱별이 있고 그 입에서 좌우에 날선 검이 나오고 그 얼굴은 해가 힘 있게 비취는 것 같더라"

천사가 요한에게 뭔가를 지시하였습니다. 그 내용은 요한이 일곱 금 촛대 교회에서 직접 보고 들은 것을 책으로 써서 편지로 일곱 교회에 보내라는 것이었습니다. 결국 그 편지 내용이 요한이 일곱 금 촛대 교회에서 보고 들은 내용입니다. 그 내용이 2~3장에 걸쳐 공개되는바, 그 내용이 공개되므로 일곱 금 촛대 교회에서 일어난 사건을 낱낱이 알 수가 있게 됩니다. 그리고 난 후 요한은 그 말하는 존재가 누구인지 확인하려고 몸을 돌리니 일곱 금 촛대가 보이고 그 일곱 금 촛대 교회 사이로 예수님이 다니고 있는 것을 보았습니다.

예수의 입에는 좌우에 날 선 검이 나온다는 말은 칼은 진리를 비유한 것이니 예수님의 입에서는 날카로운 진리가 나온다는 의미입니다. 그리고 여기서 예수의 모습을 설명하고 있는바, 원래 영은 모습이 없으나 신의 능력으로 신령한 모습으로 모습을 나타낼 경우도 있습니다. 창세기 에덴동산에서나 모세에게도 창조주께서 모습을 나타내신 적이 있습니다.

"내가 볼 때에 그 발 앞에 엎드러져 죽은 자 같이 되매 그가 오른손을 내게 얹고 가라사대 두려워 말라 나는 처음이요 나중이니 곧 산 자라 내가 전에 죽었노라 볼찌어다 이제 세세토록 살아있어 사망과 음부의 열쇠를 가졌노니 그러므로 네 본 것과 이제 있는 일과 장차 될 일을 기록하라 네 본 것은 내 오른손에 일곱별의 비밀과 일곱 금 촛대라 일곱별은 일곱 교회의 사자요 일곱 촛대는 일곱 교회니라"

이 모습은 신령한 신선의 모습으로 나타나신 예수님과 요한과의 만남의 순간입니다. 이 신비스런 광경은 창세기와 모세 때와 예수 초림 때 등 과거에 성경의 역사 속에서 가끔 볼 수 있었던 희귀한 장면이었습니다. 예수 초림 때부터 오늘날까지 이런 기이한 신의 역사는 지구촌에 전무한 상태였습니다.

그런데 20세기에 지구촌에 이런 기이한 일이 기적적으로 있었다면 누가 믿을 수 있겠습니까? 그러나 2천 년 전에 베들레헴에서 태어나 나사렛에서 자라난 예수도 구약성서의 예언대로 그렇게 나타났던 것처럼 요한계시록의 위 예언도 분명이 현실로 나타났습니다. 그러나 그것을 현장에서 보고 듣지 못한 사람들은 믿을 수 없겠지요?

어쨌든 요한은 신령한 모습으로 자신 앞에 나타나신 예수님을 보았습니다. 그리고 그 모습이 너무나 빛이 나고 찬란하신 예수를 보고 쳐다 볼 수가 없어 엎드려 죽은 자와 같이 되었습니다. 그때 예수께서 그의 손을 요한에게 얹으시고 말씀하셨습니다. 두려워 말라고 하시며 안수를 해주시는 것입니다. 그리고 요한에게 지금까지 일곱 금 촛대 교회에서 본 일과 지금 일곱 금 촛대 교회에서 벌어지고 있는 사건과 또 장차 될 일이 있는데 그것을 알려 줄테니 기록하라는 것입니다. 그리고 요한은 예수님 손에 의하여 역사한 일곱별의 비밀과 일곱 금 촛대가 예수님이 세우신 하나님의 비밀교회라고 하는 사실을 듣고 알았습니다. 그리고 일곱별은 일곱 교회의 사자이고 일곱 촛대는 일곱 교회란 것입니다.

그래서 지금까지 세상에 살았던 조상들이나 오늘날 살고 있는 세계인들이 요한계시록에 예언된 일곱별과 일곱 금 촛대를 아는 사람이 한 사람도 없었던 것입니다. 그러나 여기 기록된 내용처럼 지구촌에 요한계시록의 예언대로 일곱 금 촛대가 세워지고 요한이 기록된 것처럼 일곱별과 일곱 금 촛대에 대하여 예수님께 계시를 받게 되면 그 비밀도 알 수 있게 되는 것입니다.

이제 다음 순서는 2~3장을 통하여 일곱 금 촛대 교회에서 어떤 일이 벌어질 것인가를 기대해봅니다. 그리고 이 모든 노정이 기독교의 목적과 성경의 목적과 종교의 목적으로 가는 수순인 것을 염두에 두시면서 책을 읽어 가시면 흥미진진할 수 있을 것입니다. 또 이 길을 통하여 불교의 목적인 성불과 극락세상이 이루어진다는 이례적인 뉴스를 접하게 될 것입니다.

4. 제 2편 방편품

예언이 실상으로 이루어질 때, 필요한 방편의 묘리

앞장에서 요한계시록 1장을 통하여 종교의 목적이 구체적으로 어떻게 이루어져 나가는가 그 서막을 살펴보았습니다. 이번에는 법화경 제 2품 방편품을 보면서 또 부처님은 그 길을 어떻게 열어간다고 예언을 했는지 살펴보는 시간을 가져보겠습니다.

부처님의 설법은 남의 가르침에만 의지하여 깨달음을 추구하는 사람들과 혼자 깨달았다고 안주하는 사람들은 부처들이 깨닫는 진실한 법을 이해할 수 없다는 내용입니다. 사리불이 그 이유를 설명해달라고 하였으나 그때마다 부처님은 거절하였습니다. 마침내 부처님이 답변을 시작하려고 하자 5천에 이르는 사람들이 그 자리를 떠납니다. 이들은 스스로 깨달은 체하고 교만한 자들입니다[1].

이들이 떠나자 부처님은 본격적으로 법문을 펼칩니다. 그리고 부처들이 온갖 인연과 비유와 방편법을 사용하여 중생들을 인도하는 이유를 설명하십니다. 중생들은 잡다한 욕망에 사로잡혀 있을 뿐 아니라, 저마다 본성이 다르기 때문에 그런 중생들을 바른 길로 인도하기 위하여 그들에

---

1) 요한복음6장64~68절

게 각각 맞는 비유와 방편과 인연을 사용하여 구제한다고 하였습니다.

악한 세상에서 부처들이 주로 사용하는 방법이 방편입니다. 방편은 모략이란 말과 비슷하며 일종의 속이는 방법입니다. 악한 세상에 물든 어리석은 중생들을 구제하기 위하여 적절하게 거짓을 꾸며서 그들을 악의 세상에서 구원한다는 말입니다. 또한 표현을 더 빌리자면 방편법은 눈높이 교육이라고 할 수도 있습니다. 욕심으로 차 있는 중생들에게 하늘나라의 법을 설하니 어리석어 깨닫지 못합니다. 그래서 그들이 알아들을 수 있도록 거짓을 섞거나 비유 등을 써서 깨닫게 하는 방책입니다. 그 방법을 법화경에서 삼승이라고 부르며 삼승이란 성문승, 연각승, 보살승입니다.

그러나 삼승은 일승입니다. 다시 말하면 방편으로 삼승으로 나누어 설명하고 있으나 결국 일승으로 불법이 완성된다는 말입니다. 이승이니 삼승이니 말은 하지만 결국 중생들이 부처로 성불하는 일인 일승으로 모든 불법이 결론이 난다는 말입니다. 즉 여러 비유나 방편을 사용하여 설명하였지만 결국의 중생들과 보살들이 정각(正覺)의 가르침을 통하여 부처가 되게 되는데 이 모든 것이 부처로 성불시키기 위한 하나의 방법이란 것입니다.

불경의 경전들이 셀 수 없을 만큼 많고 경전 속에 가지가지 말들이 기록되어 있지만 그 모든 것들을 뭉떵 거려 '불경은 한 마디로 정한 때가 되어 미륵부처가 출세하여 사람들을 부처로 성불하게 한다' 는 것뿐입니다. 이것이 시작이고 끝이고 전체인 것입니다. 이것이 일승입니다.

이것은 마치 성서가 66권이 있지만 한 마디로 말하면 '정한 때가 되어 하늘에서 택한 한 사람이 지상에 등장하여 뭍사람들을 성령으로 거듭나게 한다' 는 한 마디로 명쾌히 정의를 내릴 수 있는 것과 같습니다. 이 하나를 위하여 성경과 불경이 생겨났고 방편과 미사려구도 모두 이를 위한 것일 뿐입니다.

5. 성서의 방편품과 비유품

성서의 비밀은 후생 자손의 때에 풀어지며 그 후손의 때는 재림의 때이다

불경의 기록 방법 중에 방편법과 비유법이 있습니다. 그런데 성경 또한 방편법과 비유법으로 기록되어 있습니다. 성경을 내용적으로 분류를 해보면 역사, 교훈, 예언, 복음으로 네 종류로 분류할 수가 있습니다. 역사는 지나간 사건들을 모은 것이고, 이것은 말세를 사는 후손들에게 본보기가 되라고 기록되었다고 합니다. 교훈은 하나님의 사람으로 온전케 하기 위하여 기록되었다고 합니다. 예언은 장래에 예언대로 성취 되었을 때, 그 예언을 기준으로 하여 맞혀보고 믿으라고 기록되었습니다. 복음(福音)은 복된 음성이란 의미로 예언이 실재로 성취된 사실이 축복된 일이기 때문에 복음이라고 합니다. 이 중에 역사 교훈 복음은 사람이 읽으면 모두 이해할 수 있는 내용으로 기록되었습니다.

그러나 예언은 비유나 비사 모략적으로 기록되었기 때문에 천상천하의 사람들의 능력으로는 이해할 수가 없다고 기록되어 있습니다. 이 예언은 천신이 미래에 이룰 일을 비밀로 기록한 것이기 때문입니다. 그 예언의 비밀은 그 예언대로 성취될 때, 비로소 그 비밀이 풀리게 되어 있습니다. 그 비밀의 방법이 비유와 모략과 방편입니다. 그래서 극락과 천국은 아직 이 땅에서 이루어지지 않았으므로 지구촌의 그 어느 누구도 알 수 있는 사람이 없습니다. 그래서 그것이 천기이고 천비인 것입니다. 극락 천국이 비밀이기 때문에 정한 때가 되기 전에 천기누설을 하면 안 되는 것으로 사람들이 알고 있는 것입니다.

성경의 씨, 나무, 생명나무, 선악나무, 용, 뱀, 짐승, 고기, 물, 강, 샘, 바다, 산, 땅, 초목, 해, 달, 별, 구름, 바람, 비, 이슬, 배, 선장, 선원, 등대, 촛대 등은 모두 비유적인 용어입니다.

그리고 불경의 아뇩다라삼먁삼보리, 용화수, 보리수나무, 수미산, 바다, 해인, 물고기, 개, 가루라 등도 모두 성경처럼 숨은 뜻이 있는 비유들입니다. 따라서 성경의 비유가 풀리면 불경의 비밀도 동시에 풀리게 됩니다. 그리고 성경과 불경의 비유가 풀리면 그 외 경전도 모두 풀립니다. 또 모든 예언서가 풀리면 그 때는 이미 예언이 실상으로 이루어지고 있다는 증거입니다.

씨는 말씀을 비유한 말입니다. 그래서 사람의 마음에 생명의 씨인 진리를 심어 자라면 생명나무가 되고, 거짓된 진리를 마음에 심어 자라게 되면 선악나무가 되는 것입니다. 생명나무는 진리의 말씀으로 부처가 된 사람을 비유한 말입니다. 사람이 진리로 깨닫게 되면 부처가 되는데 그 깨달음은 진리가 마음 곧 자신의 영혼에 심어져서 성장하여야 합니다.

즉 사람의 영혼이 진리로 깨달을 때, 성령이 그 몸에 임하게 된다는 것입니다. 그렇게 창조된 사람을 생명이 있다는 의미로 생명나무로 비유한 것입니다. 선악나무는 반대로 거짓 진리가 마음 곧 영혼에 심어져 자란 사람을 의미합니다. 이런 사람은 선악이 혼합되어 있는 마구니의 영혼을 가진 사람입니다. 용은 마구니의 왕을 비유한 것이며 흔히 마왕이라고 합니다. 뱀은 마구니의 영을 입은 거짓목자나 거짓승려를 비유한 말입니다. 따라서 성서의 선악나무는 곧 불경의 용화수입니다. 둘 다 비유이고 실체는 사람입니다. 악령을 몸에 둔 육체를 비유한 것입니다.

짐승도 각종 짐승의 성질에 따라서 실체가 따로따로 존재합니다. 개는 먹은 것을 토하여 다시 먹는 습성을 가졌으므로 진리(眞理)를 받았지만 다시 원상태로 되돌아가는 변질된 목자나 승려를 비유한 말입니다. 돼지는 깨끗이 씻어놔도 다시 더러운 곳을 찾아 가는 습성을 가진 역시 배신한 목자나 승려를 비유한 말입니다. 뱀은 독을 가지고 사람을 죽이는 동물로서 사람의 영혼을 죽이는 거짓목자나 거짓승려를 비유한 말입니다. 새는 하늘을 날아다니는 동물이라 신이나 영을 비유한 말이고 비둘기는 성령을 비유하고 독수리는 영들을 심판하는 천사를 비유한 말입니다.

봉황은 하늘의 왕으로 창조주를 비유한 말입니다. 가루라는 악한 용과 싸워 이기는 성령(천사장)을 의미합니다.

용은 마구니의 왕을 의미합니다. 물고기는 교인이나 신자를 비유한 말입니다. 물은 진리를 비유한 말입니다. 산은 도(道)를 닦기 위하여 모인 사람들을 흙으로 비유하여 많은 흙이 모인 곳이라 하여 교회나 사찰을 비유한 말입니다. 땅은 백성들을 비유한 것이고 또 하늘의 반대인 지옥을 비유한 것입니다.

초목도 일반민중 또는 성도들을 비유한 것입니다. 해는 창조주나 교회나 사찰에서 왕의 역할을 하는 제일 높은 목자나 승려를 비유한 말입니다. 달은 그 높은 분의 도를 받아 사람들에게 도를 전달하는 전도자들이나 법사를 비유한 말입니다. 별은 그 아래서 신앙을 하는 백성들을 비유한 말입니다. 배는 교회나 사찰을 비유한 말이고, 선장은 그 교회나 사찰의 대표자를 비유한 말입니다. 선원은 제자나 전도자를 비유한 것이고 선객은 신자를 비유한 것입니다.

등대나 촛대는 영을 비유한 것입니다. 아뇩다라삼먁삼보리는 세 가지의 진리를 비유한 것입니다. 용화수는 마구니 영을 입은 사람들을 비유한 것이고 성경의 선악나무와 동의어입니다. 보리수나무는 깨달은 자 곧 보살이나 부처를 비유한 말입니다. 보리수나무는 성경의 생명나무와 동의어입니다. 또 약초나 불로초도 생명나무와 동의어입니다.

수미산은 부처님이 임한 사찰을 비유한 말입니다. 성경의 시온산과 동의어입니다. 해인은 도장이란 의미로 불법과 세상의 진리가 봉함됨을 비유한 말입니다. 이 뿐만 아닙니다. 경전에는 이외에도 수많은 비유들이 등장하지만 그 비유의 참의미를 이해하지 못하면 경전의 의미는 전혀 진리로 풀릴 수가 없습니다. 여기서는 불경과 성경이 동일한 방법인 방편과 비유로 기록되었다는 것을 정각(正覺)하고 그래서 불교와 기독교는 서로 다른 것이 아니라 같다는 이론에 초점을 맞추는 시각을 가져 보시기를 바랍니다.

구약성서 이사야서 46:10절에는 “내가 종말을 처음부터 고하며 이루지 아니한 일을 옛적부터 보이고 이르기를 나의 모략이 설 것이니 내가 나의 모든 기뻐하는 것을 이루리라 하였노라” 고 하였습니다. 창조주께서 처음부터 창조주의 계획을 실행하기 위하여 이 현 세계를 끝낼 것을 보였고 창조주께서 기뻐할 천국건설을 이루려고 계획하였다는 것입니다. 그런데 그 일을 위해서 모략을 세워 그 일을 이루겠다고 하십니다. 이때 모략이 바로 불경의 방편입니다. 방편의 일종이 또 비유입니다.

신약성서 마가복음 4:10-13절에서 예수 그리스도는 제자들의 비유에 대한 질문을 하니 그 이유를 이렇게 대답하고 있습니다. “예수께서 홀로 계실 때에 함께 한 사람들이 열두 제자로 더불어 그 비유들을 묻자오니 이르시되 하나님의 나라의 비밀을 너희에게는 주었으나 외인에게는 모든 것을 비유로 하나니 이는 저희로 보기는 보아도 알지 못하며 듣기는 들어도 깨닫지 못하게 하여 돌이켜 죄 사함을 얻지 못하게 하려 함이니라 하시고 또 가라사대 너희가 이 비유를 알지 못할 찐대 어떻게 모든 비유를 알겠느뇨" 라고 하여 앞으로 세울 하나님의 나라에 대하여 비밀로 기록하였다고 합니다.

그 이유는 악인이 천국건설을 방해하기 때문이라고 합니다. 그러나 악인이 아닌 착한 자들에게는 때가 되면 비밀을 풀어 알려준다고 합니다.

이것은 이미 지금으로부터 약 3000년 전에 기록된 시편을 통하여도 잘 기록되어 있습니다. 시편에는 그 비밀을 후손들의 때에 열어줄 것이라고 하며 그 비밀은 결국 법화경과 요한계시록의 예언이 열리는 시점에서 그 시대의 후손들이 그 비밀을 모두 해독해 받는 세대가 된다는 것입니다. 그 후손들이 누구이겠습니까?

불경에는 미래부처로 미륵부처로 예언하였고 성경은 메시야로 예수의 영이 다시 올 것을 예언하고 있습니다. 한민족의 예언서에서는 정도령을 예언하고 있습니다. 이 세 분은 각각 무엇인가를 가져온다고 약속하고 있습니다. 그것은 다름 아닌 미륵부처님은 정법(正法)을, 예수는 진리(眞理)를, 정도령은 정도(正道)를 가지고 온다고 합니다.

시편 78:1-7절에서

"내 백성이여, 내 교훈을 들으며 내 입의 말에 귀를 기울일 찌어다 내가 입을 열고 비유를 베풀어서 옛 비밀한 말을 발표하리니 이는 우리가 들은 바요 아는 바요 우리 열조가 우리에게 전한 바라 우리가 이를 그 자손에게 숨기지 아니하고 여호와의 영예와 그 능력과 기이한 사적을 후대에 전하리로다...우리 열조에게 명하사 저희 자손에게 알게 하라 하셨으니 이는 저희로 후대 곧 후생 자손에게 이를 알게 하고 그들은 일어나 그 자손에게 일러서 저희로 소망을 하나님께 두며 하나님의 행사를 잊지 아니하고 오직 그 계명을 지켜서" 라고 하여 하나님의 기이한 사적을 비밀로 하였다가 정한 후손들에게 열어준다고 합니다.

그리고 그 비밀은 창세기부터 시작되었다고 합니다. 그러니 창세기부터 요한계시록에까지 천국에 관한 사항은 비밀로 기록되었음을 간과해서는 아니 되는 것입니다. 그 결과 천상천하에 모든 신앙인들이 천국에 가기위하여 신앙을 한다하면서 천국에 대하여 정확히 말할 수 있는 사람이 없었던 것입니다. 그러나 후손의 때가 되면 천국에 대하여 구체적으로 알 수 있게 되는 것입니다. 그래서 이 시편의 예언대로 하나님의 아들인 그리스도가 왔지만 천국의 비밀을 비밀로만 알려주게 된 것입니다.

그래서 마태복음 13:33-35절에는 "또 비유로 말씀하시되 천국은 마치 여자가 가루 서 말 속에 갖다 넣어 전부 부풀게 한 누룩과 같으니라 예수께서 이 모든 것을 무리에게 비유로 말씀하시고 비유가 아니면 아무 것도 말씀하지 아니하셨으니 이는 선지자로 말씀하신바 내가 입을 열어 비유로 말하고 창세부터 감추인 것들을 드러내리라 함을 이루려 하심이니라” 고 하였습니다.

그리고 31-32절에는 “또 비유를 베풀어 가라사대 천국은 마치 사람이 자기 밭에 갖다 심은 겨자씨 한 알 같으니 이는 모든 씨보다 작은 것이로되 자란 후에는 나물보다 커서 나무가 되매 공중의 새들이 와서 그 가지에 깃들이느니라” 고 하였습니다. 이 비유를 빌면 ‘천국은 밭에 심은 겨자씨와 같은 작은 씨를 심어 자라서 나물보다 자라 나무가 되고 그 가지에 새들이 앉는 것’ 이라고 정의를 내릴 수 있습니다. 이 말씀을 읽는 독자 여러분께서는 이 문장을 통하여 천국이 어떤 것인지 상상이 됩니까? 상상이 안 된다면 왜 그럴까요?

이 문장은 세계인들의 베스트셀러란 바이블에 기록된 중요한 문장입니다. 그리고 천국이란 신앙인들의 목적이요, 최고의 가치 있는 중요 관심사입니다. 그런데 이 문장을 읽고도 천국의 실체를 깨달을 수 없는 것이 현실입니다. 세계에는 수십억의 신앙인들이 살고 있고 수백만 명의 신학자들도 있습니다. 그들이 눈만 뜨면 이 바이블을 연구합니다. 그러나 그 바이블에 기록된 천국 하나 명쾌하게 규명하지 못하고 있습니다. 그 뿐만 아니라, 창세기의 생명나무나 선악나무나 뱀의 실체도 아직 지구상에서 이해하는 사람이 한 사람도 없었습니다. 누가 잘 못된 것일까요?

아닙니다. 누구의 잘 못도 아닙니다. 이런 상황을 통하여 오히려 성경의 기록이 참이란 것을 증거 할 수 있는 것입니다.

전술한 시편 78:2절 이하에 기록된 대로입니다. 마가복음 4:10절 이하의 말씀대로입니다. 정한 때, 정한 후손들에게 열어주기로 되었기 때문에 천상천하의 누구도 그 비밀을 알 수 없었던 것입니다. 그럼 시편의 말씀대로 정한 때, 정한 후손의 때가 되었다면 그 비밀을 하나 없이 알 수 있겠죠?

만약에 오늘날까지 천상천하에서 한 사람도 그 비밀을 알 수 없었는데 그 비밀을 드러내는 사람이 있다면 그것은 시편 78:2절 이하의 예언대로 정한 때가 되어 그 비밀을 받은 후손이 출현하였다는 증거가 될 것입니다.

본 필자는 한 치의 거짓 없이 경전의 비밀을 모두 속 시원히 드러낼 수가 있습니다. 그것은 예언대로 이루어진 사실을 모두 증거 받았기 때문입니다. 그런지 아니 그런지 증거로 위의 비유문을 풀어서 올리겠습니다.

이 비유가 풀리면 천국의 실체가 무엇인지 성경의 목적이 무엇인지 극락과 불경의 목적이 무엇인지 종교의 궁극적 목적이 무엇인지도 모두 훤히 통달할 수가 있습니다. 그야말로 수 천 년 동안 비밀로 있던 종교와 경전의 모든 비밀이 적나라하게 펼쳐집니다.

천국은 마치 사람이 자기 밭에 갖다 심은 겨자씨 한 알 같으니 이는 모든 씨보다 작은 씨라고 합니다. 여기서 씨가 비유로 쓰였습니다. 씨의 실체는 하나님의 말씀입니다. 누가복음 8:11절에는 “이 비유는 이러하니 씨는 하나님의 말씀이요” 라고 하였습니다. 여기서 힌트는 하나님의 말씀이 씨라는 것이고, 하나님의 말씀을 받는 것은 하나님의 씨를 받는 것입니다. 그리고 하나님은 성령이라고 하시니 하나님의 씨를 받는 것은 성령을 받는 것임을 알 수가 있습니다.

하나님의 말씀을 식물의 씨로 비유한 것입니다. 씨가 말씀이라면 말씀을 심는 곳은 어디가 되겠습니까? 사람의 마음입니다. 사람은 말씀을 귀로 듣고 깨닫게 됩니다. 그리고 깨달은 진리는 마음에 남게 됩니다. 그리고 계속해서 진리의 말씀을 듣고 깨달으면 그 믿음이 성장할 것입니다. 심을 때는 겨자씨만한 작은 씨였지만 점점 성장하게 됩니다. 결국은 천국도 성령으로 거듭남도 사람이 진리의 씨를 받아 깨달아야 갈 수 있는 곳임을 알 수가 있습니다.

점점 자라니 나물보다 크고 나중은 나무가 될 만큼 성장하였습니다. 큰 나무가 되었더니 큰 나무에는 하늘의 새도 앉듯이 말씀의 지식과 믿음이 충만하게 되니 하늘의 성령이 그 마음에 앉게 된다는 것입니다.

씨가 마음에 심어져서 이렇게 성장한 사람과 씨가 심어지지 아니하는 사람이나 씨가 심어졌지만 씨가 자라지 아니한 사람과는 어떤 차이가 있을까요?

씨가 심어져 자란 사람은 천국에 대한 비밀을 깨달은 사람이 될 것이고, 씨가 자라지 못한 사람은 천국의 비밀을 깨닫지 못한 사람이 될 것입니다. 씨가 자라 장성케 된 사람은 빛의 자녀 또는 깨달은 자 부처가 될 것이며 씨가 심어지지 아니한 사람이나 씨가 장성케 되지 못한 사람은 빛의 자녀도 부처도 되지 못하는 사람이 될 것입니다. 따라서 일생을 살다가 이런 씨를 받지 못한 사람은 천국에 대해서도 극락에 대해서도 모르는 것이 당연할 것입니다.

결국은 이 비유의 비밀은 사람이 성령으로 재창조되는 상태를 말하는 것입니다. 그리고 천국이란 바로 성령이 임한 사람을 말함이었던 것입니다. 한 사람에게 성령이 임하여 성령의 사람이 되고 또 다른 사람이 성령의 사람이 되고 세상의 모든 사람들이 성령의 사람이 된다면 세상이 천국이 될 것입니다. 그런데 그 천국은 깨달음으로 알 수 있고 또 깨달으므로 천국에 갈 수 있게 되는 것입니다. 그래서 천국을 아느냐 모르느냐와 천국을 갈 수 있느냐 못 가느냐 하는 문제는 전적으로 씨의 유무에 따르는 것입니다.

천국을 불교식으로 말하면 극락이고 그러므로 극락 또한 씨가 있나 없나에 따라서 갈 수도 있고, 못 갈 수도 있다는 것입니다. 그도 그럴 것이 극락이 무엇인지 알아야 갈 수도 못 갈 수도 있을 것이 아닙니까?

따라서 씨가 중요하고 씨는 곧 말씀이고, 말씀은 곧 진리이니 진리로 깨닫는 것이 가장 중요한 것임을 알 수가 있습니다. 그래서 불교도 깨달음을 가장 중요시 하며 깨달은 사람이 부처가 된다는 말도 이해할 수가 있게 되는 것입니다. 따라서 부처도 성령으로 거듭남도 깨달음을 통하여 도달할 수 있는 것임을 알 수가 있습니다. 깨달은 사람이 부처가 될 수 있고, 깨달은 사람만이 성령화 될 수 있는 것입니다. 부처된 사람이 사는 곳이 극락이고, 성령으로 거듭난 사람이 사는 곳이 천국입니다.

그래서 성경의 주인공이라 할 수 있는 예수 그리스도를 천국이라고 했던 것입니다. 예수의 몸에는 성령이신 하나님의 영이 임하였기 때문에 진리가 그 분에게 있었던 것입니다. 그래서 예수께서는 하나님의 씨를 가지고 있었던 셈입니다. 예수께 하나님의 영이 임하였으니 예수의 말씀은 곧 하나님의 말씀이고, 말씀은 곧 진리이고 진리를 비유하여 씨라고 하였던 것입니다. 그래서 예수께서는 그 씨를 제자들에게 뿌린 것입니다. 제자들은 그 씨를 받아 옳게 성장하면 그 사람에게도 하나님과 같은 씨가 있게 되고 하나님과 같은 씨가 있게 되므로 하나님과 그 사람은 서로 부자 관계가 성립할 수 있게 됩니다. 세상에서도 아버지와 아들은 씨가 같듯이 말입니다.

마태복음 4:17절 "이때부터 예수께서 비로소 전파하여 가라사대 회개하라 천국이 가까이 왔느니라 하시더라"

3:16-17절 “예수께서 세례를 받으시고 곧 물에서 올라 오실새 하늘이 열리고 하나님의 성령이 비둘기 같이 내려 자기 위에 임하심을 보시더니 하늘로서 소리가 있어 말씀하시되 이는 내 사랑하는 아들이요 내 기뻐하는 자라 하시니라”

요한복음 3:5절 “예수께서 대답하시되 진실로진실로 네게 이르노니 사람이 물과 성령으로 나지 아니하면 하나님의 나라에 들어갈 수 없느니라” 사람이 물로 성령으로 나지 아니하면 천국에 못 간다고 합니다. 물은 진리의 말씀을 비유한 말입니다. 그래서 이 말은 사람이 진리를 듣고 깨달아야 자신의 마음에 성령이 임한다는 의미입니다. 그 진리가 하나님의 말씀이라고 하니 진리 중에서도 하나님이 주신 씨를 받아 깨달아야 성령이 임하게 된다는 의미입니다. 그리고 천국에는 자신의 마음에 성령이 임한 사람만이 들어갈 수 있다는 말이 됩니다. 옛날에는 흑인마을에는 흑인만 살았고, 백인마을에는 백인만 살았듯이 천국에는 성령이 임한 사람들만 살고 세상에는 마귀의 영이 임한 사람만 살 수 있습니다.

베드로전서 1:23절 “너희가 거듭난 것이 썩어질 씨로 된 것이 아니요, 썩지 아니할 씨로 된 것이니 하나님의 살아있고 항상 있는 말씀으로 되었느니라” 야고보서 1:18절 “그가 그 조물 중에 우리로 한 첫 열매가 되게 하시려고 자기의 뜻을 좇아 진리의 말씀으로 우리를 낳으셨느니라”

고린도전서 15:44절 “육의 몸으로 심고 신령한 몸으로 다시 사나니 육의 몸이 있은즉 또 신령한 몸이 있느니라” 49절 “우리가 흙에 속한 자의 형상을 입은 것 같이 또한 하늘에 속한 자의 형상을 입으리라” 51절, “보라 내가 너희에게 비밀을 말하노니 우리가 다 잠잘 것이 아니요 마지막 나팔에 순식간에 홀연히 다 변화하리니 52절, 나팔 소리가 나매 죽은 자들이 썩지 아니할 것으로 다시 살고 우리도 변화하리라 53절, 이 썩을 것이 불가불 썩지 아니할 것을 입겠고 이 죽을 것이 죽지 아니함을 입으리로다”

이 처럼 천국은 사람 누구에게나 있는 영혼의 상태가 성령으로 부활된 상태를 정의한다는 것입니다, 사람의 영이 성령으로 되었을 때, 그 사람을 비유하여 생명나무라고 하는 것입니다. 성령의 사람의 입에서 나오는 진리의 말씀을 또 생명과일이라고 한 것입니다. 반면에 성령이 아닌 악령의 사람을 선악나무라고 비유한 것입니다. 그리고 악령의 사람의 입에서 나오는 말이 곧 선악열매 또는 선악과입니다. 아담과 하와가 먹고 죽은 선악과는 악령의 사람의 입에서 나간 거짓진리입니다. 또 생명나무는 하나님의 씨로 자란 나무가 될 것이고, 선악나무는 마귀의 씨로 자란 나무가 될 것입니다.

그리고 아담과 하와를 미혹한 뱀의 실체도 악령의 사람을 비유한 것입니다. 그리고 사람의 영이 진리로 깨달아 성령으로 부활을 받게 될 때, 그 모습이 홀연히 변한다고 합니다. 이 홀연히 변한 모습이 바로 6신통, 32상을 이룬 부처의 모습입니다.

이 처럼 성경과 불경의 방편과 비유는 천국과 극락의 비밀을 정한 때까지 감추기 위한 방법이었습니다.

6. 요한계시록 2장

지상천국은 이렇게 세상에 세워진다 (제 1부)

본과는 성경의 목적인 성령의 사람을 창조하기 위하여 창조주께서 계획하신 것을 실행하기 위하여 창조주께서 직접 관여하시는 일에 대한 것입니다. 창조주께서 성령의 사람들을 창조하기 위하여 먼저 하나의 드라마를 작성해두셨습니다. 드라마에는 배우들이 출현하고 드라마의 주제를 나타내기 위하여 사나리오가 필요합니다. 또 드라마의 장소가 필요할 것입니다. 드라마에서 가장 중요한 것은 드라마의 주제입니다. 드라마를 만든 시나리오의 작가는 그 드라마를 통하여 관람객이나 시청자들에게 알리고 싶은 특별한 목적이 있을 것입니다. 그리고 시나리오가 영화로 만들어져서 사람들에게 보이기 위해서는 먼저 제작자가 나타나야 합니다. 만일 아무리 멋진 시나리오가 창작되어 있어도 영화로 제작되지 아니하면 그 시나리오는 사람들에게 알려지지 못할 것입니다. 그처럼 요한계시록도 시나리오대로 실상(實狀)으로 이루어지지 아니하면 아무 쓸모가 없는 것이 되어버릴 것입니다.

요한계시록의 작가는 창조주입니다. 창조주께서 요한계시록에 기록된 내용들을 관객들에게 보여주기 위해서는 일반의 드라마와 같이 배우들이 정해져야 합니다. 또 시나리오대로 연극을 하기위해서는 장소와 주제가 있어야 합니다. 그것을 간단히 요약하여 보면 다음과 같습니다.

등장인물

주연: 예수님과 요한

예수님은 영으로 요한은 육체로 연극에 참여합니다. 예수님의 영이 육체인 요한에게 들어가서 이 둘은 영육이 하나 되어 움직이게 됩니다. 이때 예수의 영은 성령입니다. 따라서 요한은 성령과 하나 된 사람이 된 것입니다. 그래서 여기서 요한의 역할을 하는 자는 신약성경의 주인공이며 신구약 성경의 최종의 주인공이라고 할 수 있는 자입니다(마태복음 23장 39절, 요한계시록 22장 16절). 이것은 2천 년 전에 예수라는 사람에게 창조주의 영이 들어가 활약한 것과 꼭 같은 역사입니다(요한복음 10장 30절). 또 한편으로는 불교에서도 창조주를 진여(眞如)라고 하며, 진여가 사람으로 응신(應身) 되어 온자를 여래(如來)라고 하는 데서도 깨달을 수가 있습니다. 여래(如來)라는 한자는 진여(眞如)가 이와 같이 사람으로 화신(化身) 되어 온다는 의미입니다. 그래서 석가모니를 여래라고 했고, 미래의 응신불로 예언된 미륵부처를 또 여래라고 한 것입니다. 따라서 불경에서 예언한 미륵부처는 예언대로 나타나면 바로 요한과 동일인입니다. 불경의 수기에 따르면 요한이 바로 진여가 응신 되어 나타나는 미륵부처이기 때문입니다.

조연: 일곱 사자와 일곱 머리 열 뿔 가진 짐승

일곱 사자는 일곱 성령과 일곱 육체가 하나 된 사람입니다. 일곱 머리 열 뿔 가진 짐승은 일곱 악령과 일곱 육체가 하나 된 일곱 거짓목자이고 열 뿔은 일곱에 속한 열 명의 세도가들입니다. 요한이나 일곱 사자가 성령과 하나 된 사람이라면 일곱 머리와 열 뿔 가진 짐승은 일곱 마군과 하나 된 일곱 육체와 그에게 소속된 열 마군과 하나 된 열 육체를 의미합니다.

엑스트라: 일곱 금 촛대교회의 성도들과 기타

장소: 일곱 금 촛대 장막과 증거 장막 성전

핵심스토리: 일곱 금 촛대장막의 지도자들과 일반교회에서 파견된 일곱 머리 열 뿔 가진 짐승들(거짓목자=뱀)과의 진리의 전쟁이야기입니다.

주제: 창조주께서 택한 자들과 용이 택한 자들과의 진리

의 전쟁(일곱 금 촛대 장막과 세상종교와의 진리전쟁)스토리입니다.

결론: 1차, 2차 전쟁이 있어지며 1차는 일곱 머리 열 뿔 가진 짐승의 승리, 일곱 금 촛대장막의 일곱 사자들과 천민들의 패배입니다. 이 승리는 결국 마귀의 승리이고, 이 승리의 결과로 지상권을 마귀가 여전히 가지게 됩니다.

2차는 일곱 금 촛대 장막의 성도 중 한 사람(요한)의 승리로 지상에 하늘나라가 세워지고 모든 종교의 목적이 이뤄지게 됩니다. 이 승리는 결국 하나님의 승리이고 하나님이 택한 사람의 승리입니다. 승리의 결과는 지상권을 하나님께서 되찾게 됩니다. 이로서 성령들이 지상에 내려오게 되며 사람의 육체 안에 영혼이 성령으로 재창조함 받을 수 있는 기회를 얻게 됩니다. 또 창세기 아담이 뱀의 미혹을 받은 후 6천 년 간 인간세상을 지배하며 인간의 영혼을 구속하던 용이요, 뱀이요, 마귀요, 마군이요, 사단이라고 하던 악령이 세상에서 권세와 자리를 잃고 무저갱에 가두어지게 됩니다. 그래서 이때를 사는 세상 모든 사람들은 이 진리를 듣고 구 세상의 사상을 버리고 새로운 진리로 거듭나면 구원을 받을 수 있는 기회를 가지게 됩니다.

주요 줄거리

본 계시록 초장에는 일곱 금 촛대장막이 등장하는바, 이 장막은 창조주를 포함하여 하늘의 여덟 영이 내려와서 여덟 사람의 육체에 임하면서 지상에 일곱 금 촛대장막이란 교회가 세워지면서 사건이 발단 하게 됩니다. 때는 1966년도 어느 도시근교에 일명 사자암이라 하는 절반은 절이라고 할 수 있고, 절반은 교회라고 할 수 있는 용하다고 소문난 작은 기도원이 하나 있었습니다. 그 기도원에 한 교주가 있었는데 그 교주는 처음은 신의 계시로 신통한 능력을 많이 보였다고 합니다. 그래서 그 소문을 듣고 사람들이 모여들기 시작하였습니다. 그러던 중 교주는 신도들과의 부적절한 여자관계를 맺는 등 비리가 심하게 되었다고 합니다. 그래서 그곳에 다니던 기도원 신도들 중 팔 명의 사람은 그것에 대한 대책을 수립하기 위하여 어느 한적한 곳에서 모였습니다.

이때 갑자기 그들 앞에 구름처럼 광풍을 일으키며 수염은 희기가 양털 같고 흰 도포자락은 땅을 끌고 얼굴은 해같이 빛나고 눈은 정광석화 같이 빛나는 한 신이 나타났습니다. 그리고 자신은 일반의 신이 아니라, 거룩한 하늘의 여호와의 성신이라고 자신을 소개를 했습니다. 그리고 그 신은 팔 명의 사람을 자신의 사자(使者)로 택하였다고 하면서 그들을 험준한 산중턱으로 인도하였습니다.

그리고 여덟 명은 산중에서 성경으로 100일간 창조주가 직접 가르치는 교육을 받았습니다. 이들은 마치 모세처럼 여호와의 성신을 직접 만났으며 그에게 하늘교육을 받았습니다. 100일간의 교육을 통하여 이들은 성경을 통달하게 되었으며 세상 만민들 중에 하늘나라의 지도자인 성민(聖民)이 되었던 것입니다. 성민이 되었다는 말은 이들이 성령(聖靈)으로 거듭났다는 말이고 이들은 지상에서 유일하게 성령의 사람이 되었던 것을 의미합니다. 이것을 어떤 경서에는 팔인이 등천(登天)하였다고 예언하고 있습니다. 그리고 그들은 자신의 동맥을 끊어 여호와의 성신과 피의 언약을 맺게 됩니다. 아담처럼 모세처럼 이 세대에 여호와의 성신은 그들과 성약(聖約)을 맺게 된 것입니다. 약속의 내용은 이들에게 각각 임마누엘, 모세, 여호수아, 사무엘, 디라 등의 영명을 하사하고 임마누엘은 여호와 하나님께 순종하고 나머지 일곱 종은 임마누엘에게 순종하라는 내용이었습니다.

그리고 그 기간을 3년 반으로 정하여 주셨습니다. 3년 반 동안 언약을 지키면 이들에게 약속된 것들을 이루어주며 복을 주겠다는 내용이었습니다. 이 언약은 여호와 하나님이 아담에게 선악과를 먹지마라는 언약과 같은 의미의 약속이었습니다. 또 여호와 하나님이 모세에게 십계명을 주면서 출애굽 19장 5~6절의 내용으로 언약한 것과 같은 약속이었습니다.

이 기적 같은 신의 역사는 구약성서의 역사를 통하여 여러 번 나타났고 2천 년 전에는 예수의 출현으로 다시 나타났습니다. 그러나 그 이후에는 이 땅에서 신의 역사라고는 전무하였습니다. 그러나 예수의 출현 후, 2천 년 만에 신의 역사는 홀연히 또 이 지상에서 이렇게 다시 나타났던 것이었습니다. 이 사건은 예수 이후에 처음으로 이 지상에 나타난 신의 역사로 너무나 충격적이며 미증유한 사건입니다. 그리고 이 신의 출현은 신약성경을 통하여 예수가 다시 오겠다고 약속한 약속을 이행하기 위하여 선행된 신비적 실상의 역사인 것입니다.

그리고 이 놀라운 역사를 통하여 성서와 불서의 예언은 반드시 이루어진다는 사실을 만인들이 믿게 되는 계기가 되게 됩니다. 그리고 성서와 불서도 진리라고 인정이 되게 됩니다. 그리고 성서와 불서에 기록된 신령한 신의 역사가 모두 사실임이 증명 되고 또 이것은 이후의 이루어지지 아니한 예언도 반드시 실상으로 이루어지게 된다는 확신을 줄 수 있는 중요한 사건으로 기록될 것입니다. 그리고 세계의 모든 종교는 이 시점에서 이 역사와 맞물려 하나로 통일의 길을 걷게 됩니다.

왜냐하면 모든 종교에서 예언한 천국 극락 무릉도원이 이 길을 따라 이루어지기 때문입니다. 그리고 그 증거는 불경에도 동양의 성서 격암유록에도 동일하게 이 예언이 기록되어 있기 때문입니다.

불경에는 일곱 금 촛대장막을 일곱 유순으로 이루어진 계두말성이라고 예언되어 있습니다. 또는 일곱 유순을 칠보(七寶) 나무로 비유되어 기록되어 있기도 합니다. 동양의 성서 격암유록에는 이 장막을 사답칠두(寺畓七斗)라고 예언하고 있습니다. 사답칠두를 해석하면 일곱 금 촛대장막과 같이 '일곱 별이 있는 절 or 교회' 라는 뜻입니다. 이것은 팔인(八人)이 등천(登天)하면서 세워진다고 합니다. 여덟 명이 창조주께 택함 받게 되는 일을 예언하고 있습니다.

여기에서 또 세 가지의 사건이 전개되면서 구세주가 등장한다고 예언되어 있습니다. 첫째는 팔인등천 때, 악화위선이요, 둘째는 비진리에 의한 심령변화 사건이요, 셋째는 비로소 진리가 세상에 있어지며 이 진리로 사람들이 거듭난다고 기록하고 있습니다. 이런 순리로 십승자(十勝者)가 지상에 탄생된다고 예언되어 있습니다. 십승자의 뜻은 '십자가의 도로 이기는 사람' 입니다. 십자가의 도란 성경이고 성경에서 용을 이긴 사람은 요한입니다. 요한은 성경의 진리로 용을 이긴 사람입니다.

따라서 동양의 성서 격암유록의 십승자는 성경의 요한을 예언한 것임을 알 수 있습니다. 불경에서도 계두말성인 용화수 아래에서 미륵이 승가와 함께 마왕을 이기고 세상에 출현한다고 합니다. 마왕은 용이니 곧 용을 이긴 자는 성경의 요한이니 미륵 또한 요한과 동인이명(同人異名)인 것을 깨달을 수 있습니다.

성경뿐만 아니라, 불경, 동양의 성서 격암유록에도 예언되어 있는 일곱 금 촛대장막교회는 예언대로 1966년도에 실재로 세워졌습니다. 그곳에서 이들 팔 명은 자신들의 동맥을 끊어 여호와의 성신과 언약을 맺었습니다. 그리고 이들 팔 명은 작은 초막을 짓게 됩니다. 이것은 사람이 임의로 세운 초막이 아니라, 여호와 성신의 지시로 만들어진 것입니다. 그리고 이미 2천 년 전에 그 초막의 이름을 요한계시록 1장 20절에 지어놓은바, 일곱 금 촛대장막인 것입니다. 일곱 금이라고 한 이유는 여호와의 성신을 뺀 일곱은 여호와의 성신의 일곱 비서격인 영들이 강림한 교회이기 때문입니다. 이들을 금으로 비유한 것은 금처럼 가치가 있고 불변하는 진리를 가진 영들이기 때문입니다. 촛대교회라고 한 이유도 촛대는 일곱 영을 비유한 것이기 때문입니다. 그래서 일곱 금 촛대 장막은 하늘의 성신이 임한 선택된 교회를 의미합니다.

그렇게 시작된 일곱 금 촛대 장막에는 진리가 있었습니다. 그리고 그 진리로 임마누엘과 일곱 종들은 부지런히 전도를 시작했습니다. 임마누엘은 단에서 여호와의 성신께 받은 대로 성경을 가르쳤습니다. 그것은 지금까지 세상에서는 들을 수 없었던 진리 그 자체였습니다. 임마누엘은 여호와의 성신께 직접 교육받은 선지자이니 그 말씀은 땅의 것과는 비교가 될 수가 없었습니다. 이곳 장막으로 와서 성민들에게 제대로 배워 깨달은 사람들은 성령으로 거듭나 그들은 지상 만민들 중에 특별히 선택된 천민들이 되어 갔던 것입니다. 이들이 천민이 되어 가던 과정은 창세기에서 아담과 에덴동산의 사람들이 생명실과를 먹고 생기를 받아 생령이 되었던 것과 같은 것이었습니다. 그래서 그 소문은 날로날로 퍼져나갔고 1년 후에는 수천 명의 성도들이 몰려들어 일곱 금 촛대 장막은 문전성시를 이루었습니다. 설교는 임마누엘이 독차지하였습니다. 그리고 성도들은 아끼지 않고 헌금을 하여 돈도 많이 모이게 되었습니다. 그러던 중, 일곱 종들 중 몇몇이 임마누엘에게 시기질투심을 가지게 되었습니다. 일곱 종들이 생각해볼 때 임마누엘이나 저들이나 똑같이 기도원을 다니던 평범한 평신도 출신인데 누구는 단상에서 존경과 사랑을 독차지 하고 자신들은 빛도 영광도 없다고 생각했던 것이었습니다. 급기야 일곱 종들이 공모하여 단상을 부수고 난장판을 쳐버렸습니다. 그리고 나중은 임마누엘을 쫓아내고 그 중 일곱 종들 중 하나가 임마누엘의 자리에 올라가 단상을 점령하고 설교를 하게 되었습니다. 이것은 언약한지 1년 정도 경과할 무렵에 일어난 일이었습니다.

이 사건은 여호와의 성신과 맺은 언약을 어긴 사건이었습니다. 이것을 성경적으로 배도(背道)라고 합니다[2]. 이것을 동양의 성서 격암유록에서는 삼풍지곡 제 1곡이라고 예언하였습니다. 제 1곡의 내용은 팔인 등천 때 악화 위신

2) 데살로니가후서2장 1~3절

입니다. 제 1곡은 성경의 배도와 같은 뜻임을 알 수 있습니다. 그들이 악화되어 위선을 한 것은 분명 배도입니다. 예전에 아담이 이와 같이 언약을 어겼고 이스라엘 백성들이 이와 같이 또 언약을 어겼습니다. 예수님이 떠나신 후, 실로 2천 년 만에 여호와께서 이 땅에 예언을 이루기 위하여 역사하셨건만 이번 역시도 여지없이 언약은 깨어져 버린 것입니다.

이리하여 일곱 금 촛대 장막도 여호와의 법에 의하여 심판을 받아야 하는 입장이 되었습니다. 창세기에서 아담도 언약을 어겼을 때, 뱀이 그들을 미혹하여 그의 영혼을 멸망시켜버렸습니다. 일곱 금 촛대 장막에도 여호와의 법을 피할 길은 없습니다. 이리하여 일곱 금 촛대 장막에는 소위 뱀이라고 암호한 거짓목자들이 올라와 그들의 심령을 멸망시키게 됩니다. 이때 멸망 되는 심령은 성령의 상태에서 육체로 되돌아가는 것이며 창세기 때, 언약을 어겨서 아담과 하와가 흙으로 돌아간 것과 똑 같습니다. 흙으로 돌아갔다는 말은 성령에서 육체로 떨어졌다는 말이고 육체로 떨어졌다는 말은 마귀의 영으로 떨어졌다는 말과 같습니다.

이럴 때 양쪽에는 진리를 두고 서로 교전을 하게 됩니다. 이런 현실에서 요한이란 한 목자가 등장하게 됩니다. 요한은 일곱 금 촛대 장막의 일반 성도로 있으면서 앞에서 서술한 일곱 종들의 행실들을 모두 보고 겪는 증인이 되었습니다. 이때 예수께서 요한에게 임하여 이 일곱 종들에게 편지를 하라고 지시를 하십니다. 편지의 내용은 앞으로 뱀들이 일곱 종의 악행으로 말미암아 그들의 심령을 멸망시키려고 올라 올 테니 그때 처음 산에서 받은 진리를 가지고 이기라는 내용이었습니다. 비록 이들이 창조주와의 언약은 어겼지만 그들이 마귀와의 싸움에서 이기게 된다면 용서하고 또 그들에게 약속한 천국을 물려주시려고 했던 것입니다.

창세기 에덴동산에는 창조주가 와 거하신 곳이었습니다. 창조주는 성령의 대장입니다. 그러나 창세기의 뱀은 악령의 대장이었습니다. 이때 아담이 창조주와의 언약을 지키면 에덴동산에는 하나님이 항상 거하실 수 있습니다. 그러나 창조주께 불순종하고 창조주와의 언약을 어기고 뱀에게 순종하면 뱀이 에덴동산의 주인이 되고 창조주는 더 이상 에덴에 거할 수가 없게 됩니다. 창세기에서 아담이 창조주와의 언약을 어긴 일이 바로 배도의 일입니다. 그 배도로 말미암아 아담과 인류에게서 창조주가 세상을 떠나신 것입니다(창세기 6장 3절).

그러나 아담도 그 외 인류의 후손들도 그런 사연을 깨닫지 못했습니다. 왜냐하면 사람에게서 성령이 떠나버렸기 때문입니다. 사람에게서 성령이 떠나는 순간 인간의 영혼은 악령체가 되어 버립니다. 성령은 창조주의 형상으로 진리의 영이고, 악령은 가짜 영이요, 거짓의 영이기 때문에 인간에게 성령이 떠나는 순간 인간은 진리와 반대되는 영체(靈體)가 되어버립니다. 그래서 창조주가 세상에 다시 오시려면 누군가 창세기에서 뱀에게 세상과 인류를 내어준 사실과 그것을 찾을 수 있는 방법을 깨달아야 합니다. 깨달아 그 뱀을 잡아 없애서 다시는 인간세상을 미혹하지 못하게 하여야 창조주가 다시 세상에 올 수 있었던 것입니다. 그래서 창조주는 선지자들에게 성령으로 감동을 주어서 그 일을 할 것을 예언해 오신 것입니다. 그래서 그 일을 위하여 온 자들이 세상의 성인을 비롯한 성서의 선지자들과 석가모니 등입니다. 그래서 경전에는 천국과 극락이 예언되어 있었던 것입니다. 그런데 천국도 극락도 사람들이 알지 못했던 이유는 경전을 비밀로 기록해두었기 때문입니다.

극락과 천국은 세상과 사람 속에 뱀이 쳐들어와 있는 현실에서 벗어나 광복이 되는 것입니다. 먼저 세상을 주관하는 악령을 잡고, 그 다음은 사람 각자의 영혼 속에 딱 달라붙어 있는 악령을 떼어내는 일입니다. 그런데 그 악령을 잡으려 하니 악령은 형체도 모양도 없습니다. 그러니 칼로도 총으로도 악령을 잡을 수가 없습니다. 그리고 악령을 잡으려 하니 악령이 어디 있는지를 알아야 잡을 수가 있을 것 아닙니까? 그래서 세워지는 것이 성경의 일곱 금 촛대 교회이고 불경의 계두말성입니다.

세상에 천국과 극락이 세워지려면 우선 세상을 좌지우지

하고 있는 악령을 잡아야 합니다. 왜냐하면 악령이 하나라도 있으면 천국과 극락이 될 수 없기 때문입니다. 그래서 창조주는 창세기의 경험을 토대로 세상에 에덴동산과 같은 것을 한번 더 세우려고 한 것입니다. 세우고서 또 한번 몇 사람을 택하여 언약을 하는 것입니다. 그렇게 되면 또 절개 없는 못된 인간이 또 배도를 할 것이란 것을 창조주는 알고 계신 것입니다. 그리고 배도를 하면 아담 때처럼 뱀이 올라와서 그들을 미혹할 것이란 것도 알고 계신 것이었습니다. 그런 일환으로 세워진 것이 일곱 금 촛대 교회였습니다.

그런데 창조주의 예측은 영락없이 적중하여, 그들은 언약 후, 1년 만에 배도를 하고 말았습니다. 그랬더니 예측대로 배도한 일곱 금 촛대 교회의 일곱 사자와 백성들을 미혹하려고 올라온 무서운 집단이 있었습니다. 그들의 이름은 일곱 머리 열 뿔이었고 그것은 비유였고 비밀이었습니다. 그들을 잡으니 그 수는 몇이고, 어느 나라사람이며, 그들이 어디 소속이며, 성별은 누구며, 나이는 몇이고, 이름은 누구라는 것 등 모든 것이 다 드러난 것입니다. 예언서에 미리 기록된 것을 확인해보니 그들이 바로 창세기 때의 뱀이고, 그 뱀은 곧 용이었던 것입니다(요한계시록 20장 2절, 12장 9절). 그래서 뱀의 비밀도 밝혀지는데 뱀은 악령이 들어간 목자였습니다. 그 수를 헤아려 보니 일곱 교단의 일곱 총수로 드러났던 것입니다. 그리고 그 총수를 따르던 열 명의 장로를 합하니, 합이 열 일 곱 명의 사람들로 이루어진 지도자집단이었던 것이었습니다. 이것은 2천 년 전에 예수께서 이스라엘 땅에 왔을 때, 서기관, 바리새인들과 같은 존재였습니다. 그래서 예수께서는 그들을 향하여 "뱀들아 독사의 새끼들아 너희가 어찌 지옥을 판결을 피하겠느냐" 고 호통을 친 것입니다(마태복음 23장 33절). 그리고 요한복음 8장 44절에서는 그들의 아비는 "마귀" 라고 심판을 내리셨습니다. 이처럼 마귀가 목자들 속에 깊이 숨어있으니 하늘에서 내려온 분이 아니면 누가 그를 알아 잡을 수 있겠습니까? 그 용을 잡는 대단한 존재가 바로 성서에는 요한이라고 명백히 기록해두었습니다.

그래서 요한을 비롯하여 이긴 대가로 상을 받게 되는데, 이겼을 때 받을 상은 요한계시록 2~3장에 구체적으로 기록되어 있습니다. 그러나 그 복은 조건부였습니다. 이길 때는 복을 주지만 만약 이기지 못하고 지면 이들은 뱀의 밥이 되어 일곱 금 촛대 장막에서 쫓겨나고 일곱 금 촛대 장막도 멸망된다는 내용이었습니다. 이런 상황에서 요한은 2~3장에서 일곱 종들에게 편지를 하게 됩니다.

이러한 일련의 사건은 신약성경 곧 요한계시록의 예언이 이루어진 도큐먼트리스토리입니다. 뿐만 아니라, 불경 및 동양의 성서 격암유록의 예언이 이루어진 실상의 사건입니다. 1966년부터 실상으로 이루어진 이 사건은 일부 언론에도 기사화 된바 있으며 그 시대에 그곳에 들어가서 신앙을 한 사람들도 아직 태반이 생존해있어 실존여부를 확인할 수 있습니다. 그래서 그 증거를 찾을 수 있는 길이 많다고 할 수 있습니다.

다만 이것이 정말 신의 뜻으로 이뤄졌는가? 그리고 이것이 진정 신약성경과 불경과 동양의 성서 격암유록에서 예언한 그대로 일어난 실상의 사건이 맞을까 하는 의문은 가질 수가 있습니다. 그러나 사람의 마음으로 그것을 무조건 아니다, 맞다고 할 수는 없는 것입니다. 그것을 판단할 수 있는 유일한 방법은 신약성경에 예언된 내용과 실재 일어난 사건들과 서로 비교해보는 것입니다. 비교하여 맞다, 또는 아니다는 증거를 찾아야 하는 것입니다. 또 불경과 동양의 성서 격암유록의 내용과도 서로 비교하여 그 증거를 도출해내어야 할 것입니다. 그런데 결론은 그것들을 서로 비교해보면 볼수록 예언과 예언대로 일어난 일은 서로 맞아떨어진다는 사실입니다. 그래서 세계 만민들은 누구의 말도 의지하지 말고 예언서와 일어난 일을 서로 비교하여 그 답을 얻을 때 비로소 이에 대하여 참이다 또는 거짓이라고 판단을 내릴 수 있는 자격을 가질 수 있을 것입니다.

이 일곱 금 촛대 장막은 성경적으로 매우 중요한 의미를 가지고 있습니다. 왜냐하면 뱀의 득세로 말미암아 세상을 떠나신 분이 창조주요, 성령들이기 때문입니다. 그런데 일곱 금 촛대 교회를 통하여 뱀이 잡히게 되니 그것 이상 중요한 것이 없다 할 수 있지요. 그 악한 존재가 잡혔으니 이제 창조주도 성령들도 세상에 다시 오실 수 있는 조건이 된 것입니다. 요한복음 14장 18절에서 예수께서는 2천 년 전에 “내가 너희를 고아와 같이 버려두지 아니하고 너희에게로 오리라” 라고 약속을 하였습니다. 또 사도행전 1장 11절에서는 “너희 가운데서 하늘로 올리우신 이 예수는 하늘로 가심을 본 그대로 오시리라 하였느니라” 고 하였습니다. 또 마태복음 24장 30절에서는 “그때에 땅의 모든 족속들이 통곡을 하며 그들이 인자가 구름을 타고 능력과 큰 영광으로 오는 것을 보리라” 고 약속하였습니다.

모두가 예수가 이 땅에 다시 오겠다는 약속하고 있는 장면입니다. 이렇게 약속하고 오시는 장소가 요한계시록 14장입니다. 그러나 이 14장의 강림은 일곱 금 촛대장막교회가 지상 어디엔가 설립되고 난 후, 배도, 멸망의 사건 후에 오신다는 것을 명심해야 할 것입니다.

그것에 대한 예언이 성서에는 분명이 기록되어 있습니다. 그에 대한 답을 알기 위하여 데살로니가후서 2장 1절 이하를 보시겠습니다. “형제들아 우리가 너희에게 구하는 것은 우리 주 예수 그리스도의 강림하심...후략...누가 아무렇게 하여도 너희가 미혹하지 말라 먼저 배도하는 일이 있고 저 불법의 사람 곧 멸망의 아들이 나타나기 전에는 이르지 아니하리리” 라고 기록되어 있습니다. 이처럼 예수의 지상강림은 이곳에 바로 오는 것이 아니라, 일정한 노정이 있어서 그 노정대로 오심을 이해할 수가 있습니다.

그 노장을 알기 쉽게 정리하면 예수의 강림은 사람의 뜻대로 오는 것이 아니라, 기록된 예언대로 오시게 된다는 것입니다. 그러니 누가 뭐라고 하드라도 속지 말라고 못을 박아 놓았습니다. 예수 그리스도가 세상에 강림할 때는 반드시 공식이 있다고 합니다. 그러니 그 공식대로 오지 아니하는 모든 것에 미혹되지 말라는 것입니다. 그 공식의 첫째가 배도하는 일이라고 합니다. 그리고 둘째가 배도한 후에 불법의 사람 곧 멸망의 아들이 나타나기 전에는 예수 그리스도가 지상에 오지 않는다고 단정을 지어놓았습니다. 이 말은 결국 배도하는 일이 있고 멸망의 아들들이 나타나면 지상에 예수 그리스도가 오신다는 말입니다.

이것이 법이고 예언입니다. 이 법을 무시하고 자신이 예수라고 말하는 자칭예수가 세상에는 너무나 많습니다. 그래서 우리는 예수의 강림에 대한 성경적 지식을 가져야 합니다. 그 지식이 배도 후에 멸망의 아들이 나타나고 그 후에 예수의 강림이 있어진다는 것입니다. 그렇다면 배도는 무엇이고 불법의 사람과 멸망의 아들은 누구인가를 깨달아야 할 것입니다. 배도(背道)란 도를 배신한다는 의미입니다. 도란 말씀이고 말씀은 곧 언약입니다. 즉 언약을 배신하는 일을 의미합니다.

창세기에는 언약을 배신한 사람이 등장합니다. 아담입니다. 창조주는 아담과의 언약에서 선악과를 먹지 말라고 하셨습니다. 그런데 아담은 선악과를 먹어버렸습니다. 이것이 최초의 배도사건입니다. 그리고 그 배도 때문에 뱀이 아담을 멸망시킬 수 있었습니다. 요한계시록 20장 2절에 "용을 잡으니 곧 옛 뱀이요 마귀요 사단이라..." 그리고 마태복음 23장 33절에서 예수께서는 그 당시 유대제사장들에게 "뱀들아 독사의 새끼들아 너희가 어떻게 지옥의 판결을 피하겠느냐" 고 하였습니다. 이로서 뱀이란 사람이고 사람은 사람인데 영혼이 마귀로 덮어씌인 사람을 비유한 말임을 알 수가 있습니다.

따라서 불법의 사람 혹은 멸망의 아들이란 마귀 영이 들어간 목자를 지칭한 말임을 알 수가 있습니다. 이 말이 이렇게 정리되니 이제 그 해석이 가능하게 됩니다. 예수 그리스도가 지상에 왔다는 신호는 먼저 배도하는 자가 나타날 때이고, 이 배도한 자들을 멸망시키는 마귀소속의 거짓 목자가 나타날 때란 것을 알 수 있습니다.

그리고 배도하는 사건이 있다는 말은 그 전에 언약했던 일이 있다는 말이고, 언약을 했다면 언약을 한 대상이 있었을 것입니다. 언약을 한 대상은 창조주와 등천한 여덟 명의 택한 사자들이었습니다. 언약의 내용은 앞에서 기록한 임마누엘은 여호와 하나님에게 순종하고 일곱 종들은 임마누엘에게 순종하라는 내용이었고 언약의 기간은 3년 반 동안이었습니다.

그런데 일곱 종들은 1년 정도 경과한 후에 임마누엘에게 순종하지 아니하고 그를 쫓아내어버리고 일곱 종들 중에 하나가 임마누엘의 자리에 앉아버렸습니다. 이것이 배도한 일입니다. 이것이 언약을 어긴 일입니다. 이리하여 일곱 종들과 일곱 금 촛대 장막교회에게 창조주의 보호막이 없어지게 되었습니다. 보호막이 없어지니 그곳에 뱀의 무리들이 올라갈 수 있었습니다. 그리고 뱀들은 에덴동산에서처럼 선악과(거짓진리)를 일곱 금 촛대장막교회의 일곱 사자들과 천민들에게 먹였던 것입니다.

선악과의 실체는 거짓진리로 성령의 사람들을 미혹하는 일입니다. 이것은 영적인 진리의 전쟁입니다. 하나님의 편인 일곱 금 촛대장막교회의 일곱 사자들과 천민들과 멸망의 아들인 용의 편인 세상의 종교에서 올라온 일곱 거짓 목자와의 진리전쟁인 것입니다. 그 전쟁에서 1차는 불법의 사람 곧 멸망의 아들이 이겼습니다. 이긴 내용은 일곱 금 촛대장막교회의 일곱 사자와 천민들이 거짓 목자의 거짓진리에 미혹된 것입니다. 그 결과 일곱 금 촛대장막교회의 사람들은 천민들이었으나 거짓목자에게 미혹당하여 모두 아담처럼 흙 곧 천민에서 땅의 사람으로 전락된 것입니다. 이것이 데살로니가후서 2장 1절 이하의 배도로 말미암은 멸망의 아들이 나타나 하나님의 백성들을 멸망시킨 사건입니다.

그런데 일곱 금 촛대장막에서는 그 미혹에 넘어지지 않은 약간 명의 사람이 있었습니다. 그 중 한 사람이 요한입니다. 그래서 요한과 약간 명의 사람에게 예수님의 영이 함께 하여 진리로 일곱 머리 열 뿔 가진 짐승이란 거짓 목자들의 정체를 모두 밝혀 이기게 됩니다. 그런데 이 일곱 머리 열 뿔 가진 짐승에게는 마귀의 왕인 용왕이 함께 하고 있었습니다. 따라서 일곱 머리 열 뿔 가진 거짓 목자를 이긴 것은 마귀의 왕인 용왕을 이긴 것입니다. 그 이긴 자의 대표가 요한입니다.

세상에서 처음으로 마귀의 정체를 밝힌 사람이 등장하였으니 그 이름이 요한인 것입니다. 정체를 밝혀보니 세상의 종교를 대표한 일곱 목자에게 마귀들이 역사하고 있었던 것입니다. 이것은 엄청난 발견입니다. 세상 사람들이 그들을 겉으로 보면 거룩한 목자들이지만 진리로 정체를 밝히니 그들은 사실 거짓목자였고 마귀의 영이 함께 하는 자들로 드러났습니다. 세상 종교의 대표가 그러니 세상의 종교는 말할 나위도 없을 것입니다.

요한이 비로소 마귀의 왕을 이겼으니 비로소 영이신 예수님이 요한에게 임하게 되니 요한에게는 예수님이 강림하신 격이 됩니다. 그러나 요한은 요한이지 예수는 아닙니다. 예수는 이렇게 영으로 세상에 오시는 것입니다. 이것이 예수 그리스도의 강림 공식입니다. 그 공식이 데살로니가후서 2장 1절 이하에 배도 멸망 후에 구원이 있다는 실체의 말씀인 것입니다.

정리하면 예수 그리스도의 강림은 배도하는 일 후에 멸

망의 아들이 나타난 후입니다. 그리고 배도를 하는 곳은 팔 명의 사람이 하늘의 택함을 받게 되는 일곱 금 촛대장막교회입니다. 그리고 연이어 용을 이긴 사람인 요한으로부터 이 사건을 증거 하는 증거 장막의 성전이 열립니다. 요한계시록 15장 5절입니다. 그리고 거기로 들어가려면 요한계시록 7장에 기록된 것처럼 하나님의 인을 맞아야 합니다. 인을 맞는다는 의미는 요한계시록과 요한계시록의 예언대로 이루어진 실상을 증거 받아 맞다고 인정하는 것이 인 맞는다는 말의 실체입니다. 그리고 이어서 성경과 기독교의 최대의 예언인 구원과 천국이 건설되게 됩니다.

이러한 일련의 일이 시작되는 곳이 바로 일곱 금 촛대장막교회인 것입니다. 따라서 일곱 금 촛대 장막 교회에서 배도하는 일이 있고 그 다음 거짓 목자들이 올라와 그들을 멸망을 시키는 일이 있는 후에 예수 그리스도는 지상에 오시는 것임을 알 수가 있습니다. 요한계시록 2~3장은 일곱 종들이 배도를 한 후에 예수께서 요한에게 그들의 잘못을 알려줘서 회개하도록 하라고 편지를 써서 보내는 내용으로 시작하고 있습니다.

-이상 줄거리-

요한은 이제 예수님의 지시대로 일곱 교회에 차례대로 편지를 하게 됩니다. 그 편지 내용을 통하여 말세에 예수님께서 세우신 이 교회에 어떤 일이 벌어지는지 파악할 수가 있습니다.

"1.에베소 교회의 사자에게 편지하기를 오른손에 일곱 별을 붙잡고 일곱 금 촛대 사이를 다니시는 이가 가라사대 2.내가 네 행위와 수고와 네 인내를 알고 또 악한 자를 용납지 아니한 것과 자칭 사도라 하되 아닌 자들을 시험하여 그 거짓된 것을 네가 드러낸 것과, 3.또 네가 참고 내 이름을 위하여 견디고 게으르지 아니한 것을 아노라"

예수님이 요한에게 첫째로 편지를 보내라고 한 교회는 일곱 교회 중 에베소 교회입니다. 이때 에베소 교회는 2천년 전에 소아시아에 있었던 교회와는 전혀 관계없는 요한계시록의 예언이 이루어질 때, 지상에 세워지는 예수님의 특별한 교회입니다. 이 교회를 엄격히 말하면 건물교회가 아닙니다. 요한계시록의 예언이 이루어질 때가 되면 지상의 여덟 명이 창조주의 인도를 받아 성령과 결합하는 일이 있게 됩니다. 이때 특정 지역의 여덟 사람의 육체 중에 한 사람의 육체에는 여호와의 성신이 임하게 됩니다. 그리고 에베소 교회라고 일컬은 사람을 비롯하여 각각의 육체에 하늘의 일곱 영들 중 한 영씩 각각 영육이 결합되게 됩니다. 그래서 영육이 하나 된 사람이 총 팔 명이지만 그 중 한 명을 여호와의 성신이므로 제외하고 일곱이라고 일곱 촛대라고 한 것입니다. 그래서 총 일곱 교회라고 하지만 사실은 일곱 명의 사자를 일곱 촛대라고 하며 또 일곱 교회라고 한 것입니다. 각각 일곱 명의 사자(종)에게 많은 사람들이 전도되어 왔으니 교회라고 한 것입니다. 일곱 교회 중 본문은 일곱 촛대 중 하나입니다.

에베소 교회의 사자는 장막에서 임마누엘이 쫓겨난 후, 최고의 목자가 되어 단에서 설교를 도맡아 한 어린 종이라 불리운 자입니다. 그리고 오른손에 일곱별을 붙잡고 일곱 금 촛대 사이를 다니는 자는 예수 그리스도의 영입니다. 따라서 1966년도에 이 땅에 세워진 일곱 금 촛대장막에는 예수 그리스도께서도 와 계심을 이 문장을 통하여 깨달을 수가 있습니다. 그리고 일곱별이 일곱 영이 함께 한 일곱 사자를 비유한 것이라면 예수께서 오른손으로 일곱 사자를 붙잡고 있다는 것은 예수께서 일곱 사자들을 부리고 통솔하고 있다는 것을 알 수가 있습니다.

이것은 장막성전이 사람의 임의로 세워진 것이 아니라, 예수 그리스도께서 직접 세운 것이란 것을 알 수 있습니다. 이처럼 예수 그리스도는 영체이시라 눈으로는 알아볼 수 없지만 성경의 말씀을 통하여 알아볼 수 있는 것입니다. 그러니 장막교회에서 일어난 모든 사건들도 성경의 말씀에 대조하여 증거 받지 못하면 사람들이 믿을 수 없게 됩니다.

예수께서는 일곱 금 촛대 교회를 다니시며 말씀하시기를 "내가 네 행위와 수고와 네 인내를 알고 또 악한 자를 용납지 아니한 것과 자칭 사도라 하되 아닌 자들을 시험하여 그 거짓된 것을 네가 드러낸 것과 또 네가 참고 내 이름을 위하여 견디고 게으르지 아니한 것을 아노라" 라고 말씀하십니다.

이 문장을 통하여 예수 그리스도는 장막교회와 장막교회의 어린 종의 일거수일투족을 모두 보고 계셨다는 것을 알 수 있습니다. 그리고 예수께서는 장막교회에 사도라는 이름으로 올라온 자들도 봅니다. 사람의 눈으로 그들을 보면 그들은 그리스도의 사자처럼 보이지만 예수의 눈으로 보니 그들은 마귀 신을 입은 거짓목자들이었습니다.

이 장면은 1980년부터 1983년에 이르기까지 장막성전에 있었던 사건을 예언하고 있는 것입니다. 1980년도에 장막성전이 망할 때, 장막성전의 성도가 아닌 자들이 그 교회에 일곱 명이 들어온 적이 있습니다. 예수께서는 이들이 자칭 사도이지만 마귀 소속의 거짓 목자들이라고 성경에 미리 답을 내려놓고 있었던 것입니다. 그러니 그 시대를 알고 있는 사람들은 그 역사로 돌아가 그때 장막성전에 올라온 사람들이 실재 누구인지 알아본다면 그 실체가 누구였든가 어떤 교단 출신이었든가 등을 알므로 그들의 정체가 드러나게 되는 것입니다. 구약의 예언대로 오신 메시야는 예수 그리스도였습니다. 그 예수를 그리스도라고 믿을 수 있는 근거는 이사야 7장 14절, 미가서 5장 2절 등 예언대로 오셨기 때문입니다. "처녀가 잉태하여 아들을 낳을 것이요 그 이름을 임마누엘이라 하리라" "베들레헴 에브라다야 너는 유다 족속 중 작을찌라도 이스라엘을 다스릴 자가 네게서 내게로 나올 것이라" 예수께서 그리스도라고 인정할 수밖에 없는 이유는 구약의 예언대로 그대로 오신 분임이 증거 되기 때문입니다.

이처럼 신약의 예언인 요한계시록의 예언대로 이루어진 것이 1966년도에 세워진 장막성전입니다. 장막성전에서 일어난 일들과 요한계시록에 기록된 내용들과 비교를 해보면 잘 만든 문틀과 문이 맞는 것처럼 딱 들어맞습니다. 따라서 예언된 성경과 일어난 일들을 대조하여 증거를 얻을 수 있기 때문에 말씀을 위주로 신앙을 해야 하는 것입니다.

그 다음입니다. "4.그러나 너를 책망할 것이 있나니 너의 처음 사랑을 버렸느니라 그러므로 어디서 떨어진 것을 생각하고 회개하여 처음 행위를 가지라 만일 그리하지 아니하면 내가 네게 임하여 네 촛대를 그 자리에서 옮기리라 6.네가 니골라당의 행위를 미워하는 도다 나도 이것을 미워하노라 7.귀 있는 자는 성령이 교회들에게 하시는 말씀을 들을 찌어다 이기는 그에게는 내가 하나님의 낙원에 있는 생명나무의 과실을 주어 먹게 하리라"

너를 책망할 것이 있다는 말과 처음 사랑을 버렸다는 말은 어린 종이 여호와의 택함을 받아 산에서 직접 여호와께 교육을 받았으니 첫 사랑을 받은 자이고 이들이 전술한바와 같이 언약을 배도하였기 때문에 첫사랑을 버린 자가 됩니다. 촛대를 옮기겠다는 말은 이 종에게 임한 성령을 다른 사람에게로 옮기겠다는 것입니다.

이것은 아담이 생기를 받았다가 다시 흙으로 돌아가고 다시 하나님의 성령이 노아에게 간 것과 같은 내용입니다. 니골라당이란 뱀들의 조직으로 일명 일곱 머리 열 뿔 가진 짐승이라고도 하는 존재입니다. 이들이 에덴동산의 뱀처럼 거짓말을 진리처럼 속이며 심령을 멸망시키려고 할 테니 그 때, 그들을 상대하여 아담처럼 지지 말고 이기라는 당부의 내용입니다. 장막성전에 올라온 일곱 명이 니골라당 즉 마귀 신을 입은 거짓목자들이란 것을 여기서 드러내고 있습니다. 장막성전에 이런 일이 있을 때, 어린 종은 사도로 가장하여 장막성전에 올라온 일곱 명의 정체가 사단의 거짓목자란 사실을 깨닫고 그 정체를 밝혀 장막성전에서 몰아낼 때, 전쟁에서 이겼다고 할 수 있습니다.

그렇게 해서 이기면 하나님의 낙원에 있는 생명나무 과실을 먹을 수 있게 해주겠다는 것입니다. 창세기에 등장하였다가 사라진 생명나무 실과는 사람이 먹으면 영생한다고 했던 실과입니다. 그런데 이 어린 종이 대적 니골라당을 이기면 그 실과를 주겠다는 것입니다. 그래서 여기서 이기면 모든 것을 찾게 되고 지면 모두 잃게 되는 것입니다. 찾게 되면 구원과 천국과 영생을 얻을 수 있게 되는 것입니다. 그러니 이 대목이 성경 66권 중 얼마나 중요한 부분인지 짐작이 갈 것입니다.

다음은 두 번째 종에게 보내는 편지 내용입니다.

"8.서머나 교회의 사자에게 편지하기를 처음이요 나중이요 죽었다가 살아나신 이가 가라사대 9.내가 네 환란과 궁핍을 아노니 실상은 네가 부요한 자니라 자칭 유대인이라 하는 자들의 훼방도 아노니 실상은 유대인이 아니요 사단의 회라 10.네가 장차 받을 고난을 두려워 말라 볼찌어다 마귀가 장차 너희 가운데서 몇 사람을 옥에 던져 시험을 받게 하리니 너희가 십일 동안 환난을 받으리라 네가 죽도록 충성하라 그리하면 내가 생명의 면류관을 네게 주리라 11.귀 있는 자는 성령이 교회들에게 하시는 말씀을 들을 찌어다 이기는 자는 둘째 사망의 해를 받지 아니하리라"

이것은 예수님이 요한에게 지시하신 두 번째 종에게 보내라는 편지내용입니다. 두 번째 종의 이름을 서머나 교회라고 암호한 것입니다. 나중이요 죽었다가 살아나신 이는 예수님입니다.

예수님이 일곱 금 촛대장막의 두 번째 종에게 일곱 금 촛대장막에 자칭유대인이라고 하는 자들이 올라와 있는데 그들의 훼방이 있다고 합니다. 그런데 그들은 자칭 유대인이지 사실은 사단의 조직체라고 합니다. 요한계시록 13장을 보면 이들이 바다에서 올라온다고 합니다. 바다는 세상 종교를 비유한 말입니다.

따라서 비유를 풀면 요한계시록의 비밀도 적나라하게 드러나게 됩니다. 일곱 금 촛대장막교회에 올라오는 일곱 머리 열 뿔 가진 짐승이라고 비유한 이들의 실체를 벗겨보면 사단의 조직체인 것을 알아차릴 수가 있습니다. 문제는 이들이 종교 세상에서 올라온다는 사실입니다. 이를 통하여 일곱 금 촛대장막교회가 세상에 세워질 때 세상 종교는 사단이 주관하고 있다는 사실을 알게 됩니다.

그런데 비하여 일곱 금 촛대장막교회는 창조주와 예수 그리스도와 성령들이 주관하는 교회입니다. 그래서 요한계시록 13장 6절에서는 이곳을 '하늘' 이라고 하였고 마태복음 24장 15절에는 이곳을 '거룩한 곳' 이라고 하였습니다. 일곱 금 촛대장막교회는 창조주께서 세우신 교회이기 때문입니다.

그런데 이곳에 사단의 조직이 왜 올라 왔을까요?

그 이유는 일곱 금 촛대 장막의 지도자들이 언약을 어기는 죄를 저질렀으므로 사단의 조직이 이들의 심령을 멸망시키려고 올라온 것입니다. 아담과 똑 같은 신세가 되어버린 것입니다. 아담이 창조주와의 언약을 어긴 결과 들짐승인 뱀에게 그 심령이 멸망 받아 생령이었던 생기를 잃어버린 것처럼 일곱 금 촛대장막교회도 역시 언약을 어기므로 들짐승으로 비유된 일곱 머리 열 뿔 가진 짐승에게 그 심령을 멸망 받게 됩니다.

요한계시록 20장 2절에서 이들을 잡고 보니 이들의 정체가 용이요, 옛 뱀이요, 마귀요, 사단이었던 것입니다. 그런데 마태복음 23장 33절을 보면 2천 년 전에 오신 예수께서도 그 당시 세상 종교지도자들인 서기관과 바리새파 지도자들에게 독사의 새끼라고 밝힌 것입니다. 따라서 뱀은 세상의 거짓목자를 비유한 말임이 드러나게 됩니다. 목자는 사람이니 뱀이 곧 사람으로 비유된 것입니다.

따라서 초림 예수 때, 뱀은 유대교의 서기관과 바리새인들이었고, 창세기 때의 뱀도 파충류 중의 하나인 그런 뱀이 아니라 사람을 비유한 뱀임을 깨달을 수가 있는 것입니다. 따라서 요한계시록에 일곱 금 촛대장막에 올라온 일곱 머리 열 뿔 가진 짐승도 진리로 잡으면 거짓목자로 나타나고, 나타난 그들의 실체를 확인하므로 그들과의 진리전쟁에서 이기는 것이 됩니다.

요한복음 16장 33절에서 예수께서 자신이 세상을 이겼다는 말은 저 세상을 이겼다는 말이 아니라, 그 당시 종교세상을 주관하던 유대교를 이겼다는 말이고, 유대교를 이기고 보니 그들을 주관하는 신이 요한복음 8장 44절처럼 마귀였던 것입니다. 따라서 예수께서 이겼다는 것은 마귀를 이겼다는 말이며 마귀와 하나 된 세상을 이겼다는 의미였습니다.

그래서 요한계시록에서도 예수께서 일곱 종들에게 바다에서 올라온 일곱 머리 열 뿔 가진 짐승을 이기란 것은 세상을 주관하는 마귀를 이기란 의미이고, 마귀와 하나 된 세상 종교를 이기라는 의미입니다.

그래서 본문에서도 예수님은 그들이 훼방하고 시험하더라도 견디고 이기라고 합니다. 그들에게 이기는 것은 곧 사단을 이기는 일이기 때문입니다. 사단을 이기면 생명의 면류관을 주고 또 둘째 사망의 해를 받지 않는 복을 준다고 합니다. 이기면 생명을 얻고 죽음의 해도 받지 않는다고 합니다. 왜냐하면 창세기 아담에게는 생기를 받아 영생할 수 있는 자격을 얻었으나 뱀에게 지므로 사망이 왔기 때문입니다. 야고보서 1장 15절입니다.

그런데 그로부터 육천 년이 지난 오늘날 요한계시록을 통하여 뱀과의 마지막 전쟁이 또 예비 되어 있었던 것입니다. 창세기는 1차 대전이고, 예수 초림 때는 2차 대전이고, 오늘날 요한계시록을 통하여 3차 대전이 일어났고 지금도 전쟁은 계속되고 있습니다. 3차 대전이 끝나면 이제 더 이상 전쟁은 없어지고 평화의 세상이 오게 됩니다.

3차 대전은 세상의 종교와 하늘에서 세운 일곱 금 촛대 장막과 그로 말미암아 세워진 요한계시록 15장 5절의 증거 장막 성전과의 전리의 전쟁입니다. 이것이 요한계시록 16장 16절에 예언된 아마겟돈 전쟁의 실체입니다. 전쟁의 상황은 이미 요한계시록 12장 7절 이하와 20장 2절 이하를 통하여 이겼으므로 하늘의 증거 장막이 세상에 세워졌습니다.

그러나 아직 여전(餘戰)은 계속 되고 있습니다. 대장인 용은 잡혔으나 아직 그 백성들은 항복하지 않고 저항하고 있기 때문입니다. 그러나 이 전쟁은 이미 창조주께서 이기는 전쟁으로 정해진 것이며 이제 곧 종전이 될 것이며 종전이 되면 세계 평화와 세상과 사람의 영혼을 유린 하던 마귀, 사단이라 일컫던 악령은 세상과 사람에게서 떠나 무저갱 속으로 들어가게 됩니다.

이제는 세 번째 종에게 보내는 편지입니다. 세 번째 종에게 속한 교회를 버가모라고 암호하였습니다. 편지 내용이 어떠한지 알아봅시다.

“12.버가모 교회의 사자에게 편지하기를 좌우에 날선 검을 가진 이가 가라사대 13.네가 어디 사는 것을 내가 아노니 거기는 사단의 위가 있는 데라 네가 내 이름을 굳게 잡아서 내 충성된 증인 안디바가 너희 가운데 곧 사단의 거하는 곳에서 죽임을 당할 때에도 나를 믿는 믿음을 저버리지 아니 하였도다 14.그러나 네게 두어 가지 책망할 것이 있나니 거기 네게 발람의 교훈을 지키는 자들이 있도다 발람이 발락을 가르쳐 이스라엘 앞에 올무를 놓아 우상의 제물을 먹게 하였고 또 행음하게 하였느니라 15.이와 같이 네게도 니골라당의 교훈을 지키는 자들이 있도다 그러므로 회개하라 그리하지 아니하면 내가 네게 속히 임하여 내 입의 검으로 그들과 싸우리라 17.귀 있는 자는 교회들에게 하시는 말씀을 들을 찌어다 이기는 그에게는 내가 감추었던 만나를 주고 또 흰 돌을 줄 터인데 그 돌 위에 새 이름을 기록한 것이 있나니 받는 자밖에는 그 이름을 알 사람이 없느니라"

좌우에 날선 검을 가진 이도 예수님입니다. 이로서 일곱 금 촛대장막의 종들에게 편지를 보내게 지시하시는 이는 모두 예수님임을 알 수가 있습니다. 그리고 버가모 종이 살고 있는 곳도 사단의 위(位)가 있는 데라고 합니다. 이것을 통하여 일곱 금 촛대의 모든 교회를 사단의 조직이 점령하고 있음을 깨달을 수가 있습니다.

그러니 내 이름 곧 예수의 이름을 굳게 잡고 옛날 안디바가 예수께 한 것처럼 너희들도 사단의 거하는 곳에서 죽임을 당한다고 하드라도 나 예수를 믿는 믿음을 저버리지 말라고 합니다. 그리고 두어 가지 책망할 것이 있는데 버가모 교회에 옛날 발람과 같이 사단의 교훈을 지키는 자들이 있다고 합니다. 옛날 구약 때, 발람이 발락을 꾀여 이스라엘 앞에 올무를 놓아 우상의 제물을 먹게 하였고 또 행음하게 하였던 것처럼 이와 같이 버가모 교회에도 사단의 교훈을 진리로 착각하여 듣고 지키는 자들이 있고 사단과 영적 행음을 하고 있다고 합니다.

그러므로 회개하라 그리하지 아니하면 예수님이 버가모 교회에 속히 임하여 예수님의 진리의 말씀으로 그들과 싸우시겠다고 합니다. 행음을 하고 있는 사람들은 장막교회의 사람들입니다. 여기서 행음이란 영적 행음으로 장막성전의 성도들은 창조주의 성령으로 거듭난 자들이었습니다. 그래서 그들은 영적으로 성령과 결혼한 사람들이었습니다. 그런데 그들이 니골라당이라고 하는 이들과 하나 되었으니 니골라당은 사단의 신을 모신 자들인데 이들과 하나 된 것은 곧 다른 남자와 간음하는 행위와 같습니다. 본문에서는 이런 상황에서 회개를 하라고 편지를 하게 한 것입니다. 그런데 결국 이들은 회개를 않고 거짓 목자에게 미혹당하여 심령이 멸망당하게 됩니다. 그러니 들을 귀가 있는 자는 교회들에게 하시는 예수님의 말씀을 잘 들으라고 경고를 하고 있습니다.

이리하여 내 말을 지키면 사단을 이기게 되고 이기는 사람에게는 예수님이 창세기부터 봉함하였던 진리로 비유된 만나를 주고 또 예수님의 새로운 진리를 준다고 하십니다.

그리고 그 돌 위에 새 이름을 기록한 것이 있는데 받는 자 밖에는 그 이름을 알 사람이 없고 받지 못하는 사람들은 그 돌에 기록된 새 이름을 깨달을 수가 없다고 합니다. 버가모의 종에게도 사단과 이길 것을 예수님은 강력히 주문하고 계신 것입니다.

그 다음은 네 번째 종이 속한 두아디라 교회의 종에게 편지를 하는 내용입니다. 두아디라의 종은 어떤 상황일까요?

"18.두아디라 교회의 사자에게 편지하기를 그 눈이 불꽃같고 그 발이 빛난 주석과 같은 하나님의 아들이 가라사대 19.내가 네 사업과 사랑과 믿음과 섬김과 인내를 아노니 네 나중 행위가 처음 것보다 많도다 20.그러나 네게 책망할 일이 있노라 자칭 선지자라 하는 여자 이세벨을 네가 용납함이니 그가 내 종들을 가르쳐 꾀어 행음하게 하고 우상의 제물을 먹게 하는도다 21.또 내가 그에게 회개할 기회를 주었으되 그 음행을 회개하고자 아니 하는 도다 22.볼찌어다 내가 그를 침상에 던질 터이요 또 그로 더불어 간음하는 자들도 만일 그의 행위를 회개치 아니하면 큰 환난 가운데 던지고 23.또 내가 사망으로 그의 자녀를 죽이리니 모든 교회가 나는 사람의 뜻과 마음을 살피는 자인줄 알찌라 내가 너희 각 사람의 행위대로 갚아 주리라"

이 편지를 통하여 네 번째 종이 속한 두아디라 교회의

죄가 무엇인지 살펴봅시다. 눈이 불꽃같고 그 발이 빛난 주석과 같은 하나님의 아들은 역시 예수님입니다. 예수님이 네 번째 종에게 네 사업과 사랑과 믿음과 섬김과 인내는 안다고 합니다. 그리고 처음보다 나중에 잘했다고 칭찬도 합니다. 그러나 예수님은 네 번째 종에게 책망할 일이 있다고 하며 자칭 선지자라 하는 여자 이세벨을 네 번째 종이 용납한 죄가 있다고 합니다. 이세벨은 구약 때, 하나님의 종들에게 우상의 제물을 먹게 하고 간음을 하게 한 죄인입니다. 네 번째 종은 그런 이세벨과 같은 사단을 용납하는 죄를 지었습니다. 그래서 예수님께서 그에게 회개할 기회를 주었으나 그 음행을 회개하고자 아니 하였다고 합니다. 여기서의 행음도 사단과 교제하는 영적 행음입니다.

그래서 예수님은 그를 침상에 던질 터이요 또 그로 더불어 간음하는 자들도 만일 그의 행위를 회개치 아니하면 큰 환난 가운데 던지고 또 내가 사망으로 그의 자녀를 죽이겠다고 합니다. 물론 여기의 자녀는 네 번째 종에게 속한 영적 자녀들입니다. 그리고 이렇게 하나하나 일곱 금 촛대 장막의 잘못을 행위대로 심판을 하니 모든 교회가 예수님이 사람의 뜻과 마음을 살피는 자 인줄 알아라고 합니다.

그리고 너희 각 사람의 행위대로 갚아 준다고 합니다. 그리고 사단에 대하여 깊이 알지 못하는 그들에게 예수님이 다시 올 때까지 처음 받은 성령을 굳게 잡고 지키라고 당부합니다. 그래서 끝까지 이기는 자와 예수님의 일을 지키는 자가 있다면 그에게 만국을 다스리는 권세를 주신다고 합니다. 그리고 권세를 받은 자는 철장을 가지고 저희를 다스린다고 하는데 철장은 진리를 비유한 말입니다.

이런 경로로 세워진 지상의 하나님의 나라는 진리로 다스려지는 나라입니다. 예수님도 옛날에 이와 같이 사단을 이겨서 내 아버지께 받은 것도 그것이라고 합니다. 또 예수께서 또 사단을 이기는 그에게 새벽별을 주리라고 합니다. 새벽별은 예수님 자신을 비유한 말입니다. 이기는 사람에게는 예수님의 영인 그리스도의 영을 주신다는 말이고 이것을 받으면 이기는 그의 육체에는 예수님의 영이 있게 됩니다. 이러한 이야기는 성령이 교회의 교인들에게 하시는 말씀이므로 잘 듣고 깨달아라고 합니다.

여기서 잠시 중단하고 법화경 제 3편 비유품을 살펴 본 후에 제 3과 요한계시록을 다시 연결하겠습니다.

7. 법화경 제 3편 비유품

비유를 통하여 감춰진 과거와 현재와 미래의 비밀 그 실체는 무엇인가?

불경의 예언을 비유로 기록한 이유는 극락이 허락된 사람에게는 알게 하고 극락이 허락되지 아니한 사람에게는 비밀로 하기 위해서입니다. 세상에 극락세상이 열리기 시작할 때가 되면 사바세상의 사람들이 마군이 되어 극락건설을 방해하게 됩니다. 그래서 부처님은 미래에 이룰 극락에 관한 계획을 비유로 하여 택한 사람들에게만 가르쳐주게 됩니다. 하나의 암호인 셈입니다. 그래서 극락의 소원을 이루고자 하는 분들은 불법에 기록된 비유의 참뜻을 깨달으려고 노력해야 하겠습니다.

사리불은 부처님이 설하시는 일불승의 가르침을 듣고 나서 이제까지 생각한 것이 잘못되었다고 반성합니다. 이어서 그는 소승의 가르침 또한 방편이었음을 알게 되었다고 합니다. 소승 또한 일불승으로 부처되기 위한 준비과정이라는 것을 깨닫습니다.

성서를 내용상 구분하여 보면 역사와 교훈과 예언과 복음이라고 하였습니다. 그 중 역사나 교훈과 복음의 내용을 불교식으로 표현하면 소승불교의 내용입니다. 소승은 대승을 위하여 필요한 것입니다. 결국 역사와 교훈과 복음은 예언을 이루기 위하여 필요한 지식과 덕망입니다. 그래서 경전에서 제일 중요한 것은 예언밖에 없습니다. 그 예언의 결과는 사람이 성령으로 거듭나는 일입니다. 성령으로 거듭나는 일이 곧 불교의 일승입니다.

따라서 불경에서도 가장 중요한 것이 수기(예언)에 대해서입니다. 불경에서 수기한 것은 모든 중생들을 극락에 오게 하는 것과 성불입니다. 불경의 수기는 비유나 방편으로 기록되어 있습니다. 그러므로 불난 집의 비유도 극락과 중생의 성불에 얽힌 내용임을 알 수 있습니다. 불난 집의 비유의 의미와 목적은 부처로 성불하는 일승에 관해서입니다. 다음은 본문을 보겠습니다.

이에 부처님은 사리불이 미래세에 화강(華光) 여래가 되어 삼승으로 중생을 제도할 것이라고 예언합니다. 사리불이 이에 대하여 더 설명해달라고 하자, 부처님은 '불난 집' 을 비유로 들어 설법을 합니다. 이 비유의 요지는 삼승은 중생을 구제하기 위한 방편일 뿐이라는 것입니다. 이것도 역시 중생을 성불로 인도하는 일승으로 합류하게 됩니다. 즉 중생들의 부처로서의 성불할 일에 대하여 비유로 기록한 것이고 그 비유의 실체는 부처로 성불하는 일에 관한 중요한 내용이 함축되어 있다는 말입니다. 본 비유의 실제 장소의 이름은 계두말성입니다. 계두말성은 보살들과 중생들이 부처가 될 수 있는 정한 때가 되었을 때, 반드시 지상에 세워져야 하는 약속된 장소입니다. 지상에 계두말성이란 장소가 세워지고 난 후, 그곳이 불타서 멸망하는 일이 생기게 됩니다. 그런 일이 있는 후에 사람들의 성불 소식이 있게 됩니다. 그래서 본 비유의 참의미를 깨달아야 합니다. 계두성에서 불나게 될 성을 전장에서 성서를 통하여 일곱 금 촛대장막에 대한 것을 다루어보았습니다. 그럼 그 비유를 살펴보겠습니다.

불난 집의 비유

비유로 표현하는 수사법에는 첫째 어떤 사물이나 사건을 다른 사물이나 다른 사건을 비유 빙자하여 그 깊은 뜻을 쉽게 이해할 수 있게 하기 위한 방법으로 사용할 때가 있습니다. 둘째는 어떤 사물이나 사건을 다른 사물이나 다른 사건을 비유 빙자하여 그 깊은 뜻을 감추고자 할 때 사용합니다. 후자는 불경은 물론 성경과 각종 예언서에서 많이 사용되고 있으며 주로 비밀로 그 뜻을 정한 때까지 숨기기 위하여 사용되고 있습니다. 본 비유도 후자로서 부처님의 뜻을 정한 때까지 숨겨서 비밀로 하기 위하여 사용된 기법이라고 할 수 있습니다.

그래서 그 비유의 참뜻을 헤아리기가 불가능하였습니다. 그러나 이 비밀들은 그 예언이 이루어져서 실상으로 펼쳐질 때 비로소 참뜻이 드러나게 되어있습니다. 법화경의 그 비밀은 법화경에서 수기한 중생들이 부처로 성불할 때가 되어야 펼쳐지게 됩니다. 법화경의 수기가 실상으로 이루어지는 때는 미래부처인 미륵부처가 세상에 현신(現身)하여 나타날 때입니다.

거꾸로 말하면 법화경에서 비유로 된 말씀의 참의미가 세상에 알려진다면 미륵부처가 세상에 출현하였다는 것을 역설적으로 증명하는 격이 됩니다. 그런 관점에서 '세 수레와 불난 집의 비유' 를 살펴보겠습니다. 이 장을 볼 때 간과해서는 안 될 것이 이 비유가 사람들이 부처로 성불하는 일과 밀접한 관계가 있다는 것입니다. 이 불난 집에서 피난하여 나갔을 때, 비로소 부처로 성불하는 일이 시작된다는 점을 이해하면서 본 비유를 볼 필요가 있습니다.

어느 부잣집에 불이 나서 한창 타오르고 있었습니다. 그런데도 그 속에 있는 아이들은 놀이에 정신에 팔려, 아무리 불이 났다고 소리쳐도 나오려 하지 않았습니다. 그래서 아버지는 "양이 끄는 수레, 사슴이 끄는 수레, 소가 끄는 수레가 지금 대문 밖에 있으니, 너희들은 이 불타는 집에서 어서 나와 그것들을 골라 가져라" 라고 아이들에게 외쳤습니다. 그러자 아이들이 밖으로 나왔고, 아버지는 그들을 위험에서 건질 수 있었습니다. 이후 아버지는 세 가지 수레보다 더 훌륭한 수레를 자식들에게 골고루 나누어 주었습니다.

이 비유에는 지상에 극락세계가 펼쳐질 때가 되면 지난 사바세상은 종말을 고하게 된다고 하는 진리가 내포되어 있습니다. 그때 지난 시대를 심판하는 일이 생기게 되는데 그때를 사는 사람들은 모두 새롭게 준비된 세상으로 피하여 가야합니다.

이 말세의 심판에 대하여는 신약성서에도 잘 기록되어 있습니다. 그래서 이 불난 집의 실체가 무엇인지 구체적으로 알기 위하여 성서를 통하여도 조명해보기로 하겠습니다.

마태복음 24장은 현시대의 말세 때를 예언한 내용으로 이루어져 있습니다. 마태복음 24장은 예수가 12제자들에게 약속한 지상천국건설에 관한 예언을 지구촌 땅 끝까지 전하라고 명령한 내용이 기록된 장입니다. 땅 끝까지 전해지면 예수께서 다시 와서 천국을 이루시겠다는 것이었습니다. 그리고 천국을 이룰 때는 어떤 징조가 있다고 아래와 같이 미리 예언하신 것입니다.

그리고 마태복음 24:14-16절에서 “이 천국 복음이 모든 민족에게 증거 되기 위하여 온 세상에 전파되리니 그제야 끝이 오리라 그러므로 너희가 선지자 다니엘이 말한바 멸망의 가증한 것이 거룩한 곳에 선 것을 보거든 그 때에 유대에 있는 자들은 산으로 도망할찌어다” 고 기록하여 두었습니다.

이때 이곳에는 거룩한 곳과 멸망시키는 존재가 등장합니다. 거룩한 곳은 요한계시록의 주 무대라 할 수 있는 일곱금 촛대 장막교회입니다. 이곳이 거룩한 이유는 이곳은 창조주 및 예수께서 세우신 교회이기 때문입니다. 멸망의 가증한 것이란 이곳을 멸망시킬 마구니 집단을 의미합니다. 그 마구니의 집단이 올라온 현장을 앞 요한계시록 2장에서 잘 살펴보았습니다.

일곱 금 촛대 교회에 멸망의 조직인 마구니 집단이 올라온 것을 보면 그때는 이전 세상이 끝나는 때이니 거기서 산으로 도망하라는 내용입니다. 그 예언의 현장이 요한계시록 13장에 적나라하게 기록된 그곳입니다. 자 그럼 요한계시록의 그 현장으로 가보겠습니다. 요한계시록 13:6절입니다.

"짐승이 입을 벌려 하나님을 향하여 훼방하되 그의 이름과 그의 장막 곧 하늘에 거하는 자들을 훼방하더라" 고 기록하고 있습니다.

여기서 장막이라고 이름 하는 곳이 하늘이란 것입니다. 그리고 그 장막에는 하나님이 계신다고 합니다. 그런데 그 장막을 훼방하는 짐승의 존재가 등장합니다. 장막은 일곱 금 촛대 장막을 의미하고 이곳을 멸망시키려고 올라온 마구니 집단을 짐승으로 비유하였습니다.

앞에서 기본적인 비유법을 기억하신 분은 이 짐승의 실체가 무엇인지 이해하셨을 것입니다. 창세기에서 에덴동산을 훼방하는 집단을 뱀으로 비유한 것과 같습니다. 이것으로 요한계시록 13장에서는 하나님의 나라와 마구니의 나라 곧 뱀, 마귀의 나라와 영적 전쟁이 치러짐을 알 수가 있습니다. 앞에서 설한 요한계시록 2장에는 사단의 조직들이 올라와 있다고 소개를 하였습니다. 그리고 예수님은 일곱 종들에게 그 마구니인 사단의 조직과 싸워 이기라고 했습니다.

여기서도 여러 가지 비유로 기록한 단어의 뜻을 알지 못하고서는 성서에 예언된 속뜻을 알 수가 없는 것입니다. 거룩한 곳이 어디며 짐승의 실체가 무엇인지 모른다면 어찌 이 문장을 천번 만번 읽은들 그 의미를 알 수 있겠습니까? 그러니 예언서는 비밀로 기록되었다는 것이 확실한 것입니다. 자 그럼 이 장막에 누가 어떤 모습으로 올라오는지를 또 살펴보겠습니다. 요한계시록 13:1-2절입니다.

"내가 보니 바다에서 한 짐승이 나오는데 뿔이 열이요 머리가 일곱이라 그 뿔에는 열 면류관이 있고 그 머리에는 참람된 이름들이 있더라 내가 본 짐승은 표본과 비슷하고 그 발은 곰의 발 같고 그 입은 사자의 입 같은데 용이 자기의 능력과 보좌와 큰 권세를 그에게 주었더라" 여기서도 머리 뿔 등도 비유입니다.

그 대강을 해석하면 바다에서 한 짐승이 일곱 금 촛대교회로 올라오는데 그 짐승이 용에게 능력과 보좌와 큰 권세를 받았다는 것입니다. 용은 마구니의 왕을 비유한 말입니다. 따라서 일곱 금 촛대교회로 올라온 짐승의 실체는 마귀에게 능력과 권세를 받은 마귀집단인 것을 알 수가 있습니다.

그래서 일곱 금 촛대에는 하나님과 예수님이 오신 곳인데 이곳에 마구니의 왕과 그의 군사들이 함께 점령하게 된 것을 이해할 수 있습니다. 바다는 일곱 금 촛대가 아닌 외부의 종교계를 비유한 말입니다. 이렇게 되니 마태복음 24:15절 이하의 예언대로 거룩한 곳에 멸망의 가증한 것이 올라온 것입니다. 이렇다면 예언이 때가 되어 이루어지는 때가 있다는 것이고 이때의 사람들은 산으로 도망하여야 할 때란 것을 깨달을 수가 있겠습니다. 그런데 이때 산은 어떤 산을 의미할까요?

여기서 짐승은 거짓목자를 비유한 것입니다. 따라서 뱀이나 짐승은 사람을 비유한 것임을 깨달을 수가 있습니다. 뱀이라고도 개라고도 비유된 존재는 거짓목자입니다. 이사야 56:9-11절 "들의 짐승들아 삼림 중의 짐승들아 다 와서 삼키라 그 파수꾼들은 소경이요 다 무지하며 벙어리 개라 능히 짖지 못하며 다 꿈꾸는 자요 누운 자요 잠자기를 좋아하는 자니 이 개들은 탐욕이 심하여 족한 줄을 알지 못하는 자요 그들은 몰각한 목자들이라 다 자기 길로 돌이키며 어디 있는 자이든지 자기 이만 도모하며" 라고 하여 역시 몰각한 목자를 개 또는 짐승으로 비유한 것입니다. 이들은 탐욕이 심하고 자신의 이익만 도모하는 자라고 합니다.

마태복음 23:31-34 "그러면 너희가 선지자를 죽인 자의 자손 됨을 스스로 증거함이로다. 뱀들아 독사들의 새끼들아 너희가 어떻게 지옥의 판결을 피하겠느냐 그러므로 내가 너희에게 선지자들과 지혜 있는 자들과 서기관들을 보내매 너희가 그 중에서 더러는 죽이고 십자가에 못 박고 그 중에 더러는 너희 회당에서 채찍질하고 이 동네에서 저 동네로 구박하리라" 처럼 일곱 금 촛대 교회를 망하게 하려고 올라온 짐승이란 존재는 거짓 목자란 사실을 알 수가 있습니다. 아니면 교회에 어떻게 짐승들이 올라와 심령을 짓밟을 수가 있겠습니까?

이러한 것을 통하여 오늘날 지구촌에 수없는 사찰과 교회가 있지만 그들 속에는 짐승이 없을까 생각해보는 시간이 필요할 것입니다. 그리고 경전의 비유를 알지 못하다 보니 불교에는 개고기를 먹지 않는 풍습이 있게 되었습니다. '목련경' 이라는 경전에 보면 십대 제자 중에 한 분인 목련존자가 여섯 가지 신통을 얻고서 자식 된 도리로 돌아가신 부모님께서 어디에 계신가 신통력을 발휘해서 알아보았습니다. 평소에 착한 일을 많이 하신 아버지는 천상에 태어나셨는데, 살아서 불교를 비방하고 산목숨을 바쳐서 제사를 지냈던 어머니는 지옥 중에도 아비무간지옥이라는 지옥에 떨어져서 말로 할 수 없는 고통에서 벗어나지 못하는 것을 알게 되었습니다.

그래서 부처님께 '어떻게 하면 어머니를 구할 수 있을

까' 를 여쭈어서 열심히 기도를 드린 후 어머니가 환생하는 과정에서 어머니가 먼저 개의 몸을 받고 태어나게 되었다고 합니다.

그런데 사람이 죽으면 영은 하늘로 가고 몸은 썩어 땅의 거름이 됩니다. 사람의 영이 절대로 개로 될 수 없는 것은 진리입니다. 개에게는 영이 존재할 수 없기 때문입니다. 불경에 나오는 비유를 몰라서 생긴 해프닝일 뿐입니다. 위 문장에서 못된 짓을 많이 한 어머니가 개로 환생했다는 이야기는 비유한 개를 의미합니다.

못된 짓을 많이 하였으니 그 벌로 거짓스님으로 태어났다는 말이 더 신빙성이 있을 것입니다. 이처럼 인도에서 소를 신성시하여 소고기를 먹지 않는 이유도 시바신이 타는 동물이 소라고 기록되어 있기 때문입니다. 그러나 소도 그런 소가 아니라 비유한 소입니다. 즉 영이 타고 영적 농사일을 하는 사람을 소라고 비유한 것입니다. 따라서 세상에는 진리가 없어 진리가 아닌 거짓으로 가득 찬 곳이라고 볼 수 있습니다. 다시 본론으로 돌아가겠습니다.

요한계시록 6:12-17절에는 한 시대가 완전히 멸망할 것을 예언하고 있습니다. "내가 보니 여섯째 인을 떼실 때에 큰 지진이 나며 해가 총담 같이 검어지고 온 달이 피같이 되며 하늘의 별들이 무화과나무가 대풍에 흔들려 선 과일이 떨어지는 것같이 땅에 떨어지며 하늘이 종이 축이 말리는 것 같이 떠나가고 각 산과 섬이 제 자리에서 옮기우매

산과 바위에게 이르되 우리 위에 떨어져 보좌에 앉으신 이의 낯에서와 어린 양의 진노에서 우리를 가리우라 그들의 진노의 큰 날이 이르렀으니 누가 능히 서리요 하더라" 고 합니다. 그나마 앞에서 비유를 조금 배웠기 때문에 이 심판이 실제의 해달별이 떨어지는 심판이 아님은 깨달을 수가 있을 것입니다.

그러나 영적 심판이라 해도 이런 상황에 처해 있을 때, 피난하지 않고 그 곳에 남아 있으면 어떻게 되겠습니까? 그러니 그곳에서 도망하라는 것입니다. 그래서 요한계시록 18:4절에서도 "또 내가 들으니 하늘로서 다른 음성이 나서 가로되 내 백성아 거기서 나와 그의 죄에 참예하지 말고 그의 받을 재앙들을 받지 말라" 고 외치고 있습니다. 이 시대를 사는 모든 사람들은 오늘날까지 살았던 세상을 버리고 도망하여야 살게 되는 것입니다.

성서에는 이렇게 한 시대를 마감하고 새로운 시대를 열 것을 예표하고 있습니다. 그래서 요한계시록 21:1절에도 "또 내가 새 하늘과 새 땅을 보니 처음 하늘과 처음 땅은 없어 졌고 바다도 다시 있지 않더라" 고 합니다.

처음 하늘과 처음 땅은 오늘날까지의 세상이고 새 하늘과 새 땅은 새로운 세상이란 것입니다. 그러니 마태복음 24:15절 이하에 도망갈 곳을 새 하늘이 되는 것입니다. 새 하늘을 불경에서 시두말대성이라고 이름을 지어 놓았습니다. 이 새로운 나라가 불교 기독교에서 말하던 극락과 천국이란 것입니다.

그리고 극락과 천국은 종교의 목적이었습니다. 종교의 목적이 성취 되니 더 이상 지금까지와 같은 종교는 세상에서 필요 없게 되는 것이죠. 그래서 바다도 다시 있지 않다는 말은 세상에 있던 종교들도 더 이상 없어진다는 말입니다. 불난 집의 비유는 이런 시점에서 구시대는 망하고 새시대가 오니 구시대의 사상을 버리고 새로운 사상의 세계로 옮겨야 살 수 있다는 것을 나타낸 비유문이었습니다. 불타는 세상은 지금까지의 세상이었던 사바세상이고 이 사바세상이 끝날 때 지상에는 한 약속된 장소가 등장하게 됩니다.

그 장소의 이름이 성서에는 증거 장막의 성전이고, 불서에는 시두말성이고 동양의 성서 격암유록에는 십승지(十勝地=이스라엘=마군을 이긴 나라)로 예언되어 있습니다. 먼저는 지상에 계두말성이 세워지고 그 계두말성에 마구니의 집단이 올라가 그곳을 멸망시키는 그런 일이 있게 되면 그 시대를 살던 사람들은 모두 구원처로 피난을 가야합니다. 이것이 아뇩다라삼먁삼보리의 진리입니다. 그 구원처의 이름이 불서에는 시두말성이고, 성서에는 새 하늘 새 땅이고, 동양의 성서 격암유록에는 십승지입니다. 그곳을 산으로 비유하여 불서에는 수미산으로 성서에는 시온산으로 동양의 성서 격암유록에는 삼신산으로 기록되어 있습니다.

본 장의 불타는 궁전의 비유는 구체적으로 계두말성인 것입니다. 한 시대를 풍미했던 사바세상이 끝을 낼 때, 계두말성이란 한 성이 세워지고 그 계두말성이 마구니 집단으로 멸망당하는 일이 생깁니다. 그리고 거기서 한 사람이 마구니의 마왕을 진리로 이기게 됩니다. 이기는 사람의 이름을 불서에는 미륵부처라고 했습니다. 미륵부처는 새로운 세상을 여는 시두말성을 세우고 거기서 새 시대를 시작하니 그 곳이 피난처이고 극락세상이 되는 것입니다. 그곳에는 정법(正法)인 아뇩다라삼먁삼보리를 깨달은 자만이 올 수 있으니, 그곳은 부처로 성불한 사람들만으로 이루어진 나라입니다. 그곳이 불국정토입니다.

이때 도를 닦던 신앙인들과 세상 사람들은 미륵부처가 있는 곳으로 와서 새로운 진리로서 듣고 깨달아 사람들이 비로소 성불할 수 있게 됩니다. 이상의 내용이 불난 집의 비유가 나타내고자 한 참 내용입니다.

다시 불난 집의 비유의 전체의 줄거리를 소개하면 다음과 같습니다.

한 사람의 가장이 있었습니다. 그는 노쇠하지만 부유하여 수백 명이 거주하는 대저택에 살고 있었습니다. 그러나 그 저택은 기둥뿌리가 썩어 들고 외벽의 칠도 벗겨진 오래된 집이었습니다. 이 저택에 돌연히 큰 화재가 발생하여 사방으로 불길이 번지게 되었습니다. 그 가장에게는 5명 내지 20명의 많은 아이들이 있었으나, 그 혼자만이 밖으로 빠져 나왔습니다.

밖으로 나온 그는 불길이 점점 번지는 것을 보면서 마음을 가누지 못하고 이렇게 생각하였습니다. '나는 안전하고 신속하게 불길에 닿지 않은 채 문을 통해 빠져 나올 수 있었지만, 아직 어린 나의 자식들은 타오르고 있는 저택 안에서 장난감을 갖고 즐겁게 노는 데 정신이 팔려 있다. 그러니 그들은 집이 불타고 있는 것을 모르고 느끼지도 못하며 생각하지도 않는다. 이 큰 불길에 싸여 있어 큰 고통이 엄습하는데도 고통을 느끼지 못하고 밖으로 나올 생각도 하지 않는다.'

또 그는 '나에게는 힘이 있고 팔도 강하니 아이들을 모두 옆구리에 한꺼번에 껴안아 이 집에서 빠져 나올 수 있지 않을까?' 라고 생각했으나, 이내 이런 생각도 들었습니다. '이 저택의 입구는 하나뿐이고 문은 닫혀 있다. 아이들은 아직 어린지라 한시도 가만있지 못하고 배회하다가 큰 불길로 재난을 당할지 모른다. 그러니 아이들에게 주의를 주는 것이 좋겠다.' 그래서 그는 아이들에게, 이 집은 큰 화재로 불타고 있으니 불에 타 죽지 않도록 빨리 나오라고 소리쳤습니다.

그러나 무지한 아이들은 그 말을 이해하지 못해 두려워하지도 놀라지도 않고, 달려 나오려고 하지도 않았습니다. 그들은 타오른다는 것이 무엇인지도 모른 채, 이곳저곳을 맴돌아 달려 다니면서 아버지를 바라보기만 할 뿐이었습니다. 이러다 아이들이 죽을지 모르겠다고 생각한 아버지는 교묘한 방편을 사용하여 아이들을 밖으로 유인하기로 작정했습니다.

그는 아이들이 바라는 것과 그들의 취향도 알고 있어서, 그들이 특히 좋아하여 갖고 싶어 하는 것은 얻기 어려운 장난감일 것이라고 생각했습니다.

그래서 그는 아이들에게 외쳤습니다.

"얘들아, 너희들이 좋아할 굉장한 장난감이 있다. 너희들이 이제까지 본 적고 없고, 여러 가지 색깔에 종류도 많아서 지금 갖지 않으면 나중에 후회할 것들이다. 그 중에는 소가 끄는 수레, 양이 끄는 수레, 사슴이 끄는 수레와 같은 것들도 있다. 너희들이 좋아하고 예쁘고 귀엽고 맘에 드는 것들을 모두 갖고 놀도록 대부분 밖에 놓아두었다. 얘들아, 이리 나오너라. 밖으로 달려 나오면 너희들이 바라는 대로 무엇이든 하나씩 나누어 주겠다. 장난감을 갖고 싶으면 어서 이리 달려 나오너라."

그러자 아이들은 갖고 싶어 하던 장난감의 이름을 듣고서는, 서로 선두를 다투어 경쟁하면서 타오르고 있는 집으로부터 모두 재빨리 달려 나왔습니다. 그 가장은 아이들이 무사히 나온 것을 보고 근심이 사라지고 안도하게 되었습니다. 아이들은 아버지에게 소가 끄는 수레, 양이 끄는 수레, 사슴이 끄는 수레 따위의 장난감을 달라고 했습니다.

이에 그 아버지는 온갖 보석과 좋은 재료로 아름답고 장엄하게 장식되어 있고, 바람처럼 빨리 달리는 소가 끄는 똑같은 수레를 아이들에게 하나씩 주었습니다. 이 수레는 다른 것들보다 좋은 위대한 탈 것입니다.

자 그럼 한 소절 한 소절 짚으면서 이 비유의 참 실상이 무엇인지 알아보도록 하겠습니다.

이 비유는 전반적인 불교 경전들과 타 종교 경전의 예언서 등을 모두 종합해볼 때 말세의 사건을 비유로 기록한 글입니다. 불교의 핵심은 한 마디로 극락이라고 할 수 있습니다. 그러나 오늘날 불교를 가르치는 자나 배우는 자들이 공히 극락에 대한 구체적인 지식이나 관심이 없습니다. 불교인들에게 한 마디로 왜 불교를 믿느냐고 질문한다면 이구동성으로 극락에 가기 위하여 불교를 한다고 할 것입니다.

그러나 그 극락이 무엇인지 정의를 내려 보라고 한다면 명쾌한 답을 기대할 수가 없습니다. 그런데 불교인들은 모두 극락가기 위하여 부처님을 믿는다고들 하곤 합니다. 세계의 수많은 불자들이 극락이 무엇인지도 모르면서 극락 간다고 신앙을 하고 있는 실정인 것이죠. 그러나 석존께서는 극락이 무엇인지를 알고 계셨습니다. 그리고 석존께서는 제자들에게 극락에 관하여 설하였습니다. 극락은 사바세상이 끝난 다음 내세(來世)에 오는 부처님의 나라입니다. 그 부처님의 가르침은 불경에 모두 기록되어 있습니다. 그런데 극락은 미래세에 이루어질 일이라 예언으로 전해졌습니다. 그런데 그 예언서가 비유 방편 등으로 기록되어 사람이 그 확실한 의미를 알지를 못하였습니다.

사찰에 가면 대웅전이라는 곳이 있고 극락전이란 곳이 있습니다. 대웅전에는 현세불이라고 하는 석가모니불이 모셔져 있습니다. 극락전에는 미륵부처님의 상이 안치 되어 있습니다. 그리고 불상 중에는 세 개의 불상으로 이루어진 삼존 불상을 볼 수가 있습니다. 첫째 불상은 과거부처인 연등부처라고 합니다. 둘째 불상은 현세불인 석가모니부처라고 합니다. 셋째 불상은 미래부처인 미륵부처라고 합니다.

과거에 인간 세상에 응신(應身)되어 나타나 인간들을 교화 하신 부처를 연등부처라고 이름 하였습니다. 이 연등부처님의 수기(예언)에 따라 현신(現身) 되어 나타난 분이 석가모니부처님이라고 합니다. 그리고 현세부처인 석가모니부처님은 미래세에 미륵부처님이 세상에 응신(應身)되어 출현할 것을 수기로 전하셨습니다.

사찰에 만들어진 삼존불상은 과거와 현제와 미래에 나타날 부처의 응신(應身)을 암시한 모형입니다. 구원(久遠)의 부처인 연등부처님으로 말미암아 불법에 기초를 세웠고 현세불인 석가모니부처님에 의하여 불법이 진행 성장하였고 이것은 소승이었습니다. 이제 그 현세불법이 말법(末法)을 맞이하면서 대승인 미륵부처의 시대가 등장하는 것입니다.

미륵부처의 지상 등장으로 말미암아 지상에 불법이 완성되는 것입니다. 그것을 기록한 것이 법화경이고 미륵부처의 세상은 모든 사람들이 부처로 성불한 불국토입니다. 그 세계는 악이 없고 죄가 없고 거짓도 없고 생로병사(生老病死)의 윤회도 없기 때문에 그 세계를 극락(極樂)이라고 한 것입니다.

법화경의 불난 집의 비유는 극락이 오기 전에 말세에 세워지는 심판의 장소입니다. 심판이 있게 되면 현세의 세상(궁전)은 불타서(영적인 불) 없어지기 때문에 모든 사람들은 그 난을 피하여 도망하라는 진리가 들어있는 예화입니다. 불타는 때와 현장을 말하면 때는 말법(末法)시대요, 현장은 미륵부처가 현신(現身)하여 나타나기 전에 지상에 생기는 대표 사찰인 계두말성입니다.

현세불이었던 석가모니의 가르침대로 미륵의 시대가 오므로 그 전 시대의 가르침은 끝을 맺습니다. 그것을 말법시대라고 합니다. 구법이 완성되고 끝나면 신법이 세워지는 데 그 신법이 있기 전에 구법을 종결하는 평가와 심판의 일이 있게 됩니다.

현세법을 통하여 자라왔던 조상들의 후손들이 그 심판의 대상이 되는바, 그 후손들은 조상의 열매의 차원이 됩니다. 추수 때는 그 열매가 잘 영글어 추수 되는 귀한 열매도 있을 수 있고 잘못 자란 쭉정이도 있을 것입니다. 알곡과 쭉정이를 가를 때는 현세불의 말세 때 이루어집니다.

알곡은 불타는 궁전에서 피난 나온 사람들이며 쭉정이는 불타는 궁전에 지체하다가 화염에 휩싸이는 자들입니다.

그 심판의 무대가 요한계시록에서는 일곱 금 촛대 장막이라고 예언되어 있습니다. 난을 피하여 구원처로 도망가야 할 때는 일곱 금 촛대 장막에 마구니의 조직이 올라올 때입니다. 그래서 일곱 금 촛대 장막은 그 시대의 모든 사찰이나 교회를 대표하여 나타난 곳입니다. 이름하여 대표 교회라고 할 수가 있습니다. 그곳을 대표 교회나 사찰이라고 한 것은 세계 수많은 곳 중, 그 예언이 이루어지는 특정한 한 장소이기 때문입니다.

그 사찰 이름을 미륵경에는 계두말성이라 기록해두고 있습니다. 우리민족에게는 그것이 칠성당(七星堂)이라고 예언되었고 우리민족의 예언서 동양의 성서 격암유록에는 그곳을 사답칠두(寺畓七斗)라고 예언하고 있습니다. 그런데 희한하게도 일곱 금 촛대 교회와 칠성당과 사답칠두는 모두 일곱이라는 수와 일곱별이란 말과 관련이 있습니다.

요한계시록 1:20절에서는 "네 본 것은 내 오른 손에 일곱별의 비밀과 일곱 금 촛대라 일곱별은 일곱 교회의 사자요, 일곱 촛대는 일곱 교회니라" 고 기록되어 있습니다. 따라서 계두말성에는 하늘의 택함을 받은 일곱 사자가 출현한 곳임을 알 수가 있습니다. 그리고 예로부터 칠성당에서 하나님의 아들이 나올 것을 노래로 불러왔습니다.

이곳이 세계의 모든 종교의 예언이 실현되는 대표적 장소란 것을 알 수 있는 이유는 계두말성(일곱 유순)은 불교를 대표한 곳이고, 일곱 금 촛대 교회는 기독교를 대표한 곳이고, 칠성당은 기타 민족 종교들을 대표한 장소로 정해졌기 때문입니다. 이 사실은 불교의 계두성과 기독교의 일곱 금 촛대 교회와 민족종교들의 칠성당의 예언이 실재로 성취되게 되면 동일한 장소로 나타난다는 것입니다. 이것이 지상에 나타나므로 갈기갈기 찢어졌던 세계 종교는 하나로 만나게 되는 것입니다.

그런데 그 대표교회, 대표사찰이 지구촌 어딘가에 세워지게 됩니다. 그것이 세워지는 장소가 지구촌 종교의 통일의 시작점이 되는 곳입니다. 이것은 많고 많은 지구촌 넓은 곳 중에서 한 곳에서 세워지게 됩니다. 이것은 사람의 뜻으로 세워지는 것이 아니라, 만유의 일인자이신 본지체(眞如)의 의지로 세워지기 때문에 사람이 왈가불가할 수 없는 것입니다.

따라서 불타는 집의 비유에서 불타는 집은 미륵경에 출현하는 계두말성입니다. 계두말성이 예언대로 세상에 세워지면 그 때가 흔히 말하는 말세입니다. 말세(末世)의 의미는 사바세상의 말세란 의미이고, 말세 후에는 내세(來世)가 옵니다. 따라서 내세는 미륵부처의 시대이며 극락시대입니다. 다시 성서를 통하여 계두말성에서 어떤 사건이 전개되며 어떤 내용의 편지가 가는지를 알아보겠습니다.

8.요한계시록 제 3장

지상천국은 이렇게 세상에 세워진다 (제 2부)

지난번 제 1부에서는 예수님께 지시 받은 요한이 일곱 금 촛대장막 중 네 번째 종의 교회인 두아디라 교회에까지 보낸 편지의 내용들이었습니다. 이번 제 2부에서는 나머지 세 교회에 보낸 편지 내용을 살펴보기로 하겠습니다. 이 편지 역시 일곱 금 촛대 장막의 종들이 언약을 어기는 죄를 지었기 때문에 회개하라는 내용과 함께 죄 때문에 사단의 공격을 받게 되나 진리로 이기라고 예수님이 당부하는 편지글입니다.

일곱 교회 중에 한 사람이라도 이기는 자가 있다면 그에게 만국을 다스리는 권세와 천국과 영생과 구원을 주겠다는 내용입니다(요한계시록 2장 27절). 결국은 다섯 번째 교회인 사데 교회에 소속된 요한이 이기게 되어 성서에 약속된 천국을 물려받게 됩니다(마태복음 24장 47절). 아이러니 하게 그 요한이 곧 법화경에서 약속한 미륵부처와 이명동인(異名同人)입니다. 자 그럼 또 살펴보기로 합시다.

"1사데 교회의 사자에게 편지하기를 하나님의 일곱 영
과 일곱별을 가진 이가 가라사대 내가 네 행위를 아노니
네가 살았다 하는 이름을 가졌으나 죽은 자로다 2너는 일
깨워 그 남은바 죽게 된 것을 굳게 하라 내 하나님 앞에
네 행위의 온전한 것을 찾지 못하였노니 3그러므로 네가
어떻게 받았으며 어떻게 들었는지 생각하고 지키어 회개하
라 만일 일깨지 아니하면 내가 도적 같이 이르리니 어느
시에 네게 임할는지 네가 알지 못하리라 4그러나 사데에
그 옷을 더럽히지 아니한 자 몇 명이 네게 있어 흰 옷을
입고 나와 함께 다니리니 그들은 합당한 연고라 5이기는
자는 이와 같이 흰 옷을 입을 것이요 내가 그 이름을 생명
책에서 반드시 흐리지 아니하고 그 이름을 내 아버지 앞과
그 천사들 앞에서 시인하리라 6귀 있는 자는 성령이 교회
들에게 하시는 말씀을 들을 찌어다"

예수님은 요한에게 다섯 번째의 종인 사데 교회의 사자에게 편지하라고 합니다. 하나님의 일곱 영과 일곱별을 가진 이는 역시 예수님의 영입니다. 그리고 사데 교회의 종이 일곱 금 촛대장막에서 행한 행위를 안다고 합니다. 예수님은 다섯 번째 종이 자신이 살았다는 것으로 착각하나 사실은 죽은 자라고 합니다. 이때 살았다 죽었다는 말은 창세기 아담이 생명실과를 먹고 영이 살고 선악과를 먹고 영이 죽은 것처럼 여기서도 영이 죽었다는 말입니다. 사데 교회의 종은 자신의 영이 죽었으나 죽었다는 사실도 모르

며 살아있는 것처럼 착각하고 있다는 말입니다. 이것을 통하여 산에서 여호와의 성신께 직접 양육 받아 성령으로 거듭난 거룩한 종이었지만 그들에게서 이미 성령이 떠난 것을 깨달을 수가 있게 됩니다. 그러니까 예수께서는 이를 안타까이 느끼시고 일깨워 죽게 된 영을 다시 살리라고 탄식하시는 것입니다.

그리고 사데 교회의 종이 하나님 앞에서 한 행위 중, 온전한 것을 찾지 못하였다고 합니다. 그러므로 그가 처음 여호와의 성신의 인도로 산에서 교육 받던 그때에 어떻게 받았으며 어떻게 들었는지 생각하고 지켜 회개하라고 합니다. 만일 회개하지 아니 하면 예수님이 도적 같이 와서 심판하겠다고 합니다. 도적 같이 와서 심판하게 되면 자신은 심판 받는 줄도 모르는 사이 홀연히 멸망을 받게 되는 것입니다(데살로니가 전서 5장 3절). 그러니 어느 시에 임할는지 네가 알지 못하리라고 한 것입니다.

그러나 사데에 그 옷을 더럽히지 아니한 자 몇 명이 그에게 있어 흰 옷을 입고 예수님과 함께 다니게 된다고 합니다. 다섯 번째 종은 그 행위가 나쁘지만 그에게 소속된 몇 명의 성도들은 행위가 합당하다고 합니다. 그래서 예수님은 그들과 함께 동행 하겠다고 합니다. 그 몇 명의 무리중에 요한이 속해 있습니다. 이것으로 요한은 일곱 금 촛대 교회 중 사데교회에 소속된 성도임을 깨달을 수가 있습니다. 그래서 예수님은 이미 요한에게 임하여 일곱 교회에 편지를 하고 있는 것입니다.

그리고 끝까지 이와 같이 이기게 되면 그들은 흰 옷을 입을 것이요 예수님이 그 이름을 생명책에서 반드시 흐리지 아니하고 그 이름을 예수님의 아버지인 하나님 앞과 그 천사들 앞에서도 그들을 시인하겠다고 합니다. 생명책에 흐리지 아니하면 영생이 보장됩니다. 그러니 귀 있는 자는 성령이 교회들에게 하시는 말씀을 들으라고 합니다.

그 다음은 여섯 번째 종에게 보내는 편지내용입니다. 과연 여섯 번째 종은 어떤 잘못을 했으며 예수님은 여섯 번째 종에게 사단과의 진리 전쟁에서 이기면 무엇을 주신다고 약속을 하셨는지 살펴보겠습니다.

“7빌라델비아 교회의 사자에게 편지하기를 거룩하고 진실하사 다윗의 열쇠를 가지신 이 곧 열면 닫을 사람이 없고 닫으면 열 사람이 없는 그이가 가라사대 8볼 찌어다 내가 네 앞에 열린 문을 두었으되 능히 닫을 사람이 없으리라 내가 네 행위를 아노니 네가 적은 능력을 가지고도 내 말을 지키며 내 이름을 배반치 아니 하였도다 9보라 사단의 회 곧 자칭 유대인이라 하나 그렇지 않고 거짓말 하는 자들 중에서 몇을 네게 주어 저희로 와서 네 발 앞에 절하게 하고 내가 너를 사랑하는 줄을 알게 하리라 10네가 나의 인내의 말씀을 지켰은즉 내가 또한 너를 지키어 시험의 때를 면하게 하리니 이는 장차 온 세상에 임하여 땅에 거

하는 자들을 시험할 때라 11내가 속히 임하리니 네가 가진
것을 굳게 잡아 아무나 네 면류관을 빼앗지 못하게 하라
12이기는 자는 내 하나님 성전에 기둥이 되게 하리니 그가
결코 다시 나가지 아니하리라 내가 하나님의 이름과 하나
님의 성 곧 하늘에서 내 하나님께로부터 내려오는 새 예루
살렘의 이름과 나의 새 이름을 그이 위에 기록하리라 13귀
있는 자는 성령이 교회들에게 하시는 말씀을 들을 찌어
다”

여섯 번째 교회의 사자에게 편지하는 자는 거룩하고 진실하사 다윗의 열쇠를 가지시고 열면 닫을 사람이 없고 닫으면 열 사람이 없는 자라고 합니다. 그 분도 예수님입니다. 예수님은 여섯 번째 종이 어떤 행위를 했는지 잘 알고 있다고 합니다. 여섯 번째 종은 적은 능력을 가졌지만 예수님의 말씀을 지키며 예수님을 배반치 아니 하였다고 칭찬을 합니다.

그러나 예수님은 여섯 번째의 종에게도 자칭 유대인이라고 하나 사실은 사단의 영의 인도를 받고 있는 거짓말 하는 자들 중 몇을 준다고 합니다. 이들이 여섯째 종을 미혹하고 시험하게 된다고 하시는 것입니다. 그러나 그 미혹에 넘어지지 말라는 것입니다. 미혹에 넘어지면 마귀에게 지는 것이고 견디면 이기는 것입니다. 장차 온 마귀가 세상에 임하여 땅에 거하는 자들을 시험할 때가 온다고 합니다.

그리고 나서 예수께서 다시 올 테니 여섯째 종이 가진 것을 굳게 잡아 아무나 면류관을 빼앗지 못하게 하라고 당부합니다. 여섯째 종도 여호와의 성신으로부터 산에서 성령을 받은 사람입니다. 미혹에 넘어가지 말고 견디고 지지 말고 이겨서 성령을 지키라는 말입니다. 이기게 되면 장차 지상에 세우는 하나님의 나라의 성전의 중요 요직을 맡기겠다는 것입니다. 여기서 지상에 세워지는 성전이란 사단을 이기고 만들어지는 요한계시록 15장 5절의 증거 장막의 성전을 가리키고 있습니다. 그리고 또 이기는 자에게는 요한계시록 4장에 소개한 영의 나라인 하나님의 성 곧 하늘에서 하나님께로부터 내려오는 새 예루살렘의 이름과 예수님의 새 이름을 이긴 사람 위에 기록해주신다고 합니다. 마귀 신을 이기는 사람에게 예수님의 새 이름을 준다는 것도 결론은 성령을 주겠다는 것입니다. 그러니 들을 귀를 가지고 성령이 교회들에게 하시는 말씀을 들으라고 합니다.

이제 마지막으로 일곱 번째 종에게 예수님이 보내는 편지 내용입니다. 일곱 번째 종은 일곱 금 촛대장막에서 어떤 짓을 했으며 앞으로 무엇을 하라고 하는지를 살펴보겠습니다.

이 일곱 종으로부터 시작된 일곱 금 촛대장막은 창세기

에서 아담으로 말미암아 지상권을 빼앗긴 후, 다시 찾게 되는 66권의 성경 중 가장 중요한 단락이라고 할 수 있습니다. 그러나 여기서도 마귀의 미혹을 이기는 자가 생기지 아니하면 지상권을 되찾을 수가 없습니다. 일곱 교회 중 한 사람이라도 마귀의 미혹에서 살아남아 마귀를 이겨야만이 지상권이 창조주께로 돌아오며 비로소 지상에 하나님의 나라인 천국이 세워지게 됩니다. 마귀를 이긴 한 사람으로 말미암아 지상세계가 창조주의 것으로 회복되는 것입니다. 그러니 지금 소개하는 일곱 교회 중, 어느 교회 누구에 의하여 마귀를 이기는 일이 있어지는지를 관심을 가지고 볼 필요가 있습니다.

"14라오디게아 교회의 사자에게 편지하기를 아멘이시요 충성되고 참된 증인이시요 하나님의 창조의 근본이신 이가 가라사대 15내가 네 행위를 아노니 네가 차지도 아니하고 더웁지도 아니 하도다 네가 차든지 더웁든지 하기를 원하노라 16네가 이같이 미지근하여 더웁지도 아니하고 차지도 아니하니 내 입에서 너를 토하여 내치리라 17네가 말하기를 나는 부자라 부요하여 부족한 것이 없다 하나 네 곤고한 것과 가련한 것과 가난한 것과 눈 먼 것과 벌거벗은 것을 알지 못 하도다 18내가 너를 권하노니 내게서 불로 연단한 금을 사서 부요하게 하고 흰 옷을 사서 입어 벌거벗은 수치를 보이지 않게 하고 안약을 사서 눈에 발라 보게 하라 19무릇 내가 사랑하는 자를 책망하여 징계하노니 그러므로 네가 열심을 내라 회개하라 20볼 찌어다 내가 문밖에 서서 두드리노니 누구든지 내 음성을 듣고 문을 열면 내가 그에게로 들어가 그로 더불어 먹고 그는 나로 더불어 먹으리라 21이기는 그에게는 내가 내 보좌에 함께 앉게 하여주기를 내가 이기고 아버지 보좌에 함께 앉은 것과 같이 하리라 22귀 있는 자는 성령이 교회들에게 하시는 말씀을 들을 찌어다"

예수님은 일곱 번째 종이 속한 라오디게아 교회의 사자에게 편지하게 합니다. 아멘이시요 충성되고 참된 증인이시요 하나님의 창조의 근본이신 이는 역시 예수님입니다. 그리고 예수님은 일곱 금 촛대 장막에서 일곱 번째 종이 행한 행위를 안다고 하시면서 차지도 아니하고 더웁지도 아니 하였다고 나무랍니다. 그리고 차든지 더웁든지 하기를 원한다고 합니다. 또 일곱 번째 종이 이같이 미지근하여 더웁지도 아니하고 차지도 아니하니 예수님 입에서 일곱 번째 종을 토하여 내치겠다고 합니다.

그런데 일곱 번째 종이 말하기를 나는 부자고 부요하여 부족한 것이 없다고 한다고 합니다. 그러나 예수님이 보시기에 일곱 번째 종은 곤고하고 가련하고 영적으로 가난하고 영적으로 눈 먼 것과 영적으로 벌거벗었다고 합니다.

그러나 그 자신은 정작 그 사실을 모르는 것입니다. 영적 장님이란 말입니다. 자신은 자신이 부자고 부족한 것이 없다고 착각하고 있습니다. 그래서 예수님은 자신께 불로 연단한 진리인 금을 사서 부요하게 하고 흰 옷을 사서 입어 벌거벗은 수치를 보이지 않게 하고 영적 안약을 사서 눈에 발라 보라고 합니다.

그리고 회개하라고 촉구합니다. 또 예수님이 문밖에 서서 문을 두드린다고 합니다. 예수는 영입니다. 영이신 예수께서 사람의 몸 밖에서 노크를 한다는 것입니다. 이때 마음의 문을 열어주면 그리스도의 영이 그 육체에 들어가 함께 살게 되겠죠. 그리스도의 영도 역시 성령입니다. 그러니 누구든지 예수님의 음성을 듣고 마음의 문을 열면 성령이 그에게로 들어가 그로 더불어 먹고 그는 나로 더불어 먹으리라고 합니다. 그리고 이기면 이기는 그에게 예수님이 예수님의 보좌에 함께 앉게 하여주신다고 합니다. 이것은 예수님이 이기고 아버지 보좌에 함께 앉은 것과 같다고 합니다. 2천 년 전에 예수님은 요한복음 16장 33절에서 이기고 하나님의 보좌에 함께 앉으셨습니다. 귀 있는 자는 성령이 교회들에게 하시는 말씀을 들으라고 합니다.

이렇게 일곱 금 촛대 교회에는 창조주와 예수님과 성령들이 거하는 곳이었습니다. 그 성령들은 일곱 금 촛대 교회의 일곱 종들과 백성들과 함께 있었던 것입니다. 그래서 성경은 이들이 있던 일곱 금 촛대 장막을 마태복음 24장 15절에서는 '거룩한 곳' 이라고 했고, 요한계시록 13장 6절에서는 이곳을 '하늘' 이라고 칭하였습니다.

그래서 성서적으로 깨닫고 보면 일곱 금 촛대 교회의 일곱 종들과 백성들은 그 시대에 지구상에서 유일하게 성령을 자신의 영으로 모신 거룩한 사람들이었던 것이었습니다. 그런데 이들이 언약을 어기게 됩니다. 언약을 어기에 되니 심판을 받게 되는 것입니다. 심판의 내용은 그들의 심령의 멸망입니다. 이들에게 임한 성령이 멸망 받게 되는 것입니다. 이들을 멸망시키기 위하여 일곱 금 촛대 교회에 올라온 무리들이 용에게 권세를 받은 거짓목자들입니다. 이 거짓목자들이 일곱 금 촛대 교회에 올라와 일곱 금 촛대 교회에 있는 일곱 종들과 백성들을 미혹하게 됩니다. 이것은 하나님이 택한 일곱 금 촛대 교회와 세상 종교에서 올라온 목자들과의 교리싸움입니다. 과거에 이렇게 싸워서 진 자가 아담이고, 이렇게 싸워서 이긴 자가 예수였습니다. 요한계시록 때의 교리 전쟁의 내용은 일곱 금 촛대 교회는 자신들이 여호와의 성신께 새로이 선택받은 이 시대의 택한 선민으로 신약성경의 예언대로 나타난 거룩한 존재라고 밝히는 것이었습니다. 그리고 기성 교단에서 올라온 일곱 머리 열 뿔 가진 짐승의 집단은 자신이 오랜 전통을 가진 정통이라고 자부하며 일곱 금 촛대 교회를 이단 또는 사이비라고 격하시키는 것이었습니다. 이런 전쟁은 예전에 예수가 세상에 출현하였을 때도 있었습니다. 그 당시 기성종교 세력이었던 유대교 지도자들은 예수를 이단이라고 정죄하고, 자신들은 물론이요, 백성들도 예수께로 못 가게 방해를 하였습니다(사도행전 24장 5절, 마태복음 23장 13절). 이런 일이 겉으로 보기에는 세상의 대수롭지 아니하는 종교 간의 흔히 있을 수 있는 하찮은 갈등 같은 것으로 보이지만 사실 이것은 성신과 악신 간에 치러지는 중요한 진리의 전쟁입니다. 그래서 계시록 2,3장에서 예수께서는 일곱 금 촛대 교회들에게 이기라, 이기라고 당부 당부하였던 것이었습니다. 그런데 그 전쟁의 결과는 어떻게 되었을까요?

본 전쟁의 의미는 너무나 크다고 할 수 있습니다. 세상은 넓고 넓습니다. 그리고 세상에는 많은 사람들이 살고 있습니다. 그리고 사람들 중에 아주 많은 사람들이 종교를 합니다. 이 전쟁은 모든 세계의 모든 종교를 대표한 영적 전쟁입니다. 이 전쟁의 승패로 세상을 주관하는 신이 어느 편이 되느냐 결정이 되는 것입니다.

만약 일곱 종이 속한 일곱 교회 측에서 마귀의 집단을 이긴 사람이 나오면 세상의 주권은 마귀에서 창조주에게로 돌아옵니다. 세상의 주권이 마귀에서 창조주로 돌아오면 비로소 세상에 창조주는 물론 성령들이 내려오고 사람들도 성령과 하나 되는 영육의 결혼을 할 수 있게 됩니다(요한계시록 21장 2절). 많은 사람들이 지구촌 마지막 영적 전쟁이 이렇게 작은 곳에서 적은 사람들만으로 이루어지는 시시한 전쟁이냐고 하겠지만 창조주께서 계획 하신 전쟁은 이렇게 계획되어 있었습니다. 창세기의 전쟁도 시시한 전쟁처럼 보였습니다. 그러나 그 전쟁의 결과로 인간을 창조하신 창조주가 세상을 떠나게 되었습니다(창세기6장 3절). 그 결과 온 인류에게 생로병사가 찾아왔습니다(고린도전서 15장 45절, 야고보서 1장 15절).

계시록 때, 전쟁의 참전용사를 정리해보면 먼저 창조주의 선택을 받은 팔 명의 사람들입니다. 이 장소의 이름은 일곱 금 촛대 교회, 계두말성, 사답칠두, 칠성당 등입니다. 그리고 이들로 말미암아 전도되어 온 다수의 성도들이 있습니다. 이들이 창주주의 군사들이고 아군들입니다.

적군은 용이 끄는 거짓 목자들의 대표들로서 이들은 일곱 머리와 열 뿔 가진 짐승들입니다(요한계시록 13장 4절). 일곱 머리란 것은 기성교회 교단의 총수 일곱 명을 의미합니다. 각 교단을 대표하는 일곱 우두머리입니다. 열 뿔 가진 짐승이란 일곱 교단의 총수를 따르던 열 명의 장로들을 의미합니다. 이들을 짐승이라고 하는 것은 이들의 소속이 용의 소속 곧 거짓 목자인 뱀이기 때문입니다.

이 전쟁의 1차전이 요한계시록 13장에서 치러지고, 2차전이 12장에서 치러집니다. 순서상으로 보면 12장이 1차이고, 13장이 2차일 것 같은데 그렇지 않습니다. 1차전인 13장에서는 일곱 금 촛대 교회의 일곱 종들과 거의 모든 성도들이 패배하여 멸망을 당하였습니다. 그런데 13장에서 살아남은 약간 명이 있었습니다. 1차에서 살아남은 약간 명이 2차전에서는 죽기까지 그들과 진리로 싸워 이깁니다. 이긴 내용은 이들의 실체가 신약성경에 미리 예언한 일곱 머리 열 뿔 가진 짐승으로 이들의 겉모양은 하나님의 편 같은데 그 속에는 악령인 마귀신이 들어가 역사하였다는 것을 성경으로 증거 하는 것입니다. 마귀신이 거짓목자인 일곱 머리 열 뿔 가진 짐승 속에서 숨어있었다는 것을 진리로 밝히는 것입니다. 밝히고 보니 그들이 바로 용이요, 뱀이었던 것입니다. 요한계시록 20장 2절에서는 용을 잡으니 곧 옛뱀이요, 마귀요, 사단이라고 합니다. 옛뱀은 창세기에서 아담을 멸망시킨 존재입니다. 사람들도 대통령이나 지도자들이나 백성이나 각각 그 형체가 다르고 각각 다른 개체이듯이 영 또한 성령은 성령대로 악령은 악령대로 고유한 개체로서 각각 존재합니다. 창세기 때의 아담의 육체 속의 영과, 뱀 속의 영도 각각 고유한 영입니다. 그리고 아담의 육체는 썩어 흙이 되었지만 아담 속에 있던 영은 오늘날까지 보이지 아니하는 가운데 존재하고 있습니다. 세분하여 말하면 아담이 선악과를 먹기 전의 영은 여러 성령들 중 한 성령이요, 아담이 선악과를 먹고 난 후, 악령이 된 그 영도 악령 중의 한 특정한 영입니다. 그리고 뱀도 거짓목자를 비유한 것이라고 할 때, 그 뱀의 영도 영계의 수많은 악령들 중, 하나의 특정한 영이었습니다. 그러니 창세기 때의 뱀이라고 말한 그 거짓목자 속에 들어가 아담과 하와를 미혹한 그 영이 바로 마태복음 23장 33절의 바리새인에게 들어가 예수를 죽이게 됩니다. 그래서 예수께서는 바리새인을 뱀이라고 했던 것입니다. 또 그 영이 요한계시록 12장 9절과 20장 2절의 바로 그 용이요, 뱀이요, 마귀요, 사단이라 하는 영이었습니다. 결국 악한 마귀요, 사단이 거짓목자 속에 숨어있었던 것입니다. 그리고 사람이 사는 세상에도 대통령이 있고, 관리가 있고, 백성이 있듯이 선악의 영들의 세상에도 유사한 조직체로 존재하는 것입니다. 호칭도 큰 의미에서 대통령이나 관리나 백성이 동일하게 사람이듯이 악한 영의 세계에도 그냥 마귀요, 사단이라고 하지만 그 중에 왕이 있고, 관리가 있고, 백성들이 존재합니다. 그 중 창세기와 예수 때와 요한계시록 때, 등장한 뱀 중에도 왕이 포함 되어 있었고 관리도 있었던 것입니다. 그 왕의 이름을 은유하여 용왕(龍王), 마왕(魔王)이라고 한 것입니다. 이렇게 뱀이라고도 마귀라고도 사단이라고 하는 존재가 사람들이 깨닫지 못하는 가운데 세상 어딘가에 은둔해있었던 것이었습니다. 그러니까, 세상 사람들은 몇 천 년 동안 마귀의 서식처가 어디인지 몰랐습니다. 마귀가 어디 사는지를 모르니 어찌 마귀를 잡을 수 있었겠습니까? 그런데 요한계시록의 일곱 금 촛대 장막에 올라온 거짓 목자 17명을 잡고 보니 그 안에 마귀가 살면서 온 세상을 미혹하고 있었던 것입니다(요한계시록 12장 9절). 창세기 때는 마귀가 뱀(거짓목자를 비유)에게 숨었고, 예수 때는 그 당시 가장 세도가였던 서기관과 바리새인들에게 숨어살고 있었습니다. 서양 영화를 보면 FBI나 CIA같은 수사관의 수장들이 마피아에 가담되어 나쁜 일을 하는 것을 볼 수 있습니다. 수사권을 가진 사람들이 마피아의 조직원인데 어찌 마피아를 잡을 수 있겠습니까? 여우같이 꾀가 많고 교활한 마귀 신이 그런 것을 모를 리 없습니다. 마귀는 창세기 때부터 동산 중앙에 있었습니다. 그 마귀 신을 입은 사람을 선악나무로 비유하였습니다. 선악나무실과(거짓목자의 비진리)를 먹으면 죽는다(영이) 했는데 그것이 동산 중앙에 버젓이 있었던 것입니다. 그리고 예수 때는 마귀가 당대의 세도가인 바리새인들에게 숨어있었습니다. 요한계시록 때는 어떤 사람 어떤 위치에 있는 사람들에게 그 마귀 신이 숨어있을까요? 기성교단의 7명의 수장들입니다. 그리고 그들을 추종하는 10명의 장로들입니다. 사람은 모름지기 영혼을 지니고 있습니다. 그 17명의 영혼의 영이 바로 사단이요, 마귀였던 셈입니다. 경찰도 조폭의 소굴을 알지 못하면 잡을 수 없지만 그 소굴을 알게 되면 그 현장을 덮쳐서 일당을 일망타진하게 됩니다. 그러하듯이 마귀신도 그렇게 일망타진 되는 것입니다. 세상과 사람을 6천년 동안 미혹하여 만물의 영장이라고도 하던 인간을 전쟁과 아픔과 죽음으로 무력화 시키던 마귀가 이렇게 잡히니 비로소 세상과 사람들이 구원을 받을 수 있는 기회를 가지게 되는 것입니다.

요한계시록 6장 2절과 12장 7~11절 "이에 내가 보니 흰 말이 있는데 그 탄 자가 활을 가졌고 면류관을 받고 나아가서 이기고 또 이기려고 하더라" " 하늘에 전쟁이 있으니 미가엘과 그의 사자들이 용과 더불어 싸울새 용과 그의 사자들도 싸우나 이기지 못하여 다시 하늘에서 그들이 있을 곳을 얻지 못한지라 큰 용이 내쫓기니 옛 뱀 곧 마귀라고도 하고 사탄이라고도 하며 온 천하를 꾀는 자라 그가 땅으로 내쫓기니 그의 사자들도 그와 함께 내쫓기니라 내가 또 들으니 하늘에 큰 음성이 있어 이르되 이제 우리 하나님의 구원과 능력과 나라와 또 그의 그리스도의 권세가 나타났으니 우리 형제들을 참소하던 자 곧 우리 하나님 앞에서 밤낮 참소하던 자가 쫓겨났고 또 우리 형제들이 어린 양의 피와 자기들이 증거하는 말씀으로써 그를 이겼으니 그들은 죽기까지 자기들의 생명을 아끼지 아니 하였도다"

이리하여 2차전을 승리로 이끈 때문에 종교 세상에서 평화의 봄이 오게 되는 것입니다. 이들의 전쟁의 특이점을 다시 논해보면 지상의 최대 최후의 전쟁이지만 아군 편은 칠 명의 종들과 성도들이고, 적군 편은 칠 명과 열 명으로 이루어진 거짓 목자들입니다.

이 전쟁이 세계의 마지막 영적 전쟁의 실상입니다. 그리고 칠 명의 종들과 성도들은 창조주가 택한 새로운 교단이며 교회의 이름은 일곱 금 촛대 장막교회입니다. 그런데 이들에게는 특이한 점이 있습니다. 다름이 아니라, 이들에게는 창조주와 예수와 및 성령 편의 영들이 그 몸에 임하여 있었습니다. 그리고 칠 명의 거짓 목자들은 기존 종교세력으로 그 안에는 용과 및 마귀 영들이 임하여 있습니다. 그래서 겉보기는 작고 초라한 전쟁 같고 사람 간의 말싸움 같지만 이것은 유불선 모든 경전에 예언된 마지막 종교 전쟁입니다.

창조주의 전쟁은 이렇게 조용하게 치러집니다. 육천 년 전의 에덴에서의 전쟁도 아담과 하와 및 몇 명과 뱀들 간에 벌어진 전쟁이었습니다. 2천 년 전에 예수 초림 때의 전쟁도 예수와 및 그의 몇 명의 제자들과 유대제사장들과 바리새인들과의 전쟁이었습니다.

그런 점을 생각할 때, 요한계시록의 마지막 전쟁의 실상도 그런 정도란 것을 충분이 유추할 수 있는 것입니다. 그들이 비록 적은 수라고 하지만 에덴에서의 전쟁에서도 아담과 하와와 그 소속에게는 창조주의 영과 성령 편이 임하였고, 뱀에게는 악령의 왕 용과 마귀 영들이 임하였던 것입니다. 예수 초림 때도 예수와 제자들에게는 창조주의 영과 성령들이 임하였고 유대대제사장과 서기관 바리새인들에게는 마귀의 영들이 임하였던 것입니다. 요한계시록의 전쟁에서도 일곱 금 촛대 장막교회에는 창조주와 성령들이 임하였고, 일곱 머리 열 뿔 가진 짐승에게는 용과 마귀의 영이 임하여 전쟁을 하는 것입니다.

그래서 일곱 금 촛대 장막교회가 이기면 창조주가 이긴 전쟁이고, 일곱 머리 열 뿔 가진 짐승이 이기면 용이 이긴 전쟁입니다. 그래서 이 전쟁들은 비록 육체 간의 말싸움처럼 보이지만 창조주의 나라와 마귀나라와의 영적 전쟁이었던 것입니다(마태복음 24장 7절). 이렇게 성령과 악령의 영적 전쟁은 요한계시록에서 창조주 편이 이겨서 비로소 지상에 창조주의 나라인 천국이 세워지면서 막을 내리고 경전의 역할은 끝나는 것입니다.

요한계시록 2~3장은 이런 일의 계획 아래 있어지는 하나의 과정입니다. 일곱 금 촛대 장막교회가 창조주와의 언약을 배도(背道)한 후, 예수님은 요한이란 한 사람을 택하여 안수를 해주고 그에게 일곱 종들이 있는 일곱 교회에 편지를 하라고 지시를 내립니다(요한계시록 1장 17절). 편지 내용은 그들이 언약을 어긴 것을 회개하란 내용과 거짓 목자들의 미혹에 지지 말고 이기란 내용입니다.

이렇게 편지를 한 후에 요한계시록 13장에서 거짓 목자들이 일곱 금 촛대 교회에 올라가 일곱 종들과 성도들을 비진리로 미혹을 하게 됩니다. 이때 미혹하는 것에 대하여 미혹이 되면 일곱 금 촛대 교회의 성도들이 패배하는 것이고 미혹되지 아니하면 승리입니다.

미혹된 결과는 자신들에게 임한 성령을 잃어버리는 것입니다. 그래서 이것을 전쟁으로 표현하였습니다. 요한계시록 13장 전체를 보면 이 전쟁에서 거짓 목자들의 미혹에 일곱 금 촛대 교회의 일곱 종들과 백성들이 몇 명만 빼고 모두 지고 맙니다. 진 결과는 성령으로 거듭난 그들이 다시 아담처럼 망령(亡靈)되는 일입니다. 성령은 산 영이고 망령된 영은 죽은 영으로 악령입니다.

숫자와 관계없이 13장의 전쟁 후에 12장의 전쟁이 재차 발발하게 됩니다. 13장에서 일곱 금 촛대 교회의 성도들이 하나 같이 거짓 목자들의 미혹을 받아 초토화 되었습니다. 그런데 요한계시록 3장 4절과 6장 6절의 기록처럼 일곱 금 촛대 교회에서 일반 성도들 중에 미혹에 이기는 자들이 몇 명이 있게 됩니다. 12장은 이들의 반격에 의하여 일어난 2차 전쟁입니다. 이 전쟁에서 12장 7절 이하처럼 거짓 목자들을 이기고 지상에서 그리스도의 나라와 하나님의 나라가 되찾아 지게 되는 것입니다.

이 자가 창세기 아담으로부터 뱀에게 져서 빼앗긴 세상의 권세를 하나님의 것으로 회복하는 이긴자입니다. 이 자가 동양의 성서 격암유록에서 말하는 십승자(十勝者)이고, 이 자가 정도(正道)로 이기게 되니 그 이름을 정도령(正道令)이라고도 한 것입니다. 이 자가 미륵경에서 기록해놓은 마왕(魔王)을 이기고 부처로 성불을 하는 미륵보살입니다. 이자에 의하여 지구촌 사람들이 성령으로 거듭나며 악한 마구니로부터 구원받게 되는 것입니다. 이 자가 성서에서 말하는 메시야이고, 불서에서 말하던 미륵부처이고, 동양의 성서 격암유록에서 말하던 십승자(十勝者)입니다. 십승자(十勝者)란 의미는 십자가의 도로서 이긴 사람이란 말입니다. 진리로 마귀 신을 이긴 사람이라는 말입니다.

십자가의 도란 바로 성경을 의미합니다. 동양의 성서 격암유록에서는 소두무족을 이기고 십승자가 된다고 예언되어 있습니다. 소두무족(小頭無足)은 파자로서 머리가 작고 발이 없는 동물이란 의미입니다. 뱀입니다. 그러니 동양의 예언서인 격암유록은 성경을 증거하고 뒷받침 하는 역할을 하는 신서(神書)였음이 밝혀집니다. 미륵경에는 마왕(魔王)을 이기고 미륵보살이 미륵부처로 성불한다고 예언되어 있습니다. 이렇게 예언된 대로 십자가의 도인 요한계시록을 통하여 인류사회를 한 손에 잡고 있던 마구니를 퇴치하고 창조주의 나라가 세워지는 것입니다. 이렇게 건설되는 새 나라가 불교 기독교 기타 모든 종교에서 염원하던 대동장춘의 세계인 유토피아요, 천국입니다. 비로소 사람 안에 있던 지금까지의 영은 떠나고 창조주와 동질의 영인 성령과 육체가 하나 될 수 있는 시대가 열리게 됩니다.

히브리어 이스라엘이란 말은 '이긴 사람' 또는 '이긴 나라' 란 의미입니다. 따라서 유대민족으로 시작된 이스라엘이란 국호는 원래 이긴 나라를 예표했던 것입니다. 신구약성경의 최종 목적은 이긴 나라의 창건이었던 것입니다. 이스라엘의 참 실체는 인류사회와 인간의 영혼을 유린하고 있던 마귀신과의 전쟁에서 이긴 나라였던 것입니다. 그 나라가 천국이고 극락이며 말세에 요한계시록과 법화경을 통하여 건국되는 것입니다. 그것이 참 이스라엘나라입니다.

9. 제 4편 신해품(信解品)

아뇩다라삼먁삼보리의 비밀 그것은 과연 무엇일까?

앞 장의 요한계시록의 진행을 음미하면서 본 장을 볼 때, 어떠한 흐름이 잡힐 것입니다. 신해품 역시 믿음의 기준이 되는 경전의 목적을 향하여 읽을 때 참의미가 깨달아질 것입니다. 아뇩다라삼먁삼보리(阿耨多羅三藐三菩提)는 계두말성에서 일어나는 세 가지의 비밀을 지칭한 진리입니다.

[동국대학교 역경원 법화경 123쪽]

“이때 혜명인 수보리와 마하가전연과 마하가섭과 마하목건련이 부처님으로부터 일찍이 듣지 못하였던 법과, 세존께서 사리불에게 아뇩다라삼먁삼보리(阿耨多羅三藐三菩提)의 수기 주심을 듣고, 희유한 마음을 내어 뛸 듯이 기뻐하면서 자리에서 일어나, 옷을 단정히 하고 오른쪽 어깨를 드러내고 오른쪽 무릎에 땅을 대고 일심으로 합장한 채, 허리를 굽혀 공경하며 부처님의 얼굴을 우러러 보면서 사뢰었다. “저희들은 대중의 우두머리로서 나이가 이미 늙었사오며 저희 스스로 생각하기를 ‘이미 열반을 얻었노라' 하면서, 더 할 일이 없다하여 다시 나아가 아뇩다라삼먁삼보리를 구하지도 아니 하였나이다."

이때 제자들은 석가모니부처님에게 그전에 듣지 못하던 법을 듣고 매우 기뻐했다고 고백하고 있습니다. 그 법은 다름이 아니라, 아뇩다라삼먁삼보리(阿耨多羅三藐三菩提)입니다. 부처님은 제자들에게 아뇩다라삼먁삼보리에 관한 예언을 해주셨기 때문에 그들이 기뻐했다는 것입니다. 그리고 또 제자들은 이렇게 고백하고 있습니다. 자신들이 우두머리로서 스스로 '이미 열반을 얻었노라' 고 착각하고 아뇩다라삼먁삼보리를 구하지 않았다는 것입니다.

여기에 매우 중요한 메시지가 함축되어 있습니다. 우두머리란 그들이 여래(如來)의 제자로서 불법(佛法)의 지도자급이란 말인데 그들이 아뇩다라삼먁삼보리를 구하지도 않았다고 고백하고 있습니다. 그리고 그들이 아뇩다라삼먁삼보리도 구하지 않았으면서 이미 그들이 열반을 얻었다고 착각하고 있었다는 것입니다. 여기서 열반과 아뇩다라삼먁삼보리(阿耨多羅三藐三菩提)와는 직접적인 연관이 있음을 시사하고 있습니다. 즉 아뇩다라삼먁삼보리를 깨닫지 못하고서는 열반을 얻을 수 없다는 말입니다.

그리고 이때는 제자들이 아뇩다라삼먁삼보리의 정법을

받아 깨달은 것이 아니라, 그에 대한 수기 곧 예언을 받았다는 말입니다. 이 말은 아뇩다라삼먁삼보리는 그때 등장하는 진리가 아니란 것을 나타내고 있습니다. 그러면 아뇩다라삼먁삼보리는 언제 있어지는 진리라는 말입니까?

석가모니의 시대입장에서 보면 먼 미래에 이루어질 일이었습니다. 미래에 사람이 부처로 성불할 때가 있게 되는 바, 그때에 있어지는 진리입니다. 아뇩다라삼먁삼보리의 진리에 대한 예언이 참이라면 이 예언은 미래의 어느 날에 반드시 있어야 될 것입니다. 그 미래의 어느 날이 미륵부처가 세상에 출세(出世)할 때입니다.

그리고 아뇩다라삼먁삼보리의 진리는 중생들과 보살들을 부처로 성불하게 하는 진리라는 것을 반드시 이해하여야 합니다. 그렇다면 아뇩다라삼먁삼보리의 진리가 나오면 그 때가 사람들이 부처로 성불할 때임도 분명히 명심해야 할 것입니다. 또 아뇩다라삼먁삼보리의 진리가 사람들을 부처로 성불시키는 진리라면 여기서 열반의 참의미도 다시 한 번 생각해봐야 할 것입니다. 진정한 열반은 부처로의 성불되는 일과 밀접한 관계가 있음을 깨달아야 합니다.

이 말은 죽는 것이 열반은 아니란 말입니다. 열반은 부처로 성불하였음을 의미합니다. 그렇기 때문에 오늘날까지 세상에 부처로 성불한 사람이 없었다면 참 열반을 얻은 사람도 없다는 말입니다. 그리고 오늘날까지 참 열반을 얻은 사람이 없게 된 이유는 세상에 아뇩다라삼먁삼보리의 진리가 나오지 않았기 때문입니다. 법화경에는 아뇩다라삼먁삼보리의 진리만으로 참 열반과 참 성불이 이루어짐을 설하고 있습니다.

다시 말하면 오늘날까지 대승이 선 적이 없으니 부처된 사람도 열반을 얻은 사람도 없다는 말입니다. 그리고 대승이 이루어지려면 반드시 대승불의 주체인 미륵부처가 세상에 등극하여야 함을 간과 해서는 아니 됩니다. 그럼에도 불구하고 다음 문구에서는 제자들이 낮은 깨달음을 가지고서도 열반을 얻었다고 착각하면서 진정 아뇩다라삼먁삼보리의 진리 구하는 것을 좋아하지 않는다고 고백합니다. 그리고 이 사실 또한 그 때의 일만을 나타내는 것이 아닙니다.

즉 석존의 제자들만 열반을 얻지 못하고서 열반을 얻었다고 착각하는 것이 아니라 미래세에도 중생들이 그런 착각을 한다는 예언적 의미도 중의적으로 내포하고 있다는 말씀입니다.

“세존께서 옛날부터 법을 설하신 지 오래거늘 저희가

그때 자리에 있으면서도 몸이 게을러서 공하고 모양이 없고 지울 것이 없는 것만 생각했을 뿐, 보살의 법과 신통(神通)에 즐거워함과 부처님 국토를 깨끗이 함과, 중생을 성취하는 일에는 마음에 즐거워하지 않았나이다."

세존께서는 옛날부터 아뇩다라삼먁삼보리의 법을 염두하고 설하신 지 오래되었으나 저희들은 게으르고 공하여 보살의 법과 신(神)에 대하여 통달하는 일에는 즐거워하지 않고 또 불국정토를 이루려는 세존의 마음은 아랑곳 않고, 또 중생들이 부처로 성불을 성취하는 것에 대해서는 즐거워하지 않았다고 힐난하고 있습니다. 그런데도 불구하고 세존께서는 성문들에게까지 아뇩다라삼먁삼보리에 대한 예언을 들려주시므로 그들의 마음이 매우 기쁘며 그것은 미증유한 일이라고 희유하게 생각했다고 하고 있습니다.

"저희들이 지금부터 부처님 앞에서 성문들에게 아뇩다라삼먁삼보리의 수기를 주심을 듣삽고, 마음이 크게 환희하여 '미증유' 함을 얻었나이다. 지금 뜻 밖에 희유한 법을 들으니, 매우 기쁘고 다행스러우며, 큰 이익을 얻사오매 구하지 않은 무량한 보물을 저절로 얻은 것과 같나이다." 성문들에게도 아뇩다라삼먁삼보리의 진리로 부처가 될 수 있다는 예언을 주시는 말씀을 듣고 그들은 처음 듣는 그 소식에 매우 큰 이익을 얻었다고 생각하고 자신들이 기대하지도 아니 하였으나 무한한 보물을 얻은 듯 하다고 합니다.

아뇩다라삼먁삼보리는 사람들을 부처로 성불하게 하여 열반을 주는 것이므로 여기서는 그것이 마치 무량한 보물을 얻은 것과 같다고 고백하고 있습니다. 그리고 비유의 글을 하나 또 지어주십니다. 비유의 제목은 '부호의 가난한 아들의 비유입니다. 이 비유를 해석함에 있어서 아뇩다라삼먁삼보리의 진리에 대하여 배제할 수는 절대로 없습니다.

그러면 비유문 하나하나를 나열하면서 그 참뜻을 다시 한번 함께 상고(詳考)해보겠습니다.

아버지 곁을 떠나 20년 내지 50년 동안이나 타국에서 지낸 한 남자가 있었습니다. 그는 됨됨이가 큰 인물이기는 했지만 가난했습니다. 그래서 그는 생계를 구하면서 먹을 것과 입을 것을 찾아 이곳저곳을 방랑하다가 타국으로 갔던 것입니다. 한편 그의 아버지도 아들을 찾아 나섰다가 타국으로 이주하였는데, 그는 거기서 곡식과 온갖 보물이 풍부한 부호가 되었습니다.

그러나 아들은 아버지 곁을 떠나 타국으로 갔지만 아직

생계를 구하기 위하여 곳곳으로 방랑하는 신세였다고 합니다. 아들의 인물 됨됨이는 큰 인물이지만 가난했습니다. 그런데 그의 아버지는 타국으로 가서 부자가 되었습니다. 이것은 비유로 된 이야기입니다. 아들은 중생으로서 출가를 하여 도를 구하기 위하여 여러 곳을 찾고 두드렸지만 정법(正法)을 찾지 못했고 아버지는 찾았습니다.

이때 타국은 현세불(現世佛)의 세상이 아니라, 내세불(來世佛)의 세상을 말합니다. 즉 석가모니의 시대 다음에 오는 미륵불의 시대를 말하고 있습니다. 아버지는 그런 타국에 가서 구하는 것을 구하였으나 아들은 구하는 것을 구하지 못하고 헤매고 있음을 나타냅니다. 그리고 그 아버지는 부처님을 시사하고 있습니다.

아버지에게는 힘센 노비와 하인과 고용인이 있었으며 많은 코끼리와 말과 소와 양이 있었습니다. 이뿐만 아니라 그는 금융 농업 상업으로 사업이 번창하여 여러 대국들 중에서도 몇 손가락에 꼽히는 자본가가 되었습니다. 그런데 그 가난뱅이는 먹을 것과 입을 것을 찾아 작은 시골에서 큰 도시에 이르기까지 온갖 곳을 방랑하던 끝에 드디어 어느 도성에 도착하였습니다.

이 도성에는 아버지가 살고 있었습니다. 이때 그의 아버지는 이 도성에 살면서 50년 동안 실종된 자식의 일을 항상 생각하고 있으면서도 아무에게도 알리지 않고 혼자서만 마음속으로 이렇게 고뇌하고 있었습니다.

아버지는 "나에게 노비와 하인과 고용인과 코끼리와 말과 소와 양이 있고 금융 농업 사업으로 사업이 번창하여 대국이 되었고 자본가가 되었다" 고 말했습니다. 또 아버지는 "한 도성을 구축하였다고" 합니다. 그 도성은 미륵경에는 계두말성이라고 수기 되어 있습니다. 그곳의 사업이 번창하고 많은 사람들과 동물들이 많이 있다는 것은 그 도성이 상당히 발전되었다는 것을 시사하고 있습니다.

아버지는 혼자 말했습니다. "나는 해를 거듭할수록 늙어가고 있고 나에게는 막대한 황금 금화 재보 곡물 저장품 창고가 있지만 지금 자식은 하나도 없다. 내가 죽게 된다면 이 모든 것은 물려받을 사람도 없이 사라져 버릴 것이다. 나의 잃어버린 아들을 찾을 수만 있다면 이 많은 재산을 물려줄 수 있을텐데" 라고.

이 예화는 부처님은 현세불의 세계가 낡고 병들어 끝나게 되었는데 만약 그렇게 끝나게 되면 자신이 일군 막대한 재산을 물려줄 상속자를 찾아야 한다고 안타까워하고 있습니다. 그런데 그 가난뱅이가 이 부호의 저택부근으로 다가 왔던 것입니다. 이때 마침 가난뱅이의 아버지인 그 부호는 저택의 현관 부근에서 금은으로 된 장엄하게 치장한 높은 의자에 앉아 위세가 당당한 바라문과 왕족과 상인과 노비들의 무리에 둘러싸여 인사를 받으면서 엄청난 황금으로 거래를 하고 있었습니다.

가난뱅이 아들은 부호의 이러한 위용을 보고 자신의 초라한 행색을 생각하자, 모골이 송연 하는 듯한 공포에 싸여 이렇게 생각했습니다. "내가 졸지에 왕이나 대신과 맞닥뜨렸다. 여기서는 나 같은 사람이 할 일이 아무것도 없으니 물러가자. 빈민굴로 가면 얻어먹는 것은 그다지 어렵지 않을 것이다. 여기서 오래 우물쭈물하다가는 강제로 일하게 되든가 다른 재앙이 덮칠지도 모른다" .

그러나 그가 여기서 도망치려고 할 때, 그 부호는 이 가난뱅이가 자신의 아들이라는 것을 한눈에 알아차렸습니다. 온통 기쁨에 싸인 부호는 발 빠른 사람들을 시켜 도망친 그를 데려오게 했습니다. 이들에게 붙들린 그는 공포에 싸인 채 자신은 아무런 잘못도 저지르지 않았다고 큰 소리로 호소했지만, 이들은 그를 막무가내로 끌고 왔습니다. 그러자 자신이 죽게 될 것이라고 생각한 그는 실신하여 땅바닥에 쓰러져 버렸습니다.

여기서 아들은 아버지를 알아보지 못했습니다만, 그의 아버지는 아들을 알아보고 데려오려 하였으나, 아들은 놀라서 기절해 버렸습니다. 이 비유의 뜻은 중생들은 부처님에 대하여 무지하여 부처님의 참상을 알지 못한다는 의미를 가지고, 부처님은 중생들의 생각이나 처한 환경이나 그 속마음조차도 훤히 다 알고 있다는 말입니다.

아버지는 중생을 데려와서 큰 저택에 함께 살고자 하나 아들은 무섭고 놀라서 기절을 합니다. 이때 아들은 현세불의 지식으로 소승의 식견만 가지고 있습니다. 그러나 부처님은 새로운 지식인 대승의 법을 가지고 있습니다. 소승이 교훈이나 세상의 지식이라고 할 때, 대승은 불도가 이루어지는 성불의 지식 곧 아뇩다라삼먁삼보리의 진리입니다. 오늘날의 현실이 실재로 그럴 것 같습니다. 오늘날 대부분의 불교계가 현실 종교를 하고 있고 석가모니의 교훈적 가르침인 소승에 머물러 있습니다.

이러한 현실 가운데 만약 미륵부처가 현신되어 왔다고 하며, 또 그 미륵부처가 우리와 똑같은 사람의 모습으로 나타나서 그가 "자신이 미륵부처" 라고 자신을 소개 하며 그가 설하는 말이 "아뇩다라삼먁삼보리의 진리" 라고 하며 "그 말을 듣고 깨닫게 되면 당신이 부처로 성불됩니다. 그러니 이곳으로 오셔서 그 법으로 깨달으시오" 라고 한다면 과연 어떤 사람이 그 사실을 믿고 따라 올 수 있을까요?

그러나 석가모니께서는 불법을 통하여 그러한 일이 있을 것을 수기로 전하신 것입니다. 중생들이 부처로 성불하는 것이 법화경의 주요 핵심이며 그 일이 실제로 인간세계에서 이루어지지 않는다면 법화경도 불교도 모두 거짓에 불과한 것이라고 할 수 있을 것입니다. 그러나 불서에 기록된 내용이 사실이라면 언젠가는 이대로 이루어질 것이고 이대로 이루어진다면 그러한 일도 분명히 세상 어디선가에서 생길 것입니다.

그런데 여기서 문제는 중생들이 부처님이 예언대로 응신(應身)되어 오셔서 중생들을 인도하는데도 중생들은 두려워하거나 놀라면서 그곳으로 오기를 꺼려한다는 것입니다. 그렇기 때문에 부처님은 가지가지 방편을 사용하여 어리석은 중생을 성불시키려고 노력하는 것입니다.

그러한 상황을 파악한 그의 아버지는 심부름꾼들을 꾸짖고 그를 찬물로 깨어나게 한 후, 더 이상 아무런 말도 하지 않았습니다. 큰 부자인 아버지는 그가 자신의 아들임을 확실히 알았지만 아들의 비천한 처지를 고려했기 때문에 더 이상 그 사실을 알리려고 하지 않았습니다. 비천한 처지에 있는 사람이라면 어느 누구라도 열등감에 빠져서 영화롭게 사는 부자가 자기 아버지라는 것을 생각할 수 없을 것입니다.

그 아들이 비천한 처지에 있다는 것은 그 아들이 현세불세계인 현실세계가 전부인양 생각하고 있는 것을 의미하고, 자신이 불성을 가진 부처님의 자식이란 사실을 꿈에도 생각하지 못하고 있는 것을 말하고 있습니다. 그러나 아버지로 비유된 부처님은 그 중생이 불성을 가지고 있는 부처님의 자식이란 사실을 알고 있으며 그 현실 세계 후에 펼쳐질 찬란한 불국토인 극락세계가 있다는 사실을 알고 계셨습니다.

그것을 중생에게 주고 싶은 것이 부처님의 마음이었습니다. 그래서 부처님은 그런 중생들의 마음을 눈높이로 조금씩조금씩 가르쳐 인식을 변화시키는 과정을 택합니다. 그것이 법화경에서 말하고 있는 방편법이고 본 비유의 참의미입니다.

방편에 능한 그 부호는 방금 데려온 그 가난뱅이가 자신의 아들이라는 사실을 누구에게도 말하지 않고, 하인을 시켜 그가 가고 싶은 대로 가도록 방면해 주었습니다. 이에 가난뱅이는 빈민굴로 갔습니다. 이때 부호는 안색이 좋지 않고 체력도 빈약한 두 남자를 고용하여 아들을 유인할 수 있는 교묘한 방편을 생각해 냈습니다. 그는 두 사람에게 이렇게 지시했습니다.

"너희들은 여기에 왔던 가난뱅이에게 접근하여 너희의 일을 시켜라. 그가 무슨 일이냐고 묻거든 너희들과 함께 오물을 치우는 일이라고 대답해라."

이리하여 가난뱅이는 그들과 함께 그 부호의 집에서 일하게 되었습니다. 그는 부호의 저택 부근에 있는 초막에서 살았습니다. 자신의 아들이 일하는 모습을 창문으로 지켜보던 부호에게 다시 기발한 생각이 떠올랐습니다. 부호는 우선 더러운 옷으로 갈아입고 흙을 몸에 바른 다음에 바구니를 들고서 가난뱅이에게 접근했습니다.

여기서 그는 바구니를 좀 들어 달라든가 흙을 털어달라는 따위로 가난뱅이에게 말을 걸었습니다. 이렇게 하여 대화를 나누게 된 부호는 그에게 다른 곳으로 가지 말고 여기서 일하라고 권유했습니다. 이와 동시에 그는 특별한 급료로 항아리든 물병이든 땔감이든 소금이든 음식이든 옷이든 무엇이나 바라는 대로 주겠다고 제안했습니다.

그리고 부호는 그 가난뱅이에게 자신을 아버지로 불러도 좋다고 말했습니다. 이에 덧붙여 그는 정직하고 절실하게 일하는 그에게는 다른 하인들과 같은 결점이 전혀 없으니, 앞으로는 그가 자신의 친아들과 같다고 말해 주었습니다.

이리하여 두 사람은 부자의 정을 갖게 되었고, 부호는 가난뱅이 아들에게 20년 동안 오물 치우는 일을 시켰습니다. 이 사이에 가난뱅이는 부호의 집을 안심하고 출입할 수 있게 되었지만, 여전히 그는 초막에서 살았습니다. 그런데 쇠약해져서 죽을 때가 다가오고 있음을 깨달은 부호는 그를 불러서 자신의 재산을 관리하는 일을 맡겼습니다. 부호는 자신이 중병에 걸렸으나 재산을 물려주거나 맡길 사람이 없으니, 자신의 재산을 낭비하지 않도록 주인처럼 관리하라고 그에게 부탁을 했습니다.

가난뱅이는 이 일을 맡으면서 그 재산에 욕심을 갖지 않고 한 푼도 낭비하지 않았습니다. 더욱이 그는 이 동안에도 자신은 이전과 같이 가난하다고 생각하면서 초막에서 살았습니다.

이에 부호는 그가 유능한 관리인으로 성장했다는 것과 그가 고결하고 겸손한 성품을 지녔다는 것을 확실히 알게 되었습니다. 부호는 마침내 자신의 임종이 다가오자 그를 불러 친족들에게 소개하고 왕과 대신 앞에서 많은 사람들에게 그가 자신의 친아들이라는 사실을 밝혔습니다. 부호는 그간의 사정을 설명하고 자신의 모든 재산을 그에게 물려준다고 선언했습니다.

부처님의 법문으로 이상과 같은 이야기를 듣고 난 청중은 이 비유의 취지를 금방 알아차리고 소감을 말합니다. 이 소감에 의하면 우리는 여래의 아들과 같고 여래는 우리에게 아버지와 같습니다. 그러므로 부처님은 이 비유로

"너희들은 나의 자식이다" 라고 말씀하신 것입니다. 위의 비유에서 부호는 부처님, 가난한 아들은 미륵보살을 가리킵니다. 여기서 아들이 부자께 재산을 유업으로 받는 것은 새로운 세상을 유업으로 이어받을 자인 미륵보살을 비유한 것입니다. 그 새로운 세상을 극락이라고 한바, 미륵보살이 그 유업을 받게 되기 때문입니다.

하인으로 일하는 동안 가난뱅이 아들은 부호의 배려로 친아들에 걸맞은 능력과 품성을 도야합니다. 그리고 부호가 가난뱅이 아들을 하인으로 고용하였다가 나중에서야 친아들이라고 밝힌 것은 부처님이 대중을 제도하는 방편과 같은 것입니다.

부호가 가난한 아들을 하인으로 데리고 있다가 임종 직전에야 자신의 모든 것을 그에게 물려준다고 합니다. 부처

님이 미륵보살을 종처럼 데리고 있다가 임종 직전에 자신의 모든 것을 물려준다고 합니다. 이때 임종은 현세 시대가 끝남을 시사하고 있습니다.

그리고 부호가 부처님을 비유한 것이라면 부처님이 가지고 있는 모든 것은 물질이 아닐 것입니다. 뒤에 그 모든 것을 재산이라고 말씀하고 있습니다. 그리고 그 재산의 종류로는 막대한 황금 금화 재보 곡물 저장품 창고와 큰 저택과 금은으로 된 장엄하게 치장한 높은 의자 등이라고 말하고 있습니다. 이것들은 모두 비유적인 표현들입니다. 여기서 부처님이 미륵보살에게 줄 재산은 물질이 아니라, 중생들을 성불시킬 수 있는 진리를 비유한 말들임을 알 수 있습니다.

실재로 부처님이 가지고 계신 것은 황금 금화 재보 곡물 저장품 창고와 큰 저택과 금은으로 된 장엄하게 치장한 높은 의자 같은 것들이 아니라, 변하지 아니하는 절대 가치를 가진 황금 같은 진리, 금화 같은 진리, 재보 같은 진리, 중생들이 듣고 정각(正覺)케 하는 영적인 곡물, 금, 은 같이 값이 나가는 것은 모두 진리를 비유한 말들입니다.

그래서 부처님의 미륵보살과 중생들에게 줄 재산은 물질

적 보물이 아니라, 중생들을 정법(正法)으로 깨닫게 하여 부처로 성불시키는 아뇩다라삼먁삼보리의 진리입니다. 부처님에게 있어서 그보다 값진 재산은 없기 때문입니다. 법화경 제 1서품에는 보살을 보석으로 비유한 문장이 나옵니다. 그리고 보살을 보석으로 비유한 이유는 보살은 곧 부처가 될 사람이기 때문입니다. 부처님 입장에서는 부처로 성불한 사람이 바로 보석이란 것입니다. 그래서 다보탑(多寶塔)은 부처로 이루어진 나라 곧 불국토를 상징한다고 합니다. 수많은 보석으로 이룬 탑을 다보탑이라고 한다면, 수많은 보석 같은 부처들로 이루어진 탑은 불국토입니다.

부호가 가난한 아들을 하인으로 데리고 있다가 임종 직전에야 자신의 모든 것을 그에게 물려준다고 하는 내용에 대해서입니다. 임종 직전에야 그것을 줄 수 있는 이유는 그 아뇩다라삼먁삼보리의 진리는 아무 때나 나오는 것이 아니라, 정한 때가 되어야 지상에 등장하기 때문입니다. 그 때는 현세법 곧 현세불인 석가모니의 법이 말법(末法)이 되고 난 후입니다.

이때가 되면 지상 어느 곳에 계두말성이란 성이 하나 건립됩니다. 거기서 여덟 부처가 나타나는 일이 있고 거기서 세 가지의 사건이 발생하게 됩니다. 아뇩다라삼먁삼보리를 한자로 쓰면 아뇩다라삼먁삼보리(阿耨多羅三藐三菩提)입니다. 아뇩다라삼먁삼보리(阿耨多羅三藐三菩提)의 뜻은 무상정등각(無上正等覺)이란 의미로 그 보다 더 큰 깨달음이 없는 최상의 깨달음이란 의미입니다. 무상정등각(無上正等覺)이란 가장 큰 정각(正覺)으로 사람을 부처로 성불케 하는 진리입니다. 그런데 그 일부를 한자로 표현하면 삼먁삼보리(三藐三菩提)입니다. 삼먁(三藐)은 '세 가지의 아름다운 것' 이란 뜻입니다. 이때 아름답다는 중요하다란 의미로 쓰였습니다. 그래서 삼먁(三藐)은 중요한 사건 세 가지를 의미합니다. 그리고 삼보리(三菩提)는 사람들을 정각(正覺)케 하는 세 가지의 지혜란 의미입니다. 아뇩다라삼먁삼보리(阿耨多羅三藐三菩提)는 법화경 중에 가장 중요한 키워드라고 할 수 있으므로 이에 대해서는 별도로 설명이 있을 것이므로 여기서는 간단히 기술하겠습니다. 아뇩다라삼먁삼보리(阿耨多羅三藐三菩提)는 불교의 비밀을 이 한 단어에 모두 숨겼다고 해도 과언이 아닙니다. 간단히 정리하면 삼먁삼보리(三藐三菩提) 중, 일먁일보리(一藐一菩提)는 사람은 원래 부처로 태어났다는 것입니다. 그런데 부처가 된 자가 도(道)를 역행한(背道=原罪=本惑) 죄를 저지른 사건을 의미합니다. 그 다음은 두 번째인 이막이보리(二藐二菩提)는 배도(原罪=本惑)로 말미암아 부처로 태어난 사람들이 불성(佛性)을 잃어버리고 중생(衆生)으로 타락된 사건을 의미합니다. 부처로 지음 받은 심령(心靈)이 망령(亡靈)됨을 의미합니다. 그 다음 세 번째인 삼막삼보리(三

藐三菩提)는 마왕을 이긴 미륵부처의 출세에 의하여 정법이 세상에 등장하는 사건을 의미합니다. 따라서 중생(衆生)들의 탈겁중생(脫劫重生)이 이루어지는 것을 의미합니다. 이것을 기독교적으로 표현하면 사람이 성령으로 거듭난다고 합니다. 이것이 기독교의 구원(救援)의 실체입니다. 그래서 아뇩다라삼먁삼보리(阿耨多羅三藐三菩提)는 구원(久遠)의 시대에 있었던 인간사에 있었던 비밀 두 가지를 말하고, 말세 때, 계두말성이 세워지므로 말미암아 똑같은 배도와 멸망의 사건을 재현시키고, 비로소 구원자인 미륵부처가 등장하여 정법(正法)으로 사바세상의 중생들을 부처로 회복하는 사명을 감당하고, 이윽고 지상극락세계를 완성하게 되는 것입니다. 이를 합하여 세 가지 사건이란 의미로 아뇩다라삼먁삼보리(阿耨多羅三藐三菩提)라고 했던 것입니다. 아뇩다라삼먁삼보리(阿耨多羅三藐三菩提)는 서양의 성서와 동양의 성서라 할 수 있는 격암유록에도 동일하게 예언되어 있습니다. 성서에는 그것을 간단히 첫째, 배도, 멸망, 구원이라고 데살로니가 후서 2장 1~3절에 잘 예언되어 있습니다. 그리고 동양의 성서 격암유록에는 삼풍지곡(三豊之穀)이라고 예언되어 있습니다. 첫째, 악화위선, 둘째, 심령변화 셋째, 진리를 가진 십승자 출현으로 예언되어 있습니다. 유불기독교가 공히 이것을 세 가지 진리로 표현하고 있습니다.

아뇩다라삼먁삼보리의 진리는 현세법이 말법이 되고, 미륵부처가 지상에 출세(出世)할 때, 등장하는 진리입니다. 그 진리로 미륵보살이 부처로 성불될 수 있으며 미륵부처는 아뇩다라삼먁삼보리(阿耨多羅三藐三菩提)의 진리로서 자신이 부처로 성불하였음을 증거하고 또 그 진리로 다른 중생들도 성불을 시키게 됩니다.

그래서 본 비유문의 부호는 부처님의 입장이 되며 아들은 지상에서 부처로 성불하는 미륵보살을 나타낸다고 할 수 있습니다. 부처님(眞如)은 영체이시고 미륵부처는 진여(眞如)가 응신(應身)된 사람입니다. 미륵부처에게는 법신불(造光神=빛을 만든 신, 조물주=眞如=本地體=本始體=만유의 일인자=비로자나불)의 영이 임하게 됩니다.

부호가 가난한 아들을 하인으로 데리고 있다가 임종 직전에야 자신의 모든 것을 그에게 물려준다고 하는 내용은 부처님이 진리가 없는 보살을 하인처럼 수하에 두어 교화를 시키고 온전한 소승을 다 이루었을 때, 비로소 대승의 진리인 아뇩다라삼먁삼보리와 천상천하의 모든 일체의 비밀을 다 알려주게 되기 때문입니다.

하인으로 일하는 동안 가난뱅이 아들은 부호의 배려로 친아들에 걸맞은 능력과 품성을 도야합니다. 그리고 여기서 부호와 가난뱅이와의 관계가 친아들이라는 설정은 부호가 부처님이듯이 가난뱅이도 역시 불성(佛性)을 가졌다는 말입니다. 불성(佛性)을 가졌다는 말은 보살이나 중생들 모두가 부처님이 창조하신 아들들이란 의미를 내포하고 있습니다. 다만 중생들이 본혹(本惑)에 빠져 불성을 잃어버렸기 때문이지 원래 중생들은 모두 부처였다는 말을 포함하고 있습니다. 불교는 본혹(本惑)에 빠져 불성(佛性)을 잃어버린 중생들을 구제(救濟)하는 것이 그 목적입니다. 그 구제의 완성은 미래부처로 수기된 구세주가 지상에 등장하여야 비로소 이루어집니다.

그 미륵부처는 아뇩다라삼먁삼보리의 진리를 가지고 모든 중생들을 성불시키게 됩니다. 이런 일이 있기 전에 미륵보살은 법신불부처님(眞如)에게 귀의하여 아뇩다라삼먁삼보리의 수기를 성취시키게 됩니다. 그로 말미암아 미륵보살은 가장 먼저 사람이 부처로 성불되는 미증유의 사건이 일어나게 됩니다.

여기서 성문들도 여자들도 성불을 이루게 된다는 법화경의 수기는 이루어집니다. 불가에서 여자가 성불할 수 없다는 말은 불법을 오해한 결과입니다. 경의 예언은 비유로 기록한 경우가 많습니다. 경에서 여자란 스님이나 목자를 비유한 말입니다. 스님이나 목자를 여자로 비유한 이유는 세상에서 여자가 아이를 낳듯이 스님이나 목자는 영적으로 씨를 주어 영의 아이를 낳기 때문입니다. 그렇다면 여자가 성불을 못한다는 말은 스님이나 목자가 성불을 못한다는 말입니다. 그런데 왜 스님이나 목자들이 성불을 하지 못 할까요? 스님과 목자들 중에 거짓 된 자들이 많기 때문입니다. 즉 거짓스님과 거짓목자는 성불을 못 이룬다는 말입니다. 여자들이 성불을 못한다는 말은 결국 비유의 참 의미를 깨닫지 못하여서 생긴 해프닝이라고 할 수 있습니다.

법화경에 부처님을 욕하는 것은 용서받을 수 있으나 법화경을 전하는 법사의 일을 방해하면 용서 받을 수 없다는 말이 있습니다. 스님이 법화경이나 불경을 거짓으로 가르치는 죄는 법사 행을 방해하는 죄에 해당합니다. 그렇지 아니한 사람들은 성불의 때를 만나 남녀노소 신분에 관계없이 미륵부처에게 귀의하여 아뇩다라삼먁삼보리의 진리를 듣고 깨닫게만 되면 누구든 성불을 하게 됩니다.

어쨋튼 이와 같이 부호가 가난에 젖은 아들의 습성을 배려했던 것처럼 부처님은 소승의 가르침에 탐착해 있는 중생의 습성을 배려하여 중생을 점차 대승으로 인도합니다. 대승으로 인도 되면 아뇩다라삼먁삼보리의 진리를 접하게 되고 접하여 깨닫게 되면 성불을 이루게 됩니다.

이 사실을 간략하게 정리해보면 부처님께서는 성문들도 아뇩다라삼먁삼보리의 진리를 듣고 부처로 성불할 수가 있다고 합니다. 그러나 사람들은 아뇩다라삼먁삼보리의 진리를 싫어하거나 그것에 대하여 관심도 가지지 않고 자신이 열반을 했다고 착각을 한다는 것입니다. 그러나 아뇩다라삼먁삼보리의 진리가 없이는 열반도 성불할 수도 없습니다.

그래서 부처님은 비유와 방편법을 이용하여 대승으로 인도하는 과정을 설해주셨습니다. 이 수기가 이루어질 때, 아뇩다라삼먁삼보리에 관하여 대중들이 듣지 아니하는가 하면 놀라고 두려워 한다는 것입니다. 그래서 부처님은 그것을 설하여 깨닫게 하기 위하여 여러 가지 방편을 들어 그들이 알아들을 수 있도록 한다는 것입니다.

즉 갑자기 사실 그대로 그런 말을 할 경우 그것이 너무나 비현실적인 일처럼 생각되기 때문에 그 사실을 숨기면서 조금씩조금씩 단계를 향상시켜가면서 이해시켜 나간다는 것입니다. 그리하여 이윽고 그들이 대승을 이해하고 성불을 이루게 된다는 것입니다.

예를 든다면 "오늘날 진짜로 미륵부처님이 세상에 출현하여 나는 미륵부처이고 나는 당신을 부처로 성불시킬 수 있소. 그러니 내 말을 잘 들으시오" 라고 한다면 그 사람에게서 어떤 반응이 나올까요?

그러나 분명히 석가모니께서는 미륵부처님의 출현을 수기로 전하셨습니다. 그렇기 때문에 석존께서 거짓말을 하신 것이 아니라면 이런 일이 지상에서 한 번은 일어날 것입니다. 그럴 때도, 미륵부처님이나 그것을 전하는 법사들은 분명히 "당신은 내가 하는 말을 잘 듣고 깨닫게 된다면 당신은 부처가 될 것입니다." 라는 말을 하게 될 것입니다. 그런데 그럴 때도 오늘날 같이 한 사람도 그 사실을 믿는 사람이 없다면 어떻게 될까요?

이는 세계의 모든 불도자들이 극락가기 위해서 불교란 종교를 신봉하였고, 자신이 부처되기 위하여 불도를 공부했다고 한다면, 이것은 참으로 어처구니없는 결과가 될 것입니다. 이런 결과를 초래한 근원은 정법(正法)에만 의지하란 부처님의 교훈을 버리고, 미신이나 기복신앙으로 기초를 잘 못 닦은 결과라고 할 수 있을 것입니다. 이는 마치 법관이 되기 위하여 법을 열심히 공부해야 할 사람이 철학이나 경제학을 공부한 경우와 같을 것입니다. 적어도 오늘날도 자신이 진정 극락을 믿고 성불을 믿는 믿음을 가지고 있다면 자신들에게 이러한 사실에 대하여 자신에게 자문자답(自問自答)해볼 일일 것입니다.

그래서 본 필자는 지금 이 순간 다시 여러분들에게 “여러분 지금 저가 쓰는 이 글의 핵심주제는 아뇩다라삼먁삼보리입니다. 이 진리는 미륵부처께서 전하시는 진리입니다. 그러니 여러분은 이 진리를 듣고 깨달으십시오. 그리하면 당신들은 반드시 부처로 성불될 것입니다.” 라고 전하는바 입니다.

여러분들에게는 이 말씀이 어떻게 들리고 계십니까?

그렇습니다. 너무나 황당하게 들리시겠죠? 진짜라는 생각은 전혀 들지 않겠죠?

그러나 여러분 이 말은 분명히 사실입니다. 석존께서는 이미 미륵부처님이 세상에 오실 때쯤에는 세상이 이처럼 믿음이 없어질 것을 예상하신 것입니다. 그렇기 때문에 불경에 비유와 방편법을 설하여 놓은 것입니다. 즉 세상의 현실이 그럴 것이니 방편과 비유라는 기법으로 우매한 중생들을 구제하겠다는 것입니다. 석존께서도 보리수나무 아래서 잠시 깨달은 것을 49년에 걸쳐 가르쳐야 했습니다. 왜냐하면 그 법은 현실에서 있을 법한 것이 아니라, 묘한 법으로 사람이 부처의 형상으로 바뀌는 데 대한 내용이었기 때문에 그 시대 사람에게 말해도 그대로 믿지 않는다는 것을 알았기 때문입니다.

앞의 비유문에서도 오직하면 자식이 부모의 말도 믿지 못하고 두려워하는 것을 비유로 하여 이 세대를 비유하였겠습니까?

본과의 제목이 신해품(信解品)이라는 것과 이 신해품의 주 내용이 아뇩다라삼먁삼보리란 사실을 잊지 마시기 바랍니다. 신(信)은 믿음이란 한자말이고, 해(解)는 이해 또 해석, 해설이란 의미입니다.

그래서 신해품(信解品)의 주제는 불경에 기록된 것을 바로 해석하여 그것을 독실히 믿어야 한다는 부처님의 당부가 담긴 제목입니다. 불경의 바른 해석과 바른 이해 아래에서 그것을 신실히 믿어야 한다는 믿음에 관한 이야기가 본과에서 말하고자 한 핵심주제라고 생각이 됩니다. 그리고 신해품(信解品)의 주제가 아뇩다라삼먁삼보리라면 아뇩다라삼먁삼보리에 대하여 바르게 깨닫고 그것을 온전히 믿어야 한다는 것입니다.

여하튼 이 비유문에서 언급한 부자가 가진 재산은 영적 재산인 아뇩다라삼먁삼보리입니다. 그리고 아뇩다라삼먁삼보리의 진리는 성불과 열반에 관여하고 있음을 알아야 합니다. 많은 지도자들조차도 참 열반과 성불에 대하여 잘못 알고 있다는 본문의 지적을 무시해서는 본 비유문의 취지를 확실히 파악하지 못할 것입니다. 또 사람들이 아뇩다라삼먁삼보리를 구하지 아니한다는 말에도 귀를 기울여야 합니다.

기독교의 경전인 성서에도 진리를 양식이나 재산이나 보물로 비유하여 표현한 경우가 곳곳에 있습니다. 그리고 말법 때가 되면 세상에 진리가 없을 것을 예언하고 있으며 그 진리를 양식으로 비유를 하였습니다.

말법 때를 예언한 마태복음 24장 7절입니다. "민족이 민족을 나라가 나라를 대적하여 일어나겠고 처처에 기근과 지진이 있으리니" 라고 하였지만 이 기근은 비유였습니다. 아모스 8장 11절입니다. "주 여호와께서 가라사대 보라 날이 이를찌라 내가 기근을 땅에 보내리니 양식이 없어 주림이 아니며 물이 없어 갈함이 아니요 여호와의 말씀을 듣지 못한 기갈이라" 고 하여 말씀 곧 진리가 없는 것을 기근 기갈로 비유한 것입니다.

그리고 이때는 율법만 가지고 왈가불가 하는 시대라고 하는데 율법은 하나님을 알게 하기 위한 유치원생 과정의 가르침이라고 기록해두었습니다. 갈라디아서 3장 23~24절입니다. "믿음이 오기 전에 우리가 율법 아래 매인바 되고 계시될 믿음의 때까지 갇혔느니라 이같이 율법이 우리를 그리스도에게로 인도하는 몽학선생이 되어 우리로 하여금 믿음으로 말미암아 의롭다 함을 얻게 하려 함이니라" 기독교의 율법에 해당하는 것이 불교에서는 소승입니다. 그런데 이런 율법의 시대의 끝에 진리를 가지고 올 한 사람을 소개하고 있습니다.

마태복음 24장 45~47절 "충성되고 지혜 있는 종이 되어 주인에게 그 집 사람들을 맡아 때를 따라 양식을 나눠 줄 자가 누구뇨 주인이 올 때에 그 종의 이렇게 하는 것을 보면 그 종이 복이 있으리로다 내가 진실로 너희에게 이르노니 주인이 그 모든 소유를 저에게 맡기리라" 에서 주인의 모든 소유를 받는 사람이 곧 법화경의 부자의 아들의 비유에서 그 사람이 아니고 누구이겠습니까?

그리고 유업을 받을 사람은 한 때, 그 주인집의 청지기 아래에 있다고 합니다. 갈라디아서 4장 1~3절입니다. "내가 또 말하노니 유업을 이을 자가 모든 것의 주인이나 어렸을 동안에는 종과 다름이 없어서 그 아버지의 정한 때까지 후견인과 청지기 아래에 있나니 이와 같이 우리도 어렸을 때에 이 세상 초등학문 아래 있어서 종노릇 하였더니" 이 종이 유업을 받게 되는데 그 종은 바로 앞의 요한계시록에서 용을 이긴 이긴자인 것입니다. 또 그 이긴자가 본문의 비유에서 말하는 가난한 아들 미륵입니다.

요한계시록 21장 7절입니다. "이기는 자는 이것들을 유업으로 얻으리라 나는 저의 하나님이 되고 그는 내 아들이 되리라" 이 이긴자가 받는 것은 하나님 낙원에 있는 생명나무의 과실과 감추었던 만나와 흰 돌을 받게 된다고 합니다.

생명나무 실과도 감추었던 만나도 흰 돌도 모두 진리를 비유한 말들입니다. 이 말씀을 통하여 용(마군)을 이긴자가 모든 비밀된 진리를 받게 됨을 알 수 있습니다. 요한계시록 1장 7절과 2장 17절입니다. "귀 있는 자들은 성령이 교회들에게 하시는 말씀을 들을찌어다 이기는 그에게는 내가 하나님의 낙원에 있는 생명나무의 과실을 주어 먹게 하리라...중략 이기는 그에게는 내가 감추었던 만나를 주고 또 흰 돌을 줄터인데 그 돌 위에 새 이름을 기록한 것이 있나니 받은 자밖에는 그 이름을 알 사람이 없느니라" 여기서 그 비밀은 받는 자 밖에 모른다고 합니다. 그러니 받지 못한 사람이 이러쿵저러쿵 해도 알지도 못하는 사람의 푸념일 뿐인 것입니다. 법화경 신해품에서 부자의 유산을 받는 사람은 유불선에서 약속된 약속의 사람입니다. 그가 소위 구세주 또는 구원자입니다. 이 구세주는 진리를 가지고 와서 사람들을 구원하게 됩니다.

10. 요한계시록 4장

인간이 몰랐던 지상 세계의 위에 거하는 신들의 세계

제 2~3편에서 요한은 일곱 종들에게 편지를 썼습니다. 편지의 내용은 회개하란 내용과 장차 일곱 금 촛대 장막에 마귀 소속의 거짓목자들이 올라와 일곱 금 촛대 장막교회의 종들과 성도들을 미혹할 때, 진리로 이기라고 한 내용이었습니다. 이기면 창조주의 유업인 천국을 물려주고 지면 멸망당하고 만다는 내용이었습니다. 그 편지를 다 보낸 후에 천사는 요한에게 하늘의 성령들의 세상을 보여주게 됩니다. 2~3장의 일곱 금 촛대 교회에 등장하던 창조주의 영과 예수의 영과 일곱 영과 각종 천사들은 바로 이곳으로부터 내려온 영들이었습니다. 그러나 일곱 금 촛대 교회는 지성소가 아니라 성소입니다. 창조주와 예수와 및 영들이 내려와서 사람들과 영원히 함께 할 성전은 성소가 아니라, 지성소입니다. 지성소는 요한계시록 15장 5절과 21장 1절에 별도로 예비 되어 있는 증거 장막의 성전과 새 하늘 새 땅입니다. 따라서 성소인 일곱 금 촛대 교회는 배도로 말미암아 잠시 지상에 머물다가 멸망당하여 사라지는 성전입니다. 성서의 법칙상 성소는 주를 예비하는 길 안내의 임무를 수행하는 기관입니다. 구약의 예언을 이룰 때도 꼭 같은 규칙이 적용되었습니다. 말라기 3장 1절과 4장 5절의 예언대로 성소의 입장에서 등장한 것이 요한복음 5장 35절의 등불 역사입니다. 큰 빛인 창조주께서 오시기 전에 그 길을 예비하기 위하여 먼저 성소가 생기는데 이것이 마치 큰 빛에 비하면 작은 불같다란 의미로 등불이라고 표현한 것입니다. 성소인 일곱 금 촛대 교회는 마귀를 잡기 위하여 세워진 올무였습니다. 그래서 그곳에서 6천 년간이나 인간 세상을 미혹하고 인생을 좀 먹던 마귀를 잡게 되는 것입니다. 그래서 영원토록 성령들이 머물 성전은 증거 장막의 성전 또는 새 하늘 새 땅입니다. 그리고 성령들이 온전히 지상 세상에 임할 때는 일곱 금 촛대 교회에 올라온 거짓목자 속에서 역사하는 마귀를 진리로 이긴 후입니다. 또 성령들은 요한계시록 2~3장에서 약속한 대로 이기는 사람에게 내려오게 됩니다. 성령은 이렇게 마귀를 이긴 사람에게 오며, 이긴 사람들이 천국을 유업으로 받을 자입니다. 또 성서에서 이긴 사람이 법화경 신해품의 가난한 아들입니다. 이 자가 장차 미륵부처로 성불하게 됩니다. 이제 장차 지상에 내려올 하늘나라의 신들의 세계는 과연 어떠한지 살펴보겠습니다.

요한계시록 제 4장 본문입니다.

"1이 일 후에 내가 보니 하늘에 열린 문이 있는데 내가

들은바 처음에 내게 말하던 나팔소리 같은 그 음성이 가로되 이리로 올라오라 이 후에 마땅히 될 일을 내가 네게 보이리라 하시더라”

이 일 후란 요한이 예수님의 지시로 일곱 금 촛대 장막교회의 일곱 종들에게 편지를 한 후이고 여기서 ‘내’ 라고 하는 존재는 요한입니다. 요한이 하늘에 열린 문을 보게 됩니다. 얼마 전에 처음으로 요한에게 말하던 같은 천사가 나팔 같은 소리로 하늘로 올라오라고 합니다. 그리고 이 후에 될 일들을 천사가 요한에게 보여준다고 합니다. 그러니 요한은 장차 이 땅에 어떤 일이 일어날지를 알게 되겠죠?

“2내가 곧 성령에 감동하였더니 보라 하늘에 보좌를 베풀었고 그 보좌 위에 앉으신 이가 있는데 3앉으신 이의 모양이 벽옥과 홍보석 같고 또 무지개가 있어 보좌에 둘렸는데 그 모양이 녹보석 같더라”

요한이 성령에 감동하여 하늘에 있는 보좌를 보게 됩니다. 보좌 위에 한 분이 앉아계신다고 합니다. 그 분의 모습이 벽옥과 홍보석 같고 보좌 주위로 무지개가 둘러싸여 있다고 합니다. 그 모양이 마치 녹보석 같더라고 합니다. 이 분은 창조주입니다. 창조주는 영이라고 요한복음 4장

24절에 잘 기록해놓았습니다. 창세기 1장 1절에는 이 분이 천지를 창조하셨다고 기록해두었습니다. 사도행전 17장 24절 이하에서는 이 분은 신이신데 이 분이 천지의 주인이라고 하시며 인류를 한 족속 혈통으로 만드사 온 땅에 거하게 하시고 년대를 정하여 거주의 경계를 쳤다고 말씀하고 계십니다.

이 분이 창세기 2장 7절에서 흙으로 사람을 지으시고 생기를 넣으셨다고 하며 스가랴 12장 1절에는 이 분이 사람들의 심령을 창조하셨다고 합니다. 창세기 1장 26절에서는 이 분이 자신의 형상으로 사람을 만드셨다고 소개하고 있습니다. 이 분의 형상은 영입니다. 그 분이 만드신 영이 오늘날 70억의 인류의 사람 안에 마음에 들어와 있습니다. 그것이 사람들의 영혼입니다.

이 분의 영은 거룩한 영인 성령입니다. 이 분은 사람을 거룩한 성령으로 창조를 하였으나 아담의 범죄로 그때부터 사람은 악하게 변질되게 되었습니다. 그래서 이 분은 창세기 6장 3절에 사람들에게 있던 성령들을 데리고 지상에서 떠나 하늘나라로 가버렸습니다. 하늘 어디로 가셨나 했더니 그 분이 가신 곳이 오늘 보니 요한계시록 4장의 이곳인 것을 알 수가 있게 됩니다. 이곳이 하늘의 영들의 나라였습니다. 오늘 본문에서 요한이 본 분은 바로 그때 떠나신 창조주의 영이었습니다. 그런데 이 분이 장차 하늘의 성령들을 대동하여 다시 지상에 내려오시게 된답니다. 그 성령들 속에는 창조주를 위하여 순교를 당한 영과 죽은 자들의 영도 포함 됩니다. 그리고 죽은 자들의 영들 중에는 우리들의 조상들의 영혼들도 포함되어 있습니다. 다만 조상들의 영들 중에서도 베드로전서 3장 19절의 말씀대로 예수께서 죽은 자들에게도 가서 전도할 때, 그 도를 받아드려 성령으로 성화된 영들만 다시 올 수 있습니다.(데살로니가전서 4장 14절, 베드로전서 3장 19절). 그리고 그 영들이 지상에 다시 오는 것도 1,2차로 나누어져 오게 되어 있습니다. 1차는 순교자의 영들이고, 이들은 장차 새 나라의 지도자의 영들이 되고, 2차는 일반 백성의 영들입니다. 그렇게 되면 지상나라가 천국이 되겠죠? 그렇게 거룩한 영들이 내려오는 장면이 요한계시록 21장 1~2절에 잘 묘사 되어 있습니다.

"4또 보좌에 둘려 이십 사 보좌들이 있고 그 보좌들 위에 이십 사 장로들이 흰 옷을 입고 머리에 금 면류관을 쓰고 앉았더라 5보좌로부터 번개와 음성과 뇌성이 나고 보좌 앞에 일곱 등불 켠 것이 있으니 이는 하나님의 일곱 영이라"

창조주의 보좌 주위로 이십사 보좌가 있는데 그 보좌에

는 이십사 명의 장로의 영들이 있습니다. 그들은 흰 옷을 입고 머리에는 금 면류관을 쓰고 앉았다고 합니다. 그 보좌들에게 음성과 뇌성이 들린다고 하는데 이것은 이십사 장로들이 정사를 논하는 장면입니다.

그리고 창조주의 보좌 앞에는 일곱 등불 켠 것이 있는데 이는 창조주 하나님의 일곱 영이라고 합니다. 등불을 켰다는 것은 진리로 밝히고 있음을 의미하고 이것은 비유입니다. 일곱 등불 켜고 있는 것은 창조주 하나님의 부리는 일곱 영들입니다. 대통령에게 비서들이 있듯이 창조주 하나님에게도 일곱의 영들이 창조주의 비서역할을 하고 있습니다. 이들은 스가랴 4장 10절에서 온 세상을 두루 행하는 여호와의 눈이라고 합니다. 또 이들은 요한계시록 5장 6절에서 일곱 눈이라고 하며 온 땅에 보내심을 입은 하나님의 일곱 영이라고 합니다. 이 영들은 하나님의 비서 영으로서 사람들이 사는 세상을 두루 돌며 감찰하는 영들입니다. 비서란 모름지기 대통령이 행차하기 전에 먼저 앞에서 길을 예비하는 자들입니다.

요한계시록 2~3장과 전장의 주무대가 되는 일곱 금 촛대 장막교회는 창조주가 오시기 전에 그 행차를 예비하기위하여 이 일곱 영이 온 장막입니다. 그곳을 일곱 촛대교회라고 한 것은 촛대는 어둠을 밝히는 등이니 일곱 영이 금 촛대교회를 진리로 밝힌다는 의미가 들어 있습니다.

동양의 성서 격암유록에는 사답칠두(寺畓七斗)란 절 이름이 등장하는바, 그것이 바로 일곱 금 촛대 장막교회의 다른 이름입니다. 칠두는 일곱별을 의미하고 일곱별은 일곱 영이 임한 일곱 사람을 의미합니다. 동양의 성서 격암유록에는 이곳에 팔인등천(八人登天)한다고 예언되어 있습니다. 등천(登天)이란 하늘에 오른다는 말이고 사람이 등천했다는 것은 성령의 사람으로 거듭난 것입니다. 여덟 사람의 성령의 사람을 불교식으로 말하면 팔부처가 되고 일곱 성령의 사람은 칠부처가 됩니다.

칠 명의 사람이 성령으로 거듭나서 시작되는 교회가 일곱 금 촛대장막교회이고 그것을 절로 나타내면 사답칠두(寺畓七斗)입니다. 사답칠두란 일곱별이 있는 진리가 있는 절입니다. 그런데 그곳에 팔인등천이라고 한 이유는 한 사람과 일곱 사람이 따로 따로 성령으로 거듭난다고 표현한 것입니다. 따라서 일곱 금 촛대 장막교회는 사람이 자의로 세운 교회가 아니라, 창조주 하나님께서 자신의 일곱 영들을 보내어 세운 신의 교회임을 알 수가 있습니다.

“6보좌 앞에 수정과 같은 유리 바다가 있고 보좌 가운데와 보좌 주위에 네 생물이 있는데 앞뒤에 눈이 가득하더라"

창조주의 보좌 앞에 수정과 같은 유리 바다가 있다는 것도 비유입니다. 세상과 세상의 종교를 바다라고 비유를 하였습니다. 세상의 바다에는 세상의 모든 찌꺼기가 모이는 곳입니다. 그렇듯이 세상 종교에도 진리는 없고 오만 세상의 잡다한 지식들을 모아 가르치고 배우고 있습니다. 그것이 마치 바다 같다고 하여 세상 종교를 바다라고 비유한 것입니다. 세상의 바다는 하수도 물이 모여서 되었습니다. 이것을 천하수라고 합니다.

이에 반하여 하늘의 유리 바다는 천상수입니다. 천상수는 하늘에서 내려온 비와 이슬 같은 것으로 순수한 물이며 오염되지 않았습니다. 그래서 유리 바다는 진리의 세계를 의미합니다. 진리는 창조주 앞에서 나옵니다. 요한계시록 4장의 유리 바다의 물은 에스겔 47장 1절 처럼 흘러 세상의 사람들의 영혼을 살리게 됩니다. "그가 나를 데리고 전 문에 이르시니 전의 전면이 동을 향하였는데 그 문지방 밑에서 물이 나와서 동으로 흐르다가 전 우편 제단 남편으로 흘러 내리더라"

요한계시록 22장 1~2절에는 "또 저가 수정 같이 맑은 생명수의 강을 내게 보이니 하나님과 및 어린 양의 보좌로부터 나서 길 가운데로 흐르더라 강 좌우에 생명나무가 있어 열두 가지 실과를 맺히되 달마다 그 실과를 맺히고 그 나무 잎사귀들은 만국을 소성하기 위하여 있더라”

이로서 세상에는 성경책은 하나이지만 진리는 두 가지가 있게 됩니다. 하나는 천하수로 세상 종교에서 사람들의 자의로 성경을 보고 해석하는 것입니다. 성경책 안에 들어 있는 수많은 주석들이 그 한 예입니다. 그 주석을 보면 성경의 말씀은 하나인데 그 해석은 신학자마다 모두 다릅니다. 이것은 비진리입니다.

둘째는 천상수로 유리 바다에서 흘러나온 하늘에서 계시되어 전달되는 창조주의 직통 해석입니다. 이는 성경이 여러 가지로 해석되는 것이 아니라 오직 한 가지의 뜻으로 해석됩니다. 이것이 진리입니다. 천상수는 왜 한 가지의 뜻으로 해석되는가 하면, 예언했던 영이 때가 되어 그 예언대로 이룰 때, 택한 목자의 육체에 응신(應身) 되어 와서 가르치기 때문입니다. 요한계시록 10장 8절 이하입니다.

“8하늘에서 나서 내게 들리던 음성이 또 내게 말하여
가로되 네가 가서 바다와 땅을 밟고 섰는 천사의 손에 펴
놓인 책을 가지라 하기로 9내가 천사에게 나아가 작은 책

을 달라 한즉 천사가 가로되 갖다 먹어버리라 네 배에는 쓰나 네 입에는 꿀 같이 달리라 하거늘 10내가 천사의 손에서 작은 책을 갖다 먹어버리니 내 입에는 꿀 같이 다나 먹은 후에 내 배에서는 쓰게 되더라 11저가 내게 말하기를 네가 많은 백성과 나라와 방언과 임금에게 다시 예언하여야 하리라 하더라"

요한이 이렇게 천사가 가져온 열린 책을 먹었으니 그 열린 책은 그 요한의 안에 들어간 것입니다. 그래서 그 요한에게 말씀을 듣고 배운 사람은 모두 하늘에서 천사가 가져온 그것을 듣고 배운 것이기 때문에 이렇게 받아 배운 사람들은 모두 꼭 같은 해석을 하게 되는 것입니다. 이런 일이 있을 것을 이미 요한복음 6장 45절에 예언되어 있었고, 이렇게 받아 배운 사람들은 하늘의 천상수를 창조주께서 직접 들은 것과 동일합니다.

"45선지자의 글에 저희가 다 하나님의 가르치심을 받으리라 기록되었은즉 아버지께 듣고 배운 사람마다 내게로 오느니라"

그 다음은 네 생물에 관해서입니다. "보좌 가운데와 보좌 주위에는 네 생물이 있는데 앞뒤에 눈이 가득 하더라" 고 합니다. 네 생물은 영들의 세계 중에 네 천사장들을 의미합니다. 생물이라고 표현한 것은 이들이 살아있는 사람처럼 움직이기 때문입니다. 이들은 하늘나라의 신들 중에 네 장군이기도 하며 천사들의 수장입니다.

창조주의 보좌 안과 밖에 수많은 눈들이 있다고 하는데 눈은 영을 비유한 말입니다. 영을 눈으로 비유한 것은 영들은 사물들과 천하의 모든 일들을 살피는 일을 하기 때문입니다. 영은 신이란 말과 같으며 이들은 성신들입니다. 성신을 달리 성령이라고 부르기도 합니다. 성령들이 창조주의 수종을 들거나 사자노릇을 할 때는 천사라고 합니다. 그리고 이들이 마귀 신들과 전쟁을 할 때는 천군이라도 불립니다.

요한이 본 이 신들의 세계를 불교의 석가모니도 보셨습니다. 네 천사장을 불교에서는 사천왕이라고 부릅니다. 이 사천왕은 여러 역할을 하는데 사찰입구에 조형물로 만들어 놓은 형상을 보고 각각 그 역할을 알 수가 있습니다. 그 역할에 대한 것은 다음 7절에 나오니까 함께 설명 드리기로 하겠습니다.

다만 옛날에 모세가 본 신의 나라나 요한이 본 신의 나라나 석존이 본 신의 나라는 같다는 사실입니다. 사찰의 조형물이나 탱화는 석존께서 보신 신들의 나라를 제자들에게 가르쳤기 때문에 그것에 대하여 배운 제자들이 그것을 형상으로 만든 것입니다.

"7그 첫째 생물은 사자 같고 그 둘째 생물은 송아지 같고 그 세째 생물은 얼굴이 사람 같고 그 네째 생물은 날아가는 독수리 같은데"

[사진 1 부산 범어사 사천왕 중 동방지국천왕상. 칼은 진리를 상징함. 진리로 마군을 잡는 시늉.]

첫째 생물은 사자 같다고 하는 이유는 이 천사장은 짐승 같은 마귀 신을 심판하는 역할을 하기 때문입니다. 심판을 할 때는 진리의 검으로 하게 됩니다. 전쟁에서 적을 칼로 싸워 이기듯이 신들은 진리를 가지고 싸웁니다. 따라서 진리를 칼로 비유한 것입니다. 그래서 사찰에는 이 사자 같은 천사장을 동쪽을 다스리는 동방 지국천왕이라고 하며 선악을 심판하는 역할을 한다고 큰 칼을 쥐고 있는 것입니다.

[사진 2 부산 범어사 사천왕 중 서방광목천왕상 탑은 불국(극락)을 상징함. 삼지창은 삼불을 의미함.]

둘째 생물은 송아지 같다고 합니다. 소는 사람의 마음밭을 갈아 마음속에 있는 비진리를 뽑아내는 역할을 합니다. 따라서 선과 악 중에서 악을 심판하는 역할을 합니다. 영적인 악은 비진리이므로 거짓 진리를 심판하는 역할을 한다는 것입니다. 사천왕 중 서방천왕인 광목천왕은 탑을 쥐고 있습니다. 탑은 불국토와 극락을 상징합니다. 불국토는 부처로 성불된 사람들이 사는 세상입니다. 사람이 부처가 되려면 속사람이 바뀌어야 합니다. 속에 있는 거짓 진리를 모두 뽑아내고 진리로 깨달았을 때, 비로소 사람들이 부처로 성불되어 불국토가 세워지게 됩니다.

[사진 3 부산 범어사 사천왕 중 북방다문천왕상. 거문고 비파는 새로운 진리를 아름답게 전하는 형상을 상징함.]

셋째 생물은 얼굴이 사람 같다고 합니다. 이는 셋째 천사장은 지각을 사용하여 참과 거짓을 심판하는 역할을 하기 때문입니다. 불교의 북방천왕인 다문천왕은 비파를 들고 있습니다. 비파나 거문고는 아름다운 선율입니다. 사람의 귀를 즐겁게 하고 마음을 안정시키는 역할을 합니다. 진리를 전하는 역할을 하기 때문입니다. 진리로 참과 거짓을 심판하는 역할을 하는 것이 비파입니다. 진리로 승리하였을 때, 음악을 연주하듯 그 소식을 전하는 것이 곧 복된 소리란 의미의 복음입니다.

[사진 4 부산 범어사 사천왕 중 남방증장천왕상. 용을 움켜지고 있음은 마왕을 잡았다는 상징. 왼손의 구슬은 여의주로서 우주와 사람의 사상을 마왕인 용왕에게서 탈환했음을 상징. 증장천왕이 밟고 있는 선비는 원죄(本惑)를 지은 죄인을 상징. 이 자로 말미암아 부처된 사람들이 중생으로 타락한 것을 상징하며 삼먁삼보리중, 첫째 보리인 본혹(本惑)의 원인자요, 배도자를 상징. 그가 심판 받는 형상.]

넷째 생물은 독수리 같다고 합니다. 독수리는 영을 심판한다는 의미가 있습니다. 남방천왕인 증장천왕은 용을 체포하여 손아귀에 넣고 있습니다. 용은 마군의 왕입니다.

성경에는 이긴자가 미가엘 천사장과 함께 용을 잡는다고 기록되어 있습니다. 불교에서는 가루라라는 새가 용을 잡는다고 기록되어 있습니다. 민간에는 봉황과 용의 전쟁을 말하고 봉황이 용을 이기게 된다고 합니다. 따라서 독수리 같은 천사장이 곧 미가엘 천사장이고 미가엘 천사장이 곧 증장천왕인 것입니다. 미가엘(중장천왕)과 용을 잡았으니 이제 세상은 용의 세상에서 구원되어 창조주의 나라가 펼쳐질 것입니다.

“8네 생물이 각각 여섯 날개가 있고 그 안과 주위에 눈이 가득 하더라 그들이 밤낮 쉬지 않고 이르기를 거룩하다 거룩하다 거룩하다 주 하나님 곧 전능하신이여 전에도 계셨고 이제도 계시고 장차 오실 자라 하고”

네 천사장에게 각각 여섯 날개가 있다는 것은 각각의 천사장에게 각각 여섯의 영들이 소속되어 정사를 보고 있다는 의미입니다. 그들이 24장로들입니다. 네 천사장에 각각 여섯이 속하였으니 합이 24영이 되는 것입니다. 그리고 그 영들의 세계의 안과 주위에는 눈이 가득하다는 말은 수많은 영들이 있다는 의미입니다. 성경에는 그 수가 천천이요 만만이라고 하니 아주 많은 수가 있음을 그렇게 표현한 것입니다. 그들이 밤낮 쉬지 않고 거룩하다고 주인 된 창조주 하나님에게 찬양을 한다고 합니다.

그리고 그 전능 하신 이는 아주 옛날에도 계셨고 지금도 계시고 장차 지상에 오실 자라고 합니다. 이렇게 오시겠다는 약속을 지키기 위해 이 지상에 일곱 금 촛대장막교회를 세우시고 거기서 과정 과정을 정하시어 결국 요한계시록 21장에 창조주와 및 영들의 나라가 통체로 지상에 내려오는 것입니다.

요한계시록 21장 2절입니다. “또 내가 보매 거룩한 성 새 예루살렘이 하나님께로부터 하늘에서 내려오니 그 예비한 것이 신부가 남편을 위하여 단장한 것 같더라” 이렇게 하늘의 영들은 신랑이 되고 땅의 육체들은 신부가 되어 결혼을 하게 되니 육체와 영이 하는 영적 혼인인 것입니다.

“9그 생물들이 영광과 존귀와 감사를 보좌에 앉으사 세세토록 사시는 이에게 돌릴 때에 10이십 사 장로들이 보좌에 앉으신 이 앞에 엎드려 세세토록 사시는 이에게 경배하고 자기의 면류관을 보좌 앞에 던지며 가로되 11우리 주 하나님이여 영광과 존귀와 능력을 받으시는 것이 합당하오니 주께서 만물을 지으신지라 만물이 주의 뜻대로 있었고 또 지으심을 받았나이다 하더라”

하늘의 영들은 살아서 이런 위대한 일을 빠짐없이 철저

히 하시는 창조주를 세세토록 경배하고 영광을 돌린다고 합니다.

이 모습이 하늘의 영들이 사는 영의 나라의 모습입니다. 세상에 지어진 모든 만물은 이렇게 창조주에 의하여 지은 바 되었으며 창조주에 의하여 재정비 되게 되며 장차 이 영들의 나라가 지상에 내려오게 됩니다. 그렇게 되었을 때 지상은 천국이 되고 이때의 의로운 사람들은 하늘의 택함을 받아 성령으로 거듭나 영원히 창조주와 함께 살아가게 되는 것입니다.

11. 제 5편 약초유품

법화경의 약초와 요한계시록의 약 잎사귀는 다른 것인가?

[민족사 왕초보 법화경 박사되다 67쪽~]

부처님은 마하가섭을 비롯한 네 명의 제자들의 생각을 칭찬을 하고 '초목,을 비유로 들어 부처의 자비와 구제 활동이 모두에게 평등하다고 설법합니다. 초목이나 약초가 똑같은 비를 맞으면서도 그 이름과 모양이 다른 것은 그것들이 그 종류와 성질이 맞게 수분을 섭취하여 제각기 자라기 때문입니다. 여래의 가르침도 비처럼 한 가지 맛입니다. 다만 중생의 근성에 차이가 있음을 고려하여 삼승으로 중생을 인도하지만 법화경은 이 삼승을 일불승으로 인도합니다.

본과의 핵심내용을 알기 위해서는 핵심어구의 뜻을 이해해야 할 것입니다. 본과의 핵심 어구는 '초목' 입니다. 여기서 초목은 풀을 말하고자 한 것이 아니라, 풀을 빙자하여 사람을 말하고자 한 것입니다. 흔히 예언서에서는 사람을 풀과 나무로 비유하곤 합니다. 여기서도 초목은 중생들과 보살들을 비유한 말입니다. 그리고 '비' 는 진리를 비유한 말입니다. 또 '구름' 은 영들을 비유한 말입니다. 땅의 초목이 하늘에서 내려오는 비를 먹고 생명을 유지 하듯이 보살들과 중생들도 하늘에서 내려오는 부처님(성령)의 진리로 생명을 얻을 수 있다는 진리를 전하고자 하는 것입니다.

[동국대학교 역경원 법화경 145쪽~]

여래는 모든 법의 왕이니 설하는 바가 다 허망치 않느니라. 일체 법에 대하여 지혜의 방편으로 연설하였지만, 그 연설한 모든 법은 온갖 것을 아는 일체지지(一切智智)에 도달하였느니라. 여래는 일체법이 돌아갈 곳을 관찰하여 알며 일체 중생이 깊은 마음으로 행하는 바를 알고, 통달하여 걸림이 없으며, 또 모든 법의 궁극까지 아주 분명하게 잘 알고, 모든 중생에게 일체 지혜를 보이느니라.

부처님을 법의 왕이라고 하신 것은 부처님은 진리의 주체이기 때문입니다. 그래서 본불 부처님을 법신이라고 한 것입니다. 그럼 부처님의 실체란 무엇입니까? 그리고 사람이 깨달아 부처가 된다는데 그것의 실체는 무엇입니까?

천상천하에서 부처님을 바로 아는 사람은 많지 않습니다. 부처님의 실체를 알기 위해서는 크게 부처님이 몇 분이 계시느냐는 것을 먼저 알아야 할 것입니다. 그리고 그 부처님은 진리의 실체임을 잊지 말아야 합니다. 그래서 부처님은 중생이나 보살들을 깨닫게 하는 존재입니다. 그런 의미에서 부처님이란 의미는 '깨닫게 하시는 분' 이라고 할 수 있겠습니다. 그리고 그 부처님으로부터 진리를 받아 깨닫게 되는 사람을 또한 '부처' 라고 할 수 있습니다. 쉽게 말하자면 깨닫게 하는 실체는 부처님이고 깨달음을 받는 실체는 '부처' 라는 것입니다.

부처님을 크게 법신불(法身佛), 보신불(報身佛), 화신불(化神佛)로 나눌 수가 있습니다. 법신불(法身佛)이란 말의 법(法) 자는 바로 법신불 부처님은 진리의 실체란 것을 나타내고 있습니다. 그리고 그 법신불(法身佛) 부처님은 형체나 모양이 없습니다. 사실 법신불부처님은 성서의 창조주와 동일한 분입니다. 그러나 불교에는 창조주란 말은 금기되어있어 언급할 수 없습니다. 왜냐하면 불교는 논리의 종교이고, 그 논리 위에 대전제가 하나 있습니다. 그것은 다름 아니라, 사구백비론(四句百非論)이란 것입니다.

사구백비론(四句百非論)을 쉽게 설명하면 어떤 사물이나 자연현상이나 일체의 진리에 관하여 뭐라고 이름을 붙이거나 단정하거나 하지 아니하는 것을 말합니다. 예를 든다면 "나는 인간이다" 는 말이 있다면 사람을 인간이라고 말로 표현하는 순간, 이미 그것은 진리가 아니란 것입니다. 좀 더 구체적으로 설명을 하면 그 인간이 서울에 사는 '정태' 라는 이름을 가진 사람이라고 가정할 때, 정태라는 사람은 성별이 남이며, 모습은 어떻고, 나이는 몇이며, 성격은 어떻고, 학교는 어디를 나왔고, 현제는 어디서 무엇을 하며, 집은 어디며 등 수 천, 수 만, 수 억만 가지를 갖추고 있을 것입니다. 그런데 사구백비론(四句百非論)은 그 사람을 정태라는 이름으로 이름 지어 생각하는 순간 정태는 이미 진리가 아닌 것이 되어 버린다는 것입니다. 즉 정태라는 이름을 부르는 순간 그쪽으로 치우쳐 모든 것을 생각해버린다는 것입니다. 즉 그 이름으로는 자연으로 존재하는 정태의 그 참모습을 대신할 수 없는 여러 가지를 가지고 있다는 것입니다. 그래서 사구백비론(四句百非論)이란 것은 사구(四句)를 백번 아니라고 부정해도 그래도 아니다라는 의미입니다.

불교가 이렇게 사구백비론(四句百非論)적 논리를 가지게 된 것은 역사적 큰 이유가 있습니다. 첫째로 석가모니께서 출현할 때의 역사적인 상황입니다. 세계의 학자들이 이구동성으로 하는 이야기가 인도는 역사가 없는 나라라고 합니다. 인도의 역사라고 하는 것은 사회상황만 그저 고고학적으로 케내어서 사람들이 알고 있을 뿐이지 정맥으로 중국처럼 삼황오제가 있었다든지 우리나라처럼 고려역사가 있다든가 이런 거는 없다고 합니다. 그래서 역사가들은 인도를 참 이상한 나라라고 그럽니다.

둘째는 석가모니가 인도에 출현하기 전의 종교적인 상황입니다. 경전으로는 우파니 샤드나 베다같은 것들이 있었고, 종교는 브만교라든가 힌두교라든가 다양한 종교가 성행하고 있었습니다. 이들 중 어떤 종교는 일신교들이고, 어떤 종교는 다신교도 있었답니다. 그 시대에 인도에는 그 밖에도 많은 종교들이 우후죽순으로 태어나고 있었다고 합니다. 그렇게 종교들이 태어나니 종교가 서로 잘 났다고 하고 싸우고 부패하고 요괴스러운 일들이 벌어지는 것은 당연했습니다.

이런 상황에서 석가모니가 나왔다고 합니다. 이런 상황에서 석가모니가 나왔으니 석가모니는 일단 옳고 그른 것을 모두 부정해버려야 할 것이 아닙니까? 부정해버려야 불교가 앞에 설 수 있을 것이 아닙니까? 종교라는 것은 이렇게 사회적 배경과 역사적 이유가 있는 것입니다. 우연이라는 것은 없는 것입니다. 그래서 이렇게 다양한 종교가 있고 보니까, 바라문교 힌두교 등은 절대자를 다 인정하는 종교였습니다. 또 유신론자들이고, 다신교자들도 있었습니다.

그래서 절대자나 일신교를 믿는 이런 종교들이 난립하여

사회질서를 난잡하게 하고 그러니까, 이때 거기에 반발하여 나타난 것이 석가모니입니다. 그러니까 불교가 인도에서 서려면 인도의 기성종교들을 반박하지 않으면 아니 되는 상황이었던 것이었죠. 반박해야 하다 보니 백비론(百非論)이 나왔다는 그 말입니다. 그 당시 불교가 제대로 서려면 만 가지가 그거 아니다라고 해놓고 다 쓸어버리고 제 것만 내어놓아야 할 상황이었습니다. 그러나 석가모니인들 사실 자기 것만 내놓는다고 해서 별다른 것은 있을 수 있겠습니까? 석가모니인들 그저 많은 가운데 하나일 뿐이지 석가모니가 그렇다고 해서 하늘에서 별을 따올 수는 없었거든요? 그때 많은 종교들은 모두 일신론을 인정했습니다.

그러니까 불교는 일신론을 주장할 수 없는 상황이었습니다. 만약 불교도 일신론을 주장할 것 같으면 불교 또한 그 놈들과 뭐가 다른 것이 있나 할 것이란 말이죠. 그렇게 되면 새로 생겨서도 큰 소리 칠 것이 아무 것도 없지 않은가 하고 대더니까 당체 일신론을 인정할 수 없었던 것입니다. 그러나 창조주를 인정하지 않고는 진리라고 할 수 없지요. 그러니 단정적으로 말은 못하고 유추적으로 말할 수밖에 없었던 것입니다. 유추로는 인정하면 인정했지 말로는 명백히 절대자가 우리 불교에도 있다 이렇게는 말할 수 없었던 것이었죠. 그래서 창조주란 단어는 쓰지 않고, 유추적인 표현을 쓰거나 다른 어휘를 동원하여 그것을 표현하게 된 것입니다.

그래서 불교가 창조주를 인정하지 않는 것이 아니라, 창조주란 단어를 쓰지 않게 된 것입니다. 불교경전에는 법신불이나, 만유의 일인자나, 진여(眞如)나, 본지체나, 본시체(本始體)나, 조광신(造光神)이나, 비로자나불 등 다양한 이름들이 등장합니다만 이 이름들은 결국 창조신을 의미하고 있는 것들입니다. 이 이름들은 모두 일신(一神)으로 유일신인 창조주의 명호들입니다.

그리고 흔히 다신(多神)이라 하지만 사실 원론적으로 말하면 다신은 신앙의 대상은 아닙니다. 천사나 성령이나 성신이나 이런 이름들은 유일신이 창조한 피조신들입니다. 이들은 창조주계의 신들의 이름이고, 창조신에 의하여 창조되었으나 그들 중, 지위와 처소를 떠난 범죄한 천사나 마귀나 귀신들도 있습니다. 이들 모두는 육체가 없어서 육안으로 보이지는 않습니다. 다시 본론으로 돌아갑니다.

그래서 법신불은 창조의 신인 조광신(造光神)으로 성부의 개념입니다. 그리고 보신불(報身佛)부처님은 기독교의 성령 또는 보혜사 성령의 다른 이름입니다. 보신불부처님은 부처님의 나라(영계)와 사바세상을 연결하는 사자(使者)라고 볼 수 있습니다. 이것을 기독교적으로 보면 천사라는 존재입니다. 이들은 형체가 없는 신으로 존재합니다.

그러나 화신불(化神佛)부처님은 형체가 있으며 그 모습은 바로 사람입니다. 화신불부처님을 달리 응신불(應身佛)부처님이라고도 합니다. 응신불부처님으로 대표할 수 있는 분이 바로 석가모니 부처님입니다. 그리고 그전에 연등부처님도 응신불부처님입니다. 그리고 미래 부처인 미륵부처님 또한 응신불(應身佛)부처님입니다.

일반적으로 사찰에는 이 세분의 부처님을 모셔놓고 있습니다. 그것이 삼존불상(三尊佛像)입니다. 그런데 이 삼존불의 실체는 무엇이며 무엇을 나타내고 있을까요?

삼존불은 법신불과 보신불과 화신불을 나타내고 있습니다. 이 세분의 부처님을 객관적으로 이해하기 위하여서 기독교의 원리에 좀 접근해볼 필요가 있습니다. 보통 카톨릭 신자들이 기도할 때, 그 모습을 볼 수 있는바, 삼위일체(三位一體)입니다. 기독교(基督敎) 교의(敎義)의 하나인 성부(聖父), 성자(聖子), 성신(聖神=성령)에 대한 것입니다.

성부(聖父)는 천부로서 흔히 말하는 하나님을 상징합니다. 성신(聖神)은 성령이라고도 하며 하나님의 신과 동류의 신으로서의 아들의 개념을 가지며 많은 성신들 중 대표라 할 수 있으며, 때로는 천사의 역할도 하는 신(神)입니다. 성자(聖子)는 성부와 성신의 영이 임한 육체로서 대표적으로 예수입니다. 육체를 입은 사람의 대표자고 할 수 있습니다. 미륵부처님도 세상에 육체로 응신 되어 오면 성자란 이름을 가지게 됩니다.

불교에서 법신불은 마치 성부와 같습니다. 그리고 보신불은 성신(성령)과 같은 의미라고 볼 수 있습니다. 마지막으로 화신불은 육체로 화한 성자입니다.

또 한민족 경전에는 삼신일체(三神一體)라는 말이 나옵니다. 삼신을 환인과 환웅과 환검(단군)이라고 합니다. 환인은 성부의 개념으로 법신불에 해당합니다. 또 환웅은 성신의 개념으로 보신불에 해당합니다. 또 환검(단군)은 성자의 개념으로 화신불에 해당합니다.

이처럼 법신불과 보신불과 화신불은 각종 타종교에서도 그 흔적을 찾아볼 수 있습니다. 그렇다면 일반적으로 부처님이라고 할 때, 법신불을 지칭할 때도 있고, 화신불인 석가모니 부처님을 지칭할 수도 있습니다.

여기서 부처라는 말에 대하여 확실히 정의를 내려 볼 필요가 있을 것 같습니다. 흔히 누구에게 부처에 대하여 말해보라고 한다면 부처란 '깨달은 자' 라고 대부분이 대답할 것입니다. 그런데 무엇을 깨달은 자가 부처일까요? 라고 묻는다면 쉽게 대답이 잘 나오지 않습니다. 무엇을 깨달은 자가 부처일까요? 그래서 이 문제를 풀기위해서는 깨닫는 실체가 구체적으로 무엇인지 알아봐야 합니다.

먼저 깨달음을 중요 시 하는 종교는 불교입니다. 불교는 많은 종교들 중의 하나입니다. 따라서 불교에서 말하는 깨달음이란 것은 종교적 의미에서의 깨달음을 의미합니다. 일반적으로 과학이나 철학이나 수학 등 모든 학문에도 깨달음이 필요합니다. 그러나 그 많은 깨달음 중에서 불교에서 말하는 깨달음은 종교적 의미에서의 깨달음을 의미하는 것입니다.

종교적 의미의 깨달음이란 어떤 것일까요? 우주와 만물의 존재의 의미를 깨닫는 것입니다. 그리고 종교는 인간이 행하는 의식입니다. 그래서 종교란 무엇보다 인간을 존재케 한 것이 무엇인지? 누구인지? 알고 그 분과 자신과의 관계를 아는 것이 첫째의 깨달음이 될 것입니다.

그것이 흔히 종교에서 말하는 진리 또는 정법 또는 정도가 될 것입니다. 즉 불교에서 말하는 깨달음이란 단어의 정의는 자신을 존재케 한 창조주와 자신과의 관계를 밝히 아는 것이라고 할 수 있습니다. 그리고 나아가서 그 관계에 문제가 있었다면 그 관계를 회복하는 것이라고 할 수 있을 것입니다. 자 그럼 그 관계를 알아보겠습니다.

여러 사람들이 알고 있는 상식 가운데 하나가 '불교란 자신이 깨달아 부처가 되는 것' 이라고 말들을 합니다. 그럴 때 사람의 무엇이 깨닫는다는 말일까요? 사람을 크게 나누면 마음과 육체입니다. 그런데 깨닫는 것이 육체가 될 수는 없겠죠? 그렇습니다. 깨닫는 것은 육이 아니라, 자신 안에 있는 마음이 깨닫는 것입니다. 그럼 그 마음의 실체는 무엇일까요?

마음은 곧 영혼입니다. 결국 사람이 깨닫는 실체는 육체가 아니라, 영이란 사실을 알 수 있습니다. 그렇다면 사람 안의 영의 상태가 깨닫지 못했을 때의 상태가 있겠고 또 깨달은 후의 상태가 있을 것입니다. 그런데 그 영이 깨달았을 때를 '부처' 라 한다고 하였으니 깨달은 영을 가진 사람이 부처가 될 수 있을 것입니다. 따라서 부처란 말은 영과 깊은 관련이 있다는 것을 알 수 있습니다.

즉 불교에서의 깨달음이란 사람의 영이 깨달았을 때 일컫는 단어라는 것을 알 수가 있습니다. 따라서 깨달은 영을 부처라고 부르는 것입니다. 그래서 사람들 중에는 깨달은 사람이 한 부류가 있을 수 있고, 깨닫지 못한 한 부류가 있을 수 있습니다. 이때 깨달은 사람을 더 구체적으로 '깨달은 영' 이라고 할 수 있을 것입니다.

여기서 사람을 두 종류로 나눌 수가 있습니다. 하나는 깨닫기 전의 상태인 부처가 못된 영의 상태이고, 다른 하나는 깨달은 후의 상태인 부처가 된 영의 상태입니다.

이것을 또 기독교의 진리와 비교해보면 훨씬 더 이해가 잘 갈수 있습니다. 성서에는 크게 사람의 영이 두 종류라고 기록되어 있습니다. 하나는 착한 영인 성령이고 또 하나는 악한 영인 악령입니다. 성령은 창조주와 같은 동류의 영이고, 악령은 창조주의 영에 의하여 피조되었지만 배신(背信) 배도(背道)한 영들입니다.

그리고 신약성서 요한복음 3장 5절에는 물과 성령으로 나지 아니하면 하나님나라에 들어갈 수 없다고 합니다.

그리고 요한일서 4장에는 영이 하나님에게 속한 영도 있고 하나님에게 속하지 아니하는 영도 있다고 합니다. 하나님에게 속한 영은 성령이고 속하지 아니하는 영은 악령 곧 마귀의 영이란 것을 알 수 있습니다.

그리고 구약성서 창세기 2장 7절에는 비유로 기록된 문장이 있는데 "여호와 하나님이 흙으로 사람을 지으시고 생기를 그 코에 불어넣으시니 사람이 생령이 된지라" 라고 기록하고 있습니다. 여기서 생기를 넣으시니 생령이 되었다고 합니다. 그렇다면 생기를 넣기 전에는 무슨 영이라는 말일까요?

생령(生靈)은 살아있는 영이란 말입니다. 그리고 흙은 생기가 없는 사령(死靈)을 비유한 말입니다. 사람이 생기를 받기 전에는 사령이었습니다. 사령은 곧 악령입니다. 악령을 마귀, 사단, 용, 뱀, 마군, 악마, 악신 등으로 부릅니다. 아담에게 생기를 넣기 전에는 아담의 영혼이 악령이란 말입니다.

창세기 3장 19절에서는 생기를 받아 생령이 된 사람을 다시 흙으로 되돌려 보내는 사건을 기록하고 있습니다. 생기(生氣)를 받은 결과 흙이 생령이 되었지만 다시 흙으로 돌아갔으니 그것은 사기(死氣,선악과)를 받았기 때문입니다. 결국 생령이 된 사람이 사령이 되었다는 말입니다. 생령은 성령이고 사령은 악령입니다.

불교에서는 악령을 마구니라고 합니다. 마군(魔軍)을 풀어서 말한 것입니다. 마군은 마귀 군사라는 의미입니다. 이 글자에서 마귀는 누구와 상대하여 싸우는 존재라는 것을 암시받을 수가 있습니다.

성서의 최종 목적은 사기(死氣)를 받아 마귀영이 되어버린 사람들이 성령(生靈)으로 다시 새롭게 태어나는 것입니다. 이때 태어난다는 의미는 육체가 다시 태어난다는 것이 아니라, 영이 지금의 영에서 새 영으로 교체된다는 말입니다.

그렇다면 여기서도 자신의 영이 성령으로 다시 나기 전의 상태가 있을 것입니다. 그리고 성령으로 다시 난 후의 상태가 있을 것입니다. 성령으로 나기 전의 영의 상태는 악령이었을 것이고, 성령으로 변화 받았을 때는 성령의 상태일 것입니다.

그런데 경전에는 영적 혼인잔치에 대하여 기록된 내용들이 많습니다. 마태복음 25장에는 열 처녀의 비유를 통하여 땅에 거하는 육체를 가진 사람을 신부로 비유를 하였고, 하나님 혹은 예수의 영 혹은 성령을 신랑으로 비유하였습니다.

마태복음 13장에는 사람의 육체를 나무로 비유를 하고,

성령을 새로 비유하여 그 나무에 그 새가 앉았을 때, 그 사람을 천국이라고 한다고 기록되어 있습니다.

그리고 요한계시록 4장에는 성령의 나라에 대하여 소개를 하고, 21장 2절에서는 그 성령의 나라가 신부가 있는 지상으로 내려온다고 소개를 하고 있습니다.

그런데 베드로 전서 3장 19절에는 악령의 나라를 소개하고 있습니다. 그곳을 옥이라고 기록하고 있습니다. 예수의 영은 옥에 있는 영들에게 진리를 전파하여 그들을 성령으로 변화 받을 수 있도록 한다고 합니다. 거기서 성령으로 변화 받은 영들은 요한계시록 4장으로 들어가 합류되어 나중 21장 2절처럼 20장의 백 보좌 심판에서 지상에 내려올 때, 그 영들도 지상에 내려와 영적 결혼에 참여할 수가 있습니다.

그때 하늘의 영들과 지상의 육체는 지상의 사람들이 신랑과 신부가 1대 1로 결혼을 하듯이 여기서도 1대 1로 영육간의 결혼이 이루어집니다. 이때 열 처녀로 비유된 육체는 하늘에서 내려온 신랑인 성령에게 시집을 가는 격이고, 신랑인 성령은 육체인 신부에게 장가를 드는 격입니다. 나무에 새가 앉는다는 비유도 땅에 있는 육체에 성령이 내려와 영육이 하나 됨을 말하고 있음을 알 수가 있습니다.

이때 땅의 사람은 악령의 상태에서 벗어나 성령으로 거듭나는 것입니다. 이런 상태를 천국이라고 말한 것은 지상의 사람에게 하늘의 성령이 왔기 때문입니다.

따라서 부처란 용어의 정의는 '깨달은 영' 이란 말이고 사람이 부처가 될 때의 상태는 기독교의 성령으로 거듭난 상태와 똑 같은 것입니다. 그리고 성령은 본래 그 육체에 있던 영이 변화 되는 것이 아니라, 하늘에 있던 영이 땅에 있는 사람에게 와서 하나 됨을 깨달을 수가 있습니다. 다시 말하면 성령은 자신 속에 있던 영이 변화 되어 성령이 되는 것이 아니라, 하늘나라에 있던 별개의 영이 오는 것입니다.

그리고 사람이 진리로 깨닫게 되었을 때, 그 사람에게 성령이 임하게 되는데, 임하기 전에 먼저 그 전에 자신에게 있던 악령이 체 외로 쫓겨나는 일이 있게 됩니다. 구원, 해탈이란 예언은 자신 안에 있던 악령이 쫓겨나갈 때, 실제로 이루어지는 일입니다.

그 성령의 나라를 불교의 용어로 바꾸면 부처님의 나라이고 이것이 극락입니다. 그리고 부처님의 나라는 신약성서 요한계시록 4장에 잘 소개 되어 있습니다. 그리고 중생들이 부처로 성불을 하는 날에는 먼저 미륵부처가 지상에 내려가 육체인 신부들을 진리로 가르쳐서 마음을 깨끗하게 씻는 작업을 하게 합니다. 그 후에 요한계시록 21장 2절의 기록처럼 하늘의 부처(성령)들이 지상의 육체를 각각 차지하여 영육이 하나 되게 됩니다.

이것이 유불선에서 말하는 영적인 결혼이고 이런 방식으로 사람이 부처로 성불을 하게 됩니다. 따라서 부처란 말의 정의는 성령을 의미하고 그 성령이 육체에 임하였을 때, 그 사람을 부처로 성불하였다고 말할 수 있는 것입니다.

이런 상태를 불교 용어로 해탈, 열반이라고 하며 탈겁중생(脫劫重生)이라고도 합니다. 결국 사람을 크게 나누면 악령인 마귀의 영으로 된 사람과 성령으로 된 사람이 있다는 것입니다. 악령으로 된 사람이 성령으로 거듭나게 하는 것이 성서의 목적임을 알 수 있습니다.

불서의 최종 목적도 모든 사람들이 부처로 성불되는 일입니다. 불서에서는 보살이나 중생들이 부처로 성불한다고 합니다. 보살이나 중생은 사람입니다. 그런데 때가 되면 사람도 부처된 사람과 부처되지 못한 사람으로 나눌 수가 있습니다. 부처가 되지 못한 중생과 부처가 된 사람과의 차이는 사람 안에 들어있는 영의 차이입니다. 이것을 성서적으로 말하면 마귀의 영으로 된 사람과 성령으로 거듭난 사람과의 차이입니다. 왜냐하면 영은 두 종류뿐이기 때문입니다.

결국 부처란 영이 성령으로 거듭난 사람을 지칭한다는 것을 알 수가 있습니다. 그렇다면 부처는 성령으로 거듭난 사람이고 부처님은 성령입니다. 세상에도 부모가 있고 자식이 있듯이 천상에도 부처들의 아버지인 성부가 계시고 그 아들격인 많은 부처들이 있습니다. 성부와 수많은 성령들이 있다는 것입니다. 이 성부를 천부라고도 하는바, 창조주를 의미합니다. 그 창조주를 또 불교에서는 부처님 또는 법신불 부처님이라도 합니다.

창조주는 영이라고 신약성서 요한복음 4장 24절에 기록되어 있습니다. 창조주와 사람과의 공통분모(分母)는 영입니다. 창조주도 영이고, 사람의 육체 안에도 분명이 영이 존재합니다. 그래서 사람 안에 있는 영은 창조주의 영에서 왔음을 알 수가 있습니다.

그러나 사람이 부처나 성령으로 거듭나지 못했을 때는 창조주의 영과 사람의 영은 서로 반대의 영입니다. 영에는 두 종류가 있는바, 성령과 악령입니다. 창조주의 영은 성령이고 사람의 영은 악령입니다. 같은 영이지만 서로 차이가 있습니다. 따라서 이 영의 종류에 따라 부처가 되고 중생도 되게 되는 것임을 알 수 있습니다. 모든 종교의 목적은 자신이 악령에서 성령으로 새롭게 창조되는 것입니다.

그 목적이 이루어질 때, 부처님의 영과 중생들의 영이 똑 같아 지게 됩니다. 그때 부처님과 부처는 부자관계가 성립되게 됩니다. 중생들은 창조주의 피조물이면서 그 사실을 기억하고 있지 못합니다. 그것은 엄청난 불효입니다. 창조주를 잊어버린 것은 자신의 부모님이 계시되 인정하지 않는 것과 같습니다. 아주 어린 나이에 부모님을 잃어버리게 되면 자신의 성도 잃어버릴 수 있습니다. 창조주의 성은 성령입니다.

처음 중생들은 모두 창조주의 성을 타고 태어났습니다. 창조주의 성은 성령입니다. 그런데 모두 창조주를 잃어버렸습니다. 그래서 성도 잃어버렸습니다. 성령을 잃어버렸으니 모두가 악령의 성을 가지게 된 것입니다.

깨달은 자를 부처라고 이름 한 이유는 창조주를 깨달아란 의미입니다. 창조주를 깨닫고 창조주가 기록한 경전을 알면 자신이 부처로 성불을 이룰 수가 있습니다. 중생들에게 있어서 창조주를 아는 일이 너무나 중요한 이유는 성불을 이루기 위해서입니다. 그런데 석존께서 깨닫는 것을 너무 강조하시다 보니 깨달은 사람이 부처님이 되어버렸습니다. 그러나 진짜 부처님은 창조주입니다. 창조주는 만물과 온 인류를 창조하셨습니다. 그래서 그 창조주를 찾아 만물과 만민들이 창조주의 피조물임을 깨닫고 만물이 그에게로 돌아가는 길을 깨닫는 것이 진리이고 그것을 깨닫는 것이 깨달음이고 그것이 깨달음을 얻은 부처입니다.

앞 서문에서 언급한 바와 같이 세계 만민들이 섬기고 의지해야 할 분은 자신을 존재케 한 자신의 직계 조상으로서의 창조주입니다. 인류의 모든 족속이 자신들의 직계조상으로의 창조주에게로 돌아갈 때, 진정한 깨달음을 얻게 될 것이고 능히 그들이 부처가 될 것입니다. 우리가 인간이 된 1차적 창조는 양적인 창조로 육체의 창조였습니다. 그러나 종교의 창조는 2차적 재창조로서 자신의 영혼을 다시 창조함 받는 것입니다.

1차적 창조는 육체의 직계에 의하여 수직적으로 이루어졌습니다. 그 최고봉에 인류 최초의 성자가 존재할 것입니다. 2차적 창조는 70~80억 세계인 중에 미륵부처로 출세한 한 사람에 의하여 수평적으로 이루어질 것입니다. 영적인 창조는 수평직계로 이루어질 것입니다.

오늘날의 모든 인류는 조상들의 후손들이고 선조들의 열매입니다. 수평적으로 이루어지는 재창조의 대열에 택함받아 직계 선조의 열매로 아름답게 완성된다면 수백만 년 동안 번식 양육된 큰 보람을 찾을 것입니다. 왜냐하면 이렇게 깨닫고 보니 우리 인류는 먹기 위해서 산 것이 아니라, 이렇게 재창조되는 조물주의 첫 열매가 되기 위하여 우리가 존재했던 것이기 때문입니다. 후손들 중에 첫 열매로 재창조된다면 선조들을 영화롭게 할 것이며, 그들은 후손으로 말미암아 다시 살아날 것입니다. 그러나 반대로 쭉정이로 판별 받아 무명무실하게 없어진다면 조상을 욕되게 하는 후손으로 낙인 찍혀 영원히 사라질 것입니다.

부처님의 불법에는 이런 것을 제시하여 두었습니다. 석가모니부처님이 소중한 것은 이런 일련의 것들을 깨닫게 모든 것들을 우리들에게 준비하여 주셨기 때문입니다.

따라서 인간으로서 싯다르타는 우리 인간에서 아무 의미가 없습니다. 우리가 소중하게 생각해야 할 것은 창조주를 깨달은 싯다르타의 가르침입니다. 따라서 우리는 싯다르타를 숭상하는 것이 아니라, 싯타르타가 우리들에게 깨닫게 해주신 창조주를 숭상해야 하는 것입니다. 그 창조주의 다른 이름이 진여이고, 조광신이고, 만유의 일인자이고, 법신불부처님입니다.

다시 본론으로 돌아갑니다. 그리고 그 다음에 왕이 설하는 바가 다 허망치 않다는 것은 그 법대로 언젠가는 다 이루어진다는 말입니다. "여래는 일체법이 돌아갈 곳을 관찰하여 알며 일체 중생이 깊은 마음으로 행하는 바를 알고, 통달하여 걸림이 없으며, 또 모든 법의 궁극까지 아주 분명하게 잘 알고, 모든 중생에게 일체 지혜를 보이느니라."

이리하여 종국에는 여래의 지혜로서 중생들이 성불을 이루게 됩니다. 여기서 여래(如來)는 '이와 같이 세상에 온다' 는 말로서 화신불을 지칭한 말입니다.

"가섭아 비유하면 삼천 대천 세계의 산과 내와 골짜기와 땅 위에 나는 초목이나 숲, 그리고 약초가 많지만은 각각 그 이름과 모양이 다르니라. 먹구름이 가득히 퍼져 삼천 대천 세계를 고루 덮고, 일시에 큰 비가 고루 내려 흡족하면, 모든 초목이나 숲이나 약초들의 작은 뿌리, 작은 줄기, 작은 가지, 작은 잎과, 중간 뿌리, 중간 줄기, 중간 가지, 중간 잎과, 큰 뿌리, 큰 줄기, 큰 가지, 큰 잎이며 여러 나무의 크고 작은 것들이 상, 중, 하를 따라서 제각기 비를 받느니라."

삼천 대천의 모든 초목이나 숲의 약초는 지구상에 살고 있는 다양한 사람들을 말합니다. 그리고 그 사람들은 제각기 하늘의 부처님으로부터 진리를 받고 상급 중급 하급의 사람으로 나누어진다고 합니다.

"한 구름에서 내리는 비가 그들의 종류와 성질을 따라서 자라고 크며 꽃이 피고 열매를 맺나니, 비록 한 땅에서 나는 것이며 한 비로 적시는 것이지마는 여러 가지 풀과 나무가 저마다 차별이 있느니라."

한 구름에서 내리는 비란 부처님에게서 내리는 진리는 하나라는 의미를 가집니다. 그 똑같은 진리를 듣지만 어떤 부류는 부처로 성불하여 열매 맺는 사람들도 있고, 노력하였으나 도달하지 못하는 사람들도 있고, 잘 못된 길을 걸어 하급의 사람으로 떨어지는 부류들도 있다는 것입니다.

"가섭아, 마땅히 알아라. 여래도 그와 같아서 세상에 출현함은 큰 구름이 일어나는 것과 같고, 큰 음성으로 온 세계의 하늘과 사람과 아수라에게 두루 들리는 것은, 저 큰 구름이 삼천 대천 세계에 두루 덮이는 것과 같으니라."

여래도 그와 같아서 세상에 출현함은 큰 구름이 일어나

는 것과 같다는 말은 여래는 반드시 세상에 출현하게 된다는 것과 그 여래는 진리를 가지고 온다는 것입니다. 그리고 큰 음성으로 온 세계의 하늘과 사람과 아수라에게 두루 들려준다는 것은 그 진리를 목청 높여 큰 소리로 진리를 전한다는 말입니다. 하늘과 사람과 아수라에게도 두루 들려준다는 말은 하늘에 있는 신들과 땅의 사람들과 마구니 신들도 그 법을 듣게 된다는 말입니다.

"나는 여래...중략...제도 하지 못한 이를 제도하며, 이해하지 못한 이를 이해케 하며, 편안하지 못한 이를 편안케 하고, 열반하지 못한 이를 열반케 하느니라. 지금 세상과 오는 세상을 실답게, 나는 일체를 아는 사람이며, 일체를 보는 이며, 도를 아는 이며, 도를 열어 보이는 이며, 도를 말하는 이니, 너희 하늘과 인간과 아수라들은 다 여기에 모여 법을 들을지니라."

여래는 중생들을 제도하고 열반을 하게 하며 일체의 도를 알며 현세와 내세를 알므로 하늘과 인간과 아수라들도 다 모여 법을 들으라고 합니다. 여기서 하늘은 하늘의 신들을 말하며 아수라들은 마군들을 의미합니다. 신의 세계에는 선한 신과 악한 신들이 있는데 귀신이란 마귀신의 준말로서 악한 신을 일컫는 말입니다. 그리고 그 신들은 사람의 육체에 사람의 영으로 들락날락 살고 있습니다.

위에서 설한 '지금 세상'과 '오는 세상'이라고 한바 지금 세상은 현세를 말하고 석가모니의 법이 통하는 시대로 보면 됩니다. 그리고 오는 세상은 내세(來世)로서 석가모니의 법이 말법이 되고 미륵부처의 정법(正法) 시대입니다.

내세(來世)가 오기까지는 사바세상은 마구니의 세상이고 마구니의 왕은 용으로 불려졌습니다. 그러나 내세(來世)가 임하면 세상은 부처님의 세상이 되고 마구니는 하나도 남김없이 멸절되고 맙니다. 내세(來世)는 마구니가 없게 되어 생로병사(生老病死)의 윤회가 끊어지기 때문에 그 세계를 극락(極樂)이라고 합니다.

내세(來世)에는 미륵부처님이 주시는 정법(正法)으로 보살들과 중생들이 부처로 성불할 수 있고 성불하지 못하는 사람들은 모두 지구촌에서 멸절되어 사라지게 됩니다. 그래서 지구촌에는 부처들만이 사는 세상이 됩니다. 그리고 부처가 된 사람들은 모습조차도 32상을 가지며 천안통, 천이통, 숙명통, 신족통, 타심통, 누진통인 6신통을 가지게 되어 세상은 불국토가 됩니다.

그것이 바로 불교에서 말하는 진정한 내세관(來世觀)입

니다. 여기가 바로 무량한 부처의 세상이며 지상극락입니다. 내세(來世)는 죽어서 가는 세상이 아니라, 현세가 가고 다시 오는 새 세상을 말합니다.

"그때 한량없는 천만억 중생들이 부처님 계신 데 와서 법을 들었느니라...중략...중생들이 이 법을 듣고는 현세에는 편안하고 후세에도 좋은 곳에 태어나, 도로써 쾌락을 받고 또 법을 듣게 되며, 법을 듣고는 모든 업장과 걸림을 여의고, 모든 법 가운데서 그 힘의 능력을 따라 점점 도에 들어가게 되나니 마치 저 큰 구름이 모든 것에 비를 내리면 풀과 나무와 숲과 약초들이 그 종류와 성질대로 비를 맞아 제각기 자람과 같느니라."

"여래가 설하는 법은 한 모습이며 한 맛이니, 이른바 해탈의 모습과 여의는 모습과 멸하는 모습이니 필경에는 일체 종지에 이르는 것이니라. 어느 중생이나 여래의 법을 듣고 그대로 지니거나 읽거나 외우거나 말한 대로 수행하면 얻는 공덕을 스스로는 깨닫지 못할 것이나, 왜냐하면 여래는 이 중생들의 종류와 모양과 자체와 성품을 알되, 무엇을 염하고 무슨 일을 생각하며 무슨 일을 닦으며, 어떻게 염하고 어떻게 생각하며 어떻게 닦고, 무슨 법으로 염하고 무슨 법으로 생각하며, 무슨 법으로 닦으며, 무슨 법으로써 어떤 법을 얻는가를 아느니라."

"중생이 가지가지 처지에 머물러 있는 것은 오직 여래는 실지대로 보고 분명히 알아 막힘이 없으나, 마치 저 풀, 나무, 숲, 약초들은 스스로 상, 중, 하의 성품을 알지 못하는 것과 같기 때문이니라."

나무, 풀, 숲이 상중하의 성품을 알지 못하는 것처럼, 중생들도 무지하다는 것입니다. 여래는 한 모습이며 한 맛인 법을 아신다는 것은 창조주도 하나이고, 진리도 하나라는 것입니다. 그러므로 여래에게서 나온 법은 하나의 맛이므로 이 사람의 해석이 다르고 저 사람의 해석이 다르면 안 된다는 것입니다. 그러므로 해탈의 모습, 멸하는 모습, 구경열반의 모습이 일반입니다. 불법을 한 맛으로 내면 해탈은 중생들이 마구니로부터 벗어남을 의미하고 멸하는 모습이란 그것을 위하여 생멸이 일정 반복된다는 의미며, 구경열반은 비로소 온전하고 영원한 불멸의 열반의 세계가 온다는 것입니다.

불서에서처럼 성서의 기록방법도 동일합니다. 자연계의 사물이나 섭리를 빙자하여 창조주의 계획을 숨겨놓는 방법을 비유법이라고 합니다. 본장에서 하늘에서 내리는 비와 땅의 약초는 비유로 기록된 것입니다. 하늘은 창조주요, 비는 진리요, 땅의 약초는 지상의 사람들을 비유한 것입니니다. 그렇다는 것을 증명하기 위하여 성서의 몇 소절을 참고해보겠습니다.

구약성서 신명기 32장 1~2절입니다.

"1하늘이여 귀를 기울이라 내가 말하리라 땅은 내 입의 말을 들을 찌어다 2나의 교훈은 내리는 비요 나의 말은 맺히는 이슬이요 연한 풀 위에 가는 비요 채소 위에 단 비로다"

하늘은 하늘의 대리자인 지도자이고, 땅은 백성들이고 내 입의 말은 창조주의 진리의 말씀입니다. 그 교훈을 비 또는 이슬로 비유하였습니다. 연한 풀은 백성들입니다. 채소 또한 그렇습니다. 이는 땅에 있는 하늘의 지도자들과 백성들이 하늘에서 내려오는 진리의 말씀에 귀를 기울이고 들으라는 것입니다. 그리고 땅의 풀이나 채소가 하늘의 비와 이슬을 먹고 살 듯이 사람들도 하늘의 진리를 듣고 살 수 있다는 의미인 것입니다.

창세기 1장 11~12절입니다.

"11하나님이 가라사대 땅은 풀과 씨 맺는 채소와 각기 종류대로 씨 가진 열매 맺는 과목을 내라 하시매 그대로 되어 12땅이 풀과 각기 종류대로 씨 맺는 채소와 각기 종류대로 씨 가진 열매 맺는 나무를 내니 하나님의 보시기에 좋았더라”

이러한 비유에 대한 것을 모르게 되면 위의 문장에 기록된 풀, 채소, 열매, 과목 등이 자연계의 것으로만 생각할 수밖에 없을 것입니다. 그러나 비유를 알게 되면 그 참의미를 깨닫게 됩니다.

요한계시록 7장 1절입니다.

“이 일 후에 내가 네 천사가 땅 네 모퉁이에 선 것을 보니 땅의 사방의 바람을 붙잡아 바람으로 하여금 땅에나 바다에나 각종 나무에 불지 못하게 하더라”

여기서도 비유가 아니라면 천사가 어찌 바람을 붙잡을 수가 있겠습니까? 여기서 바람은 천사를 비유한 것입니다. 네 천사는 천사장이기에 천사장이 천사를 시켜 일곱 금 촛대 장막교회의 백성들이나 땅의 종교세계나 각종 사람들을 향하여 심판하던 일을 잠시 중단하라고 지시하는 것입니다.

요한계시록 8장 7절입니다.

"첫째 천사가 나팔을 부니 피 섞인 우박과 불이 나서 땅에 쏟아지매 땅의 삼분의 일이 타서 사위고 수목의 삼분의 일도 타서 사위고 각종 푸른 풀도 타서 사위더라"

천사가 나팔을 분다는 것은 어린양이 일곱 인을 떼고 보니 나타난 것이 일곱 나팔입니다. 나팔을 분다는 것은 일곱 인을 떼고 난 후에 나타난 일을 세상 사람들에게 알리는 것을 비유한 말입니다. 일곱째 인을 떼니 일곱 나팔이 나오게 됩니다. 그 중 첫째 나팔의 내용이 위 문장입니다. 이것도 비유입니다. 그렇지 아니하면 어찌 우박에 피가 섞여 있을 수가 있겠습니까? 우박은 심판의 말씀을 비유한 것입니다. 자연계의 우박이 선 과일을 떨어지게 하듯이 하늘의 진리의 말씀으로 악한 자들을 심판한다는 의미입니다. 불도 마찬가지입니다. 땅은 일곱 금 촛대 장막교회를 비유한 것입니다. 일곱 금 촛대장막의 일곱 종들과 성도들이 언약을 어겼으므로 심판을 받는 장면입니다. 일곱 금 촛대 장막교회의 성도들을 수목으로 비유하였습니다. 또 풀로도 비유하였습니다. 이들 중 삼분의 일이 심판 받아 그 심령이 멸망당하는 것을 비유로 설명한 것입니다.

이와 같이 불경이나 성경은 공히 비유란 어법을 사용하여 기록되어 있음을 알 수가 있습니다. 따라서 본장의 약초도 영적인 것으로 봐야 합니다. 불서의 약초를 요한계시록에서는 약 잎사귀라고 했고 이것으로 만국을 소성한다고 되어 있습니다. 땅에는 하늘의 진리를 받은 사람들이 있습니다. 이들을 선지자라고들 합니다. 이들은 하늘의 진리를 받아 사람들의 영혼을 깨끗하게 정화시키는 역할을 합니다. 사람의 육체를 치료하는 것은 약초입니다. 그러나 사람의 영혼은 약초로 치료할 수가 없습니다. 사람의 영혼은 진리로 치료할 수 있습니다. 그런 의미를 보충하는 것이 양의치자유(良醫治子癒)입니다. 법화경 비유문의 하나로 훌륭한 의사가 자식의 병을 치료한다는 의미입니다. 이것 역시 말세의 신병(神病)을 치료하는 것을 나타냅니다. 그리고 불경에는 또 약사여래(藥師如來)란 부처가 등장하는데 영혼을 치료하는 부처님이란 뜻입니다. 약사여래는 약초를 가지고 사람을 치료하게 되는데 약초는 정법이고 치료는 영혼의 치료입니다. 말세에 중생들과 보살들이 약초나 의사가 필요한 이유는 말세에는 모든 사람이 신병에 걸려있기 때문입니다. 그 신병을 치료하면 사람이 부처가 되게 됩니다. 따라서 의사와 약사는 신병(神病)에 걸린 사람들을 부처로 치료하는 역할을 하는 사람들입니다. 요한계시록 22장 2절입니다.

"2길 가운데로 흐르더라 강 좌우에 생명나무가 있어 열두가지 실과를 맺히되 달마다 그 실과를 맺히고 그 나무 잎사귀들은 만국을 소성하기 위하여 있더라”

윗 문장에서 약 잎사귀로 만국을 소성한다고 합니다. 만국은 세계입니다. 소성은 다시 살린다는 의미입니다. 이 진리의 약으로 신병을 치료하니 세계인들이 살아나게 됩니다. 불교의 약초와 같은 의미로 쓰였습니다.

12. 요한계시록 제 5장

비밀로 봉함된 요한계시록의 책이 신들의 세계에서부터 열려 지상세계로 전하여지다

법화경의 약초유품에서 약초나 초목은 하늘에서 내려온 진리를 받은 사람들을 비유하였습니다. 약사여래(藥師如來)는 하늘에서 진리를 받는 선지자를 비유한 것입니다. 병든 사람이 약초를 먹고 육체가 낫듯이 신병(神病)이 든 사람들은 진리를 듣고 그 영혼이 낫게 됩니다. 그래서 그 약초를 가지고 오는 여래의 이름을 약사여래라고 한 것입니다. 약초는 진리가 되고 약사여래는 하늘로부터 진리를 받은 부처입니다. 여래(如來)란 말의 한자를 해석하면 '이와 같이 오다' 는 뜻입니다. 하늘의 진리를 가지고 지상에 오는 부처를 여래라고 한 것입니다.

요한계시록 5장에는 요한이 성령의 감동을 받아 창조주가 계시는 하늘의 영의 세계를 방문하였습니다. 거기서 안팎으로 쓰인 봉함된 책을 발견하였습니다. 그것은 요한계시록이 기록된 책이었습니다. 그런데 그 책은 천상천하에서 그 누구도 알 수 없었던 책이라고 기록하고 있습니다.

사실 오늘날 지구촌은 인구의 반 이상이 성경책을 가지고 신앙을 하고 있는 크리스찬들입니다. 그 중에는 수많은 신학자들과 목사들과 신부들이 있습니다. 그러나 오대양육대주에 있는 어떤 신학자들이나 목사들이나 신부들도 요한계시록의 비밀을 아는 사람이 없습니다.

그런데 그 책을 요한이 하늘로부터 계시로 받게 됩니다. 계시(啓示)란 단어의 뜻은 '열어서 보이다' 는 뜻입니다. 요한계시록을 묵시록이라고도 부르는바, 묵시록(黙示錄)이란 말은 입 다물 묵 자에 보일 시, 기록할 록 자로 '입을 다물고 보여주는 책' 이란 의미입니다. 이때 입을 다물다는 말은 눈을 감겼다는 뜻으로 쓰인 것입니다. 따라서 묵시록(黙示錄)를 해석하면 '눈을 감겨서 볼 수 없게 한 책' 이 됩니다.

그런데 계시록(啓示錄)이란 말은 '열어서 볼 수 있게 한 책' 이란 뜻입니다. 볼 수 없게 한 책을 언젠가는 볼 수 있도록 계시를 하겠다는 의지가 담긴 이름입니다. 그런데 그 이름이 요한계시록이라고 지어놓았습니다. 그러므로 묵시록(黙示錄)이 정한 때가 되면 요한이란 사람에게 계시된다는 것을 암시하고 있는 것입니다.

그래서 묵시록(黙示錄)이 계시되는 과정은 먼저는 묵시

된 책이 창조주의 손에 있습니다. 그 다음 창조주께서 이 묵시를 예수께 전해줍니다. 그 다음 예수께서는 이 묵시록을 계시합니다. 예수께서는 계시된 책을 천사에게 전달합니다. 천사는 요한에게 계시 책을 전달합니다. 그런데 천사는 영이고 요한은 육체를 가진 사람입니다. 이때 요한은 성령의 감동으로 그 책을 계시로 받게 됩니다. 그 성령은 곧 예수께 열린 책을 받은 천사입니다. 요한계시록 10장 10절 이하에서 요한이 계시된 책을 받아 소화하는 내용이 잘 기록되어있습니다.

열린 책을 받은 성령이 요한의 육체에 임하게 되니 그 책은 요한에게로 이동된 것입니다. 성서에는 그것을 성령의 감동으로 책을 받아먹었다고 표현한 것입니다. 요한계시록 10장 10절의 말씀입니다. “내가 천사의 손에서 작은 책을 갖다 먹어버리니 내 입에는 꿀 같이 다나 먹은 후에 내 배에서는 쓰게 되더라” 계시된 책이 요한의 육체 안의 마음에 들어갔으니 요한은 지상에서 유일하게 계시록의 비밀을 모두 깨닫는 사람이 될 수 있는 것입니다.

초림 예수도 이사야 29장 29절 이하의 봉함된 책을 이처럼 유일하게 받게 된 사람입니다. 에스겔 3장 3절입니다. “내게 이르시되 인자야 내가 네게 주는 이 두루마리로 네 배에 넣으며 네 창자에 채우라 하시기에 내가 먹으니 그것이 내 입에서 달기가 꿀 같더라” 이렇게 예언대로 택한 자가 되었으니 그에게서 유일하게 진리가 나왔던 것입니다. 그래서 그가 구원자가 될 수 있었습니다.

따라서 성경상 지상에서 묵시록을 계시 받을 사람으로 두 사람이 정해져 있었다는 것을 알 수 있습니다. 구약은 예수이고 신약은 요한입니다. 구약은 예언대로 이루어졌고 신약은 이제 이루어질 일인데 신약시대를 사는 사람들은 요한의 실체를 알고 그에게 가르침을 받게 되면 신약의 묵시를 열어 깨닫는 자가 될 수 있을 것입니다.

이리하여 계시록 시대에는 오대양육대주 중에 그 누구도 알 수 없었던 요한계시록의 책이 지상에 사는 요한이란 사람에게 열린 상태로 전달되게 됩니다. 요한은 12제자를 택하여 계시된 내용을 세계의 사람들에게 알리게 됩니다.

계시된 내용이 다 공개되면 그 내용은 법화경 및 기타 경전의 예언과 동일하게 나타납니다. 즉 요한계시록의 계시는 곧 법화경의 계시로 연결됩니다. 또 법화경의 계시는 세계의 모든 종교 경전으로 연결됩니다. 왜냐하면 요한계시록에서 제시하는 구원의 대상은 지구촌 모든 종교인들이며 모든 세계인들이기 때문입니다. 따라서 요한은 진리를 가진 메시야가 되고, 이 요한이 바로 법화경의 주인공인 미륵부처로 나타납니다. 미륵부처는 사람들을 정각시킬 수 있는 정법 곧 아뇩다라삼먁삼보리의 진리를 가지고 옵니다. 그리고 그 정법으로 신병에 든 사람들의 영혼을 치료하게 되므로 그 이름을 약사여래라고도 하는 것입니다.

자 그럼 요한이 신의 세계를 방문하여 어떻게 묵시록을 계시하여 받게 되는지를 중심으로 본문을 보기로 하겠습니다.

1 “내가 보매 보좌에 앉으신 이의 오른손에 책이 있으니 안팎으로 썼고 일곱 인으로 봉하였더라”

요한이 보니 보좌에 앉으신 창조주의 오른 손에 책이 있는데 안팎으로 썼고 일곱 인으로 봉하여져있다고 합니다.

2 “또 보매 힘 있는 천사가 큰 음성으로 외치기를 누가 책을 펴며 그 인을 떼기에 합당하냐 하니”

그래서 요한이 다시 보니 힘 있는 천사가 큰 음성으로 누가 이 책을 펴며 그 인을 뗄 수 있는 자격을 가질까라고 합니다.

3 “하늘 위에나 땅 위에나 땅 아래에 능히 책을 펴거나

보거나 할 이가 없더라"

그런데 그 천사가 하늘 위나 땅 위나 땅 아래에 능히 그 책을 펴거나 보거나 할 사람이 없더라고 합니다. 여기서 하늘 위란 신들의 세계를 의미하고 땅 위란 지상세계를 의미합니다. 하늘과 땅 어디에도 그 책의 의미를 이해할 수 있는 사람이 없음을 말하고 있습니다. 이런 상태에서 오늘날의 종교세계가 지속되어 왔습니다. 그러니 세상에서 종교를 한다고 하나 자신의 종교경전 속에 기록된 내용을 그 누구도 알 수 없었던 것입니다.

그래서 세상 사람들이 불경의 아뇩다라삼먁삼보리의 비밀이나, 요한계시록의 세 가지 비밀이 무엇인지 이해할 수 없었습니다. 따라서 오늘날까지 경전의 뜻을 알지 못한 것은 누구의 잘 못도 아니라고 할 수 있습니다. 잘 못이 있다면 창조주가 정한 때가 되기 전까지 천기를 누설하지 말라고 하였건만 이러니저러니 사람의 생각으로 그 내용을 자의로 추리하여 점치듯 사람들에게 가르친 것이 죄가 될 것입니다. 그리고 이제까지는 알지 못하던 시대였기 때문에 허물치 않으셨지만 이제 그것을 알게 된 시대부터는 모르는 것은 허물이 됩니다.

4 "이 책을 펴거나 보거나 하기에 합당한 자가 보이지

않기로 내가 크게 울었더니"

요한이 보니 그 책을 펴거나 보거나 할 수 있는 자격을 가진 사람이 한 사람도 보이지 않기 때문에 크게 울었습니다. 아마 요한은 평소에 요한계시록의 비밀을 매우 알고 싶어 했나 봅니다. 그런데 하늘에까지 올라갔는데 그 책을 열거나 보여줄 수 있는 이가 하나도 없으니 절망하여 울었나 봅니다. 그때

5 "장로 중에 하나가 내게 말하되 울지 말라 유대 지파의 사자 다윗의 뿌리가 이기었으니 이 책과 그 일곱 인을 떼시리라 하더라"

요한이 그렇게 울고 있을 때, 장로 중의 하나가 요한을 달래며 울지 말라고 위로를 해주고 있습니다. 이 장로는 요한계시록 제 4장에서 24장로 중의 하나를 말합니다. 이 장로가 유대 지파의 사자 다윗의 뿌리가 이기었으니 이 책과 그 일곱 인을 떼게 된다고 합니다. 유대 지파의 사자인 다윗의 뿌리는 예수입니다. 그런데 예수가 이겼기 때문에 그 책을 열어준다고 합니다. 예수는 언제 누구를 상대로 하여 이긴 것일까요?

성서에서 이기고 지는 것에 대해서는 신명기 28장에 잘

기록되어 있습니다. 그리고 요한계시록 2~3장에서도 계속 이기는 자를 찾고 구하고 있습니다. 그리고 성서에서 전쟁은 에베소 6장 10절 이하에서처럼 진리의 전쟁입니다. 이 전쟁은 창조주의 세계와 마귀세계 간의 지상권을 차지하기 위한 전쟁입니다. 그 전쟁의 시작은 창세기부터입니다. 창세기 3장 15절에서 뱀의 후손과 여자의 후손과의 전쟁이 있을 것을 예언하였습니다.

"내가 너로 여자와 원수가 되게 하고 네 후손도 여자의 후손과 원수가 되게 하리니 여자의 후손은 네 머리를 상하게 할 것이요 너는 그의 발꿈치를 상하게 할 것이니라 하시고" 전쟁의 발단은 창조주와 뱀 사이에서 시작되었습니다. 창조주께서는 아담과 하와에게 선악과를 먹지 말라고 하며 언약을 하였습니다. 그런데 뱀은 아담과 하와에게 선악과를 먹으면 하나님처럼 높게 된다고 하였습니다.

뱀은 요한계시록에서 용이고 마귀고 사탄이라고 했습니다. 요한계시록 20장 2절입니다. "용을 잡으니 곧 옛 뱀이요 마귀요 사탄이라 잡아서 천 년 동안 결박하여" 라고 하였습니다. 그런데 뱀의 정체는 다음에 더욱더 구체적으로 다루게 됩니다.

창세기의 아담과 뱀의 이야기는 창조주와 사탄과의 진리

의 전쟁이었습니다. 세상의 투표제도에서도 표가 많은 사람을 이겼다고 하고, 적은 사람을 졌다고 합니다. 근간에 러시아와 우크라이나 간에 크림반도의 영유권을 두고 다툼이 있었습니다. 크림반도의 주민들이 러시아와 우크라이나 중 하나를 투표를 하여 결정한다고 합니다. 그래서 크림반도의 주민들은 러시아와 우크라이나 중 더 많은 표를 던지는 쪽의 나라의 소속이 되게 됩니다.

이렇듯이 창세기에서도 이러한 전쟁이 있었던 것입니다. 지구촌의 권력이 아담과 하와가 창조주와 뱀을 사이에 두고 선택하는 쪽의 소유가 되게 됩니다. 이때 아담과 하와는 지상의 모든 사람들을 대표하는 입장이었습니다. 직접선거가 아니라, 간접선거인 셈입니다. 그래서 지구촌의 대표자였던 그들의 선택에 따라 지상권이 창조주께도 갈 수 있고 뱀에게도 갈 수 있었습니다.

그런데 아담과 하와는 뱀의 편을 들어 선악과를 먹고 말았습니다. 그래서 전쟁의 결과는 창조주가 패한 것이 되었습니다. 그 결과 지상권과 인간의 영권(靈權)을 사탄이 가지게 되었습니다. 이때부터 창조주는 지상과 인간에게 영향력을 행사할 수 없게 되었습니다. 그리고 인간의 마음속에 있던 창조주와 같은 계열인 성령은 모두 그 육체들을 떠나고 그 육체에는 사단의 영인 악령이 들어오게 되었던 것이었습니다.

그때부터 인간이 살고 있는 세상이 사단의 권한 속에 속하고 말았고 인간은 사단의 구속 속에 들어가 버렸습니다. 이리하여 인간은 사단의 구속으로부터 구원을 받아야 하는 신세가 되었고 창조주는 자신이 지은 인간세상을 도로 찾기 위하여 이 사실을 인간에게 깨닫게 하기 위하여 선지자들을 택하여 성령의 감동을 주어 경서를 쓰게 한 것입니다. 경서에는 창조주께서 당한 이런 일련의 지난 사건들과 앞으로 세상을 구원하기 위한 전략이 비밀리에 기록되어있습니다. 그 비밀을 열면 시대마다 택한 선민들이 성령으로 시작하였으나 배도를 하여 악령으로 변질된 사건이 나타납니다. 그래서 구 선민들을 심판할 새로운 목자가 나타날 것을 예언으로 남겼던 것입니다. 큰 의미에서 그 새로운 목자로 첫 번째 나타난 사람이 예수였습니다.

이때 배도한 선민들에게 사단이라고도 하고 마귀라고도 하는 악령들이 선민들에게 임하여 새로운 목자와 새로운 목자가 하고자 하는 일을 방해하고 저지하게 됩니다. 이때 새 목자의 나라와 구 선민들이 서로 교전을 하게 되는데 교리로 하게 됩니다. 그것이 진리의 전쟁인 것입니다. 구 선민들은 기득권을 가지고 자신들이 창조주에게 택함 받은 정통이라고 주장하며 새로운 목자를 대적하고 방해하는 것입니다. 창조주께서는 이런 전쟁이 있을 것을 이미 창세기 3장에서부터 예언하신 것입니다.

창세기 3장 15절의 예언을 보면 창조주께서 앞으로 뱀의 후손과 여자의 후손 간에 전쟁이 있을 것을 예언하고 있습니다. 뱀은 마귀 신을 입은 거짓을 전하는 거짓 목자를 비유한 것이고, 여자도 영적인 아이를 낳는 목자를 비유한 것이나 여기서는 창조주의 진리를 전하는 참 목자를 비유한 말입니다.

그 후 4천 년 후에 여자의 후손으로 온 자가 예수였습니다. 그리고 그 당시 유대 제사장들인 서기관과 바리새인들은 뱀의 후손들로 전쟁에 참여하였던 것입니다.

그래서 여자의 후손으로 온 예수는 그 당시 이스라엘의 목자였던 서기관과 바리새인과 제사장들에게 "뱀들아 독사의 새끼야 너희가 어떻게 지옥의 판결을 피하겠느냐" 고 그들이 뱀의 후손임을 만인들 앞에서 선언하였던 것입니다. 이 말은 그 당시의 유대 목자들이 참 목자가 아니라, 거짓을 전하는 사단의 목자란 사실을 전하였던 것입니다. 이렇게 경전에서의 전쟁은 참과 거짓을 드러내어 증명하는 것입니다.

신약성서에 기록된 2천 년 전에 있었던 십자가 사건과 유대에 있었던 예수와 제사장들 간의 언쟁은 바로 전쟁이었던 것입니다. 이 전쟁도 영적으로 깊이 생각해보면 창조주와 사단 간의 전쟁입니다. 예수는 창조주의 편의 사람이었고, 유대 서기관 바리새인들은 사단의 편이었던 것입니다. 그러나 그 당시 그 누구도 서기관과 바리새인들이 사단의 목자란 사실을 몰랐습니다. 그러나 예수는 진리로 그들의 정체를 파악하고 진리로 증거 하여 그들이 사단의 목자란 사실을 증거 하여 이겼던 것입니다.

그중 한 가지가 십자가의 사건입니다. 십자가의 사건으로 서기관과 바리새인들과 제사장들이 사단의 목자란 사실을 부인할 수 없게 된 것입니다. 예수는 구약성서에 기록된 하나님의 아들입니다. 그런데 하나님의 아들을 십자가에 올려 죽게 한 당사자가 바로 그 당시 서기관과 바리새인들과 제사장들이었습니다. 이것보다 그들이 사단의 소속이란 사실을 증명할 방법이 어디에 있겠습니까?

그러나 외관상으로는 창세기 때부터 지상권이 뱀에게 넘어갔으므로 예수는 세상에서 힘을 발휘할 수가 없는 것처럼 보였습니다. 그러나 자신의 몸을 기꺼이 만민들을 위하여 바침으로 그 당시 목자들이 선악 중, 악의 무리였음을 극명하게 드러낼 수 있게 된 것입니다. 십자가의 살신성인의 정신은 이 때문에 중요한 의미를 가지는 것입니다. 왜냐하면 누구나 자신의 목숨을 바치기는 쉽지 않습니다. 그러나 예수께선 자신의 몸을 바쳐서 인간사 속에서 사람을 생로병사로 몰고 가던 사단의 정체를 밝힌 것입니다. 그렇지 않았다면 아직 사단의 음모를 인간이 모르고 있을 테고, 그렇다면 인간의 구원은 꿈에서도 생각할 수 없는 상황이 되었을 것입니다.

따라서 진리의 전쟁은 세상의 집권자의 신분이 무엇이냐를 드러내는 것입니다. 창조주가 전쟁을 해야 하는 이유는 세상의 사람들 속에 기생하는 사단을 잡기 위하여서입니다. 그 사탄을 잡으려면 사탄의 서식지를 알아야 합니다. 그런데 그 사탄의 서식지가 바로 하나님을 믿는다는 목자와 선민들이었으니 참 아이러니 합니다. 예수의 죽음으로 그것이 드러난 것입니다. 사단은 지혜가 출중한 교활한 신인데 자신이 잡히지 않고 목숨을 연명하여 살기위해서는 어떤 머리를 썼을까요? 어디에 숨으면 가장 안전하다고 생각했을까요?

그것은 천혜의 요새를 찾는 것이었습니다. 세상에서 사단이 나쁜 존재라고 강조하는 존재는 교회뿐입니다. 따라서 사단은 교회에 숨으면 가장 안전을 보장받을 수 있습니다. 교회의 왕은 목자들입니다. 사탄이 목자에게 숨는 것입니다. 그렇습니다. 교묘하기 짝이 없는 사탄은 그래서 초림 때에도 그 당시 교회의 세도가였던 서기관과 바리새인에게 숨어서 하나님의 아들초차도 어려움 없이 제거할 수 있게 된 것입니다. 목자를 속이면 교인은 무조건 통과입니다.

이렇게 목자와 교인을 속인 사탄을 세상에서 누가 감히 감당할 수 있겠습니까? 누가 그 존재를 알 수가 있어 그를 대적할 수 있겠습니까? 불교에서 유교에서 사탄을 언급하겠습니까? 아니면 비 종교 세계에서 이겠습니까?

이런 상황을 이미 아신 창조주께서는 창세기 3장에서 여자의 후손과 뱀의 후손 간에 전쟁이 있을 것을 예언한 것입니다. 그런데 그 비밀은 모두 성서에 기록되어 있습니다. 그런데 그 성서는 비밀로 봉함되어 있었습니다. 목자가 성서를 알아야 사탄에 대하여 지식을 가지게 되고 지식을 가질 때, 사탄을 이길 수가 있는데 목자에게 성서를 깨달을 수 있는 지혜가 없으니 어찌 사탄에게 속지 않겠습니까?

그래서 창조주께서는 여자의 후손을 보내어 그 모든 것을 지상의 사람들에게 알려주어서 사탄에게 영적으로 구속되어 있는 만민들을 구해내기 위한 계획을 성경에 기록한 것입니다. 그리고 약속대로 여자의 후손인 예수를 지상에 보내신 것입니다. 그런데 그가 와서 만민들에게 그 사실을 알리게 되면 사탄은 그 정체가 만천하에 드러나 잡히게 되니 사탄은 여자의 후손 예수와 사람 사이를 만나지 못하게 이간질을 하는 것입니다.

그때 사탄의 충실한 일꾼인 목자들이 있으니 이들을 통하여 여자의 후손을 거짓으로 증오하고 싫어하게 거짓을 조장하는 것입니다. 그때 사용한 방법이 사도행전 24장 5절의 말씀처럼 '이단' 이란 말입니다. 사실 여자의 후손은 창조주의 편이므로 정통으로 등장하였고, 구 목자들인 서기관과 바리새인들은 전통은 있지만 이미 이단이 된 부패한 집단이었지만 오히려 정통인 예수를 이단의 괴수라고 하여 역공으로 유대인들을 세뇌 시켰던 것입니다. 이렇게 창세기 3장의 예언은 이루어졌던 것입니다.

예수께서는 지상권이 모두 사탄의 목자들인 서기관과 바리새인들에게 가버린 악조건 속에서 홀로 진리의 전쟁을 시작하셨던 것입니다. 그는 그곳에서 대제사장들과 서기관 바리새인들 안에 숨어있는 사탄을 파악하시고 그들과 싸워 이긴 것입니다.

마태복음 23장 33~35절 "뱀들아 독사의 새끼들아 너희가 어떻게 지옥의 판결을 피하겠느냐 그러므로 내가 너희에게 선지자들과 지혜 있는 자들과 서기관들을 보내매 너희가 그 중에서 더러는 죽이거나 십자가에 못 박고 그 중에서 더러는 너희 회당에서 채찍질하고 이 동네에서 저 동네로 따라다니며 박해하리라 그러므로 의인 아벨의 피로부터 성전과 제단 사이에서 너희가 죽인 바라갸의 아들 사가랴의 피까지 땅 위에서 흘린 의로운 피가 다 너희에게 돌아가리라" 이렇게 예수께서는 그 당시 세상의 권력자였던 거짓 목자들을 진리로 심판하여 판결문을 발행한 것입니다.

그래서 이 전쟁에서 승리자는 예수입니다. 요한복음 16장 33절입니다. "이것을 너희에게 이르는 것은 너희로 내 안에서 평안을 누리게 하려 함이라 세상에서는 너희가 환난을 당하나 담대하라 내가 세상을 이기었노라" 이렇게 하여 창세기 3장 15절의 예언인 뱀의 후손은 여자의 후손의 발꿈치를 들겠다는 십자가의 예언을 이룬 것입니다.

비록 십자가를 지고 죽었지만 그 일로 말미암아 그들의 악행이 만천하에 들어났고 예수는 성령으로 말미암아 부활하여 승리하였음을 만인들에게 보여주었습니다. 진리로 승리한 것입니다. 그들은 세상의 권세를 독차지하고 있던 유대 제사장들과 서기관 바리새인들이었지만 그들은 창세기의 뱀의 후손이란 것을 만인들이 알게 하였으니 진리의 승리였던 것입니다.

그러나 한 번의 전쟁으로는 확실한 승리가 아니었습니다. 마지막 전쟁은 요한계시록과 법화경의 때에 치러지며 그 전쟁에서 승리할 때 완전한 승리가 되는 것이었습니다. 과연 마지막 전쟁에서 뱀의 후손으로 등장하는 실체들은 누구일까요?

결국 요한계시록 때, 여자의 후손은 뱀의 후손의 머리를 상하게 하여 승리하게 됩니다. 물론 여자의 후손의 이름은 요한입니다. 요한계시록 20장 1~3절입니다. "또 내가 보매 천사가 무저갱의 열쇠와 큰 쇠사슬을 그의 손에 가지고 하늘로부터 내려와서 용을 잡으니 곧 옛 뱀이요 마귀요 사탄이라 잡아서 천 년 동안 결박하여 무저갱에 던져 넣어 잠그고 그 위에 인봉하여 천 년이 차도록 다시는 만국을 미혹하지 못하게 하였는데 그 후에는 반드시 잠깐 놓이리라" 이렇게 하여 여자의 후손이 승리하여 아담으로부터 빼앗긴 지상권을 탈환하게 됩니다.

결론적으로 창세기에서 비롯된 전쟁은 그렇게 진행되지만 본문에서는 예수가 사탄을 상대로 이렇게 이겼기 때문에 다윗의 뿌리 예수가 봉함된 묵시록이 계시되게 되는 것입니다. 여기서 사탄을 상대로 이겼다고 하지만 실상은 유대 목자들과 싸워 이긴 것입니다. 그런데도 사탄과 이겼다고 하는 이유는 유대 목자를 주관하던 신이 사탄의 신이였기 때문입니다.

그 후 요한이 또 계시록 12장 7절 이하에서 사탄을 이기므로 성경에서 지루한 전쟁은 끝나게 되는 것입니다. 그런데 요한계시록 때도 이 시대의 목자들과 싸워 이기는 것이 사탄과의 전쟁에서 이기는 일입니다. 그런데 그 사탄은 일곱 금 촛대장막교회에 올라온 거짓 목자들 안에 있었습니다. 그래서 그들과 싸워 이기는 일이 곧 사탄과 이기는 일입니다. 따라서 그때 일곱 금 촛대장막교회에 올라온 17명으로 이루어진 일곱 머리 열 뿔 가진 짐승들이 언제 어디서 온 어떤 목자였는가를 드러내는 것이 요한계시록에서의 전쟁의 승리입니다.

그 승리 후에 요한계시록 21장 1절의 새 하늘과 새 땅이 세워집니다. 그래서 새 하늘과 새 땅은 사람의 뜻으로나 우연히 얻어지는 것이 아니라, 반드시 사탄과의 전쟁에서 이긴 결과 세워질 수 있게 되는 것입니다. 다시 본문으로 돌아갑니다.

"6내가 또 보니 보좌와 네 생물과 장로들 사이에 어린 양이 섰는데 일찍 죽임을 당한 것 같더라 일곱 뿔과 일곱 눈이 있으니 이 눈은 온 땅에 보내심을 입은 하나님의 일곱 영이더라"

그리고 또 요한은 네 천사장과 장로들 사이에 계시는 어린 양인 예수를 보게 됩니다. 그는 십자가에서 죽임을 당한 자며 그리고 일곱 뿔과 일곱 눈이 있다는데 그 눈은 4장에서의 일곱 영들입니다. 이 영들이 세상 온 땅에 파견되는 하나님의 일곱 영이라고 하며 그 일곱 영이 세상에 와서 일곱 금 촛대 장막교회를 만들게 되는 것입니다.

한민족은 예로부터 일곱 영을 칠성(七星)이라 했고, 그 칠성신(七星神)을 모신 곳을 칠성당(七星堂)이라고 했던 것입니다. 요한계시록 12장 5절에서는 칠성당에서 하나님의 아들이 탄생하게 된다고 예언하고 있습니다. 그 말은 결국 예언대로 되어 일곱 금 촛대 교회에서 사단을 잡고, 그 사단을 잡은 요한이 하나님의 아들로 정식 인정받게 됩니다.

"7어린 양이 나아와서 보좌에 앉으신 이의 오른손에서 책을 취하시니라"

이럴 때 어린 양 예수께서 나아와서 보좌에 앉으신 창조주의 오른 손에 있는 요한계시록 책을 취하고 있습니다.

그래서 창조주에게 있던 요한계시록의 책은 예수께로 옮겨 왔고 옮겨 올수 있는 자격은 예수가 2천 년 전에 사탄을 상대를 이겼기 때문입니다.

"8책을 취하시매 네 생물과 이십 사 장로들이 어린 양 앞에 엎드려 각각 거문고와 향이 가득한 금 대접을 가졌으니 이 향은 성도의 기도들이라"

예수께서 책을 취하게 되니 네 천사장과 이십 사 장로들이 예수께로 나아와 엎드려 거문고와 향이 가득한 대접을 가지고 있습니다. 거문고가 등장하는 것은 이제까지 창조주의 손에 있으며 굳게 봉함되었던 하늘의 비밀이 열렸기 때문에 그 소식을 거문고를 연주하듯 아름답고 즐겁게 전하기 때문입니다. 거문고소리는 예언대로 이루어진 실상을 사람들에게 전하는 내용을 비유한 것입니다. 사찰의 사천왕 중에 비파나 거문고를 들고 있는 것도 이 일을 상징하고 있습니다.

그리고 그 향은 성도의 기도라고 합니다. 이때의 지상 상황은 일곱 금 촛대 장막교회가 세워지고 그곳에서 천신과의 언약을 배신하고 요한이 일곱 종들에게 편지를 한 바로 직후입니다. 그래서 성도의 기도는 이런 상황에서 지상에서 창조주의 뜻을 아는 성도들의 기도들인 것을 알 수 있습니다.

9 "새 노래를 노래하여 가로되 책을 가지시고 그 인봉
을 떼기에 합당하시도다 일찍 죽임을 당하사 각 족속과 방
언과 백성과 나라 가운데서 사람들을 피로 사서 하나님께
드리시고"

거문고가 그렇게 비유되었듯이 새 노래도 비유입니다. 봉함된 책이 계시되어 나타나면 이 일은 이제 실상으로 이루어지게 됩니다. 요한계시록에 기록된 것은 글자입니다. 그런데 그 글자는 예언이었습니다. 그 예언이 이루어지면 그 실상이 나타나게 됩니다. 예를 든다면 "처녀가 아들을 낳으리니 임마누엘이라 하리라" 고 한 것은 예언이었고 글자였습니다. 그러나 처녀에게서 아들이 나면 그것을 실상입니다. 새 노래는 요한계시록에 예언된 대로 실상으로 이루이질 때, 이루어진 그것을 사람들에게 알리는 내용을 말합니다. 옛 노래가 예언이라면 새 노래는 실상이란 것입니다. 또 새 하늘과 새 땅을 본다고 한 것이 예언이라면 새 하늘 새 땅이 세워져서 사람들이 볼 수 있다면 그것은 실상인 것입니다.

그리고 본문에서 천상천하의 그 누구도 그 인을 뗄 수 있는 자격이 없다고 했는데 예수가 이기었으므로 인봉을

떼기에 합당하다고 장로들이 경배를 하게 됩니다. 예수는 일찍 죽임을 당하였는데, 그렇게 죽은 이유는 각 족속과 방언과 백성과 나라 가운데서 사람들을 피로 사서 하나님께 드리기 위해서라고 합니다.

족속이란 여러 교단을 말하고 방언은 교단마다 다른 교리를 말하고, 백성은 신앙인들을 말하고 나라는 교회들을 비유한 말입니다. 요한계시록은 창조주께서 창세기 때 아담과 하와로부터 잃어버린 지상권을 찾기 위한 마지막 무대입니다. 이천년 전에 예수께서 십자가에서 피로 죽은 것은 요한계시록 때, 교리가 다른 각 교단과 교회들 중에서 지도자가 될 제사장들을 추수하여 창조주께 드리려고 했다는 것입니다. 왜냐하면 창세기 때, 하나님의 나라를 잃어버렸기 때문입니다. 그 하나님의 나라의 제사장들이 될 알곡들을 빼내고 구하기 위하여 예수님은 십자가에 매달려 죽었던 것입니다.

그 결과 잃어버렸던 에덴동산을 되찾게 됩니다. 창세기의 에덴동산이 먼저 하늘과 먼저 땅이었다면 요한계시록에서 되찾은 창조주의 나라는 새 하늘 새 땅인 것입니다.

10 "저희로 우리 하나님 앞에서 나라와 제사장을 삼으셨으니 저희가 땅에서 왕 노릇하리로다 하더라"

그렇게 알곡들을 추수하여 창조주의 나라의 제사장으로 삼는다고 합니다. 그리고 그들은 지상에서 왕 노릇한다고 합니다. 창세기부터 세상은 사탄의 것이 되었습니다. 세상과 인간은 모두 사탄에게 속하여 있었습니다. 인간에게는 누구나 영혼이 있습니다. 그 영혼이 사탄의 것이란 것입니다. 사탄의 영은 곧 마귀의 영입니다. 마귀의 영은 창조주의 영과 반대되는 악령입니다. 창조주께서는 그런 세상이 되어버린 세상을 되찾으려고 노아 아브라함 모세 등을 택하여 노력해봤습니다.

야곱으로부터 시작된 나라가 이스라엘입니다. 이스라엘이란 말의 어원은 '이기다' 는 뜻입니다. 창조주는 사탄의 세상 속에서 인간들이 사탄을 이길 수 있도록 바라셨던 것입니다. 그래서 세계의 많은 나라들 중 유대 민족을 택하여 그 일을 시킨 것입니다. 그것이 야곱으로 시작된 이스라엘이란 나라입니다. 그러나 그들도 사탄을 이기지 못하고 결국은 그들도 사탄의 세력에 동화되어 버렸던 것입니다. 이기라고 나라 이름마저 이스라엘이라고 만들어 주셨건만 이스라엘 백성은 끝내 이기지 못하였습니다. 그리고 나서 예수가 비로소 사탄을 이기는 최초의 사람이 되었던 것입니다.

그리고 예수는 다시 오셔서 세상에 창조주의 나라를 세우시려고 새롭게 약속을 하셨습니다. 그것이 신약성서입니다. 신약의 마지막 책이 요한계시록입니다. 요한계시록을 통하여 창조주의 나라가 세워지게 됩니다. 왜냐하면 요한이 사탄을 또 이겼기 때문입니다. 그러면 요한은 창조주의 나라를 약속대로 세워야 합니다.

나라를 세우려면 나라의 정사를 볼 사람들이 필요합니다. 창조주의 나라인 새 나라는 사탄의 영혼에서 벗어난 성령의 사람들이 필요합니다. 그 사람들을 위하여 예수는 십자가에 못 박히셨다고 합니다. 그 사탄을 이긴 요한은 12제자들 택하여 진리로 가르치게 됩니다. 그리고 12제자들은 새 노래로 사람들을 가르치게 됩니다. 세상나라에도 정사를 돌볼 신하들이 필요합니다. 마찬가지로 창조주의 나라에도 그런 지도자가 필요합니다. 그 지도자들을 왕 같은 제사장이라고 한 것입니다.

오늘날까지는 사람이 사람의 뜻으로 교회를 세우고, 사람의 뜻으로 신학교에 가서 신학을 배워서 신도들을 가르쳤지만, 요한계시록이 이루어질 때부터는 창조주께서 계획하신 요한계시록 15장 5절과 21장 2절과 14장 1절에서 새 노래를 배워서 베드로 전서 2장 9절처럼 왕과 같은 권위를 가진 제사장이 되는 것입니다. 제사장은 곧 목자입니다.

요한계시록의 예언이 성취되면 교회도 창조주께서 직접 약속대로 세우시고, 지도자들도 창조주께서 직접 뽑으니 그야말로 지상의 하늘나라가 될 수 있는 것입니다.

11 "내가 또 보고 들으매 보좌와 생물들과 장로들을 둘러 선 많은 천사의 음성이 있으니 그 수가 만만이요 천천이라"

요한이 또 보니 천천만만의 천사들이 보입니다. 그 천사들이 셀 수 없이 많으므로 천천만만이라고 합니다. 이 천사들은 성령들입니다. 앞으로 세상에 사람들이 성령으로 거듭나려면 하늘에서 성령들이 내려와야 합니다. 그 성령들과 땅에서 정결한 사람들은 창조주의 택함을 받아 서로 그 천사들과 영육이 하나 되는 결혼식을 하게 됩니다. 이것이 영적인 혼인의 실상입니다. 이 많은 천사들이 창조주의 보좌와 장로들과 함께 있는 모습을 요한이 본 것입니다.

12 "큰 음성으로 가로되 죽임을 당하신 어린 양이 능력과 부와 지혜와 힘과 존귀와 영광과 찬송을 받으시기에 합당하도다 하더라 13내가 또 들으니 하늘 위에와 땅 위에와 땅 아래와 바다 위에와 또 그 가운데 모든 만물이 가로되 보좌에 앉으신 이와 어린 양에게 찬송과 존귀와 영광과 능

력을 세세토록 돌릴찌어다 하니 14네 생물이 가로되 아멘 하고 장로들은 엎드려 경배하더라”

이런 신비로운 역사를 펼치는 예수께 네 천사장과 장로들과 만물들이 영광을 돌리며 경배하고 있는 모습을 땅에서 올라간 요한은 모두 다 보았던 것입니다.

13. 제 6편 수기품(授記品)

경전에 기록된 예언은 반드시 이루어진다

수기(授記)란 말은 '줘서 기록하다' 는 말로 예언(豫言)이란 말입니다. 예(豫) 자는 '미리' 라는 말이고 언(言)은 '말씀' 이란 말입니다. 어떠한 '사건' 이나 '일' 이 일어날 것이라고 미리 기록해두는 것을 수기(授記) 또는 예언(豫言)이라고 합니다.

각각의 종교 경전에는 예언서가 있습니다. 기독교의 성서에도 예언이 많은데 구약성서의 대표적 예언서는 '이사야서' 이고, 신약의 대표적 예언서는 '요한계시록' 입니다. 이사야서는 구약의 주인공인 예수의 출현을 예언한 책입니다. 이사야서는 예수 탄생 전 700년 전의 선지자였습니다. 하나님은 이사야를 통하여 예수가 세상을 구원하기 위하여 탄생할 것을 예언하였습니다.

이사야서 7장 14절에 "그러므로 주께서 친히 징조로 너희에게 주실 것이라 보라 처녀가 잉태하여 아들을 낳을 것이요 그 이름을 임마누엘이라 하리라" 라고 예언하였습니다. 이 예언은 하나님이 선지자 이사야에게 성령으로 이상

(異狀)을 주어 기록하게 한 것이기 때문에 이사야의 계획이 아니라, 하나님의 계획을 이사야를 통하여 기록하게 한 것입니다.

그리고 그 예언은 마태복음 1장 18장에서 성취됩니다. "예수 그리스도의 나심은 이러하니라 그 모친 마리아가 요셉과 정혼하고 동거하기 전에 성령으로 잉태된 것이 나타났더니" 처럼 이루어졌습니다. 그 외 이사야 53장에는 예수의 할 일과 얼굴 모습이나 처지까지 모두 예언되어 있습니다. 이사야는 700년 후에 지상에 나타날 예수의 얼굴과 처지와 그가 할 일을 어떻게 알 수 있었을까요?

이것을 확실히 이해하려면 빙의(憑依) 현상을 떠올리면 쉬울 것입니다. 빙의 현상은 사람의 육체에 다른 영이 들어와서 역사하는 현상을 두고 하는 말입니다. 이사야가 성령에 감동하였다는 말은 이사야에게 성령이 임하였다는 말과 같습니다. 성령은 창조주와 관계가 있는 영입니다. 이사야의 육체에 창조주의 영이 임하여 후에 이룰 일을 예언하여 기록하였다면 그 예언의 계획안은 창조주의 것임을 알 수 있습니다. 그리고 여타의 예언들도 창조주께서 하신 참 예언이라면 그 내용면에서 동일할 것입니다. 여하튼 예언서는 성령이 그 선지자에게 임하여 그 계획을 알려 주어서 쓰였다고 볼 수 있습니다.

그리고 그 예언서의 중요성은 예언은 그 예언대로 이룰

때, 그것을 증거로 믿으라고 기록해둔다고 요한복음 14장 29절에 잘 기록되어 있습니다. 구약성서에는 이사야서 외에도 예레미야서, 예레미야애가, 에스겔, 다니엘, 호세아, 요엘, 아모스, 오바다, 요나, 미가, 나훔, 하박국, 스바냐, 학개, 스가랴, 말라기 등에도 예수에 대하여 다양하게 예언해두었습니다. 이 예언서들은 모두 성령의 감동으로 써졌다고 기록되어 있습니다. 그리고 예언서에 기록된 예언들은 예수가 와서 다 이루었다고 요한복음 19장 30에는 분명이 기록되어 있습니다. '다 이루었다' 는 것은 예언된 것들을 이루지 아니한 것이 하나도 없다는 의미입니다. 그것이 옛 약속(約束)이란 의미인 구약성서입니다.

그리고 신약의 예언서는 요한계시록입니다. 구약성서가 예언대로 모두 성취 되었다는 것은 신약성서도 정한 때가 되면 다 이루어진다는 것을 믿게 하는 증거입니다. 신약(新約)은 새 약속이란 의미이고 이 약속이 이루어질 때, 지상에는 여덟 사람이 하늘의 택함을 받아 일곱 금 촛대장막교회가 세워집니다. 지상에 이것이 세워질 때, 그 예언을 보고 믿는 것이 바로 신앙입니다. 그렇게 예언된 것이 실상으로 이루어지기 시작 된 후, 요한계시록 21장 6절에서 "이루었도다 나는 알파와 오메가요" 라고 결론짓습니다. 알파는 시작과 예언을 의미하고, 오메가는 끝과 예언을 이룬 실상을 의미합니다. 결국 예언한 것을 실상으로

다 이루었다는 뜻입니다. 신약도 이렇게 분명이 실상으로 이루어지는 것입니다.

그리고 불경의 예언도 정한 때가 되면 반드시 이루어집니다. 예언이 이루어진다는 것을 믿는 이것이 신앙의 핵심입니다. 불경의 예언서의 기록경위는 싯다르타께서 보리수나무 아래서 사력(死力)을 다하여 득도를 위하여 명상을 하셨을 때, 새 벽별이 있는 하늘에서 음성이 들려왔습니다. 그것을 받아 쓴 글이 후일에 불경이 되었습니다.

이때 새벽별은 천사를 빗대어 말한 것입니다. 천사도 여러 종류가 있는바, 불교식으로 표현하면 그는 보신불 부처님입니다. 즉 싯다르타께 깨달음을 주신 분은 다름 아니라, 천사이고, 천사는 곧 보신불 부처님입니다. 그리고 보신불 부처님은 진리의 성령입니다. 그래서 불경의 예언들도 성령의 감동으로 쓰인 것이라고 말할 수 있습니다. 오늘날의 불경과 수기는 싯다르타께서 보신불 부처님께 받은 것을 제자들에게 설한 것입니다. 보신불 부처님은 그것을 법신불 부처님께 받은 것입니다. 결국 오늘날의 불경은 법신불 부처님의 계획을 보신불 부처님이 받아 석존에게 주셨고 석존은 그것을 제자들에게 전하였습니다. 그리고 제자들은 그것을 책으로 엮었습니다. 따라서 불경의 수기는 법신불 부처님의 계획임을 알 수가 있습니다.

그리고 이 대목에서 재미있는 착상 하나를 놓칠 수는 없습니다. 성서의 예언이 성령의 감동으로 쓰였고, 또 불서도 성령의 감동으로 쓰였다면 그 핵심내용은 같아야 되는 것이 아닌가? 하는 착상입니다. 전술한 이사야 예레미야 등 구약성서의 선지자들은 대부분 기원전 6~8세기의 사람들입니다. 석존도 이 시대의 사람이었습니다. 이들이 서로 다른 것은 지역과 나라가 달랐다는 것뿐입니다. 나라가 다르다 보니 언어가 달랐습니다. 성서는 히브리어로 쓰였고 불서는 산스크리트어로 써졌습니다. 그러다보니 이 둘은 같은 것을 받았지만 서로 다른 것처럼 구별된 역사를 걷기 시작했던 것이었습니다.

그런데 정작 매우 중요한 것이 여기 하나 더 있습니다. 그것은 성서의 예언도 불서의 예언도 사람의 눈으로 봐도 깨달을 수 없게 기록한 봉함된 비밀의 글이란 사실입니다. 팔만대장경에는 팔만 가지의 비밀이 담겨있다고들 말합니다. 그리고 성서의 예언도 모두 비밀로 기록되어 있다고 합니다. 뿐만 아니라, 동양의 성서 격암유록 등 기타 예언서도 모두 비밀로 봉함되어 있습니다. 그리고 그 비밀은 정한 때가 되면 모두 열린다고 예언하고 있습니다. 정한 때는 그 예언이 예언대로 성취될 때입니다.

여기서 큰 사실 하나를 발견할 수가 있습니다. 즉 모든 예언서가 비밀로 봉함되어 있었다면 각각의 예언서들이 서로 같은 내용인지 다른 내용인지 사람들이 알 수 없었다는 사실입니다.

여기서 조금 전에 서술한바, 싯다르타도 성령의 감동으로 하늘에서 음성을 받았고, 성서의 선지자들도 성령의 감동으로 말씀을 받았다고 했습니다. 그렇다면 이 둘의 내용은 서로 동일할 수도 있을 것입니다. 그런데 그러한 사실들을 알 수 없었던 이유는 이 예언들이 모두 비밀로 기록되어 있었기 때문이었습니다. 그럼 이 내용들이 서로 어떤 관계가 있는가를 사람들이 알려면 정한 때가 되어 봉함되었던 내용이 드러나야 하겠습니다.

그리고 그것들은 정한 때가 되어 그 일이 이루어질 때, 모두 사실로 드러날 것입니다. 따라서 모두 드러나면 성서의 목적과 불서의 목적이 같을 수도 있다는 사실을 우리는 명심해야 할 것입니다.

이런 주장은 매우 이례적(異例的)인 지적이 아닐 수 없습니다. 그러나 이러한 것이 모두 밝혀져서 불서와 성서의 예언이 동일하다고 판단이 되면 세계의 종교는 획기적인 전환점을 맞이하게 될 것입니다. 왜냐하면 비단 불서와 성서뿐만 아니라, 기타 예언서도 성령의 감동으로 써졌다면 그 예언의 내용 또한 같을 것이기 때문입니다.

우리의 사고의 틀을 고정관념에서 벗어나 눈을 크게 뜨고 다시 보면 불서에도 모든 중생들과 보살들을 부처로 성불시킨다고 예언되어 있고, 성서와 기타 예언서들에서도 모든 사람들을 구원하는 것이 목적이라고 예언되어 있습니다. 이때 불교의 성불과 기독교의 구원이 같은 의미란 사실에 주목하는 사람은 그다지 많지 않습니다.

그러나 성불이나 구원이나 같은 말입니다. 중생의 영에서 부처의 영이로 교체되는 것을 성불이라고 합니다. 중생의 영은 악령이고 마구니의 영입니다. 부처의 영은 성령입니다. 성령은 창조주의 영과 동류의 영입니다. 누구도 이 말에 부정할 수 없는 이유는 영에는 이 두 가지밖에 없기 때문입니다. 성서에서 구원의 참의미는 아담으로부터 잃어버린 성령으로 다시 회복 받는 것입니다.

사람은 누구나 영혼을 가지고 있습니다. 아담의 죄로 인간이 받은 것은 망령(亡靈)입니다. 망령이란 말의 의미는 '영이 망하였다' 는 뜻입니다. 영은 두 종류뿐입니다. 성령을 영혼으로 가졌던 사람이 아담입니다. 이 아담이 망령되었으니 어떤 상태의 영이 되었을까요? 악령입니다.

성서에는 오늘날의 모든 인류는 아담의 후손이라고 합니다. 성서의 말에 따르면 오늘날까지 우리는 아담으로 말미암은 악령 곧 마구니의 영에게 구속당하고 살아왔던 것입니다. 그것에서 벗어나는 것이 구원입니다. 사람이 악령에서 구원되면 어떤 영이 되겠습니까?

다른 영이 되고 싶어도 다른 영은 없습니다. 영에는 성령 아니면 악령뿐이기 때문입니다. 사람이 악령에서 구원되면 그 사람은 성령의 사람으로 재창조됩니다. 따라서 성서에서 모든 사람을 구원시키는 것이 목적이란 것과 불서에서 모든 사람들을 성불시키겠다는 말은 같은 의미임을 깨달을 수가 있습니다.

성서에서 '구원' 불서에서 '성불' 보다 중요한 것이 어디 있습니까? 그러므로 성서와 불서의 최대 목적은 구원과 성불입니다. 그런데 성서도 불서도 구원과 성불을 목적으로 한다면 이 두 경전의 목적은 같다고 할 수 있습니다. 그러나 이러한 사실이 증명될 때는 정한 때가 되어 봉함된 경전의 내용이 풀려져서 모든 사람들이 이해할 수 있는 때가 되어야 합니다.

세계에는 수많은 종교들이 즐비하게 있습니다. 그런데 그 목적이 모두 다르다면 누구는 불교의 영향으로 부처가 되고, 누구는 기독교의 영향으로 구원되겠습니까?

모든 중생들과 보살들을 부처로 성불시킨다고 하신 것이 부처님의 수기입니다. 모든 사람들을 구원시키겠다는 것이 창조주의 예언이었습니다. 누구의 말이 진짜입니까?

여기서 성불이 된다는 개념과 구원된다는 개념이 같다면 간단히 답은 내려질 수가 있습니다. 그리고 부처님이나 하나님은 동일한 창조주의 다른 이름이라고 이해된다면 모든 의문은 풀려질 것입니다. 앞에서 필자가 말씀 드린 내용에 부처가 된다는 말에 대하여 설명한 바가 있습니다. 앞에서 부처란 살아있는 사람이 깨달아 부처로 성불한다고 했습니다. 그리고 부처가 되고 난 후와 부처가 되기 전과는 내적인 면에서 확연한 차이가 있다고 말씀드렸습니다.

사람의 마음이 깨닫는 것이고 사람의 마음은 영혼이라고 했습니다. 그럼 깨닫지 못한 영이 하나 있을 것이고, 깨달은 영이 또 하나 있을 것입니다. 영에는 두 가지밖에 없다고 말씀드렸습니다. 하나는 악령이고 악령은 마구니의 영입니다. 그리고 또 하나의 영은 성령이라고 했습니다.

부처가 되지 못한 사람의 영은 악령 곧 마구니의 영입니다. 그리고 부처가 된 영은 성령입니다. 그렇다면 부처가 되지 못한 상태에서 모든 중생들은 마구니의 영에 의하여 구속당하고 있었던 것을 깨달을 수가 있습니다. 그리고 깨달음을 통하여 부처가 된다면 그 마구니의 영은 사람의 마음속에 살지 못하고 쫓겨날 것입니다. 그것을 기독교적인 말로 표현하면 사람이 마귀로부터 구원받은 것이라고 말할 수 있을 것입니다.

성서의 주제는 사람의 구원입니다. 성서에는 마구니를 마귀 또는 사탄이라고 합니다. 첫 사람 아담은 원죄로 말미암아 마귀의 영으로 타락하고 맙니다. 그리고 모든 인류는 아담의 후손들이라고 합니다. 영적인 의미에서 이겠죠? 즉 성령을 입었다가 다시 잃어버린 대표적 사람 말입니다. 대표가 성령을 잃었으니 모든 사람들도 잃게 되었고, 대표가 성령을 잃었으니 모든 사람이 마귀의 유전을 받았다는 말입니다.

그래서 성서는 마귀에게 구속받고 있는 사람들을 구원시키는 내용으로 되어 있습니다. 성서의 핵심과 결론은 구원입니다. 마귀의 영에서 벗어나면 사람은 성령으로 다시 새로워집니다. 이것을 불교식으로 말하면 마구니로부터 구제(救濟)되어 부처로 성불하였다고 표현할 수 있습니다. 이것을 탈겁중생(脫劫重生)이라도 합니다.

결론적으로 말하면 비밀로 감춰진 예언의 내용이 드러나

면 불교도 기독교도 기타 종교도 모두 악령에서 성령으로 거듭나는 것이 목적임이 드러나게 됩니다.

그렇다면 모든 중생들과 보살들을 부처로 성불하는 것이 부처님의 뜻이고 불교의 목적이라고 하신 것은 틀린 수기가 아닌 것입니다. 그리고 기독교에서 모든 사람을 구원시키는 것이 창조주의 목적이고 예언이라는 말도 거짓말이 될 수 없습니다.

결론적으로 불교와 기독교가 동일한 목적을 가지고 있었으며 불서와 성서가 동일한 내용으로 기록되어 있는 예언서란 것을 인정하지 않을 수가 없습니다. 이로서 부처님이 곧 창조주이고 하나님도 창조주란 사실을 알 수 있습니다. 그리고 부처는 곧 성령으로 거듭난 사람이고, 성령으로 거듭난 사람이 곧 부처란 사실도 깨달을 수가 있습니다. 이렇게 된다면 세계 종교는 평화로 통일될 것입니다.

본과의 주제는 수기입니다. 법화경은 예언서입니다. 예언서에 예언된 사실이 이루어지길 기다리고 기도하는 것이 신앙입니다. 불교의 목적은 극락 가는 것입니다. 그리고 극락은 부처들이 사는 세계입니다. 법화경의 예언이 이루어지면 극락세계가 지상에서 펼쳐지고 사람들이 부처로 성불하게 됩니다. 그런 점을 각인하고 본과를 바라본다면 참으로 희망과 기쁨으로 본과를 마칠 수가 있을 것입니다. 그것이 법화경이 주는 즐거움입니다. 법화경은 소망 없는 사람들에게 희망과 기쁨을 주는 예언서입니다.

[민족사 왕초보 법화경 박사되다 67쪽~]

수기란 나중에는 부처가 될 것이라고 예언으로 선포하는 것입니다. 부처님은 4대 성문들이 미래에 성불할 것이라고 차례로 수기합니다. 마하가섭과 수보리는 부처들을 공양하고 보살도를 잘 닦아 성불할 것이라고 합니다. 반면에 마하가전연과 마하목건련은 열반한 부처들의 탑을 세우고, 온갖 보배로 그 불탑을 공양하여 성불할 것이라고 합니다.

수기란 예언이란 말입니다. 그리고 법화경은 예언서이고 본과는 예언에 관한 주제로 이루어졌습니다. 그리고 그 예언의 핵심은 미래에 사람들이 성불한다는 것입니다. 석가모니부처께서 불교를 세우신 것도 벌써 약 2천 6백년이 되었습니다. 2천 6백년은 짧은 기간이 아닙니다. 그 긴 기간 동안 이 예언은 글자로만 존재하여 왔습니다.

그러다보니 불도가 쇠퇴하여버렸습니다. 불교의 핵심은 부처로 성불하는 것임에도 불구하고 너무 오랜 세월 동안 그 일이 이루어지지 않게 되자, 많은 불교인들이 그 예언을 믿지 않게 되었습니다. 형식적인 신앙이 되었고 현실적인 신앙이 되었고 기복적인 신앙이 되어버렸습니다.

그러나 불여우담발화라는 말처럼 북방불기 3천이 되는 오늘날이 약속된 날임을 명심하여야 할 것입니다. 그래서 본과의 예언을 통하여 그것을 찾아내어 비젼을 가져야 할 것입니다.

[동국대학 역경원 법화경 156쪽~]

그때 세존께서 이 게송을 다 마치시고, 여러 대중들에게 이렇게 높이 선언하시었다. "내 제자인 이 마하가섭은 오는 세상에 반드시 3백만 억 여러 부처님을 친견하고 받들며 공양하고 공경하며 존중하고 찬탄하며, 널리 부처님의 한량 없는 큰 법을 설하고 최후의 몸으로 성불하리니, 그 이름은 광명, 여래..."중략...

마하가섭이 오는 세상에 반드시 최후의 몸으로 성불한다고 합니다. 그리고 여기서 오는 세상은 미륵부처의 시대를 의미합니다. 그런데 마하가섭이 어떻게 미륵부처의 시대에 부처로 성불할 수 있느냐는 것입니다. 불교는 윤회설을 주장하는 종교입니다. 그러면 마하가섭이 미륵부처의 시대에 다시 육신으로 태어나 성불한다는 말일까요?

이것을 이해하기 위해서 성서에 실린 말씀을 상고할 필요가 있습니다. 앞에서 설한바, 성서의 목적은 사람이 성령으로 거듭나는 일이라고 하였습니다. 그리고 그것을 성서에서는 부활(復活)이라고 합니다. 성서에서는 부활의 종류가 두 가지라고 합니다. 하나는 산 자의 부활이고, 또 하나는 죽은 자의 부활입니다.

또 불서의 부처로의 성불은 곧 성서의 성령으로 거듭나는 일이며 이것을 부활이라고 명명합니다. 산 자의 부활은 정한 때가 되어 살아서 구원자를 만나 그의 말씀을 듣고 깨달아 영이 성령으로 부활 받는 것을 의미합니다. 또 죽은 자의 부활은 이미 육체가 죽은 사람의 영이 다시 살아나는 부활입니다. 물론 부활을 받을 수 있는 영은 성령으로 거듭난 영입니다. 성령으로 거듭난 영은 이렇게 죽었던 영이 다시 살아나서 산 사람에게 임하게 되는 것입니다.

이것을 성서에서는 영적 결혼이라고 기록해두었습니다. 즉 앞에서 산 사람이 정한 때가 되어 진리의 말씀을 듣고 깨닫게 되면 성령으로 거듭나게 된다고 한바, 그 성령이 자신 안에 있던 것이 아니라, 하늘에 거하던 성령이 각각의 사람에게 임하여 산 자의 부활을 이루게 되는 것입니다. 그래서 그것을 영과 육체의 결혼이라고 한 것입니다. 즉 깨달은 육체와 성령이 하나 되는 것이 영적 결혼입니다. 세상의 결혼도 신부와 신랑이 각각 다른 집에서 자라 둘이 하나로 합하여 지는 것입니다. 영적 결혼 또한 신부는 땅의 육체이고 신랑은 하늘 신의 세상의 성령입니다. 땅의 육체와 하늘의 성령이 각각 1대1로 영육이 합쳐지는 것이 영적 결혼의 실체입니다.

신약성서에는 데살로니가전서 4장 14절에는 예수가 다시 재림하여 세상에 현신(現身)되어 나타날 때, 함께 자는 자들 곧 예수의 제자들과 순교한 영들도 데리고 온다고 소개하고 있습니다. 그리고 그들은 영으로 온다고 합니다. 그들의 영이 바로 성령입니다. 그 성령들이 고린도 전서 15장 말씀처럼 산 육체에 임하여 부활을 이루게 되는 것입니다. 그리고 마태복음 19장 28절에는 그 세상을 새로운 세상이라고 소개하고 있습니다.

새로운 나라란 바로 지상천국을 의미합니다. 그래서 천국은 성령으로 거듭난 부활자들이 살게 되는 세상이라고 정의를 내릴 수가 있습니다. 그 나라의 사람들은 모두 성령과 결혼한 사람들입니다.

그렇다면 약 2천 6백 년 전의 마하가섭이 성불하리란 설법은 바로 이런 개념으로 이해할 수가 있습니다. 다시 말하면 마하가섭은 영의 상태에서 부활을 이루었고 그 부활을 이룬 영은 성령입니다. 부활을 이룬 성령을 부처의 영이라고 할 수 있습니다. 만약 마하가섭의 영이 진실로 이렇게 성령으로 성불하였다면 그 성령은 미륵부처가 열어놓은 새로운 세상의 어떤 육체에 임하여 그 육체와 하나로 합쳐지는 날이 있게 됩니다. 이때 마하가섭의 육체는 죽었지만 영으로는 부활의 영이 되었고, 그 영이 때가 되어 세상의 육체에게 임하게 되는바, 이때 육체는 살아서 성불(부활)하였다고 하는 것입니다. 이때 부활체는 육체와 성령인데 육체는 살아서 성령을 받음으로 산 자의 부활이 되고, 죽었던 영은 육체에 임하여 다시 태어나므로 죽은 자의 부활이 되는 것입니다. 이를 영적 결혼에 비유하여 육체를 신부라고 하고 영을 신랑이라고 비유한 것입니다. 이것이 하늘과 땅 사이에 벌어지는 천국혼인잔치입니다[3].

그리고 마하가섭이 3백만 억 여러 부처님을 친견한다고 합니다. 부처님이 3백만 억이나 존재할 수 있을까요? 불서에는 이런 황당한 숫자가 많이 등장합니다. 그것은 예언을 비밀로 전하기 위하여 쓴 방편입니다. 그래서 불서를 읽을 때, 황당한 숫자의 개념에 대해서는 무시하고 그 수가 많음을 표현한 방법임을 알았으면 좋겠습니다. 그저 그렇게 오래 되었음과 그 수가 많음을 가장하기 위한 표현임을 알아야 합니다.

---

3) 마태복음 22장, 요한계시록 19장

이것 또한 매우 중요한 사항이라 몇 가지 더 거론하고자 합니다. 앞에서 세계의 학자들이 이구동성으로 인도는 역사가 없는 나라라고 한다고 했습니다. 역사는 시간의 유물입니다. 인도에 역사개념이 없다는 것은 인도에 시간의 개념이 없다는 의미와 같습니다. 사구백비론이 그러한 상황에서 나왔습니다. 석가모니의 시대는 역사적 사회적으로 매우 혼란한 시기였습니다. 그 중 큰 역할을 한 것이 종교입니다. 종교가 사회적 병폐를 몰고 온 시기였습니다. 그 혼란기에 불교가 다른 종교를 누르고 올라설 수 있기 위해서는 다른 종교와 차별화가 절실했습니다. 불교는 부패한 다른 종교와는 확실히 다르다는 인정을 받아야 했습니다. 그 당시 존재 하던 브라만교나 힌두교보다는 뭣이라도 앞서야 했습니다. 앞서려면 불교만의 차별화가 있어야 했습니다. 그래서 그 당시 종교에서 말하던 표현방법이나 중복어를 피하였습니다. 그리고 불교가 다른 종교보다 신비하고 월등하다는 것을 강조해야 했습니다. 그런 흐름이 시간의 표현이나 수의 표현에도 적용된 것입니다. 다른 종교에서는 창조주가 몇 천 년, 몇 만 년 전에 이미 있었다고 하니 불교는 그런 창조주란 말을 피하면서도 진여, 본지체, 본시체, 만유의 일인자, 비로자나불 등으로 표현하며 그 분이 수억만 겁 이 전에 존재하였다는 식으로 표현하게 된 것입니다. 그 중 예를 들면 미륵부처의 세상 오심에 대한 표현도 같은 맥락에서 적용된 것입니다. 살펴보겠습니다.

미륵부처가 세상에 출세할 시기에 대하여서는 경전에 따라, 약 여섯 가지가 있습니다.

첫째 잡심론(雜心論)에서는 50억 6백만 세설
둘째 보살처태경과 현우경(菩薩處胎經 · 賢愚經)에서는 5억 6억 7천만 세설
세째 미륵상생경과 일채지광명선인경(彌勒上生經 .一切智光明仙人經)에서는 56억만 세설
넷째 정의경(定意經)에서는 5억 76만 세설
다섯째 증일아함(增-阿含) 현겁경(賢劫經) 현우경(賢愚經)에서는 인수(人壽) 8만4 천 세설
여섯째 장아함 전륜성왕수행경 중아함 전륜성왕경 구사론에서는 인수 8만 세설을 주장하고 있습니다.

이 모두가 황당한 숫자에 불과합니다. 그래서 불교에서의 숫자개념에 대해서는 전술한 그 당시 역사적인 배경을 이해하고 그에 대한 이해가 필요 합니다. 《법화의소》와 《혜림음의》 《불본집행경》 《대반야바라밀다경》등의 경전에는 그런 년대와는 별도로 미륵의 하생 시기를 불여우담발화라고 비밀어를 남겼습니다. 불여우담발화(佛如優曇鉢華)는 '부처는 우담발화꽃이 필 때 온다' 는 뜻입니

다.

경전에는 우담발화꽃은 전륜성왕이 나타날 때 피는 꽃으로 소개하고 있습니다. 보통 3천년에 한 번 꽃이 핀다고 하며, 불교에서는 매우 드물고 희귀한 것을 비유할 때 곧잘 쓰입니다. 식물학에서는 뽕나무과의 교목으로 무화과속 식물의 한 종으로 다루고 있습니다. 인도와 스리랑카에서 자라며, 꽃은 무화과처럼 겉에서는 보이지 않습니다. 열매는 엄지손가락만 하며 맛이 뛰어납니다. 인도사람들은 보리수와 함께 신성한 나무로 여기고 있습니다.

《법화의소》와 《혜림음의》 《불본집행경》 《대반야바라밀다경》 등의 경전에 자주 등장합니다. 《법화의소》에는 하서도랑이 영서화 또는 공기화라 하였으며, 전륜성왕이 나타날 때 꽃이 피고 과거칠불 중 구나함모니불이 이 나무 아래에서 성불했다고 전합니다. 《불본집행경》에서는 구원의 뜻으로 번역하며, 《혜림음의》에서는 '여래가 나타날 때 꽃이 피고, 전륜성왕이 세상을 다스리면 감복해서 꽃이 핀다'고 하였습니다. 《대반야바라밀다경》에는' 여래의 묘음을 듣는 것은 회유한 것으로 우담발화와 같다' 고 하였고, 《무량수경》에서는 '은화식물로 꽃이 사람들에게 보이면 상서로운 일이 생길 징조'라고 하였습니다. 또 《연화면경》에는 석가가 아난다에게 '여래의 삽십이상을 보는 것은 우담발화가 3천년 만에 나타나는 것을 보는 것보다 훨씬 어렵다'고 하였습니다. 이밖에 다른 경전에서도 드물고 희귀한 것을 나타낼 때 이 꽃에 비유하곤 합니다. 경상북도 경주시 기림사에 핀다는 전설이 있습니다.4)

다시 본론으로 돌아갑니다. 지상에서 이렇게 사람들이 성불하는 일이 생기고 나면 지상은 그야말로 극도도 즐거운 나라인 극락세계가 펼쳐집니다. 이곳에는 눈물, 이별, 아픔, 고통, 근심, 걱정, 죽음이 없는 세상입니다.

그 나라의 이름은 광덕이요, 겁의 이름은 대장엄이며, 부처님의 수명은 12소겁이요...중략...

그 나라의 이름을 광덕이라고 합니다. 민족사 미륵경전 22쪽에는 그 나라 이름을 도솔천이라고 소개하였습니다. 53쪽에는 그곳을 시두말성이라고 소개하고 있습니다. 그 나라는 장엄하게 꾸며지며 여러 가지 더럽고 악한 것과, 기와, 돌, 가시덤불이나 부정한 오물이 없으며 국토는 평정하여 높고 낮은 곳이나 구릉이나 언덕이 없고, 유리로 땅이 되었으며, 길에는 보배나무가 늘어섰고, 황금으로 줄을 꼬아 경계를 하며, 여러 가지 아름다운 꽃을 흩어서 두루 청정하게 하며 그 나라의 보살은 한량없는 천만 억이며, 여러 성문대중도 또한 무수하고 악마 같은 일도 없으

4) [네이버 지식백과] 우담발화 [優曇鉢華] (두산백과)

며 만일 악마나 그런 백성이 있다 할지라도 다 부처님의 법을 보호하리라 그때 세존께서 이 뜻을 펴시려고 게송으로 말씀하셨다.

그 나라의 광경을 민족사 미륵경 53쪽~에는 이렇게 기록해두고 있습니다. "그 나라에 시두말이라는 큰 성이 있는데, 성의 둘레는 사방이 일천삼백 유순이고, 높이는 7유순이니라, 칠보장엄이 저절로 나타나며 칠보누각은 미묘하고 화려한 장엄되느니라. 누각의 창문에는 아름다운 여인들이 줄지어 서서 진주거물을 손에 취하고 다시 여러 가지 보배로 꾸민 노리개를 그 위에 얹고 보배방울 빽빽하게 달아서 하늘나라의 음악처럼 아름다운 소리를 항상 울리느니라."

"또 칠보나무가 줄지어 서 있고 나무와 나무 사이에는 칠보로 이루어진 개울과 샘이 있느니라. 거기엔 빛깔이 서로 다른 물들이 찬란한 빛을 내면서 함께 흐르므로 서로 엇갈리게 되지만 조금도 막히거나 방해됨 없이 천천히 흐르느니라"

"그때 사람들은 복덕이 많으므로 길거리나 그들이 있는 어느 곳이든지 밝은 구슬기둥이 있어 해와 같은 광명을 내는데 사방 80유순의 거리를 환히 비추어 주느니라. 황금빛 광명이 찬란하므로 낮과 밤의 구별이 없어지고 등불 같던 빛들은 먹빛처럼 까맣게 보이느니라."

“곳곳마다 금, 은, 구슬 등 온갖 보배가 가득하여 산더미처럼 쌓이고 보배산에서는 광명이 늘 흘러나와 성안을 골고루 비추는데 사람들이 이 광명을 만나면 다 기쁨에 넘치게 되고 보리심을 일으키게 되느니라. 또 발타바라사색가라는 큰 야차신이 있는데 이 신은 밤낮으로 시두말성과 그 도시에 사는 백성들을 보호해 주고 온 땅을 물 뿌리고 쓸어 언제나 깨끗하게 하느니라."

“온 세상이 평화로워 원수나 도둑의 근심이 없고 도시나 시골이나 문을 잠글 필요가 없으며 늙고 병드는 데 대한 걱정이나 물이나 불의 재앙이 없으며 전쟁과 굶주림이 없고 짐승이나 식물의 독해가 없느니라”

“이 밖에 갖가지 보배로 된 작은 성들이 수없이 많은데 시두말성은 그 한가운데 있어 작은 성들의 으뜸이 되느니라. 남녀 친족이 멀리 떨어져 있어도 부처님의 위신력으로 가까이 지내는 것처럼 서로 만나보는데 아무 장애가 없다. 야광마니여의주 꽃이 세계에 가득 차 칠보 꽃, 발두마 꽃, 우발라 꽃, 구물두 꽃, 만다라 꽃, 마하만다라 꽃, 만수사 꽃...중략...마하만수가 꽃이 비내리듯 땅을 덮을 것이다.”

민족사 미륵경 65쪽에는 “부처님 이제 오시니 삼악도는 소멸되고 인천(人天)의 길 열리리니 지상낙원 이루리다 지극히 원하오니 감로법문 설해 주시와 중생의 애착심 끊어 주시고 열반 얻게 하여 주소서.” 라고 기록되어 있습니다. 인천이란 사람이 하늘이 된다는 말로 성령으로 거듭난 사람을 말하며, 부처로 성불할 수 있는 길이 열렸다고 합니다. 그리고 그곳을 지상낙원이라고 합니다. 그곳에는 감로법문 곧 정법이 있어 사람들이 열반하게 된다고 합니다.

민족사 미륵경 71쪽에는 “너희들이 이제 하늘나라의 즐거움과 인간 세상의 즐거움을 다 원하지 않고 내 처소에 와서 오직 생사의 괴로움을 여윈 열반(깨달음)을 얻기 위하여 부처님의 법에 돌아 왔음은 다 전세의 부처님의 법에 귀의하여 갖가지 선근을 심은 공덕이 있기 때문이로다.” 라고 기록하고 있습니다.

95~96쪽엔 “세존이시여, 경전 가운데의 말씀과 같이 미륵이 하생하여 성불하리라 하셨으니, 원컨대 미륵의 공덕과 신통력과 그 국토의 장엄한 일을 널리 듣고자 합니다. 중생이 어떤 보시와 어떤 계율과 어떤 지혜로써 미륵을 볼 수 있습니까.”

“사방의 큰 바닷물이 점차로 감소될 때에 남섬주부의

땅은 길이가 일만 유순이고 넓이가 팔천 유순이며 거울처럼 깨끗하여 아름다운 꽃과 부드러운 풀이 그 땅을 두루 덮고 갖가지 나무의 꽃과 열매가 무성한데다가 그 나무들이 높이가 모두 30리이고, 도시가 연달아 있어서 닭들이 서로 날아다닌다. 또 사람의 수명은 8만 4천 세이며 지혜와 위덕이 두루 구족하여 안온하고 쾌락하리라...중략... 여자는 나이 오백 세가 되어야 시집을 가게 되리라."

"이때 시두말이라는 큰 성이 있는데 길이는 12유순이고 넓이가 7유순이며, 단정하고 수승 미묘하고 장엄 청정하며 복 있는 사람들이 성에 가득 차 있어 이 사람들 때문에 풍부하고 쾌락 안온하리라. 또 그 성의 일곱 가지 보배 위에는 누각이 있어 창문까지도 모두 보배로 되어 있으며 진주 그물이 그 위를 덮고 거리와 언덕은 넓이가 12리이며 깨끗이 청소되어 있으리라...중략...

이때 세간의 사람에게는 그의 복덕으로 말미암아 거리와 언덕 곳곳마다 높이가 10리나 되는 밝은 구슬기둥이 있는데 밤낮으로 밝은 빛이 비쳐 등불의 광명쯤은 필요치 않으며 도시의 집과 마을 거리에는 작은 흙덩이도 없고 순전히 금모래로써 땅을 덮어 곳곳마다 금덩어리로 차 있으리라" 고 기록되어 있습니다.

이상과 같이 법화경에 예언되어 있는 나라는 이와 같이 지상낙원이란 것입니다. 그런데 그런 지상낙원이 성서에도 거의 똑같이 예언되어 있습니다. 불서에도 기록된 이것들 중 비유된 것들이 많습니다. 보배나 진주는 진리를 말하며 진리로 깨달은 사람을 비유하였습니다. 광명이나 빛도 진리를 비유한 것입니다. 7유순은 일곱 부처를 의미하고 12유순은 그 나라가 12지국으로 되어 있다는 비유입니다.

그런데 이 지상낙원에 대한 예언이 우리나라의 예언서인 정감록이나 격암유록에도 똑같이 예언되어 있습니다. 불서나 성서나 격암유록 정감록에 예언된 내용은 대동소이합니다. 모두 같은 것을 예언한 것이라 확신이 들 정도입니다. 그리고 그 기록방법이 모두 비유적인 표현으로 기록되어 있다는 것도 주목할 일입니다.

이러한 것들을 직접 확인할 수 있게 하기 위하여 성서의 내용을 몇 구절 언급하여 비교할 수 있도록 해보겠습니다. 성서에서는 불서의 시두말성, 도솔천, 광덕 등으로 예언된 지상낙원의 이름을 '새 하늘 새 땅' '거룩한 성 새 예루살렘' '증거 장막의 성전' 등으로 기록되어 있습니다.

"내가 새 하늘과 새 땅을 보니 처음 하늘과 처음 바다도 다시 있지 않더라" 고합니다. 그리고 그곳에 "거룩한 성 새 예루살렘이 하나님께로부터 하늘에서 내려오니" 라고 합니다. 그곳에는 눈물 사망이 없는 곳이라고 설명하고 있습니다. "모든 눈물을 그 눈에서 씻기시매 다시 사망이 없고 애통하는 것이나 곡하는 것이나 아픈 것이 다시 있지 아니하리니" 라고 합니다. 이런 내용은 거의 불서와 동일합니다.

그리고 물에 대하여서도 나옵니다. 이때 물은 사람이 듣고 깨달을 수 있는 진리를 비유한 말입니다. 그것을 생명수라고 하는 것은 그 진리로 생명을 얻을 수 있기 때문입니다. 그리고 그곳에 일곱 영이 등장합니다. 이것으로 불서의 7유순이란 것도 일곱 부처를 비유한 말임을 깨달을 수가 있습니다.

"일곱 천사 중 하나가 나아와서 내게 말하여 가로되 이리 오라 내가 신부 곧 어린 양의 아내를 네게 보이리라 하고" 그리고 그곳을 보석으로 비유하였습니다. "하나님의 영광이 있으매 그 성의 빛이 지극히 귀한 보석 같고 벽옥과 수정 같더라" 고 합니다.

그리고 그곳은 12지파로 이루어졌다고 합니다. 불서에는 이것을 그곳이 12유순으로 이루어졌다고 표현되어 있습니다. "크고 높은 성곽이 있고 열 두 문이 있는데 문에 열

두 천사가 있고 그 문들 위에 이름을 썼으니 이스라엘 자손 열 두 지파의 이름이라"

불서와 동일하게 성곽의 모습과 높이와 넓이를 수치로 기록하고 있습니다.

"그 성은 네모가 반듯하여 장광이 같은지라 그 갈대로 그 성을 척량하니 일만 이천 스다디온이요 장과 광과 고가 같더라 그 성곽을 척량하매 일백 사십 사 규빗이니 사람의 척량 곧 천사의 척량이라 그 성곽은 벽옥으로 쌓였고 그 성은 정금인데 맑은 유리 같더라 그 성의 성곽의 기초석은 각색 보석으로 꾸몄는데 첫째 기초석은 벽옥이요 둘째는 남보석이요 셋째는 옥수요 넷째는 홍마노요 여섯째는 홍보석이요...중략...그 열 두문은 열 두 진주니 문마다 한 진주요 성의 길은 맑은 유리 같은 정금이더라"

불서에서도 시두말성은 12리로 이루어졌다고 하였습니다. 성서의 새 하늘 새 땅도 12지파로 예언되어 있습니다. 또 장과 고가 같다고 했고 이를 곱하면 144규빗이 나오니 성서의 기록과 불서의 기록이 동일함을 알 수가 있습니다. 그 수가 그 성의 기초석이라고합니다. 그 기초석의 실체는 144명의 사람입니다.

“성안에 성전을 내가 보지 못하였으니 이는 주 하나님 곧 전능하신 이와 및 어린 양이 그 성전이심이라 그 성은 해나 달의 비췸이 쓸 데 없으니 이는 하나님의 영광이 비취고 어린 양이 그 등이 되심이라” 불서에도 그 성은 등불 없이도 밝기가 그지없다고 했습니다.

“또 저가 수정 같이 맑은 생명수 강을 내게 보이니 하나님과 어린 양의 보좌로부터 나서 길 가운데로 흐르더라 강 좌우에 생명나무가 있어 열 두 가지 실과를 맺히고 그 나무 잎사귀들은 만국을 소성하기 위하여 있더라” 생명수는 진리가 세상으로 흘러가는 광경이고 이 생명수를 마시고 난 생명나무가 과실을 맺는다고 합니다.

12가지 나무는 12제자를 말하고 여기서 많은 나무들이 생겨 잎이 나는데 이 잎으로 만국을 소성한다고 합니다. 불서에도 이와 동일한 내용이 기록되어 있고 약초유품에서 감로비는 바로 생명수입니다. 그리고 생명나무는 칠보나무라고 표현하고 있습니다.

“다시 밤이 없겠고 등불과 햇빛이 쓸데없으니 이는 주 하나님이 저희에게 비취심이라” “저가 내게 말하기를 나는 너와 네 형제 선지자들과 함께 된 종이니 ... 또 내가 말하되 이 책의 예언의 말씀을 인봉하지 말라 때가 가까우니라" 이때는 미륵부처가 세상에 출현하였으므로 봉함되었던 팔만대장경도 모두 펼쳐 가르치게 됩니다.

너무나 중요한 예언편이라 장황한 예를 들어보았습니다. 그러나 단지 중요한 것은 본과인 수기품에서는 부처님이 예언하신 지상극락과 중생들과 보살들이 부처로 성불하는 것에 대하여 철저하고 확실하게 기록되어 있다는 사실을 인지하시고 이 예언은 반드시 이루어진다는 확신을 가지고 그것을 위하여 신앙을 해야겠다는 다짐이 필요한 단락이라 생각이 됩니다.

다시 본문으로 돌아가겠습니다. 동국대 역경원 법화경 156쪽입니다. "그 나라는 장엄하게 꾸며지고 여러 가지 더럽고 악한 것과 기와, 돌, 가시덤불이나 부정한 오물이 없고 유리로 땅이 되었으며 길에는 보배나무가 늘어섰고 황금으로 줄을 꼬아 경계를 하며" ...후략...

이 나라가 바로 시두말성이고 성서의 요한계시록 21~22장에 있는 새 하늘 새 땅이란 나라입니다. 본 수기편에서 예언한 것은 이 나라가 세상에 세워질 것이라는 것입니다.

그리고 부처님은 게송으로 말씀 하십니다.

"앞으로 오는 세상 부처를 이루어서 그 세상에 계신 세존 3백만 억 부처님을 받들어 공양하고 정성으로 친견하여 부처님의 큰 지혜와 범행을 잘 닦으며 가장 위가 되신 양족존께 공양하고 무상 지혜 닦고 익혀 최후에 성불하리"

앞으로 오는 세상은 미륵부처의 세상이고 그때가 되면 사람들이 부처가 된답니다. 최후의 몸이 성불한다고 합니다.

"그 나라는 청정하여 유리로 땅이 되고 여러 가지 보배 나무 도로마다 즐비하며"

그 나라는 유리로 땅이 되었다는 것은 그 나라는 투명하여 거짓이 숨어 있지 않는 참다운 나라라는 것입니다. 여러 보배 나무는 부처가 된 사람들을 말하며 성령으로 거듭난 사람들을 지칭하여 성서의 생명나무입니다. 도로마다 즐비하다는 것은 길가에 생명나무가 있으니 다니는 사람들이 그 생명나무 실과를 따먹을 수 있다는 말입니다.

이리하여 많은 대중들이 큰 신통을 얻게 된다고 합니다.

"그 수를 알 수 없는 많고 많은 보살 대중 마음도 부드럽고 큰 신통(神通)을 얻었으며"

신통이란 신에 대하여 통달했다는 말입니다. 왜냐하면 6신통을 얻었기 때문입니다.

"우리 마음 아시고 수기를 주신다면 감로수로 열을 제해 시원함과 같나이다" "주린 배로 헤매다가 대왕 성찬 만났어도 마음이 두려워서 감히 먹지 못하올새"

주린 배가 된 이유는 그 동안은 세상에 진리가 없었기 때문입니다. 그러다가 미륵부처께서 풍부한 진리를 가져오시니 성찬(盛饌)이 됩니다. 그런데 마음이 두려워서 그 말씀을 능히 듣지 않고 믿지 않게 된다는 말입니다.

"만일 왕이 먹어라면 그때에야 감식하듯 우리들도 그와 같아 소승의 허물만 생각하며"

먹지 못하는 이유는 소승의 생각에 매여 있었기 때문입니다. 소승에 매여 있었던 이유는 예언의 의미를 몰랐기 때문입니다.

"부처님의 무상 지혜 구할 길도 모르고 '너희들도 성불한다' 부처 음성 들었어도" "되려 마음 두려워서 선뜻 먹지 못함이나 만일 수기 주신다면 이젠 안락 하오리다"

부처님의 무상한 지혜를 구할 길을 몰라 너희들도 성불한다고 들었건만 오히려 두려워서 믿지 못하였으나 천신만고 끝에 그것을 믿고 안락한다고 합니다. 이것은 예언입니다. 그래서 세상에서 실재 이런 일이 있어질 때, 이런 현상이 분명히 나오게 될 것입니다.

"최후에 받은 몸이 미묘한 삼십이상 단정하고 아름답기 보배로운 산과 같고 모두 다 삼명 얻고 육신통을 갖추어"

이렇게 성불을 하게 되니 그 모습이 삼십이상의 부처의 모습으로 변화하게 됩니다. 그리고 육신통을 모두 갖추게 됩니다.

"한량 없는 만억 중생 남김없이 제도하고 시방의 천상 인간 공양을 받으리니"

천상 인간이란 성령으로 거듭난 사람을 지칭하고 있습니다.

"그 겁의 이름은 희만이요, 나라 이름은 의락이며, 그 나라의 땅은 평평하여 파려로 땅이 되고 보배나무로 장엄하며 진주로 된 꽃을 흩어 두루 청정하게 하거늘, 보는 사람마다 환희하여 천상 사람들이 많고 보살과 성문도 그 수가 한량 없으리라"

그 나라의 겁은 희만(喜滿)이고, 그 나라의 다른 이름이 의락(意樂)이라고 합니다. 희만이란 말은 기쁨이 넘치는 나라라는 말이고, 의락이란 말은 뜻이 있어 즐거운 나라라는 의미입니다.

부처님은 현세가 지나고 다음 시대에는 이런 시대가 펼쳐질 것을 불도자들에게 예언으로 주신 것입니다. 많은 세월이 흘러도 이 예언은 이루어지지 않았지만 불여우담화란 말처럼 북방 불기 3천 년을 맞는 오늘날 분명히 그 예언은 그 예언대로 이루어지고 있습니다.

14. 요한계시록 제 6장

한 시대를 마감하는 말세에는 이런 심판이 있고 심판 후, 새로운 지상천국을 건설하게 되다

본과는 수기(授記)편입니다. 지금까지 법화경의 수기편을 살펴본바, 요한계시록 6편에는 어떤 예언을 해두었을까요?

수기편에 소개된 시두말성은 반드시 요한계시록 6장의 사건이 있고 난 후에 지상에 건설되게 됩니다. 요한계시록 6편에는 한 시대를 심판하는 내용이 기록되어 있습니다. 이 심판 후에 기독교에서 말하는 천국, 불교에서 말하던 극락, 도교에서 말하던 무릉도원, 기타에서 말하던 유토피아, 신세계가 실재로 펼쳐지게 됩니다.

개요를 설명하면 이곳의 주무대는 일곱 금 촛대 장막교회입니다. 신약성서의 예언이 이루어질 때가 되면 팔 명의 사람이 하늘의 선택을 받게 됩니다. 그리고 그들은 어느 산골에 장막을 짓습니다. 그리고 그들이 창조주와 피로 언약을 합니다. 그리고 거기서 백성들에게 포교를 하게 됩니다. 택함 받아 거기로 들어온 백성들은 하늘교육을 통하여 그들의 영이 거룩하게 변해갔습니다. 그런데 그러던 중 일곱 종들이 창조주와 피로 맺은 언약을 어기게 됩니다. 언약을 어긴 것은 죄입니다. 그들은 그 죄로 말미암아 심판을 받게 됩니다. 심판의 과정에서 마귀소속의 사람들과 진리의 전쟁이 일어납니다.

한 번은 지고 한 번은 이기게 됩니다. 이기는 사람에 의하여 구원의 일이 생기게 되며 이들이 새 하늘 새 땅 곧 시두말대성을 건설하게 됩니다. 이곳에서 천국이 시작되게 됩니다. 한 사람 두 사람 이 진리를 통하여 구원받게 됩니다. 이 역사에 부름 받는 사람들은 비록 적은 수이지만 신약의 예언대로 이루어집니다. 이런 식으로 창조주의 예언이 이루어지기 전에 건설되는 것이 일곱 금 촛대장막교회입니다.

그래서 새 하늘과 새 땅 곧 시두말성은 일곱 금 촛대장막교회가 세워져서 그들이 언약을 어기고 심판 받고 그곳에서 이기는 사람이 나타나기 전에는 절대로 세워질 수가 없습니다. 이 장막은 신약의 약속을 이루기 위하여 2천 년 전에 이미 약속해두었던 이름입니다. 창조주의 일은 항상 처음은 미약하게 끝은 창대하게 이루어집니다. 창조주께서는 창세기에서도 아담과 하와 및 소수의 사람에게 임하여서 역사를 시작하였습니다. 예수 때도 예수와 및 몇몇 제자들로 시작한 작은 역사였습니다.

그러나 창세기도 예수의 역사도 그때는 작게 시작되었지만 지금은 세계 70~80억의 모든 인류가 다 아는 역사가 되었고 지구촌 인구 중 삼분의 일 이상이 성서로 신앙을 하는 사람들입니다. 일곱 금 촛대장막교회는 여덟 명으로 시작된 초라하고 작은 역사였습니다. 그러나 차후에는 인류의 모든 사람들이 이 장막을 다 알게 될 것입니다.

이 장막은 지구촌 모든 종교와 인류를 대표한 대표 성전이고, 여기서의 전리의 전쟁의 결과는 세계를 대표한 승패입니다. 결국은 2차전에서는 창조주 편이 이기게 되지만 1차전은 창조주가 패하는 전쟁입니다. 1차전의 창조주의 대표전사들은 장막교회의 일곱 사자들이었습니다. 그러나 이들은 전쟁에서 졌습니다. 진 이유는 창조주와의 언약을 어긴 탓입니다. 그래서 요한계시록 6장에서는 언약을 어기고 진리의 전쟁에서도 진 장막교회의 일곱 사자들을 심판하는 내용으로 전개됩니다.

그러나 이들은 아담 이후로 모든 인류를 대표한 대표자들이었습니다. 이들의 패배는 곧 이전 기독교 및 모든 종교의 패배요, 모든 인류의 패배입니다. 따라서 요한계시록에서는 이들을 먼저 심판합니다.

그리고 17~18장에서는 이 전 모든 종교 세상을 심판하는 과정을 거칩니다. 그들이 모두 심판 받게 되면 이제 아담으로부터 시작된 뱀의 권세 곧 마귀의 권세가 세상에서 사라지게 됩니다. 따라서 요한계시록 6장을 기점으로 지난 한 세대가 심판 받고 없어지게 되며 7장부터는 새로운 창조주의 나라가 건설되기 시작합니다. 창조주의 나라가 시작될 수 있는 것은 2차전의 전사들이 이겼기 때문입니다. 2차전의 전사들은 장막교회의 백성으로서 소수의 인원입니다. 그러나 이 소수의 사람은 인류를 대표하여 용(마왕)과 싸워 이기게 됩니다. 이 몇 명 중 한 사람이 최후의 승리자가 됩니다. 이 자에게 창조주의 영과 예수의 영이 임하게 됩니다. 따라서 이 자는 이 시대에 유일무이한 최초의 성령의 사람이 됩니다. 요한계시록에는 이 자의 이름을 요한이라고 미리 예언하여 놓았습니다. 최초의 성령의 사람을 불교식 이름으로 하면 미륵부처입니다. 최초의 성령의 사람 안에는 창조주가 와계신 것이고, 이것을 불교식으로 해석하면 법신불 부처님의 영이 미륵보살에게 임한 것입니다. 이리하여 지상에 창조주가 돌아오신 것입니다. 이리하여 부처님이 이 땅에 돌아오시게 된 것입니다. 창조주께서 지상에 오시게 되니 하늘의 허다한 신들도 모두 지상에 내려오게 됩니다. 이때부터 하늘문화가 세상에 뿌려지게 됩니다. 세상나라가 하늘나라로 변해가는 것입니다. 즉 세상나라가 부처님의 나라가 되는 것입니다.

그러나 이런 일이 있기 전에 죄를 지은 장막교회의 일곱 사자들은 심판을 받게 됩니다. 본 장은 심판의 내용이 공개되는 장입니다. 일곱 인으로 봉함된 인이 하나하나 열릴 때마다 큰 사건들이 공개됩니다.

자 그럼 어떻게 일곱 금 촛대장막교회가 심판을 받게 되는지 알아보기로 하겠습니다.

요한계시록 6장입니다.

1 "내가 보매 어린 양이 일곱 인 중에 하나를 떼시는 그
때에 내가 들으니 네 생물 중에 하나가 우레 소리 같이 말
하되 오라 하기로 2내가 이에 보니 흰 말이 있는데 그 탄
자가 활을 가졌고 면류관을 받고 나가서 이기고 또 이기려
고 하더라"

6장에서도 내가라고 하는 사람은 요한입니다. 요한이 6장의 광경을 모두 다 본다는 것입니다. 이때는 요한이 하늘에 올라가서 안팎으로 쓰인 봉함된 책을 열어 계시된 상태에서 천사로부터 받고 난 후의 일입니다. 일곱인으로 봉

함되었던 앞으로 공개될 내용은 모두 봉함되어 있었습니다. 그래서 요한은 첫째 인부터 일곱째 인까지 떼게 됩니다. 그 인을 뗄 때마다 사건이 하나씩 나오게 됩니다. 안팎으로 쓰인 닫힌 책을 여니까 당연히 그 내용이 나타날 것입니다. 심판을 총지휘하고 계신 분은 예수님입니다. 예수께서 하늘의 네 천사장들을 시켜 범죄한 일곱 금 촛대장막교회를 심판하게 됩니다. 첫째 인을 떼니 네 천사장 중 하나가 큰 소리로 오라고 합니다. 그래서 요한이 보았더니 흰 말이 있고 그 말을 타고 활을 가진 자가 보이는데 면류관을 받고 나가서 이기고 또 이기려 하더라고 합니다.

예언서가 비밀로 기록되었다고 한바, 이렇게 비밀로 기록되어 있었던 것입니다. 그런데 이 비밀을 모르는 사람들이 이것을 읽고 무엇을 깨닫게 되겠습니까? 아무리 읽어도 알 방법이 없을 것입니다. 누가 일기장에 아무도 모르게 하기 위하여 이런 방법으로 일기를 기록해두었다면 이것을 읽어보는 사람들이 어떻게 그 내용을 알 수 있겠습니까? 요한계시록을 천상천하의 누구도 알 수가 없었다고 한 이유는 바로 요한계시록이 이렇게 기록되어 있기 때문입니다.

여기서 흰 말이 무엇이며 탄 자가 누구며 활은 무엇이며 이긴다는데 언제 어디서 누구를 이기고 또 누구를 이기려

하는지 어떻게 알 수가 있겠습니까?

그런데 만약 일기장을 쓴 그 사람이 직접 그것을 가르쳐 준다면 그 뜻이 무엇인지 알 수 있게 될 것입니다. 계시란 바로 이를 두고 하는 말입니다. 이 예언을 쓰게 하신 분은 창조주입니다. 따라서 창조주의 뜻으로 쓰인 요한계시록의 비밀은 창조주를 통하여 예수께서 직접 계시 해주지 아니하면 천상천하의 그 누구도 알 수 없습니다. 그런데 창조주가 아직 가르쳐주지도 않았는데 계시록이나 법화경을 사람의 마음으로 억지로 해석하고 가르치면 어떻게 되겠습니까? 거짓을 가르친 것이고 거짓을 배운 것입니다. 오늘날까지 종교계에서 법화경이니 요한계시록을 가르치고 배웠다면 모두 이런 경우가 됩니다. 주석이 그 좋은 예입니다. 성서도 불서도 기록케 한 분은 한 분인데 그 해석은 주석마다 다릅니다. 그래서 주석은 거짓말 창고입니다. 그 거짓말에 수많은 사람의 영이 죽게 됩니다.

여기서 흰 말을 알려면 먼저 흰 말을 탄 자가 누구인지를 알아야 합니다. 요한계시록 19장 11절을 보면 탄 자는 예수의 영이란 것을 알 수 있습니다.

물론 이 심판을 주도하는 자는 네 천사장들입니다. 네 천사장은 마치 군대의 네 대장 같은 존재입니다. 제 1군에서 제 4군까지 있다는 말이 되겠습니다. 옛날의 전쟁의 내용을 살펴보면 왕이나 왕자도 전쟁에 직접 참여하는 경우가 많습니다. 예수께서 이 전쟁에 참여하신 것도 그런 의미로 이해할 수 있습니다. 이때 그 왕이나 왕자도 어느 한 군에 소속되어 전쟁을 하게 됩니다. 성서의 비밀은 이런 식의 비유로 기록되어 있습니다. 그런데 이 전쟁은 지상에 세워진 일곱 금 촛대장막교회에서 치러지는 진리의 전쟁입니다. 그런데 예수께서 전쟁에 참여하려니 예수는 영으로 육체가 없습니다. 그래서 영은 육체를 빌려서 그 육체 안에 들어가 전쟁을 하게 되는 것입니다.

사람이 전쟁을 할 때, 말을 타고 하듯이 영들은 육체를 타고 진리의 전쟁을 한다는 의미입니다. 예수께서 말로 택한 육체는 요한입니다. 그래서 요한이 일곱 금 촛대장막교회에서 진리로 그 대적들과 싸울 때는 겉보기로는 요한 홀로인 것으로 보이지만 말씀을 근거로 살펴보면 예수께서 영으로 함께 요한의 육체에 임하여 전쟁에 참여하신 것입니다. 요한의 육체에 예수의 영이 임하여 전쟁을 하였기 때문에 요한이 대적과 이길 수 있었던 것입니다. 그리고 탄 자인 예수께서 활을 가지고 전쟁을 하는 것은 육적인 전쟁을 사람들이 활로 하듯이 영적인 진리전쟁에서는 진리의 말씀으로 한다는 의미입니다. 활로 사람을 죽일 수 있듯이 진리로 마귀를 죽일 수 있다는 것입니다.

그리고 여기서 또 이기고 이긴다는 의미는 예수께서 2천 년 전에 세상을 이긴 일이 한 번 있기 때문입니다. 세상을 이긴 의미는 세상이 마귀의 소유가 되었기 때문에 세상을 이긴 것이 곧 마귀를 이긴 것입니다. 그 당시 예수는 거짓목자들인 서기관 바리새인들과 진리로 전쟁을 하여 이겼습니다. 싸운 상대 영은 뱀이었습니다. 창조주와 성령들은 예수와 그 제자들의 육체에 임하고 뱀이라 일컬음 받았던 거짓목자들에게는 마귀 왕과 마귀의 영이 임하였습니다.

각각 성령과 악령이 택한 육체를 통하여 진리의 전쟁을 하였으므로 겉보기는 사람들 간의 단순한 말싸움 같았지만 그것은 영적 전쟁이었습니다. 예수님은 2천 년 전에 이렇게 마귀와의 전쟁에서 진리로 이겼던 것입니다. 그리고 또 이긴다는 것은 요한계시록의 일곱 금 촛대장막교회에 올라온 뱀들과 진리 전쟁에서도 다시 이기겠다는 것입니다.

2천 년 전에 예수께서 서기관과 바리새인들을 이긴 내용을 좀 더 깊이 생각해볼 필요가 있습니다. 예수의 적들을 잘 보면 그들은 겉으로는 거룩한 이스라엘의 제사장들이었습니다. 그들은 실재 이스라엘 백성들로부터 존경을 받았으며 막강한 권력을 가지고 있었습니다. 그러나 예수님이 봤을 때, 이들은 뱀들이었던 것입니다. 그래서 진리로 이긴다는 의미는 이러한 것들을 사람들에게 드러내 증거 하는 것입니다. 증거의 기준은 성서였습니다. 성서를 통하여 볼 때, 너희들은 뱀이다는 것을 증거 하여 이겼던 것입니다. 이렇게 예수께서 그들을 증거 하여 이기지 아니하였다면 그들은 지금도 여전히 세상신앙인들의 사랑과 믿음을 독차지 하고 있을 것입니다. 그리고 신앙인들은 마귀에게 속아 오늘날까지 그들의 영혼들이 무차별적으로 희생당하고 있을 것입니다.

요한계시록 때도 일곱 금 촛대장막교회에 올라와 장막의 성도들의 영을 멸망시키는 실체는 거짓목자들입니다. 예수의 영은 또 그 거짓목자가 누구인가를 드러내어 이기는 것입니다. 이것이 영적 전쟁에서 이기는 방법입니다. 예수의 영은 이렇게 한 번 이겼고 또 이기려고 한다는 것입니다. 이 전쟁이 또 일어나 이기고 나면 오늘날에는 과연 세상의 누가 뱀으로 나타날까요?

자 그럼 둘째 인을 뗄 때는 어떤 사건이 일어나게 될까요? 이 모든 것이 길게는 6천 년 짧게는 2천 년 동안 봉함된 상태에서 오늘날에 이르렀던 것입니다. 그러니 이 증거가 진리라면 이 글을 읽는 분들은 6천 년 또는 2천 년간 봉함되고 감춰져있던 비밀을 계시 받고 있는 것입니다.

3 "둘째 인을 떼실 때에 내가 들으니 둘째 생물이 말하

되 오라 하더니 4이에 붉은 다른 말이 나오더라 그 탄 자가 허락을 받아 땅에서 화평을 제하여 버리며 서로 죽이게 하고 또 큰 칼을 받았더라"

이제 둘째 인을 떼니 둘째 천사가 나오라고 하니 붉은 말이 나오더라고 합니다. 그리고 붉은 말을 탄 자가 허락을 받고 땅에서 화평함을 없애고 서로 죽이게 하고 큰 칼을 받아 죽이게 합니다. 여기서 이들이 장막성도들을 멸망시키는 것을 창조주로부터 허락받았다고 합니다. 허락 받을 수 있게 된 이유는 이들이 범죄 하였기 때문입니다. 아담도 범죄 하기 전에는 창조주께서 지켜 주셨습니다. 그러나 범죄 한 후는 뱀이 아담과 하와를 멸망시켰습니다. 그러나 창조주께서는 그것을 막아주시지 않았습니다. 그래서 여기서도 범죄한 이들을 심판하려고 붉은 말이 등장하게 됩니다.

스가랴 6장에는 네 병거 네 바람 등으로 비유한 네 천사장이 등장합니다. 이들이 전쟁에 참여할 때는 병거라고 하고, 심판을 할 때는 바람이라도 비유합니다. 이 네 병거는 세상의 주 앞에 모셨다가 나가는 것이라고 기록해두었습니다. 이 병거들을 색깔 별로 홍마들, 흑마들, 백마들, 어룽지고 건장한 말들이라 구별한 것은 이들이 행하는 역할이 각각 다르기 때문입니다.

그리고 붉은 말을 탄 자는 누구일까요? 심판을 맡은 천사입니다. 조금 전에 흰 말을 탄 자는 예수의 영이라고 했습니다. 그런데 붉은 말 탄 자가 땅에 화평을 제하여 버린다고 합니다. 땅은 일곱 금 촛대 장막이고 이들에게 평화를 없애는 이유는 이들이 창조주와의 언약을 배신하였기 때문입니다. 아담과 똑 같은 죄를 저질렀으니 아담과 똑 같은 벌을 받게 되는 것입니다. 아담도 선악과를 먹지말라고 한 창조주의 말씀을 지키지 않아서 결국 뱀들에게 노출되어 그의 심령이 멸망당하였습니다. 이처럼 일곱 금 촛대 장막교회도 창조주와의 언약을 어겼으므로 심판받게 되는 것입니다. 장막에 화평을 없애버리니 결국 장막 성도들끼리 서로 시기 반목 질시 하면서 자중지란(自中之亂)이 일어나 서로 죽이게 합니다.

이때 죽음은 육체가 죽는 죽음이 아니라, 이들은 아담처럼 성령을 받은 거룩한 사람들이었습니다. 그런데 뱀들에게 미혹되어 망령(亡靈)되게 되니 영혼을 멸망 받게 되는 것입니다. 즉 성서에는 영혼이 성령에서 악령으로 떨어지는 것을 죽음으로 표현한 것입니다. 그래서 아담도 죽는다고 했는데 육체는 930살까지 살았던 것입니다. 죽은 것은 아담의 영이었던 것입니다. 죽음의 순서는 먼저 영이 죽고 그 죽은 영으로 말미암아 육체도 죽게 되는 것입니다[5].

---

5) 고린도전서 15장 22절

죽는 순서처럼 사는 순서도 먼저 사람의 영이 성령으로 살게 되고 난 후, 육체도 그 성령으로 말미암아 살게 되는 것입니다[6]. 성령을 산 영이라고 하고, 악령은 죽은 영이라고 합니다. 그러나 악령을 죽은 영이라고 하는 것은 생명이 유한하다는 의미입니다. 대신에 성령이 산 영이란 것은 생명이 무한한 영이란 뜻입니다.

5 "세째 인을 떼실 때에 내가 들으니 셋째 생물이 말하되 오라 하기로 내가 보니 검은 말이 나오는데 그 탄 자가 손에 저울을 가졌더라"

셋째 인을 뗄 때는 검은 말이 나온다고 합니다. 그런데 검은 말을 탄 자는 손에 저울을 가졌다고 합니다. 저울을 왜 가져왔을까요? 다니엘 5장에는 벨사살 왕이 잔치를 베설하여 예루살렘 성전에서 가져온 금은 기명에 다 술을 따라 마실 "그 때에 사람의 손가락이 나타나서 왕궁 촛대 맞은편 분벽에 글자를 쓰는데 왕이 그 글자 쓰는 손가락을 본지라 기록한 글자는 이것이니 곧 메네 메네 데겔 우바르신이라" "그 뜻을 해석하건대 메네는 하나님이 이미 왕의 나라의 시대를 세어서 그것을 끝나게 하셨다 함이요 데겔은 왕이 저울에 달려서 부족함이 뵈었다 함이요"

---

6) 로마서 8장 11절, 요한복음 11장 25~26절

이때 데겔은 왕이 저울에 달려서 부족함이 뵈었다는 뜻이라고 합니다. 저울은 물건의 무게를 다는 도구입니다. 이것은 성서의 말씀을 비유한 것입니다. 물건의 무게는 저울에 달아서 체크가 가능하지만 사람의 마음의 믿음과 행위는 성서가 기준이 됩니다. 벨사살 왕의 믿음과 행위가 성서의 기준에 미달하여 그는 그날 밤 죽게 됩니다. 이처럼 본장에서 저울이 가지는 의미도 같은 것입니다. 본장의 저울은 검은 말을 탄 신이 일곱 금 촛대장막교회의 일곱 사자와 성도들의 믿음과 행위를 달아보아 기준에 못 미치는 자들을 심판하겠는 의미입니다. 그리고 실재 요한계시록 11장 1절에서 장막성도들의 믿음과 행위를 달아보는 상황이 재현되고 있습니다. "또 내게 지팡이 같은 갈대를 주며 말하기를 일어나서 하나님의 성전과 제단과 그 안에서 경배하는 자들을 척량하되" 이렇게 믿음을 척량하여 못 미치는 자들은 모두 심판하게 됩니다. 심판의 결과는 물론 그들의 심령이 죽는 것입니다.

6 "내가 네 생물 사이로서 나는 듯하는 음성을 들으니 가로되 한 데나리온에 밀 한 되요 한 데나리온에 보리 석 되로다 또 감람유와 포도주는 해치 말라 하더라"

그리고 나서 또 요한이 들려오는 음성을 들어보니 한 데나리온에 밀 한 되요, 한 데나리온에 보리 석 되로다고 합니다. 그리고 감람유와 포도주는 해하지 말라고 합니다. 천사의 음성이 심판을 함에 있어서 한 데나리온에 밀 한 되와 보리 석 되라고 하며 이들을 달리 감람유와 포도주라고 비유하며 이들은 심판하지 말라고 합니다. 밀 한 되는 주연이 되는 한 사람을 말하고 보리 석 되란 조연이 되는 세 사람을 말합니다. 이들을 또 감람유와 포도주로 비유하였습니다. 감람유는 촛대장막에서 이 모든 사건을 보고 들은 증인이란 의미이고 포도주란 이 사람들이 예수와 함께 동행 하는 자란 의미입니다. 이들이 저울로 척량하여 합당하다는 싸인을 받은 사람들인 모양입니다.

이들은 요한계시록 3장 4~5절에서 "그러나 사데에 그 옷을 더럽히지 아니한 자 몇 명이 네게 있어 흰 옷을 입고 나와 함께 다니리니 그들은 합당한 자인 연고라 5이기는 자는 이와 같이 흰 옷을 입을 것이요 내가 그 이름을 생명책에서 반드시 흐리지 아니하고 그 이름을 내 아버지 앞과 그 천사들 앞에서 시인하리라" 고 예수께서 약속한 소수의 사람입니다. 이들은 장차 이 역사의 증인이 되며 또 예수께서 함께 동역할 사람들이니 심판에서 제외하란 천사의 음성이었습니다. 이들 중 한 사람이 요한입니다.

7 "네째 인을 떼실 때에 내가 네째 생물의 음성을 들으니 가로되 오라 하기로 8내가 보매 청황색 말이 나오는데

그 탄 자의 이름은 사망이니 음부가 그 뒤를 따르더라 저희가 땅 사분 일의 권세를 얻어 검과 흉년과 사망과 땅의 짐승으로써 죽이더라"

네 째 인을 뗄 때에 넷째 천사의 음성은 청황색 말에 대한 소개입니다. 청황색 말을 탄 자의 이름은 사망이라고 합니다. 그래서 음부가 청황색 말을 탄 신을 따라다닌다고 합니다. 청황색 말을 탄 자의 역할은 범죄한 장막성도들의 영을 죽이는 역할을 합니다. 음부는 지옥을 의미합니다. 이 심판에서 금 촛대장막의 성도들 중 4분의 1을 검과 사망과 땅의 짐승으로써 죽인다고 합니다. 검은 거짓 진리인 비진리를 의미하고 흉년은 진리가 없는 것을 비유한 것이고 사망은 마귀신을 말하고 짐승은 마귀신이 임한 거짓목자들을 말합니다. 즉 마귀신이 들린 거짓목자들이 진리가 아닌 영적 거짓말로 장막의 성도들의 영을 4분의 1을 죽인다는 의미입니다. 이런 일련의 심판은 모두가 예수의 지시하에 네 천사장에 의하여 이루어집니다.

9 "다섯째 인을 떼실 때에 내가 보니 하나님의 말씀과 저희의 가진 증거를 인하여 죽임을 당한 영혼들이 제단 아래 있어 10큰 소리로 불러 가로되 거룩하고 참되신 대주재여 땅에 거하는 자들을 심판하여 우리 피를 신원하여 주지 아니하시기를 어느 때까지 하시려나이까 하니"

다섯째 인을 뗄 때 요한이 보니 옛날에 하나님의 말씀과 말씀을 증거하다가 순교를 당한 영혼들이 제단 아래서 범죄 한 금 촛대장막교회의 성도들과 장막성도들을 미혹한 거짓목자들을 심판하여 달라고 피의 신원을 하고 있습니다. 죄진 장막성도들을 빨리 심판 하여달라는 이유는 이들의 범죄하지 않았으면 잠자던 순교한 영들이 세상에 다시 부활하여 올 수 있었기 때문입니다. 그리고 이제 그들이 범죄를 한 이상 도리 없이 범죄한 장막성도들이 빨리 심판받아야 순교한 영혼들이 다시 지상에 올 수 있기 때문입니다. 거짓목자들을 심판 해달라는 것은 그들 때문에 하나님의 나라가 망하였기 때문입니다. 그리고 순교한 영들에게 두루마기를 주십니다. 두루마기는 옳고 의로운 행위를 한 사람에게 주는 선물입니다. 그러면서 말하기를 아직 잠시 동안 쉬고 기다리라고 합니다. 왜냐하면 금 촛대장막교회에서 죄 지은 자들과 멸망자들을 심판 하여야 순교한 영들이 지상에 올 수 있기 때문입니다. 이들의 소원대로 신원되는 것은 요한계시록 18장 20절입니다. “하늘과 성도들과 사도들과 선지자들아 그를 인하여 즐거워하라 하나님이 너희를 신원하시는 심판을 그에게 하셨음이라 하더라” 그리고 여섯째 인을 떼게 됩니다.

12 “내가 보니 여섯째 인을 떼실 때에 큰 지진이 나며

해가 총담 같이 검어지고 온 달이 피 같이 되며 13하늘의 별들이 무화과나무가 대풍에 흔들려 선 과실이 떨어지는 것 같이 땅에 떨어지며 14하늘은 종이 축이 말리는 것 같이 떠나가고 각 산과 섬이 제 자리에서 옮기우매"

요한이 또 보니 여섯째 인을 뗄 때 큰 지진이 나며 해가 총담 같이 검어지고 온 달이 피 같이 된다고 합니다. 요한계시록 6장은 일곱 금 촛대장막교회의 일곱 사자들과 백성들이 언약을 어기는 죄를 범하였으므로 그들의 영을 심판하는 내용입니다. 그것을 봉함하여 감추기 위하여 그 기록 방법을 비유로 기록한 것입니다. 따라서 해 달 별들은 자연계의 하늘의 해 달 별들과는 전혀 관계가 없습니다. 요한계시록 12장 1절에는 일곱 금 촛대장막교회의 수장 같은 우두머리를 해를 입은 여자라고 비유를 하였습니다. 이 해가 하늘의 그 해라면 어떻게 이 여자가 그 뜨겁고 큰 해를 입을 수 있겠습니까? 해는 일곱 금 촛대장막교회의 수장을 비유한 것이고 달은 그 아래의 전도자를 비유한 것이고 별들은 성도들을 비유한 것입니다. 이들을 하늘에 있는 해달별로 비유한 것은 비록 이들이 땅에 거하였지만 하늘에서 세운 교회인 일곱 금 촛대장막교회의 소속이기 때문입니다. 따라서 해달별이 어두워지고 검어지고 떨어진다는 것은 촛대장막교회의 수장과 전도자들과 성도들의 심령이 성령에서 악령으로 멸망 받았음을 비유한 문장입니다. 하늘은 종이 축이 말리는 것 같이 떠나갔다는 말은 장막이 곧 하늘이라고 13장 6절에서 말하였으니 장막교회가 완전히 멸망 받았음을 암시한 말입니다. 각 산과 섬이 제 자리에서 옮기웠다는 말은 장막교회에 소속된 지교회들의 소유가 이방(일곱 머리 열 뿔 가진 짐승)의 소유로 넘어갔다는 의미입니다. 또 6천 년 동안 지속되어 왔던 구시대의 하늘이 이렇게 망하였으니 7장과 14장과 21장에서 새 하늘이 지상에 세워지는 것입니다. 요한계시록 21장 1절의 처음 하늘과 처음 땅은 이 망하는 선천하늘이고 선천 백성들입니다. 그리고 바다는 선천을 이끌던 종교세상을 비유한 것입니다. 그러니 바다가 없어진다는 말은 선천의 종교세상이 없어진다는 의미입니다. 새 하늘과 새 땅은 계시록 7장에서 만들어지기 시작하여, 계시록 21장 1절 이후 완성됩니다.

그래서 하늘이 종이 축 말리듯 떠나간다는 말은 선천세상이 종말을 고한다는 말입니다. 따라서 일곱 금 촛대 교회는 6천 년간 지속되어 오던 선천을 대표하여 등장한 대표궁전이라고 할 수 있습니다. 그것이 오늘날에 와서 종말을 맞이한 것입니다.

우리나라는 단군으로 시작된 나라라고 배워 왔습니다. 그리고 연연히 그 맥이 끊어지지 않고, 부여, 고구려, 삼국, 고려, 조선을 통하여 이어져 왔습니다. 그리고 1910년

한일합방으로 말미암아 한민족의 나라는 사라졌습니다. 그리고 35년 후에 다시 대한민국이란 이름으로 다시 새롭게 태어났습니다. 따라서 일곱 금 촛대 교회의 종말은 한말의 고종황제가 살던 궁전이 적에게 망한 것과 같은 의미입니다.

고종황제가 집권하던 왕실의 뿌리는 기원전 2,333년에 세워진 단군조선까지 올라갑니다. 따라서 한말에 적에게 망하여 없어진 황궁은 한민족의 대표궁전이라 말할 수 있습니다. 그 궁전이 35년 간 멸망의 과정을 거치면서 끝났습니다.

그리고 다시 1945년에 그 기초를 만들고 1948년에 새 정부를 세웠으니 오늘날의 대한민국이란 나라입니다. 그래서 성서에 비하면 고종황제가 선천의 마지막 하늘이었던 셈이고, 그 백성들은 선천의 마지막 백성들이었던 셈입니다. 그리고 새 나라는 대한민국으로 새 하늘은 대통령이고, 새 백성은 대한민국의 국민이 되었던 것입니다. 이전의 나라와 이후의 나라는 그 체제나 존재의 의미에서 서로 완전히 다른 나라입니다. 요한계시록의 망하는 하늘과 땅과 새롭게 태어나는 하늘과 땅은 한민족의 역사적 의미로 비교할 때, 그런 의미를 가진다고 할 수 있습니다.

15 "땅의 임금들과 왕족들과 장군들과 부자들과 강한 자들과 각 종과 자주자가 굴과 산 바위틈에 숨어" 에서 땅의 임금들은 장막교회의 일곱 종들을 비유한 말이고, 왕족들은 그들에게 소속된 간부들이고 장군들이라고 한 것은 이들도 미혹자들과 싸웠다는 의미입니다. 그리고 부자들이란 진리의 말씀을 가졌던 영적 부자를 비유한 말입니다. 또 강한 자들이라고 한 것은 장막교회 중에서 그나마 진리와 용기와 힘이 있던 자들을 의미합니다. 또 종들과 자주자들이란 장막교회에서 종처럼 주의 일을 열심히 하던 자들과 자주적으로 열심 있던 성도들을 지칭합니다.

그런데 이런 모든 성도들이 일곱 머리 열 뿔 가진 거짓목자들의 미혹에 다 넘어졌습니다. 그런데 이들은 창조주 하나님께 잘 못을 회개 하지 않고 굴과 산과 바위틈에 숨어버렸다는 것입니다. 굴과 산과 바위는 거짓목자들의 소굴인 기성교단의 교회입니다. 하늘의 선택을 받은 장막성도들이 하나님께 피하는 것이 아니라, 이방의 거짓목자에게 의지하여 심판을 피하려 했다는 것입니다.

16 "산과 바위에게 이르되 우리 위에 떨어져 보좌에 앉으신 이의 낯에서와 어린 양의 진노에서 우리를 가리우라
17그들의 진노의 큰 날이 이르렀으니 누가 능히 서리요 하더라"

그들이 이방거짓목자들에게 이르기를 우리 위에 떨어져 보좌에 앉으신 이의 낯에서와 어린 양의 진노에서 자신들을 가려달라고 애원하고 있습니다. 보좌에 앉으신 이는 창조주 하나님이시고 어린 양은 예수입니다. 창조주와 예수가 진노하는 이유는 자신이 택하여 진리로 양육한 자신의 성도들이 범죄하였기 때문입니다. 그래서 창조주와 예수께서 심판을 하니 그들은 창조주와 예수께로 와서 용서를 비는 것이 아니라, 오히려 이방의 거짓목자에게 자신들을 숨겨달라고 애원하는 것입니다.

이것이 여섯 번째 인까지 뗀 후에 나타난 일들입니다. 이것은 일곱 금 촛대장막교회의 목자들과 백성들을 심판하는 과정이었습니다. 그리고 이 심판은 이전 세대인 6천 년간의 세상을 심판하는 전대미문의 심판 사건입니다. 이 심판 후, 17~18장에서 이방의 기성 교단도 심판을 하게 됩니다.

15. 제 7편 화성유품(化城喩品)

극락정토까지의 노정이 너무 길고 험준하니 잠시 쉬어가는 곳이 화성이지 거기서 머물면 극락 못 간다. 화성은 곧 기복신앙이라!

화성유품(化城喩品)은 될 화(化) 자에 도성이나 나라란 의미의 성(城)에, 깨달을 유(喩)로 이루어진 단어입니다. 법화경에서 말하는 화성유품은 구체적으로 무엇을 나타내려고 하였을까요?

[동국대 역경원 법화경 169쪽~]

부처님께서 여러 비구들에게 말씀하셨다. "대통지승 부처님의 수명은 5백 4십 만억 나유타겁이니라. 그 부처님께서 처음 도량에 계시어 마구니들을 파하고 아뇩다라삼먁삼보리를 얻으려하나, 모든 부처님의 법이 앞에 나타나지 아니하므로, 1소겁으로부터 10소겁 동안을 가부좌를 틀고 앉아 몸과 마음을 움직이지 아니하되, 역시 부처님의 법이 아직 나타나지 아니 하였느니라 라고..."

이 문장을 통하여 중요한 하나의 사실을 발견할 수 있습니다. 법화경 중에서 가장 중요한 단어를 하나 꼽으라고 한다면 그것은 다름 아니라, 아뇩다라삼먁삼보리란 단어가 될 것입니다. 법화경의 주제는 중생과 보살들이 부처로 성불하는 것입니다. 그런데 그 성불을 이루려면 재료가 있어야 합니다. 그 재료가 바로 아뇩다라삼먁삼보리입니다. 여기서 중요한 발견은 아뇩다라삼먁삼보리와 부처로 성불하는 일과는 매우 밀접한 연관이 있다는 사실입니다.

그런데 본 문장에서 아뇩다라삼먁삼보리를 얻으려고 하니 부처님의 법이 앞에 나타나지 않는다고 합니다. 그래서 1소겁으로부터 10소겁 동안을 가부좌를 틀고 앉아 몸과 마음을 움직이지 아니하면서, 기다려도 기다려도 역시 부처님의 법이 아직 나타나지 아니 하였느니라고 합니다. 이것은 아뇩다라삼먁삼보리의 진리는 예언인데 이것을 얻으려고 하나 정한 때가 되지 않아서 좀처럼 나타나지 않는다는 의미입니다. 이것은 아뇩다라삼먁삼보리의 진리가 나오는 것은 쉽게 되는 일이 아니라, 장구한 세월이 지난 후에 정한 때가 되어야 된다는 말입니다. 그리고 그 법으로 마구니를 파하려고 한다는 것입니다.

여기서 문제는 마구니입니다. 마구니는 악령 또는 악한 신으로 성서에서는 마귀 또는 사단이라고 하는 신(神)입니다. 성서의 기록 목적을 한 마디로 정의하라고 한다면 '마귀를 멸하는 것' 이라고 대답할 수 있습니다. 그렇듯이 법화경에서도 마구니를 파하는 진리가 아뇩다라삼먁삼보리의 진리임을 알 수 있습니다. 신약성서 요한계시록 12장 7절 이하와 20장 2절에는 용을 잡으니 옛 뱀이요, 마귀요, 사단이라고 기록하고 있습니다. 창세기부터 시작한 성서는 요한계시록에서 마귀의 왕인 용이 잡히면서 대단원의 막을 내리게 됩니다.

미륵경에도 미륵보살은 마왕을 이기고 미륵부처로 성불하게 됩니다. 법화경의 예언도 마구니의 왕인 마왕을 이기면서 불교의 목적이 모두 이루어지게 됩니다. 그리고 석가모니부처도 마구니의 시험을 이기고 난 후에 깨달음을 얻게 됩니다.

그런데 문제는 마구니가 어디 살며 어떤 역할을 하고 있느냐는 것입니다. 마구니가 어디 있으며 그 실체가 무엇인가를 모르고서 어찌 마구니를 잡을 수 있겠습니까?

그러나 그것은 엄청난 큰 비밀입니다. 알고보면 놀랍게도 마구니의 서식처는 바로 인간의 육체 안이란 것입니다. 마구니는 인간의 마음에 살고 있습니다. 누가 이런 생각을 상상이나 해보았겠습니까?

놀랍고 기분 나쁜 말일 수 있습니다. 그러나 그것은 사실입니다. 이것을 깨닫는 것이 부처가 될 수 있는 첫째 단계의 깨달음입니다. 지피지기(知彼知己) 백전백승(百戰百勝)인 것이죠. 지기(知己)는 '자기 자신이 마구니' 란 것을 인정하는 것입니다. 자신이 그것을 깨달아 마구니에게서 확실히 벗어날 수만 있다면 그것은 분명히 명실상부하게 부처로 성불할 것입니다. 부처란 바로 '마구니의 탈에서 벗어난 사람' 입니다. 아뇩다라삼먁삼보리의 진리의 핵심은 바로 그것입니다.

본 필자는 종교의 목적은 성령으로 거듭나는 것이라고 거듭 말씀드렸습니다. 사람 안에는 원래 성령이 살고 있어야 하나, 마구니가 살고 있기 때문에 모든 종교의 목적은 궁극적으로 마귀로부터 구원(救援) 받는 것입니다. 그런데 마구니는 신입니다. 그래서 칼이나 총이나 무기로 그 신을 멸할 수는 없습니다. 그러면 그 마구니를 어디서 어떻게 잡느냐는 것입니다. 하나 중요한 것은 마구니가 사람 속에 살고 있기 때문에 사람이 그 사실을 깨달아야 한다는 것입니다.

그리고 사람 속에 살고 있는 마구니 신(神)을 멸할 수 있는 방법은 유일하게 진리 밖에 없습니다. 그런데 그 마구니를 멸할 수 있는 진리를 가진 자는 지구상에는 한 사람도 없습니다. 그래서 천상에서 그 진리를 가지고 오는 구원자를 불교에서는 미륵부처라고 했습니다.

결국 지구촌에 미륵부처님이 오시지 아니하면 진리가 없고, 진리가 없으면 마구니를 멸할 수가 없고, 마구니를 멸하지 못하면, 사람이 부처로 성불될 수 없습니다. 세상에 부처가 나타나지 아니하면 세상에 극락이란 없습니다. 극락이 없으면 불교는 허구입니다.

그렇다면 미륵부처는 언제 어떻게 세상에 오게 됩니까? 정한 때가 되어야 옵니다. 정한 때를 어떻게 알 수 있습니까? 정한 때를 알 수 있는 날은 지구상에 계두말성이란 한 사찰이 예언대로 나타날 때입니다. 그리고 계두성에는 여덟 부처가 출현하게 됩니다. 한 부처는 법신불 부처님이고, 일곱 부처는 법신불 부처님을 보좌하는 부처들입니다.

이 부처들 중에 미륵부처가 있습니까? 아닙니다. 계두말성은 미륵보살이 그곳에서 도를 얻어 미륵부처로 성불하게 하는 중대한 역할을 하는 전초기지입니다. 그리고 여기서 아뇩다라삼먁삼보리의 진리가 생성됩니다. 여기서 인류의 어두운 과거가 드러나며 하늘의 비밀과 세상의 비밀과 인생의 비밀이 모조리 밝혀집니다.

아뇩다라삼먁삼보리의 진리는 그러한 진리를 모두 함축한 최고의 진리입니다. 그 아뇩다라삼먁삼보리의 진리가 세상에 있어지기 위해서는 가장 큰 대전제가 하나 있습니다. 그것은 계두말성이란 사찰 하나가 지상 어딘가에 반드시 세워져야 한다는 것입니다. 왜냐하면 거기에 나중에 마구니가 등장하기 때문입니다.

그러니 그 사찰은 마구니를 잡기 위한 성(城)이라고 할 수 있습니다. 그러나 이 사찰을 어떤 사람이 임의로 세워서 계두말성이라고 한다고 해서 되는 것은 절대로 아닙니다. 그곳에는 반드시 아뇩다라삼먁삼보리의 진리가 있어야 합니다. 그것이 증거입니다. 아뇩다라삼먁삼보리의 진리는 누군가 사람이 일부러 조작할 수 없게 미리 세세하게 경전들에 미리 기록되어 있습니다. 아뇩다라삼먁삼보리의 진리는 이미 불서, 성서, 한민족의 예언서 격암유록에도 명백히 예언되어 있습니다.

불교의 예언이 시작된 것은 약 2600년 전부터이고, 성서의 예언이 시작된 것은 길게는 6000년 전이고 짧게는 3500년 전입니다. 그리고 격암유록의 예언이 생긴 것은 약 450년 전입니다.

이렇게 장구한 역사 이전에 이미 예언된 그것을 사람이 임의로 조작한다고 해서 어찌 그것이 진리가 될 수 있겠습니까? 그리고 그렇게 한다고 무슨 유익이 있겠습니까?

아뇩다라삼먁삼보리는 세상과 인간에게 존재하는 마구니를 제거 하는 과정에서 등장하는 진리입니다. 아뇩다라삼먁삼보리는 마구니를 잡기 위한 진리입니다. 아뇩다라삼먁삼보리는 마구니를 잡기 위하여 부처님이 놓아둔 올무입니다. 아뇩다라삼먁삼보리의 진리 속에는 놀라운 인류사의 핵심 비밀이 농축되어 있습니다.

그리고 아뇩다라삼먁삼보리의 진리는 세상의 종교를 통일하는 진리입니다. 아뇩다라삼먁삼보리의 진리는 불교만의 진리가 아닙니다. 그렇다고 해서 아뇩다라삼먁삼보리의 진리가 기독교만의 것도 아닙니다. 또 아뇩다라삼먁삼보리의 진리가 유교나 도교의 것만도 아닙니다. 그리고 기타 어느 종교의 독단물도 아닙니다.

그리고 아뇩다라삼먁삼보리의 진리는 불경만으로도 풀 수가 없습니다. 또 아뇩다라삼먁삼보리의 진리는 성경만으로도 풀 수 없습니다. 그리고 아뇩다라삼먁삼보리의 진리는 유교 도교 기타 경전만으로도 풀 수 없습니다. 아뇩다라삼먁삼보리의 진리를 풀기 위해서는 불서는 물론, 성서,

격암유록 등이 총동원 되어야 풀 수 있습니다.

이것은 창조주의 계획입니다. 창조주께서 마구니에게 속은 모든 만민들을 하나로 통일하게 하기 위하여 아뇩다라삼먁삼보리의 진리를 예정해두었던 것입니다. 이제 기독교인들이 불서를 봐야 할 때입니다. 이제는 불교인들이 성서를 봐야 할 때입니다. 그리고 각각의 종교인들이 각각의 경전들을 공유하여야 할 때입니다.

그곳에서 불교적 아뇩다라삼먁삼보리와 기독교적 아뇩다라삼먁삼보리와 기타 종교의 아뇩다라삼먁삼보리의 진리를 찾고 비교하여 깨달아야 할 때입니다. 창조주는 한 분입니다. 직계조상도 한 분입니다. 세계 만민들의 혈통도 하나입니다. 그래서 모든 세계와 모든 종교와 모든 경전들은 흩어진 퍼즐 조각들입니다. 퍼즐은 하나로 모울 때 원모양이 드러납니다.

이제 세계의 모든 것을 모아 합집합하고, 중복되는 것은 차집합 해야 할 때입니다. 비로소 창조주를 위주로 하나로 모이게 됩니다. 왜냐하면 처음부터 하나였으니까요!

지금까지는 모든 것이 마구니들의 장난이었습니다. 아뇩다라삼먁삼보리의 진리가 세상에 출현했다는 말은 이미 세상에 구원자가 등장했다고 생각해야 합니다. 아뇩다라삼먁삼보리의 진리가 지상에 등장했다는 말은 이미 지상에 부지불식(不知不息) 간에 계두말성(일곱 금 촛대 교회, 사답칠두)이 세워졌었다는 말입니다.

그러면 왜 계두말성이 서면 미륵부처가 세상에 출세하게 되는 것일까요? 계두말성에 마구니의 왕이 올라오기 때문입니다. 마구니의 왕의 이름은 용입니다. 왜 계두말성에 용왕이 올라오게 됩니까?

마구니(용)는 신이라고 하였습니다. 마구니는 악신입니다. 그런데 세상에는 성신도 있습니다. 악신을 악령, 성신을 성령이라고도 합니다. 부처라는 말의 정의는 '성령으로 거듭난 사람' 이라고 전장에서 정의를 내려 봤습니다.

오늘날까지 우리가 살았던 세상은 마구니의 세상이었습니다. 오늘날까지는 마구니가 사람의 마음에서 살고 있었습니다. 그 마구니가 바로 우리들의 영이었습니다. 오늘날까지 세상사람 중에 마구니의 영을 입지 않는 사람은 한 사람도 없었습니다. 그래서 오늘날까지는 완전한 마구니의 세계였다고 하는 것입니다.

그러니 세상에는 마구니를 방해할 상대도 없었고 마구니

를 아는 사람도 없었습니다.

그런데 어느날 마구니가 비상에 걸린 것입니다. 어느날 갑자기 세상 어디에 계두말성이란 것이 하나 세워졌기 때문입니다. 계두말성에는 마구니가 아닌 부처로 성불한 사람들이 생겨났기 때문입니다. 성불한 사람의 영은 성령입니다. 비로소 마구니는 비상에 걸렸습니다. 본디 세상과 인간의 육체는 성령의 소유인데 자신들이 그들을 미혹하여 세상과 육체를 빼앗았기 때문입니다. 즉 주인이 돌아온 것입니다. 그래서 마구니들이 비상이 걸린 것입니다.

이때 부처들도 사람이고 마구니들도 사람입니다. 겉으로는 똑 같은 모습이지만 내면은 한 쪽은 성령을 영으로 소유한 사람이고 다른 한 쪽은 악령을 소유한 사람입니다. 전자를 참 승려라고 할 수 있고, 후자를 거짓 승려라고 말할 수 있습니다.

그런데 불행하게도 이곳 계두성에서 부처된 사람들이 배신을 하게 됩니다. 성서에서는 그것을 배도(背道)라고 표현하고 있으며 격암유록에서는 위선이라고 기록하고 있습니다. 배도란 약속의 말씀을 배신했다는 의미입니다. 이 배도의 사건이 삼먁삼보리 중 제 1진리입니다. 사찰입구에는 사천왕상이 있습니다. 그 사천왕 중에 비파를 가진 한

천왕은 한 선비를 발로 밟아 심판을 하고 있습니다. 그 선비는 원래 부처였습니다. 그런데 그가 부처님과의 약속을 어기므로 심판을 받게 된 것입니다. 그를 성서에 비추어 보면 아담 같은 사람이고 말세의 계두말성의 일곱 부처 같은 사람입니다. 아담과 일곱 부처가 범죄를 하였기 때문에 인류가 마군의 희생물이 되어 버렸습니다. 심판의 결과는 그들이 부처에서 중생의 신분을 좌천되는 것입니다. 그것이 삼먁삼보리 중, 제 2의 진리입니다.

제 2의 이먁이보리의 진리가 펼쳐지는 과정은 마구니들이 배도한 부처된 자들을 미혹하게 됩니다. 계두말성의 부처들은 그들이 이미 죄를 지었으므로 마구니의 미혹을 이길 수 있는 지혜가 없습니다. 미혹의 결과는 부처되었던 그들이 중생의 신분으로 떨어지는 것입니다. 그 실체는 성령에서 악령으로 떨어지는 것입니다. 이것을 성서에서는 멸망의 사건이라고 합니다. 격암유록에서는 심령변화의 사건이라고 합니다. 이것이 아뇩다라삼먁삼보리의 제 2진리입니다.

그런데 계두말성에 미혹당하지 않는 몇 사람이 있게 됩니다. 이들이 마구니의 승려들과 진리로 싸우게 됩니다. 그 진리의 싸움에서 이기는 사람이 몇 명 등장하게 됩니다. 그 중 한 사람이 미륵부처로 성불하게 됩니다. 이 분을 성서에서 구원자(이긴자, 마귀의 왕을 이긴자)라고 했고 격암유록에서는 십승자라고 했습니다. 이것이 아뇩다라삼먁삼보리의 제 3진리입니다.

그런데 이렇게 등장하는 구원자는 세상과 만민을 구원하시는 자입니다. 그렇지 아니하면 자비하신 부처님이 어찌 불교인만 구원할 수 있겠습니까? 구원자는 세상과 만민을 구원하시는 자입니다. 어찌 창조주가 기독교인만 구원할 수 있을까요?

구원자가 정말 지상에 오셨다고 가정을 합시다. 구원자는 세상 만민을 구원하시는 분인데 미륵부처가 오셨다고 불교인만 골라서 구원하려 하겠습니까? 만약 그렇다면 그 분을 어찌 구원자라 할 수 있겠습니까?

또 재림 예수가 오셔서 기독교인들만 골라서 구원하려 하면 그 분을 어찌 구원자라고 할 수 있겠습니까?

정도령이 오셨다고 한국 사람만 구원한다면 그것이 어찌 구원자의 자격이 있겠습니까?

경전에 이미 구원자는 세상 만민들을 구원한다는 것이 진리입니다. 그것도 그런 것이 이름은 각각이지만 구원자는 창조주의 사자라고 할 수 있는데 어떻게 일부의 사람들만 구원하시려 하겠습니까? 모든 인류가 한 창조주의 자손들인 것을...

그렇다면 우리들은 어떻게 해야 할까요? 예를 든다면 미륵부처가 왔다는 소식이 있는데 자신의 종교가 기독교라면 어찌 해야 합니까? 또 예수님이 재림하였다는 소식이 있는데 불교인들은 어찌 해야 합니까? 유교나 도교나 이슬람교나 힌두교를 하는 신앙인들에게 대성인이 오셨다는 소식이 있으면 우리들은 어찌 해야 합니까?

그래서 우리의 신앙이 잘 못된 길을 걸었다는 것입니다. 결국 이런 오해와 오류 속에서 자신이 구원을 받지 못하는 불행의 사람이 될 수 있다는 것입니다. 모든 종교의 목적은 깨닫는 것입니다. 이제 때가 때인 만큼 깨닫는 우리들이 되었으면 참 좋겠습니다. 이제 이런 기본 지식 위에 다시 본론으로 들어가겠습니다.

계두말성에 대해서입니다. 계두성은 법신불 부처님과 일곱 부처가 등장하는 약속된 사찰입니다. 계두말성이 중요한 것은 이곳에서 아뇩다라삼먁삼보리의 진리가 생성되기 때문입니다. 그럼 도대체 아뇩다라삼먁삼보리란 무엇이며 무엇을 깨닫게 하는 것일까요?

여기서 아뇩다라삼먁삼보리에 대해서 좀 더 깨닫게 하기 위하여 아뇩다라삼먁삼보리에 대하여 조금 더 설하겠습니다. 아뇩다라삼먁삼보리는 세 가지의 항목으로 되어 있습니다.

첫째는 모든 중생들이 원래는 부처들이었다는 것입니다. 그런데 부처들이 배도를 해버렸습니다. 그것은 아담이 선악과를 먹은 것과 같은 죄입니다. 그것을 기독교에서는 원죄라고 합니다. 불교에서는 그것을 본혹(本惑)이라고 합니다. 둘째는 부처들이었던 사람들이 마구니의 미혹으로 말미암아 중생의 신분으로 떨어졌다는 것입니다. 셋째는 그 마구니의 정체를 알고 그 실체를 밝혀 마구니를 세상과 사람의 마음속에서 쫓아내는 일입니다. 그 쫓아내는 역할을 하는 자가 미륵부처님입니다. 그래서 삼먁삼보리는 미륵부처님의 세상 출현에 관한 것입니다. 이것이 아뇩다라삼먁삼보리의 중심 내용입니다. 여기서 일먁일보리와 이먁이보리는 과거에 한 번 있었던 일이었습니다. 처음 인간은 부처로 창조되었지만 일먁으로 말미암아 중생으로 타락하게 된 것입니다. 그래서 불교에서는 모든 사람들에게는 불성이 있다는 것입니다. 처음 부처로 태어난 사람이었으니까 당연히 불성이 남아있을 것입니다. 그리고 삼먁삼보리는 그 제1과 제 2의 사건으로 말미암아 타락한 중생들을 해탈시키기 위하여, 말세 때, 생기는 진리입니다. 제 3의 진리를 통하여 미륵부처가 출세하여 비로소 다시 중생들을 부처로 소성시키는 역할을 하게 되는 것입니다. 그 일을 위하여 계두말성이 세상에 세워지는 것입니다. 그곳에서는 옛날에 있었던 꼭 같은 일들을 다시 한 번 재현시키게 됩니다.

계두말성은 부처였던 사람들이 마구니의 미혹을 받아 중생으로 떨어지는 사건을 다시 한번 재현하게 되는 장소입니다. 그리고 부처들을 미혹한 마구니를 진리로 이기는 사람이 등장합니다. 그가 말일에 최초로 마구니의 정체를 알고 있어 마구니를 이길 수 있는 최초의 사람입니다. 그를 불서에서 미륵부처라고 예언하여 왔던 것입니다.

성서를 통하여 보면 법신불 부처님의 이름으로 오는 육체는 바로 하나님(예수)의 이름으로 등장하고 일곱 부처의 이름으로 오는 육체들은 일곱 천사의 이름으로 등장합니다. 그리고 하나님(예수)과 일곱 천사가 임한 장소를 성서에서는 '일곱 금 촛대 교회' 라고 예언되어 있습니다. 그리고 우리의 민족 예언서 격암유록에는 그 곳을 '사답칠두(寺畓七斗)' 라고 예언 하고 있습니다.

사답칠두(寺畓七斗)의 한자를 의역하면 '일곱별이 있는

진리가 있는 절' 이란 뜻입니다. 일곱별은 일곱 천사를 비유한 말입니다. 논은 진리를 의미하고, 사(寺)는 절이란 뜻으로써 '일곱 천사가 임한 절' 이란 의미를 가집니다.

계두말성(鷄頭末城)은 '봉황이 임한 말세에 세워지는 나라' 란 뜻입니다. 봉황은 천신 중 왕을 비유한 말입니다. 그리고 계두성은 일곱 유순으로 이루어졌다고 합니다. 또는 계두성에는 칠보수(七寶樹)가 있다고 합니다. 이것은 '일곱 부처가 임하여 있는 절' 이란 의미입니다.

그리고 성서 요한계시록 1장 20절에는 일곱 금 촛대 교회가 등장하는데 '일곱 천사가 임한 진리가 있는 교회' 란 뜻입니다.

각종 예언서에는 불서에서처럼 동일한 장소가 하나씩 예언되어 있습니다. 계두말성에서 세 가지 사건이 일어나게 됩니다. 그 사건으로 말미암아 미륵부처가 지상에서 출현하게 됩니다. 그래서 지구상에 계두말성이 예언대로 세워지지 아니하면 아뇩다라삼먁삼보리의 진리는 영원히 생길 수가 없습니다. 왜냐하면 아뇩다라삼먁삼보리는 미륵보살이 부처로 성불되면서 생기는 진리이기 때문입니다.

그리고 역설적으로 아뇩다라삼먁삼보리의 진리가 생기지 아니하면 미륵부처는 영원히 출현될 수는 없습니다. 미륵부처가 세상에 출현하지 아니하면 세상에서 중생들과 보살들이 성불할 수 있는 기회는 영원히 없습니다. 미륵부처가 출현하지 아니하면 세상은 여전히 마구니가 권세를 잡아가게 됩니다. 그리고 중생들과 보살들이 성불할 수 있는 기회가 없으면 불교는 가짜입니다. 2600년 공부 나무아미타불인 것이죠.

그러나 불서의 예언은 그대로 이루어집니다. 여하튼 계두말성이란 그 약속된 장소에서 세 가지 사건이 나타나는데, 그것을 성서에서는 언약배도, 멸망, 구원[7]의 사건이라고 기록해두었습니다. 격암유록에서는 그 약속된 장소에서 세 가지의 사건이 발생하는데 그것이 그 유명한 삼풍지곡입니다. 격암유록의 내용은 성서의 예언과 동일합니다.

이 처럼 불서의 아뇩다라삼먁삼보리의 진리를 증거 함에 있어 격암유록이나 성서에 기록된 내용을 증거로 제시하는 것은 창조주께서 그것들을 퍼즐로 흩어놓으셨기 때문입니다. 그래서 종교의 목적이 수립될 때는 반드시 세계 종교와 경전이 통합 되어야 합니다. 그리고 이리하여 세계 종교와 경전이 통합 되면 세계의 진리는 하나였다는 사실이 증거 됩니다. 이렇게 세계의 종교의 목적이 하나였다는 사실이 진리로 증거 된다면 이것은 세계인들에게 확증할 수

7) 데살로니가후서2장1~3절

있는 객관적 증거가 될 것입니다.

그리고 비로소 아뇩다라삼먁삼보리의 진리가 세계의 종교를 통일할 수 있는 재료가 된다고 판단할 수 있게 될 것입니다. 그리고 종교와 예언은 반드시 실현된다는 믿음을 가질 수 있게 하는 계기가 될 것입니다. 또 세계인들은 하나 같이 창조주를 인정하게 될 것입니다.

그 요지는 불서의 아뇩다라삼먁삼보리가 격암유록의 삼풍지곡이고, 성서의 언약배도, 멸망 후의 구원의 일입니다. 이것은 대단한 사실입니다. 삼풍지곡은 세 가지 풍부한 곡식이란 말이고 이것은 영적인 진리를 비유한 말입니다. 이것을 풍부하다고 표현한 이유는 이 진리로 말미암아 지구촌과 인류의 구원이 이루어지기 때문입니다.

제 1곡식은 팔인 등천 때 악화 위선한다는 것입니다. 그리고 팔인(八人)이 등천(登天)한다는 것은 여덟 사람이 성령으로 거듭난다는 의미입니다. 여덟 사람과 하늘의 여덟 천사의 영이 하나로 일체가 되었다는 말입니다. 이렇게 역사하는 곳이 사답칠두입니다. 그런데 그 장소를 불서에는 계두말성이라고 예언하였고, 성서에는 일곱 금 촛대 교회라고 예언하였던 것이었습니다.

이곳에서 천신과 여덟 사람이 언약을 합니다. 그런데 이들이 위선하여 그 약속을 깨어버리게 됩니다. 그래서 이들은 배신자들이 되어 버립니다. 이것이 첫째 진리란 의미로 제 일곡식이라고 비유하였습니다. 그리고 성서에는 이것을 언약을 배도[8]한 사건이라고 기록하고 있습니다.

제 2곡식은 그래서 천신과의 약속을 깬 그들은 멸망을 받게 됩니다. 멸망 받는 내용은 그들의 심령입니다. 그들은 천사의 영과 하나 된 성령으로 거듭 난 사람들이었습니다. 성령으로 거듭난 사람들의 심령이 멸망 받게 되면 무슨 영이 될까요? 마구니의 영이 되어 버립니다[9].

어떤 방법으로 성령으로 된 사람이 다시 마구니의 영이 되어 버리게 될까요?

이 답을 풀기 위하여서 또 성서를 의지해야 바른 이해가 될 것 같습니다. 구약성서 창세기에서 아담이란 사람은 창조주가 주시는 생기(生氣)를 받고 생령(生靈)이 되었다고 합니다. 생령(生靈)은 다른 말로 성령이란 말과 동일한 말입니다.

---

8) 데살로니가후서 2장 1~3절
9) 요한계시록 2장 5절, 창세기 3장 19절

그렇다면 아담이 창조주로부터 성령을 받은 과정을 잘 이해하면 아담이 나중에 왜 마구니의 영으로 떨어졌는가를 이해할 수 있을 것입니다. 아담은 생기를 받고 성령으로 거듭나게 되었습니다. 그럼 아담이 흙으로 비유한 악령 곧 마구니의 영으로 떨어진 이유는 무엇일까요?

선악과를 먹었기 때문입니다. 그렇다면 아담은 생기를 받고 성령으로 거듭나게 되었는데, 선악과를 먹으니 다시 악령으로 되돌아 가버렸습니다. 그럼 선악과는 생기(生氣)의 반대인 사기(死氣)란 말이 되겠습니다. 그런데 아담에게 생기를 준 분은 누구입니까?

창조주입니다. 창조주는 신(神)입니다. 그러면 아담에게 사기(死氣)를 준 자는 누구입니까?

뱀입니다. 뱀은 신으로 비유된 것입니다. 뱀은 파충류로서의 뱀이 아니라, 마구니 신을 비유한 말입니다. 그럼 창조주께서 주신 생기의 실체는 무엇일까요? 그리고 뱀이 준 선악과의 실체는 무엇일까요?

창조주께서 아담에게 주신 생기는 진리입니다. 이것으로 사람이 진리를 들으면 깨달아 성령으로 거듭나게 됨을 알 수 있습니다. 깨달은 자를 불교에서는 부처라고 하지요?

결국 사람은 진리를 듣고 깨닫게 되면 부처가 될 수 있습니다.

그런데 오늘날까지 왜 부처가 세상에 없었을까요? 오늘날까지 세상에 진리가 없었기 때문입니다. 그런데 오늘 법화경 화성유품을 보니 그 진리가 바로 아뇩다라삼먁삼보리라고 하며 그 진리가 수십 겁이나 먼 훗날에 온다는 말씀을 설하고 계시네요?

정리하면 이렇습니다. 사람이 창조주께서 진리를 받게 되면 사람은 창조주의 영과 같은 성령으로 거듭날 수 있게 됩니다. 대신에 마구니의 거짓진리에 미혹되면 마구니의 영과 동류인 악령이 되어버립니다. 이것이 명쾌한 답입니다.

그런데 오늘날까지 사람을 성령으로 거듭나게 할 수 있는 그 진리가 세상에는 없었습니다. 그 진리는 모든 경전에 예언된 아뇩다라삼먁삼보리의 진리이고 이 진리는 창조주의 사자로 오시는 구원자가 가지고 옵니다. 창조주께서는 구원자를 세상에 출현시키려고 노력하셨습니다. 그러나 그 목적을 수행하시려고 각각의 경전에는 수많은 선지자를 택하셨습니다. 그리고 택한 사람을 통하여 세상에서 그 일을 하기를 원하셨던 것입니다.

그리고 그렇게 택하여진 선지자들이 성서에서는 아담, 노아, 아브라함, 모세, 예수 등입니다. 그리고 불서에는 석가모니였습니다. 그리고 각각 경전에는 택한 자들이 있었습니다.

그런데 선지자들을 택하여 그 목적을 수행하려 하면 마구니들이 방해를 하고 나섰습니다. 그 결과 아담이 창조주와 언약을 하였으나, 뱀의 말 때문에 배신하였습니다. 성서에서는 그것을 도(道) 곧 언약을 배신하였다는 말로 배도(背道)라는 말을 썼습니다.

본 삼풍지곡 제 1곡식도 사실은 배도의 사건입니다. 오늘날까지 인류는 종교경전을 통하여 볼 때, 수많은 배도를 자행했습니다. 그 이유는 인류세계를 잡고 있는 영적 권세가 마구니에게 있었기 때문입니다. 창세기부터 인류의 권력은 용에게로 갔습니다. 용은 뱀의 아비로서 마구니의 왕을 비유한 말입니다.

그리고 성서에서는 배도의 주자들이 계속 바뀌어 나타납니다. 노아의 아들 함, 모세의 후손들, 세례요한과 유대인들 이들이 모두 배도한 선지자들과 그 백성들입니다.

삼풍지곡 제 2곡식은 바로 이 배도한 선지자들과 백성들을 거짓으로 미혹하여 멸망시키는 집단인 용의 집단인 마구니 계의 거짓선지자들입니다.

제 1곡식은 창조주의 택함 받은 배신한 집단을 증거 하는 것이고, 제 2곡식은 창조주께서 택한 선민들을 거짓진리로 미혹하여 선민의 영을 마구니 영으로 멸망시키는 조직들을 증거 하는 진리입니다. 제 3곡식은 이때 계두성에서 마구니 소속의 거짓 선지자들에게 멸망 받지 아니하는 몇 명이 살아남게 됩니다. 이 소수의 무리가 마구니 세력의 거짓 선지자들의 실체를 진리로 밝히고 또 배도자들의 실체도 밝혀 진리로 이기게 됩니다.

그래서 삼풍지곡 제 3곡식은 구원자를 증거 하는 진리입니다. 결국 구원자는 세상과 인류를 미혹하던 마구니를 진리로 이겨서 탄생하게 됩니다. 이긴다는 의미는 그들의 정체를 만인에게 알려서 그들을 몰아내는 것을 의미합니다. 여기서 마구니 세력과 이긴 사람들 중에 한 사람이 미륵부처로 등극을 하게 됩니다. 그래서 계두말성은 세 종류의 사람이 한 자리에 등장한 자리입니다.

첫째는 배도한 족속들이요, 둘째는 멸망의 족속인 마구니 세력들이요, 셋째는 구원자의 무리입니다. 이렇게 해서 세상에는 세 종류의 사람들이 등장하고 세 가지 진리가 지구촌에 생겨나고, 그 진리로 말미암아 구원자인 미륵부처가 지구촌에 등장하게 되는 것입니다.

이 세 가지 진리가 아뇩다라삼먁삼보리이고 이 세 가지 진리로 나타난 사람은 구원자란 증거가 됩니다. 그렇게 말할 수 있는 근거는 이러한 예언이 미리 경전에 기록되어 있었기 때문입니다.

이렇게 하여 지구촌에는 부처로 성불한 최초의 사람이 등장하게 됩니다. 부처가 된 미륵부처의 영은 마구니의 영을 파하였기 때문에 성령으로 거듭납니다. 비로소 지상에 천인(天人)이 등장한 것입니다. 이때부터 미륵부처님은 이 사실을 지구촌의 사람들에게 전하게 됩니다. 12제자를 만들고 12제자들은 또 그것을 외부로 외부로 전하게 됩니다. 이때 전하게 되는 재료는 아뇩다라삼먁삼보리입니다.

이때 듣고 깨닫는 사람도 있고, 깨닫지 못하는 사람들도 있습니다. 깨달은 사람에게는 마구니의 영이 떠나게 됩니다. 한 사람 한 사람 깨닫게 되는 동시에 마구니들도 하나씩 하나씩 멸망 받게 됩니다. 이렇게 하여 모든 사람들이 다 깨닫게 되면 지구촌과 사람의 마음에는 마구니는 하나도 없게 됩니다.

성서에서 창조주는 모든 사람들을 구원하는 것이 목적이라고 하였습니다. 석가모니께서도 여자나 성문들을 포함 모든 중생들을 성불하게 된다고 수기 하였습니다. 이렇게 만민을 구제하는 기간을 경전에는 천년으로 정해두었습니다. 천년 후에도 깨닫지 못하는 사람들은 지옥으로 떨어져 멸망 받는다고 합니다.

그리고 깨달은 사람들은 모두 부처로 성불하여 극락에서 영원히 살게 됩니다. 이리하여 전 시대는 말세가 되고, 후 시대는 내세가 되어 지상극락이 시작됩니다. 극락 시대의 가장 큰 특징은 세상과 사람에게 마구니 신이 없다는 사실입니다.

이제 본문으로 돌아가겠습니다. 부처님은 지구촌에 이런 일이 있을 것을 아시고 약 2600년 전에 이미 제자들에게 이러한 사실들을 수기로 주신 것입니다. 그러나 이런 일이 있으려면 지상에 계두말성이 예언대로 세워져야 합니다. 계두말성이 지상에 세워질 때가 정한 때가 되는 것입니다. 그런데 부처님은 아직 그때가 아니 되었다고 아직 법이 내리지 않았다고 말씀하고 있습니다.

그런데 이제 때가 되었나 봅니다. 여러 비구들아, 대통지승 부처님께서는 10소겁을 지나서야 부처님의 법이 그 앞에 나타나게 되어 아뇩다라삼먁삼보리를 이루었느니라...중략...아버지가 아뇩다라삼먁삼보리를 얻었다는 말을 듣고, 그 보배로운 기구들을 다 버리고 부처님 계신 곳에 찾아가니 그 어머니는 눈물을 흘리며 떠나보내었니라.

10소겁 후란 것은 많은 시간이 흐르고 난 후, 정한 때가 되었다는 말입니다. 이렇게 기록되었으나 이 모든 것은 예언으로 봐야 하며 그 예언의 대상이 되는 사람들은 오늘날의 지구촌 모든 사람들이 되겠습니다. 그리고 아뇩다라삼먁삼보리를 이루었다는 말을 듣고, 아버지가 보배로운 기구들을 다 버리고 미륵부처님이 계신 곳으로 찾아가니 그 어머니는 눈물을 흘리면서 떠나보냈다고 합니다.

떠난 아버지는 아뇩다라삼먁삼보리를 믿고 그 전 자신이 가졌던 모든 것들을 다 버리고 그것을 얻기 위해서 갔다는 말입니다. 어머니는 현실의 것을 두고 가는 아버지를 안타까워하면서 어쩔 수 없이 아버지를 보냈다는 말입니다. 그리고 어머니는 아뇩다라삼먁삼보리에 대해서 알지도 이해하지도 가지고 싶지도 않고 오히려 현실이 더 좋아서 함께 떠나지 아니한 사람입니다.

여기서 아뇩다라삼먁삼보리가 극히 중요한 사항이므로

그 의미에 대하여 조금 더 깨달아 보는 시간을 가져봤으면 합니다.

불서 이곳저곳에 모든 사람은 원래 불성(佛性)을 가졌다는 말이 많이 기록되어 있습니다. 그 말은 어떤 의미를 가지고 있을까요?

지난 과에서 부처님과 부처의 관계를 짚어보았습니다. 그리고 '부처' 라는 말의 정의가 성령으로 '거듭난 사람' 이라고 정의를 내려 보았습니다. 다시 이것을 성서의 기록에 근거로 살펴보면 이해가 쉬울 것 같습니다. 사실 오늘날 불교를 비롯한 신앙인들이 너무나 피상적이고 추상적 관념으로 신앙을 하고 있다고 보여 집니다. 법문들도 그렇습니다. 어렵고 복잡하기만 할 뿐 딱 부러지게 이해할 수 있는 부분은 없는 것 같습니다. 불교도의 기본이 될 수 있는 극락이나 부처에 대해서도 너무나 추상적인 이해를 가지고 있다고 보여 집니다.

그래서 본 필자는 그런 것에 대하여 실제적으로 이해할 수 있게 쉽게 접근하려고 힘을 써 보겠습니다. 사람은 누구나 불성(佛性)을 가졌다는 말은 사람은 누구나 부처님에게 지음 받았다는 것을 전제로 이해할 수 있습니다. 그리고 그 흔적은 사람 누구에게나 존재하는 영혼입니다. 세상

만물 중에 영을 가진 존재는 사람뿐입니다. 그리고 영이란 것은 진화될 수는 없는 존재입니다. 왜냐하면 영은 바로 불이기 때문입니다.

그렇다면 사람은 그 영혼을 부처님으로부터 직접 받았을까요?

그렇지는 않습니다. 우리가 영혼을 전달 받은 과정은 먼저는 부모님께 받았습니다. 그리고 부모님은 조상으로부터 영혼을 물려받았습니다. 그리고 조상은 첫 조상에게 그 영혼을 물려받았습니다. 첫 조상은 부처님(창조주)으로부터 영혼을 물려받았습니다. 결국 우리들은 간접적으로 영혼을 물려받았습니다. 그러나 우리들에게 존재하는 영혼은 부모나 조상의 능력으로는 줄 수 없는 것입니다.

결국 우리들의 영혼은 부처님(진여=창조주)으로부터 물려받은 것입니다. 그래서 부처님(창조주)도 부처이고 부처님의 아들인 사람도 부처였습니다. 부처란 성령이고, 성령은 곧 성신입니다.

부처가 곧 영이고 신입니다. 그런데 일각에서 "우리불교인들은 신을 믿지 않는다" 고 단언합니다. 그런데 그 단언은 좀 성급한 경향이 있다고 봅니다. 그 오해는 "사람인 우리가 부처 되는 것이 불교다" 라고 하는 말 때문인 것 같습니다. 그런데 부처가 무엇인지 그 실체를 알게 되면 그런 어리석은 생각은 하지 않을 것입니다. 부처란 '깨달은 자' 란 것에만 몰두하지 말아야 합니다.

부처란 '깨달은 영' 입니다. 그래서 부처가 된다는 것은 우리 안에 있는 영이 깨달은 영으로 바뀌는 것입니다. 그 영을 부처라고 하는 것입니다. 사람이 깨달아 부처가 될 수 있다함은 육체가 깨닫는 것이 아니고 영이 깨닫는 것입니다. 깨달은 후와 깨닫기 전의 차이는 육체가 아니라, 영입니다. 깨닫기 전에는 마구니의 영이었고, 깨달은 후의 영은 부처의 영입니다. 영은 신입니다. 영에는 성령이 있고, 악령이 있습니다. 신에도 성신이 있고, 악신이 있습니다.

성령은 진리의 영이고, 악령은 무지의 영입니다. 진리의 영은 부처의 영이고 무지의 영은 마구니의 영입니다. 따라서 불교는 신을 믿는 것이며 불교의 목적은 자신이 신이 되는 것입니다. 불(佛)은 곧 신(神)이기 때문입니다. 불(佛)의 (佛)불은 사람 인(人)과 불(弗)로 이루어진 글자입니다. 불(弗)은 아니 불이란 글자입니다. 따라서 불(佛)이란 글자는 사람이 아니란 뜻을 가진 글자입니다. 사람이 아닌 것은 신입니다.

불교는 자신이 깨달아 악신에서 벗어나 성신이 되는 것입니다. 사람의 영이 부처의 영이 되면 부처님과 같은 영이 되는 것입니다. 따라서 부처님도 영이고 부처가 된 사람도 영입니다. 영은 곧 신이니 부처님도 신이고 사람도 신입니다. 그러므로 부처님은 창조주와 동의어라는 것을 알 수가 있습니다. 창조주는 성령입니다. 사람도 깨달아 부처가 되면 성령으로 변화 됩니다.

그래서 부처님에 대한 정의도 부처라는 말에 대한 정의도 새롭게 정립되는 것입니다. 창조주와 같은 영혼이 되는 것이 기독교의 목적입니다. 부처님과 같이 부처가 되는 것이 불교의 목적입니다. 이 둘은 같지 않습니까?

부처님과 부처가 '깨달은 자' 라는 것 때문에 더 깊은 통찰을 하지 못한 것 같습니다. 부처님이란 애매한 칭호 때문이겠지만 불경을 성경과 비교하여 보면 분명 법신불부처님은 창조주를 지칭함을 알 수 있습니다. 그리고 창조주는 분명히 신입니다.

각설하고 모든 사람들이 불성을 가졌다는 말은 창조주가 우리에게 영혼을 주셨다는 것에서 시작할 수가 있습니다. 여기서 주었다는 의미는 낳았다는 의미입니다. 그리고 성서를 통하여 조명 해봐도 창조주는 분명 영입니다. 영이 영을 낳았으니 영인(靈人)이고, 신이 신을 낳았으니 신인(神人)이 되는 것입니다. 영은 곧 신입니다. 그리고 창조주께서 낳은 것은 신중에서도 성신(聖神)이고, 영으로 표현하면 성령(聖靈)입니다.

구약성서 창세기에는 하나님은 자기의 형상으로 사람을 지었다는 말이 등장합니다. 그리고 신약에서는 하나님은 영이라고 정의를 내려두었습니다. 그리고 하나님의 영은 성령이라고도 기록되어 있습니다. 그래서 최초에 하나님이 사람을 자기의 형상으로 지었다는 사실은 성령으로 지었다는 결론을 얻을 수 있습니다.

그런데 아담의 원죄로 악령의 사람으로 떨어졌다는 말도 기록되어 있습니다. 그리고 부처가 성령의 사람이라고 한바, 사람이 처음 창조 되었을 때는 부처였다는 말이 됩니다. 그런데 부처에서 중생으로 떨어졌으나 그 불성은 여전히 가지고 있다는 말이 맞는 것입니다.

여기서 중요한 하나를 깨달을 수가 있습니다. 아뇩다라삼먁삼보리가 세 가지 사건이나 세 부류의 사람의 유형이라고 한바, 아뇩다라삼먁삼보리의 진리를 통하여 구원(久遠)의 시대에도 그런 과정으로 부처였던 사람들이 중생으로 떨어진 과정이 있다고 설명할 수 있다는 것입니다.

즉 처음 사람들은 부처였으나 창조주와의 언약을 배신하였으므로 말미암아 중생으로 떨어진 일이 아주 과거에도 있었다는 것입니다. 그리고 그렇게 된 원인은 마구니의 미혹에 의하였다는 사실입니다. 그래서 중생들은 종교가 필요하게 된 것입니다. 이것이 세 가지의 아뇩다라삼먁삼보리의 진리 중 제 1의 진리인 배도와 제 2의 진리인 멸망의 사건입니다.

그래서 중생들에게는 불성이 있다는 사실을 일깨워주시고, 정한 때가 되면 아뇩다라삼먁삼보리의 진리로 성불하여 부처가 될 수 있다고 부처님은 수기를 남긴 것입니다. 그래서 모든 사람들이 불성을 가졌기 때문에 모든 사람들이 부처로 성불하게 된다고 수기를 하신 것임을 알 수 있습니다. 중생들은 어리석어(깨닫지 못하여) 부처라고 하면 뭐 대단한 존재이며 부처되는 일이 그렇게 꿈같은 이야기로 들리겠지만 깨닫고 나면 부처가 되는 일은 그렇게 어렵지 않습니다. 왜냐하면 자신의 근본의 모습이 부처였으니까요. 그것을 깨닫지 못한 이유는 자신의 내면에 마구니가 중심을 이루고 있었기 때문입니다.

그러나 정한 때가 되어 아뇩다라삼먁삼보리의 세 가지의

진리로 깨닫게만 되면 누구나 부처가 될 수 있습니다. 다음을 읽어보시겠습니다.

여러 비구들아 우리가 사미로 있을 때 각각 교화한 백천 만억 항하의 모래와 같은 무량의 중생들이 나를 따라 법을 듣고 아뇩다라삼먁삼보리를 위하였느니라. 이 모든 중생이 아직도 성문의 경지에 머무르는 이가 있어 내가 항상 아뇩다라삼먁삼보리로 교화하다가 여러 사람들이 이 법으로 점점 부처님의 도에 들어오리라.

여기서도 아뇩다라삼먁삼보리로 여러 사람들이 점점 부처님의 도에 들어올 것이라고 예언하고 있습니다. 그리고 한꺼번에 들어오는 것이 아니라, 점점 들어오게 되는 이유를 이렇게 설명하고 있습니다.

왜냐하면 “여래의 지혜는 믿기 어렵고 알기도 어렵기 때문이니라” 고 합니다. 그 때 교화한 무량 항하의 중생들은 너희들 여러 비구와 내가 멸도한 후에 미래 세상의 성문 제자가 이들이니라.

여래의 지혜가 믿기 어렵고 알기 어려운 이유는 이 시대의 보살이나 중생들이 현세의 유전과 관념과 학문에 젖어 있기 때문입니다. 그래서 이들이 부처의 도를 현실적으로 받아드리기가 어렵게 되기 때문입니다.

오늘날 사람들에게 “당신은 지금 부처가 될 수 있소” 라고 할 때, 과연 세상에서 그 사실을 믿고 따를 자가 몇이나 될까 생각해보시면 이 말씀을 이해하실 것입니다.

그리고 소승이 지금 쓰고 있는 이 이야기가 바로 현실적으로 부처로 성불할 수 있는 길을 구체적으로 제시하고 있습니다. 그러나 과연 얼마나 많은 보살님들과 중생들이 이 이야기를 믿고 따르겠습니까?

내가 멸도한 후에 어떤 제자가 있으니 이 경을 듣지도 못하고 보살이 행할 도리를 알지도 깨닫지도 못하면서 스스로 얻은 공덕으로 멸도한다는 생각을 내어 마땅히 열반에 들지마는 내가 다른 나라에서 성불하여 다른 이름으로 있을 것이니 이 사람들이 비록 멸도 한다는 생각을 내어 열반에 들었으나 그 나라에서 부처님 지혜를 구해서 이 경을 얻어 들으리라.

불교는 인도에서 일어났습니다. 그리고 석가모니는 인도사람이었습니다. 그리고 석가모니의 제자들도 거의 인도사람이었습니다. 그런데 석가모니가 수기로 전한 미륵부처님도 인도에서 출현할까요?

그렇다면 위 문장에서 "내가 다른 나라에서 성불하여 다른 이름으로 있을 것이니 이 사람들이 비록 멸도 한다는 생각을 내어 열반에 들었으나 그 나라에서 부처님 지혜를 구해서 이 경을 얻어 들으리라." 라고 하신 말씀은 어떤 의미일까요?

다른 나라라는 것은 인도가 아니란 말이 될 수 있고, 다른 이름이라고 한 것은 석가모니란 이름이 아니라, 미륵이란 이름이라고 하는 의미로 해석할 수 있습니다. 그런데 사람들은 오해하고 착각하여 열반을 얻지 못하고 열반을 얻었다고 착각하고, 멸도를 얻지 못하고서 멸도를 얻었다고 오해한다는 것입니다.

세계 중에 불교가 성한 나라 중의 하나가 한국입니다. 한국과 인도와는 어떤 연관을 가지고 있을까요?

상고의 역사를 살펴보면 인도와 한국은 같은 종족으로 기록된 자료들이 많습니다. 그리고 현제 한국사람 중에는 상당수가 인도의 후손이란 추측을 할 수 있습니다. 예를 든다면 오늘날 경주 김씨계의 조상인 김알지는 인도에서 왔다는 설이 있습니다. 일화에 의하면 김알지는 원래 어머니의 이름인 알지에서 유래되었답니다.

오늘날의 경주김씨의 시조 김알지의 조상으로 알려진 김일제는 한나라의 무제에게 잡혀오기 전까지는 인도 사람이란 역사적 기록이 있습니다. 한나라의 토벌전 때 한나라에 투항한 사람이 흉노의 휴도왕의 아들 김일제입니다. 그리고 김해 김씨의 시조인 김수로 역시 김일제의 동생의 후손이라고 기록되어 있습니다. 그렇다면 한반도에 사는 김씨는 모두 인도와 연관을 가진다고 할 수 있겠습니다.

만약 그 기록들이 사실이라면 위의 석가모니의 말씀은 매우 의미가 있는 것이라고 할 수 있을 것입니다. 그러나 우리의 지식과 믿음을 경전을 기본으로 하여야 되는바, 미륵부처가 출현하게 되는 나라는 정해져있습니다.

정답은 계두말성이란 성이 어느 나라에 세워지느냐가 될 것입니다. 계두말성이 한국에 세워지면 한국에서 미륵부처가 출현될 것이고, 인도에서 세워지면 인도에 미륵부처님이 출현하실 것입니다. 계두말성의 증거는 그곳에 일곱 부처의 출현이 있어야 그것이 계두말성이란 증거가 됩니다. 그 다음입니다.

이는 오직 일불승만으로 멸도를 얻을 뿐 아니라, 그 밖의 다른 승은 없으므로 여래께서 방편으로 설하신 법은 제외되느니라.

보살들과 중생들이 부처로 성불하는 것은 법화경의 주제입니다. 그런데 사람이 부처로 성불하는 외에 다른 승은 없으며 또 다른 길도 없습니다. 이는 이 길밖에 부처가 되는 방법이 없으며, 이 장소 외에서 부처가 되는 일은 없다는 말이 됩니다.

여러 비구들아 만일 여래께서 스스로 열반하실 때, 이르러 대중이 청정하게 믿고 이해하는 것이 견고하고 공법을 요달하여 깊은 선정에 드신 것을 알면 곧 여래가 보살과 성문대중을 모아 그들을 위하여 이 경을 말씀할 것이니 세상에 이승으로 얻는 멸도는 없으며 오직 일불승만으로 멸도를 얻느니라.

비구들아 알아라. 여래는 방편으로 중생의 성품에 깊이 들어가서 그 뜻이 소승법을 즐겨하며 오욕에 깊이 집착하여 있는 것을 아시고 이들을 위하여 열반을 말하여 주니 이런 사람이 만일 들으면 곧 믿고 받느니라.

그 다음 화성에 대한 비유문이 등장합니다. 함께 상고해 보겠습니다.

비유하면 오백유순이나 되는 험하고 사나우며 거친 길에 인적마저 없이 겁이 나고 무서운 곳을 많은 대중들이 이 길을 지나서 진기한 보물이 있는 곳에 가고자할 때 한 도사가 있었으니 그 지혜가 총명하고 밝게 통달하여 함께 길을 통과하려고 하였느니라.

보물이 있는 곳은 시두말대성으로 불법이 이루어지는 현장입니다. 그곳에는 미륵부처님이 와 계신 곳으로 하늘의 신들도 함께 내려온 곳입니다. 이곳은 현세불의 수기에 의하여 세워지며, 내세(來世)라는 곳입니다. 그곳에까지 가는 과정은 험하고 사나우며 거친 길이며, 외롭고 무섭다고 합니다. 그런 역경을 지나고 지나서 비로소 그 목적지에 당도하게 된다는 말씀입니다. 그리고 그 길을 가노라면 지혜가 총명하고 도를 통달하여야 한다고 합니다. 그곳이 바로 극락이기 때문에 그곳을 보물이 있는 곳으로 소개하고 있습니다.

그래서 대중들이 피로하고 게으름도 생기고 겁도 나며 두려워서 되돌아가야겠다는 사람들이 늘어나게 된다고 말씀하시고 계십니다. 대중을 거느리며 앞장서 가던 사람이 중도에서 피로하고 게으름이 생겨서 도사에게 말하기를 저희들은 매우 피로하니 겁이 나며 두려워서 더 이상 앞으로 갈 수가 없고 아직 먼 길에 이제 그만 되돌아가야겠다고 하였느니라.

도사는 여러 가지 방편이 많으므로 생각하기를 '이 사람들은 참으로 불쌍하구나. 보니 하필 이 많은 진귀한 보물을 버리고 되돌아가려고 하는가. 이런 생각을 하고는 삼백유순이 지난 길의 중도에 방편을 써서 하나의 성을 만들고 여러 사람에게 말하였느니라. 너희들은 겁내지 말고 되돌아가지도 말라. 이제 이 큰 성에 머물면서 마음대로 할 수가 있느니라. 이 성에 들어가면 몸과 마음이 즐겁고 안온할 것이며 만약 앞에 있는 보물이 있는 곳까지 가려고 한다면 능히 갈 수 있느니라.

여기서 도사는 부처님이고 사람들은 중생들입니다. 부처님은 불법의 목적지로 중생들을 안내하려 하나 그 길이 너무나 멀고 험난하여 포기하려고 합니다. 부처님은 그곳에 가면 생로병사의 윤회가 없어지며 고통도 욕심도 죄도 악도 아픈 것도 죽는 일도 없다는 것을 알기 때문에 포기 하려는 중생들이 불쌍하게 느껴졌습니다. 그래서 할 수 없이 부처님은 방편을 써서 가짜 성을 하나 만든다고 합니다.

이것은 진짜 성에 가려면 너무나 먼 길이기 때문에 그 과정을 그대로 말하면 중생들이 모두 포기할까봐 거짓말로 중생들을 속이는 것입니다. 실재의 성은 중생들이 부처되어 영원한 삶을 사는 곳이지만, 그것을 말하면 믿지 않을 것 같고 또 그 일이 당장 되는 일이 아니라 먼 훗날에 이루어질 일이라서 모두가 포기할 것 같은 생각이 들어서입니다. 그래서 가짜 성을 만들어 중생들을 단계 단계로 인도하시려는 것이 방편법입니다.

마치 길들여지지 않은 강아지를 어떤 목적지로 이동시킬 때, 강아지가 좋아하는 먹이를 앞에 내어놓고 주지는 않고 조금씩조금씩 발을 떼게 하는 방식을 연상하면 좋을 것 같습니다. 그리하다보면 어느 사인가 강아지는 목적지에 와 있을테니까 말입니다.

이것이 오늘날의 기복신앙입니다. 세속의 것을 구하게 하여 신앙을 포기치 않게 하여 끌고 가는 방식입니다. 그러나 이것이 불교의 목적은 아닙니다. 방편일 뿐입니다.

이때 피로에 지친 대중들이 크게 기뻐하며 이 대중들이 방편으로 변화하여 만든 성에 들어가므로 이미 제도되었다는 마음을 내어 안온한 생각을 일으켰느니라. 그때 도사는 이 많은 사람들이 이미 휴식을 얻어 피로함이 없어진 것을 알고 변화시켜 만든 성이었다 라고 하였느니라.

대중들이 그 방편으로 변화하여 만든 성에 들어가 휴식을 취하였으니 대중들이 크게 기뻐한다는 것은 가짜 열반과 가짜 멸도를 얻고서도 만족한다는 것입니다. 그 단계를 거치고 난 다음 부처님은 그것들이 가짜 열반이고 가짜 멸도란 사실을 알려준다고 말씀하십니다.

여러 비구들아 여래 또한 이와 같아서 너희들을 위하여 큰 도사가 되었느니라. 모든 생과 사의 번뇌와 악도의 험난하고 길고 먼 것을 마땅히 없애게 하여 제도할 것을 아시느니라.

부처님은 이와 같이 모든 대중들을 깨닫게 하여 목적을 이룰 수 있도록 하게 하기 위하여 여러 모로 궁리를 하신다는 것입니다. 만일 중생들이 일불승만을 듣게 되면 부처님을 만나 뵈려 하지 않을 것이고 또 친견하지도 않을 것이며 이렇게 생각하느니라.

중생들이 어리석어 부처로 성불하는 것만을 강조하고 말하게 되면 식상하여 믿음이 생기지 않아서 부처님을 만나 뵈려는 생각을 아니할까봐 방편을 써서 가짜 도성을 만들어 대중들을 이끌고 가시는 것입니다.

부처님의 도는 매우 멀고도 멀어서 오래 동안 부지런히 고행을 닦아야만 드디어 성취하리라. 하므로 부처님께서는 그 마음이 약하고 옹졸한 것을 아시고 방편의 힘으로 중도에서 휴식을 시키기 위하여 두 가지의 열반을 말씀하시느니라. 만약 중생이 경지에 머무르면 '너희들은 아직 할 일을 못하였으며 너희가 머물러 있는 경지도 부처님의 지혜에 가까우니 반드시 관찰하고 헤아려보아라.

부처님의 예언이 실상으로 이루어지는 때는 멀고도 멀지만 부지런히 고행을 감내하며 기다리면 성취된다고 합니다. 그 길이 너무나 멀기 때문에 부처님은 휴식처를 제공하듯이 가짜 도성을 만들어 참 열반이 아닌 것을 열반인양 방편으로 전하셨다는 말입니다.

너희들이 얻는 열반은 진실이 아니고 다만 여래의 방편의 힘으로 일불승을 분별하여 삼승으로 말씀하셨으니 저 도사가 휴식을 시키려고 방편의 변화로 만든 큰 성을 만들었다가 이미 휴식한 것을 알고는 말씀하시기를 '보물이 있는 곳은 가까우며 이 성은 진실이 아니고 내가 방편으로 만든 것이니라' 고 한 것과 같으니라.

이상으로 화성유품(化城喩品)을 논하여 봤습니다. 법화경에서 말하는 화성유품이 구체적으로 나타내고자 한 것은 부처님의 예언이 쉬이 이루어지는 것이 아니라, 먼 훗날 정한 때가 되어야 되므로 그것을 향하여 가는 중생들이 지쳐서 포기할까봐서 진짜가 아닌 가짜를 제시하면서도 중생들을 끝까지 제도하여 부처로 성불시키겠다는 부처님의 의지가 담긴 내용이라고 할 수 있겠습니다.

16. 요한계시록 제 7장

6천 년간의 지난 시대를 마감하고 새로이 건설되는 지상의 하늘나라 신도시 계획

건축주는 큰 빌딩을 세울 것을 계획하고 설계사에게 설계도를 대행시키게 됩니다. 그리고 건축자는 그 설계도를 받아 그 그림대로 빌딩을 짓게 됩니다. 이때 건축자는 설계를 꼼꼼히 읽어 보고 기초부터 건축을 하기 시작합니다. 그런데 설계사가 그린 설계도를 설계 기법을 모르는 사람들이 하루 종일 쳐다봐도 빌딩의 실재형상을 그림을 보고 알 수는 없습니다. 그림을 보고 실재 건물의 모습이 떠올라야 하나 그렇게 되지 않습니다. 설계를 배우지 아니한 사람은 설계도를 보고 실재 모습은커녕 그림 자체를 이해할 수도 없습니다. 수천 평이나 되는 큰 빌딩을 종이 한 장에 그려놓은 것이 설계도이기 때문입니다. 이때 설계법으로 이용된 것이 암호입니다. 이것은 설계사와 건축자 간에 서로 소통할 수 있게 하는 컴뮤니케이션 기법입니다.

요한계시록도 마치 설계도와 같습니다. 요한계시록의 설계사는 창조주입니다. 건축자는 이 설계를 받아 설계대로 세상과 사람 안의 심령을 창조하는 약속된 사람입니다. 이때 약속된 사람은 창조주가 계획하신 설계도인 요한계시록을 보고 각종 전문가들을 불러들여 그 건물을 지어야 합니다. 그리고 그곳으로 부름 받아 이 건축 사업에 참여한 사람들은 앞으로 어떤 빌딩이 언제 어디서 어떻게 지어질지 알게 될 것입니다. 오늘까지 공부한 요한계시록 제 6편까지는 새 빌딩이 세워지기 전의 구 건물을 철거하는 작업이었습니다.

그런데 오늘부터 할 요한계시록 제 7편부터는 새 빌딩을 짓는 데 관한 계획입니다. 이 설계 역시 건축 하는 일에 참여하지 아니하는 자들은 건물의 실재 형체를 알 수가 없습니다. 그래서 제 7편부터는 더욱더 집중하여 읽고 들어야 할 것입니다. 일반적으로 세기의 큰 빌딩을 지을 때도 설계도가 공개되기 전까지는 그 규모나 건축 양식이나 구조에 대하여 알 수 없습니다. 그러나 청사진이 공개되고 모델하우스가 공개되면 모든 사람들이 알게 됩니다. 그런 면에서는 제 7편에서 계획된 새로운 인류의 도시계획이 어떠한지 매우 궁금할 것입니다. 과연 창조주께서는 새로운 나라 곧 천국을 어떤 방식으로 건설하실 계획이신지 알아보도록 하겠습니다.

1 “이 일 후에 내가 네 천사가 땅 네 모퉁이에 선 것을 보니 땅의 사방의 바람을 붙잡아 바람으로 하여금 땅에나 바다에나 각종 나무에 불지 못하게 하더라”

여기서 이 일 후라는 말은 6장에서 여섯째 인까지 떼니 범죄한 창조주의 천민이었던 일곱 금 촛대장막교회를 심판하는 일이었습니다. 심판을 위하여 여섯째 인까지 떼고 난 후란 의미입니다. 이때 요한이 보니 네 천사가 땅 네 모퉁이에 서 있다고 합니다. 여기서 땅이란 일곱 금 촛대장막교회를 의미합니다. 그리고 바람을 붙잡는다는 말은 천사를 붙잡는다는 말을 비유로 한 것입니다.

천사를 시켜서 심판의 일을 진행하고 있는 중인데 땅과 바다와 각종 나무에 바람을 불지 못하게 하였다고 비유로 말하고 있습니다. 땅은 뭍이고 뭍은 바다보다 높습니다. 일곱 금 촛대장막교회를 뭍이라고 비유한 것은 그곳은 바다보다 높은 하늘나라란 의미입니다. 그리고 바다는 그 아래에 있는 세상이란 말입니다. 세상 중에서도 세상 종교를 비유한 것입니다. 나무는 사람을 비유한 것입니다. 이것은 천사에게 잠시 동안 일곱 금 촛대장막교회와 세상 종교에 있는 각종 신앙인들에게 할 심판을 멈추란 명령을 한 것입니다.

2 "또 보매 다른 천사가 살아계신 하나님의 인을 가지고 해 돋는 데로부터 올라와서 땅과 바다를 해롭게 할 권세를 얻은 네 천사를 향하여 큰 소리로 외쳐"

그리고 요한이 또 보니 아까와는 다른 천사가 살아계신 창조주의 인을 가지고 해 돋는 데로부터 올라온 것을 봅니다. 이 말의 의미는 요한이 있는 곳에 천사가 올라왔다는 말이고 그곳에 하나님의 인을 가지고 온 천사가 있다고 하는 것입니다. 그리고 그 천사는 해 돋는 데로부터 올라왔다고 합니다. 그리고 땅과 바다를 해롭게 할 권세를 얻은 네 천사를 향하여 큰 소리를 외친다고 합니다. 해 돋는 곳은 동쪽이고 하나님을 해[10]로 비유하였으니 그곳에 하나님의 역사가 있다는 의미입니다. 그리고 그곳을 땅이라고 하니 일곱 금 촛대장막교회를 의미합니다. 네 천사장이 땅과 바다를 해롭게 할 권세를 받았다는 것은 네 천사의 사명은 일곱 금 촛대장막교회와 그곳을 망하게 한 세상의 종교를 심판할 권세를 받았다는 의미입니다. 그런데 하나님의 역사가 있는 동방이란 세계 중 어디일까요?

그 답은 일곱 금 교회가 세워지는 곳입니다. 왜냐하면 2천 년 전에 신약을 예언으로 기록할 때, 일곱 금 촛대교회를 이미 예언해두었기 때문입니다. 그래서 아전인수가 아니라, 이에 대한 대답을 일곱 금 촛대교회가 세워지는 곳이 바로 하나님의 역사가 일어나는 곳이라고 할 수 있습니다. 그곳에서 배도 멸망 후에 구원자가 등장하고 그 구원

10) 시편 84편 11절

자에게 창조주 하나님이 임하기 때문입니다. 따라서 지구촌 중 구원의 역사가 일어날 나라와 장소가 궁금하면 지구촌 어디에서 각 경전에 예언된 일곱 금 촛대교회, 계두말성, 사답칠두, 칠성당이라고 이름한 것이 예언대로 일어난 것인가를 찾으면 될 것입니다. 그곳을 찾아 경전의 예언과 실재 일어난 실상과 비교하여 맞춰보고 설계도와 지은 집이 제대로 맞는지를 비교 확인해보고 그것이 사실이라면 그곳으로부터 인류 구원의 역사가 펼쳐질 것이라고 확신을 해도 무리가 없을 것입니다.

3 "가로되 우리가 우리 하나님의 종들의 이마에 인치기까지 땅이나 바다나 나무나 해하지 말라 하더라"

천사의 음성은 하나님의 종들의 이마에 인칠 때까지 금 촛대 장막교회와 세상 종교의 신앙인을 심판하지 말라는 것입니다. 여기서 종들이란 누구일까요?

1절에서 살아있는 하나님의 인을 맞은 택한 사람들입니다. 해 돋는 곳에서 올라온 다른 천사가 일곱 금 촛대장막교회에서 마귀와 싸워 이긴 사람과 하나 되기 위하여 이곳으로 다가오는 택한 사람들에게 하나님의 계시의 말씀으로 가르치는 것이 인을 치는 것이고, 이 가르침을 듣고 깨닫게 되면 인을 맞은 것입니다. 이들이 새롭게 건설되는 창조주의 새 나라의 종들입니다.

4 "내가 인맞은 자의 수를 들으니 이스라엘 자손의 각 지파 중에서 인 맞은 자들이 십 사만 사천이니"

요한이 인 맞은 자의 수를 들으니 이스라엘 자손의 각 지파 중에서 인 맞은 자들의 수가 십 사만 사천이라고 합니다. 이때 이스라엘의 의미는 옛날 유대민족을 의미하는 것이 아닙니다. 이스라엘이란 단어의 참 뜻은 '이기다' 또는 '이긴 사람' 을 의미합니다. 예수께서도 요한복음 16장 33절에서 세상을 이겼다고 했습니다. 그러므로 예수도 이스라엘이란 이름을 가질 수 있었던 것이었습니다. 또 이긴 예수께서 12제자로부터 사람들을 모아 그리스도의 나라가 되었으니 이것이 예수로 말미암은 제 2의 이스라엘 나라인 것입니다.

또 요한계시록 12장 7절 이하에서도 요한이 이겼으니 요한은 제 3의 이스라엘이 되는 것입니다. 그리고 요한이 천사와 함께 사람들에게 하나님의 인을 치게 되니 이들이 제 3의 이스라엘 나라의 관리와 백성이 되는 것입니다. 따라서 요한계시록에 등장하는 종들은 제 3의 이스라엘 나라의 지도자들이 되는 것입니다. 그런데 그 수가 어떻게 십 사만 사천이 될까요?

그것은 이스라엘 나라는 항상 12지파로 이루어지기 때문입니다. 12지파로 나누어지는 이유는 영계 하늘 나라의 조직이 그렇게 12나라로 되어 있기 때문입니다. 이것은 성경의 공식입니다. 이러한 공식은 하나님의 역사를 누구도 변괴하지 못하게 하기 위하여서입니다.

5 "유다 지파 중에 인 맞은 자가 일만 이천이요 르우벤
지파 중에 일만 이천이요 갓 지파 중에 일만 이천이요 6아
셀 지파 중에 일만 이천이요 납달리 지파 중에 일만 이천
이요 므낫세 지파 중에 일만 이천이요 7시므온 지파 중에
일만 이천이요 레위 지파 중에 일만 이천이요 잇사갈 지파
중에 일만 이천이요 8스불론 지파 중에 일만 이천이요 요
셉 지파 중에 일만 이천이요 베냐민 지파 중에 인맞은 자
가 일만 이천이라"

이것은 새로운 나라의 설계도라고 했습니다. 왜 이렇게 되었느냐고 누가 묻는다면 이것이 창조주의 설계도이기 때문이라고 밖에 말씀드릴 수가 없습니다. 요한계시록에서 새롭게 세워지는 나라는 마귀를 이기고 세워지는 나라입니다. 마귀를 이긴 나라이기 때문에 그 나라 이름이 이스라엘이고 동양의 성서 격암유록에는 이 나라를 십승지(十勝地)라고 했습니다. 십승지를 해석하면 '십자가의 도로 이

긴 나라' 란 뜻입니다. 그리고 12지파의 이름을 옛날 야곱의 아들들의 이름을 쓴 것은 그들이 이스라엘의 기초석이기 때문입니다.

이렇게 12지파에 택함 받은 종들이 하나님의 인을 맞게 되면 12*12000=144,000명이 되는 것입니다. 이 종들은 창조주께서 새 나라의 지도자를 삼은 것입니다. 이들은 사람이 임의로 정하는 것이 아니라, 예언대로 이루어지는 것입니다. 역사에도 새로운 나라가 건설되면 새 왕과 새 관료들과 새 백성들이 정하여 집니다. 창조주의 새 나라도 역시 새 왕은 창조주시고 새 관료는 십 사만 사천명의 지도자들이고 백성들은 제 3의 이스라엘 나라로 인 맞고 들어오는 뭇사람들입니다. 세상의 나라의 건설도 그러하듯이 창조주의 새 나라도 왕이 정해지고 관료들이 정해지면 백성들이 정해져야 합니다. 다음 9절부터가 백성들에 관한 설계도입니다.

9 "이 일 후에 내가 보니 각 나라와 족속과 백성과 방언에서 아무라도 능히 셀 수 없는 큰 무리가 흰 옷을 입고 손에 종려 가지를 들고 보좌 앞과 어린 양 앞에 서서"

여기서도 이 일 후라고 하는바, 창조주께서 십 사만 사천명의 택한 자들에게 인을 치고 난 후라는 말씀입니다.

그 후에 요한이 보니 각 나라와 족속과 백성과 방언에서 셀 수 없는 큰 무리들이 흰 옷을 입고 이곳으로 몰려 온다고 하고 있습니다. 각 나라란 세계의 모든 나라에서 온다는 말이요, 족속이란 각 종교와 종단과 교단을 의미함이요, 백성이란 수많은 신앙인들을 의미함이요, 방언이라고 하는 것은 각 종교마다 교단마다 진리는 하나인데 각각 다른 교리로 말하였던 종교세상을 의미합니다. 흰 옷을 입었다는 말은 이들이 이미 세계 각국으로 퍼진 계시의 진리말씀으로 그 마음을 씻었다는 의미입니다.

그리고 그들이 온 곳에는 보좌와 어린 양이 있다고 합니다. 보좌는 요한계시록 4장에서 하늘에 있던 것입니다. 그리고 그 보좌에 앉으신 창조주께서는 창세기 6장 3절에서 인간의 죄로 말미암아 떠나셨던 분입니다. 이 창조주의 보좌가 땅으로 내려오신 것입니다. 어린 양도 오셨으니 예수의 영도 오셨다는 의미입니다. 이 일은 모든 신앙인들의 기도였습니다. 그 기도가 응답된 것입니다. 왜냐 하면 주기도문에서 하늘에 계시던 아버지가 우리가 사는 나라에 임하여 달라는 기도를 2천 년 간 했기 때문입니다.

10 "큰 소리로 외쳐 가로되 구원하심이 보좌에 앉으신 우리 하나님과 어린 양에게 있도다 하니 11모든 천사가 보좌와 장로들과 네 생물의 주위에 섰다가 보좌 앞에 엎드려

얼굴을 대고 하나님께 경배하여 12가로되 아멘 찬송과 영광과 지혜와 감사와 존귀와 능력과 힘이 우리 하나님께 세세토록 있을찌로다 아멘 하더라”

그래서 이들은 큰 소리로 하나님과 어린양에게 찬송과 영광과 감사를 드리고 있습니다. 그리고 이곳에는 창조주와 어린 양뿐만 아니라, 네 천사장과 24장로들과 수많은 천사들이 함께 오셨음을 알 수 있습니다. 하늘에 있던 성령들이 모두 땅으로 내려 온 것입니다. 그리스도의 나라를 세우기 위하여 목숨을 바친 순교한 영들을 중심으로 허다한 영들이 이곳에 내려오게 됩니다.

13 “장로 중에 하나가 응답하여 내게 이르되 이 흰옷 입은 자들이 누구며 또 어디서 왔느뇨 14내가 가로되 내 주여 당신이 알리이다 하니 그가 나더러 이르되 이는 큰 환난에서 나오는 자들인데 어린양의 피에 그 옷을 씻어 희게 하였느니라”

그리고 장로 중에 한 사람이 말하기를 흰 옷을 입은 사람들이 누구며 어디서 왔느냐라고 합니다. 그들은 큰 환란에서 나오는 자들이라고 하며 그 환란에서 어린 양의 피에 그 옷을 씻어 희게 되었다고 합니다. 환란에서 나왔다는 말은 세계를 향한 심판이 재개 되었다는 의미입니다. 앞에서 천사들을 시켜 땅과 바다에 바람을 불지 않게 중지시켜 놓았습니다. 그때 언제까지 중지하라고 했냐하면 종들의 이마에 인 치기까지라고 했습니다. 그런데 앞부분에서 이미 인 맞은 자 십사 만 사천 명은 완성되었습니다. 따라서 심판은 다시 시작되었고 이들이 환란 가운데서 나왔다고 하는 것은 그 심판의 장에서 나왔다는 의미입니다.

그런데 요한복음 12장 48절과 요한계시록 20장 12절을 통하여 보니 심판은 예수님이 하신 말씀과 책대로 한다고 합니다. 그 책은 성서이고 또 요한계시록의 말씀입니다. 그런데 책으로 어떻게 심판하게 될까요?

먼저 요한계시록 7장에서 하나님의 인 맞은 종들이 생겨나게 됩니다. 이 종들은 세계 각국의 사람들에게 이 사실을 전하게 됩니다. 그때 종들은 성경의 말씀과 말씀대로 이루어진 실상을 가지고 전하게 됩니다. 이 실상은 일곱 인을 떼고 나서 일어난 사건입니다.

그런데 이러한 사실이 이렇게 세상 사람들에게 전해질 때, 이 말을 듣는 자도 있을 것이고, 거부라는 자도 있을 것입니다. 요한복음 6장 45절에는 “선지자의 글에 저희가 다 하나님의 가르침을 받으리라 기록되었은즉 아버지께서 듣고 배운 사람마다 내게로 오느니라” 고 기록해두었습니다.

에스겔 3장 11절에는 "사로잡힌 네 민족에게로 가서 그들이 듣든지 아니 듣든지 그들에게 고하여 이르기를 주 여호와의 말씀이 이러하시다 하라 하시더라" 고 명령하셨습니다.

예언처럼 요한계시록의 예언이 이렇게 이루어질 때, 그 종들에 의하여 세계의 모든 사람들은 그 소식을 듣게 됩니다. 혹자는 개인 대 개인으로 혹자는 단체 대 단체로 혹자는 메스컴으로 혹자는 영상으로 혹자는 책으로 이 사실을 듣게 될 것입니다. 그럴 때, 그 소식을 들은 자들은 하나님의 가르침이 자신에게 간 것입니다. 그러나 그 말을 듣는 자도 있고 거부하는 자도 있다는 것입니다.

그런데 창조주 아버지께서 듣고 배운 사람들은 이곳으로 온다고 합니다. 교회나 절을 다녔지만 그들이 성령의 주시는 가르침으로 배운 사람들은 그 말이 맞다고 생각하고 오게 되지만 그렇지 않고 거짓이나 헛된 것이나 기복신앙에 젖은 사람들은 오지 않을 것이란 것입니다. 왜냐하면 그들은 신앙을 했으나 참 신앙을 한 것이 아니라, 귀신을 받아들이는 신앙을 했기 때문입니다. 그러나 창조주는 종들에게 그들이 변명을 하지 못하게 듣든지 아니 듣든지 모든 사람들에게 전하라고 명령하십니다.

이것이 책으로 심판한다는 말의 실상입니다. 자신에게 이 말씀이 찾아갈 때, 그것을 거부하면 심판받는 것이고, 응하면 구원을 받아 부활에 참예하게 되며, 새 나라의 구성원이 되는 것입니다. 그래서 경전에는 진리를 탐구하고 찾고 두드리라고 한 것입니다.

이럴 때, 진리가 만방에 전해지면 진리를 전해 받은 사람들은 새로운 진리를 통하여 지금까지 기성 종교의 가르침이 엉터리 거짓이었다는 사실을 비로소 깨닫게 됩니다. 그럴 때, 한 바탕 소란과 혼란이 벌어질 것입니다. 이로 말미암아 거짓으로 자신의 배를 불리며 참을 거짓이라고 하고 거짓을 참이라고 가르친 거짓목자들은 큰 환란을 만나게 됩니다. 이런 환란 가운데서 말씀을 듣고 깨달아 흰 옷을 입은 자들은 심판의 위기를 구원으로 바꾼 복된 사람들인 것입니다. 흰 옷을 입었다는 의미는 그들의 행위가 하나님의 말씀으로 깨끗해졌다는 표식입니다.

15 “그러므로 그들이 하나님의 보좌 앞에 있고 또 그의 성전에서 밤낮 하나님을 섬기매 보좌에 앉으신 이가 그들 위에 장막을 치시리니”

이들은 결국 하나님의 보좌 앞에 오게 되고 성전에서 밤낮 창조주를 섬기니 창조주께서 그들에게 장막을 치신다고 합니다. 장막은 육신의 장막과 영의 장막이 있습니다. 사람에게 성령의 장막을 치면 사람은 하나님과 같은 성령의 씨를 받은 하나님의 아들이 됩니다.

16 "저희가 다시 주리지도 아니하며 목마르지도 아니하고 해나 아무 뜨거운 기운에 상하지 아니할찌니 17이는 보좌 가운데 계신 어린 양이 저희의 목자가 되사 생명수 샘으로 인도하시고 하나님께서 저희 눈에서 모든 눈물을 씻어 주실 것임이러라"

이렇게 사람은 창조주께 가고 창조주는 사람의 육체에 오셔서 하나 되니 다시 영육 간에 배고플 일도 없고 목마름도 없고 나쁜 기운에 상할 것도 없다고 합니다. 이렇게 될 수 있는 것은 보좌 가운에 계신 예수께서 저희들의 목자가 되시어 생명수 샘으로 인도하시고 하나님께서는 저희의 눈에서 모든 눈물을 씻어주신다고 합니다.

이것이 설계도의 내용입니다. 설계도가 이러니 이 설계대로 건축자들이 집을 지어나가야 합니다. 천국의 실체는 사람들의 마음의 성전입니다. 사람의 마음 안에 거룩한 영인 성령을 세우는 것이 건축자의 일입니다. 건축 재료는 진리의 말씀인데 기록된 예언과 일어난 실상을 증거하여 깨닫게 하는 일입니다. 이렇게 하여 요한계시록 7장은 6천년 동안 굴러왔던 한 세상이 심판 되어 없어진 후에 새로운 왕과 새로운 지도자들과 새로운 백성들이 다시 창조되어 새 나라가 세워지는 것을 설계해둔 희망의 메시지입니다.

제 2집에서 계속 됩니다.

참고문헌

1. 이운허 동국대역경원 법화경
2. 정승석 민족사 법화경
3. 김길형 아이템북스 삼국유사
4. 정형진 일빛 수시아나에서 온 환웅
5. 민영진 성서공회 성경전서
6. 석능가 재단법인 불교전도협회 불교성전
7. 문정창 한뿌리 한국 수메르 이스라엘역사
8. 케너스 C 데이비스 푸른숲 세계의 모든 신화
9. 탄허 교림 부처님이 계신다면
10.고광철 고려문화사 주역
11.임희완 박영사 서양사의 이해
12.양태진 예나루 정감록
13.이종익 민족사 미륵경전
14.한보광 민족사 정토삼부경
15.가나원 귀원정종
16.정연규 한국문화사 언어속에 투영된 한민족의 고대사
17.김영교 고글 알
18.김영교 고글 동양의 성서 격암유록
19.전촌방랑 중앙공론사 화엄경
20.김현두 문명의 종말

이 책은
재단법인 세계인류미래재단(세계인류미래불우이웃돕기 울림)에서 평화의 세상인 일합상의 세계를 추구하기 위하여 세계의 정신적 지도자들에게 드리는 글입니다.

계시와 법화 제1집

일합상 세계
(一合相 世界)

초판인쇄: 2014년 10월 1일
초판발행: 2014년 10월 10일

지은이: 이능가 감수 · 김영교 편저
펴낸데: (재)세계인류미래재단
부산시 선찰 대본산 범어사 내원
전화: (051) 508-7711
E-mail: lng4321@naver.com

엮고/만든데: 도서출판 고글
펴낸이: 연규석
서울시 용산구 한강로2가 144-2
등록번호: 1990년 11월 7일 (제312-000049호)
전화: (02) 794-4490

값 15,000원